COLLECTION
FOLIO CLASSIQUE

Dans la même collection

ABÉLARD ET HÉLOÏSE. *Correspondance* Préface d'Étienne Gilson. Édition établie et annotée par Édouard Bouyé. Traduction d'Octave Gréard.

DIDEROT. *Lettres à Sophie Volland*. Choix et présentation de Jean Varloot.

FLAUBERT. *Correspondance*. Choix et présentation de Bernard Masson. Texte établi par Jean Bruneau.

MALLARMÉ. *Correspondance complète* (1862-1871) suivi de *Lettres sur la poésie (1872-1898)*, avec des lettres inédites. Préface d'Yves Bonnefoy. Édition de Bertrand Marchal.

MADAME DE SÉVIGNÉ. *Lettres choisies*. Édition présentée et établie par Roger Duchêne.

GEORGE SAND. *Lettres d'une vie*. Choix et présentation de Thierry Bodin.

NIETZSCHE. *Lettres choisies*. Édition de Marc de Launay. Traduction de Marc de Launay, Maurice de Gandillac, Henri-Alexis Baatsch et Jean Bréjoux.

Charles Baudelaire

Correspondance

Choix et commentaires
de Claude Pichois
et de Jérôme Thélot
Professeur à l'Université de Lyon III

Préface de Jérôme Thélot

Gallimard

« UN VOLCAN MALADE »

Cette Correspondance forme une autobiographie spirituelle, involontaire et morcelée, où s'expose et se renonce le travail mystérieux du grand poète moderne.

Autobiographie d'un homme qui n'a jamais travaille comme il le voulait, qui aimait le travail mais n'en eut pas la possibilité, qui malgré lui fut presque oisif. De sorte que ce que donne en surprise ce volume de lettres adressées à des destinataires qui travaillaient, quant à eux, comme ordinairement chacun peut le faire, c'est le paradoxe d'une œuvre sans jours ouvrables, d'une œuvre qui n'eut pas le temps *et pas même les conditions de son opération. Correspondance combien douloureuse, donc, et combien distante de celles où un auteur s'affirme et se construit, puisque ce poète est celui, dans ce temps perdu par son impuissance, qui n'accède à soi qu'en colère, qu'en haine de soi frustré, déchu de son idée de lui-même, destitué de son rêve et contraint finalement d'abdiquer. Ce que cette Correspondance donne à percevoir sinon à comprendre, c'est donc Baudelaire : un homme condamné à vouloir ce qu'il ne pouvait pas, à bâtir dans la tristesse de son cerveau un projet qu'il savait ne pouvoir réaliser, et c'est du coup le tuf de ses livres, ou plutôt de ce qui est resté de ses projets de livres, le tuf et le fonds quoti-*

dien des Fleurs du Mal, *du* Spleen de Paris, *des* Paradis artificiels, *des traductions de Poe et des articles de critique. Une œuvre, en effet, ou ce qu'il est convenu de nommer une œuvre, a été écrite et publiée par Baudelaire, avec un scrupule dont on verra la ténacité, avec une conscience de la responsabilité littéraire et un respect de la chose écrite pour lesquels il fallut certes un énorme travail. Sauf que cette œuvre — retombée de ses rêves combien plus ambitieux, reliquat de ce qu'il voulait mais qui ne fut pas fait —, les lettres ici rassemblées témoignent qu'elle ne s'est pas produite comme d'ordinaire se produisent les œuvres, c'est-à-dire ni comme expansion ni comme autodéploiement d'une force créatrice, ni comme résultat d'une poussée géniale ou d'un effort gagné sur la défaite des jours, ni progrès ni conquête, et qu'elle n'est pas ce qu'un travail obtient quand il est mené selon sa règle. Mais au contraire, quand même Baudelaire a poussé le soin jusqu'à la manie et jusqu'à se rendre insupportable aux rares éditeurs que son infécondité n'avait pas dissuadés, son destin en ceci exceptionnel dans l'histoire de la poésie fut d'œuvrer, disons, par contraction, par autolimitation et autodégradation, produisant en guise d'œuvre, outre des fragments de projets avortés (*Mon cœur mis à nu, Fusées, Pauvre Belgique!, *et les notes laissées pour des nouvelles non écrites, des romans non commencés, des pièces de théâtre et des articles abandonnés), ses fameux livres comme incomplets, comme dépris d'eux-mêmes, et dont l'un fut condamné — c'est* Les Fleurs du Mal —, *l'autre,* Les Paradis artificiels, *composé de la traduction partielle d'un livre étranger, et le troisième,* Le Spleen de Paris, *inachevé. Œuvre qui s'est renoncée, qui fut privée ou qui se priva de ce travail avec lequel les œuvres ordinaires se font, et qui eut en vérité pour étonnant* travail *(il faut garder ce mot mais l'entendre d'une oreille neuve et baudelai-*

rienne) de se défaire de soi, de se retirer de sa propre idée, d'abdiquer même ses pouvoirs chaque jour faiblissants. Les lettres de Baudelaire à ses amis, à ses concurrents dans le monde, à ses ennemis artistes ou auteurs, et quelquefois à ses maîtres ou à ses grands exemples, montrent la singularité absolue de cette entreprise en poésie, et que celle-ci fut essentiellement une décréation *aussi pénible qu'irréversible qui a emporté ce poète le plus paradoxal, de son ambition à son amertume sur la déclinaison bizarre qu'il appelait son* guignon.

C'est donc une chance que cette Correspondance s'ouvre sur une scène sacrificielle. La première des lettres de cette anthologie livre une clef pour interpréter l'aventure baudelairienne entendue comme décréation. *En mars 1833 — Charles n'a pas douze ans — le collégien est témoin des sévices infligés à un condisciple par un « pion » dont la cruauté semble avoir dépassé ce que permettaient les habitudes du temps, au point que l'élève martyrisé, « ne pouvant plus se soutenir », est « tombé en défaillance », d'où un chahut des camarades, « un tel charivari dans la cour que le proviseur l'a entendu de son appartement » — et Charles de rapporter d'urgence cette affaire sinistre à son demi-frère Alphonse, le fils aîné de leur père : « Je suis dans les* mutins. » *Terrible accès du jeune Baudelaire à la conscience de soi, la* mutinerie *sera désormais son air spécifique,* mutinerie *à tous égards. Qu'on sollicite, à peine, ce récit inaugural bravement signé : « Le mutin cadet », on y trouvera par anticipation la structure fondamentale de la politique baudelairienne. Voici le collégien — déjà Baudelaire — en solidaire de la victime comme il le sera plus tard des malheureux, des pauvres, des déclassés, des proscrits de toute espèce ; mais du même coup, et non sans ressentiment, le voici aussi en conjuré, en rebelle conspirateur, l'ami des révoltés autant que des martyrs, comme plus tard il sera boute-feu parmi les quarante-huitards, et séduit par Blanqui. C'est que ce collégien souffre dans l'enfermement scolaire, il souffre du « proviseur » dont le défi l'enchante, et il souffre de son demi-frère qui n'appréciera pas ces hauts faits. Charles est ici, comme il sera toujours, autant ou davantage le rival des autorités persécutrices, fasciné par les tyrans auxquels il s'oppose, que le compassionné qui se rencontre auprès des malheureux, mais qui en eux ne s'oublie pas. Scène sacrificielle : scène originelle. Baudelaire enfant est celui qu'il sera : il est conduit à détester le mal, qui l'envoûte, plutôt qu'à vouloir le bien, de sorte que sa compassion est biaisée par son ressentiment, sa solidarité pour les faibles dévoyée par sa haine des forts, qui donc le captivent. Toutes ses ambivalences futures, toutes ses volte-face sont déjà là, et même ses désertions d'une cause pour savoir ce qu'il éprouvera à en servir une autre, et sa fatigue finale et son renoncement. « Vengeance sur ceux qui ont abusé de leurs droits. C'était une inscription des barricades de* Paris » *: à douze ans, devant son grand frère bourgeois, Charles en appelle ainsi à la révolte et aux barricades ; sauf que c'est pour ajouter aussitôt que si le pion n'est pas renvoyé il sera de ceux qui enverront « un article » (ce serait son premier article) au* Courrier de Lyon *: comme si ce* Courrier *n'était pas un journal conservateur bien nommé pour rassurer le demi-frère et bien fait pour refuser tout article de ce genre, et comme si, d'abord, pareil « article » devait jamais être écrit. Appel à l'insurrection immédiate, appel aux autorités constituées. Vengeance impuissante, et solidarité déviée. Bravoure de feu mais d'occasion, et qui va retomber. Cette politique sera bientôt une poétique : on en retrouvera les éléments constitutifs dans de grands poèmes où se réfléchit la conscience poétique, dans* Bénédiction, *dans* Châtiment de l'orgueil, *ou bien, en prose, dans* Une mort héroïque *ou* Perte d'auréole, *où la même fureur s'aggravera d'une plus cruelle connaissance de soi.*

Or cette scène originelle porte un nom dans le vocabulaire baudelairien : c'est la scène du « bouc ». Et la Correspondance produit, en 1848, une deuxième manifestation de la hâte qui portait Baudelaire à se faire bouc, *dont on peut croire que ce drame du collège lui avait donné un premier goût. C'est à Proudhon, en cette année où il se sent proche des révolutionnaires, qu'il adresse soudain deux missives brusques, prétextant qu'il sait ou croit savoir (et il peut donner des noms mais ne le fera pas) que le philosophe et représentant du peuple est en péril, menacé d'un complot (« c'est un complot réel »), et il sort de toute réserve, il* veut absolument le voir, *en « excellent mouchard relativement à [s]es convictions », et déclarant net : « Vous êtes le grand bouc ». On ne peut savoir au juste ce qui entre dans cette intervention brutale et passionnée, du désir de servir un homme admiré, ou de celui d'avoir un illustre ami dans le camp opposé à celui du général Aupick, ou de l'obscure envie d'être persécuté, ou encore d'autres besoins moins dicibles. Mais il est indéniable ici encore que cette politique de la révélation inouïe au bord d'une catastrophe, et qui voile les* terreurs du gouffre *autant qu'elle les nomme, a quelque chose en commun avec l'inspiration poétique, avec la commotion du souvenir ou avec la minute heureuse de la fantaisie créatrice ; et jeter à la tête de Proudhon, ce jour-là, ce saisissant ou douteux secret, cela ressemble au* transport *qui soulève parfois l'esprit et qui transfigure l'existence par la beauté du vers ou de la prose. Il y a une vertu de la position victimaire, c'est ce que Baudelaire n'a pu que penser. Un formidable attrait brûle ce témoin du sacrifice quand il s'avance sur la scène du drame, au plus près du « bouc ».*

D'où une troisième station, maintenant, celle sans doute la mieux connue de cette histoire, et dont la Correspondance garde de nombreuses traces. En 1857, Baudelaire qui a enfin publié son volume de poèmes est mis en accusation et condamné par la Justice impériale, son livre, jugé contraire à la morale et aux bonnes mœurs, est censuré en partie, et rien ne retiendra ce mauvais coup, ni les interventions plus ou moins rapides et serviables de certains amis, ni les lettres de panique adressées alors aux uns et aux autres, ni les cris, ni les sarcasmes du poète aux abois, protestant qu'on l'insulte : il faudra bel et bien souffrir ce verdict et retirer du recueil, qui n'était pas trop épais, les six poèmes admirables réprouvés par les juges. Or Baudelaire n'avait apparemment pas besoin de ce malheur supplémentaire. On l'entend en février de cette année-là, bien avant les tracas et les terreurs du procès, se présenter dans une lettre à sa mère avec son exactitude insolite, comme « un martyr, le plus curieux martyr de tout Paris peut-être ». Martyr, *il se pensera désormais sous ce signe religieux, déplorant chaque jour que justice ne lui soit pas rendue, jusqu'à dire, en 1865 à Mme Paul Meurice, un peu par provocation mais en conscience : « Je crois qu'il est bon que les innocents souffrent. » C'est qu'alors il a déposé ses sympathies pour les idées socialistes, ayant cru voir dans les violences de juin 1848 l'horreur essentielle de la vie, la faute d'exister, ce qu'il nomme maintenant le* péché originel, *adepte qu'il est devenu depuis 1851 de la pensée de Joseph de Maistre. Avec cette pensée sa fureur s'est envenimée, mais la scène des innocents qu'on persécute n'a pas quitté son regard. De sorte que sa dernière espérance, si c'est encore le mot, est qu'il soit* bon, *en effet, que les innocents souffrent. Revirement qui n'est pas un changement de politique. Baudelaire ne fait toujours que s'approcher par tous les moyens possibles du lieu du* bouc, *et de Maistre peut l'y aider contre Hugo, cependant que sa position peut encore virer si jamais cette pensée se montre inadéquate. En juilllet 1857 le procès des* Fleurs du Mal *lui fait poser une question qui témoigne de sa faim insatiable, et c'est à sa mère qu'il la fait lire : « Me sacrifiera-t-il ? Toute la question est là. » Car il venait de se défendre dans une lettre à Achille Fould, ministre d'État :* « je ne me sens pas du tout coupable », *et il avait précisé avec tant d'ambiguïtés et de finesse savante qu'on doit* aussi *le croire : « Je suis au contraire très fier d'avoir produit un livre qui ne respire que la terreur et l'horreur du Mal. » Et la question,* toute la question *qui était* là, *c'était donc celle de savoir si ce ministre censément favorable allait, ou non, le* sacrifier. *Baudelaire adulte en ce moment où son destin hésite (l'année de la première édition des* Fleurs du Mal *est aussi celle du décès de son beau-père Aupick) se trouve placé pour quelques semaines aux* deux *positions que lui avait découvertes sa* mutinerie *d'enfant : à la fois spectateur et acteur du drame capital, simultanément* bouc *et allié du ministre, victime et vengeur. Mais on connaît la suite, que la Correspondance décline : après l'offense du procès il se sentira toujours, comme il l'écrira à Hugo, « un monstre et un loup-garou », nanti du triste orgueil d'exhiber pour soi-même l'honneur pervers de sa condamnation : « Je me trouve fort à l'aise sous ma* flétrissure, *et je* sais *que désormais, dans quelque genre de littérature que je me répande, je resterai un monstre et un loup-garou. »*

La quatrième station dans cette biographie du sacrifice est la plus décourageante pour tout lecteur respectueux qui se lie à Baudelaire. « Mon cher Flaubert » (c'est le début d'une lettre du 24 janvier 1862) « j'ai fait un coup de tête, une folie » ; et il ajoute (comment le comprendre ?) qu'il « transforme en acte de sagesse » cette bouffonnerie intempestive. Le

11 décembre 1861, en effet, ce poète condamné dans ses Fleurs du Mal, *ce critique si singulier qu'il ne trouve guère d'éditeurs, ce traducteur de Poe qu'on juge effrayant, cet auteur, en somme, d'aucun ouvrage présentable, a très officiellement posé sa candidature à l'Académie française par une lettre à Abel Villemain, Secrétaire perpétuel. Visites inutiles, déboires et humiliations, courrier en masse, gâchis de courses et d'explications vaines, remerciements faux pour d'incertains services, flatteries aux ennemis et haine de soi, tout le temps que Baudelaire passe à perdre son temps et à empêcher son travail s'alourdit de ces nouvelles pertes. Et on ne sait plus quoi penser de ce petit scandale pour rien, ni s'il s'agit d'un sursaut de naïveté ou d'un défi rageur, ni si cet homme qui s'abaisse ainsi veut encore ce qu'il fait. « Maxime Du Camp m'a dit que j'étais déshonoré » : c'est encore Flaubert, auréolé du procès de* Madame Bovary, *qui le 31 janvier reçoit cette bonne nouvelle ; avec de nouveau cette obstination : « J'ai fait un coup de tête dont je ne me repens pas. » Deux avantages, en l'occurrence, sont tout de même sortis de cette folle entreprise, — or il se peut qu'elle en reçoive un sens énorme.*

D'une part Baudelaire a rencontré Vigny, modèle de distinction et de dignité dans l'amertume, modèle aussi de solidarité sans condescendance, et toujours éclairé des premières grandes aurores du romantisme. L'auteur des Fleurs du Mal *reprend conscience, en la circonstance, de sa dette immense à l'endroit de ce parfait poète, auquel il envoie, pour le saluer de toute son admiration, un grand poème de fidélité autant que de déréliction,* Le Coucher du soleil romantique. *Cette rencontre est inestimable. Une passation s'y produit entre les deux seigneurs de tristesse et de sévérité, telle que l'aîné, à peine moins économe en poésie que ne l'est son cadet, lègue à celui-ci le droit d'être lui-même jusque dans le déshonneur. Car c'est Vigny qui a parlé de la mort du loup, c'est lui qui a peint la fresque de la servitude essentielle où se rencontre la vraie grandeur, et c'est lui, dans* Stello *et dans son œuvre entière, qui a montré le poète en paria et en* bouc *des puissances du monde. Sortant de chez Vigny qui lui a parlé (« Je suis rentré chez moi tout étourdi de votre bonté », dit un billet de la mi-décembre), Baudelaire sait mieux, sans doute, que sa situation historique et personnelle n'est pas aussi clémente que celle de son aîné, que l'époque a mal tourné pour les poètes, et que le* soleil du romantisme *étant désormais couché, un acte grave doit avoir lieu, qu'il va accomplir, un événement vraiment navrant qu'il lui faut incarner. Et le second avantage de cette candidature à l'Académie peut alors être dit, — le jour de Noël 1861, à Arsène Houssaye : « Vous me comprendrez facilement d'ailleurs si je vous dis qu'étant, personnellement, sans espérances, j'ai* pris plaisir *à me faire* bouc *pour tous les infortunés hommes de lettres. » — Retirant sa candidature le 10 février 1862, toute campagne perdue, Baudelaire exténué, vaincu, a pris la place qui avait été celle, jadis au collège, du condisciple martyrisé.*

Comment alors considérer ses dernières années sinon comme l'accomplissement de ce malheur, la suite et l'achèvement de cette auto-immolation ? La Correspondance reflète désormais le déclin de l'intelligence pourtant toujours superbe, l'abaissement ou, faut-il dire, la kénose *spirituelle du poète, en cette aventure-là le premier du monde moderne. On verra en particulier Baudelaire partir en Belgique pour y donner des conférences qui furent désolantes et pour y trouver un éditeur qui fut indifférent, mais sans doute en profondeur pour y poursuivre la défection de son esprit dans des brouillons informes rédigés contre les Belges, et pour y éprouver enfin ce qu'on éprouve à déserter la cause la plus chère, puisque c'est là-bas, à l'hôtel du Grand Miroir de Bruxelles, qu'il insultera Rubens, naguère le premier nommé d'entre ses* Phares, *et qu'il se tournera ainsi contre ce qu'il avait adoré, contre lui-même du coup et contre la poétique qui avait été la sienne. À Bruxelles, Baudelaire n'arrive plus à écrire : « Quand j'ai écrit seulement une cinquantaine de lignes, j'ai la tête embarrassée » (à Ancelle, en octobre 1864), — ou faut-il dire qu'il parvient enfin à ne plus pouvoir écrire ?*

« Quelle atroce destinée ! » dit-il à sa mère en mars 1862, et mille plaintes semblables tombent de sa plume d'épistolier. Et maintenant, le 11 juin 1864, il a l'air d'évoquer au hasard d'un billet un très lointain passé, une haute époque de sa puissance, le temps jadis où celle-ci ne s'était pas ruinée : « Autrefois, quand je faisais des vers… » (à Albert Collignon). Baudelaire à la fin du calvaire de son étrange vie ne fait plus de vers. Ou plutôt si, il en fait toujours, et les laisse parfois publier, et d'assez nombreux, mais ce sont ces Amœnitates Belgicæ *ou ces bouffonneries plus ou moins gaillardes, ou pire encore ces strophes débilitées qu'il laisse chez un ami absent, des vers en somme à peu près nuls — non seulement pour qui a écrit* Les Fleurs du Mal *mais pour quiconque aime les beaux vers — où se dénonce et se défait sa hauteur de ton, où s'abaisse en dérisions futiles sa force d'autrefois, désormais sacrifiée. D'où suit, inversement, que la Correspondance grossit, prenant, semble-t-il, tout le temps et les dernières énergies de ces derniers mois sans vrai travail, et l'épistolier s'y énerve chaque jour davantage, s'y angoisse, s'y use encore. À Ancelle, en juin 1864 : « Je passe ici ma vie à écrire des lettres auxquelles personne ne répond. » Alors on entend dans ces lettres dont quelques-unes sont atroces le grain de la voix brisée, la fatigue du malheur dans la voix du poète devenu* bouc. *Ici la Correspondance se substitue à l'œuvre, ou plutôt elle* désœuvre *le travail bau-*

delairien et, ce faisant, achève son entreprise énigmatique, se produisant comme l'espace propre de sa décréation, *sa véritable aventure spirituelle. Écrire, maintenant, c'est écrire aux autres, — à Asselineau qui s'inquiète, à Manet qui souffre, à Sainte-Beuve devenu père spirituel mais aussi insuffisant qu'admiré, à Ancelle l'ancien fléau maintenant ami, à Nadar qui s'amuse avec ses ballons qui volent, et à quelques autres dont Mme Meurice, admirable de délicatesse, et Rops avec qui on peut parler peinture, et Poulet-Malassis qui n'aura jamais fait défaut. Mais écrire aux autres, évidemment, c'est ne pas écrire, c'est même faire qu'écrire soit impossible. Ces lettres ne sont plus l'à-côté de l'œuvre comme en toute Correspondance ordinaire d'écrivain plus ou moins ordinaire, elles sont les derniers phénomènes de la kénose baudelairienne, où se font entendre en vérité — derrière les soucis qui continuent, les préoccupations d'auteur se donnant le change, derrière les projets apparents de publication ou d'ambition littéraire — les soupirs du* martyr *et les cris du* mutin.

On peut donc lire cette Correspondance comme l'autobiographie d'une catastrophe, à moins que ce ne soit celle d'un détachement : ou comme l'effet d'une malédiction sur un grand esprit qui a manqué de chance et de secours, ou comme celui d'une sorte de grâce ravageante qui l'a mystérieusement affecté pour qu'il se défasse de ses biens, se retire de ses pouvoirs et porte sur lui le malheur du monde. Baudelaire au commencement avait écrit en 1840 à Victor Hugo une lettre d'allégeance ; en 1841 il avait adressé à une belle femme de l'Île Bourbon un poème élégant ; en 1845 il était devenu un jeune écrivain dont les idées étaient nettes, immenses les espérances, et si vives les énergies qu'il pouvait envoyer un fier poème à son ami Banville, et, à Sainte-Beuve, une longue épître en vers. Et quand même ces envois ne parlaient déjà que de mélancolie, de forces tôt pompées, de sang répandu, de douleur et de paresse attirantes, cela n'empêche qu'il y avait là de vraiment beaux poèmes, de hauts besoins métaphysiques coulés dans la vigueur de nobles vers, et toute cette part de sa Correspondance montre un courage debout. Par contraste, qu'on se reporte aux lettres de 1865. Des poèmes s'y trouvent encore mais naufragés, poèmes sans force, écrits par la faiblesse qui sature l'esprit comme la Correspondance remplace l'œuvre. Faiblesse bue jusqu'à la lie, — jusqu'à ce tout dernier poème que l'auteur des Fleurs du Mal *finit par écrire, qu'on trouve en suscription d'une lettre déposée chez Poulet-Malassis :*

Monsieur Auguste Malassis
Rue de *Mercélis*
Numéro *trente-cinq* bis
Dans le faubourg d'*Ixelles*
Bruxelles.
(Recommandée à l'Arioste
De la poste,
C'est-à-dire à quelque facteur
Versificateur.)

Cette ultime strophe date du 14 février 1866. Un mois plus tard Baudelaire sera tombé dans une église de Namur, une hémiplégie l'aura rendu aphasique pour dix-sept mois d'agonie. Cette strophe nous émeut, étant la parole de la victime, la dernière œuvre *d'un désœuvrement commencé quelque vingt-cinq ans plus tôt. Le* travail *mystérieux de ce poète dépouillé aura été d'en venir à cette dérision. Et c'est encore un autoportrait, non pas dégradé mais fidèle à sa dégradation comme destin personnel, puisque le* « facteur/Versificateur », *c'est lui, — lui dépris de soi et enfin pauvre, livré à son courrier substitué à son œuvre, quand le poème n'est plus qu'un dessus de lettre.*

On comprend dans ces conditions les relations crispées, d'énorme appétit et d'irritation souvent redoutable, qui furent celles de Baudelaire avec son monde. Avec sa mère, d'abord, en qui il n'a trouvé qu'une incompréhension têtue pour sa vocation sans pareille, et cette épreuve-là, quotidienne, venait redoubler le traumatisme, dans l'enfance, de la perte de confiance : on le voit bien dans la longue lettre panique du 25 février 1834, dans laquelle à treize ans Charles explique à son beau-père et à sa mère qu'ils ne doivent pas désespérer de lui, qu'il va se convertir à une conduite pour eux flatteuse, mais qu'ils doivent lui garder, impérativement, leur estime et leur affection. Or voilà, ces thèmes obsessionnels reviendront ensuite sans changement dans toutes les missives à Mme Aupick, auxquels ne s'ajouteront que la peur grandissante et la blessure d'orgueil de ce que cette mère adorée ne comprendra jamais son fils. Et il en va de même avec les autres : meilleures ou pires, les relations de Baudelaire avec ses correspondants souffrent toujours du sentiment qu'il a de sa grandeur inaperçue, de sa terrible intelligence fatalement déplaisante, et de n'être pas connu dans sa dignité mais confondu avec un raté quelconque. Comment faire entendre aux heureux de ce monde que le guignon *baudelairien n'a rien d'un ratage ordinaire ? Qui voit dans cette impuissance et cet abaissement l'effort paradoxal, sans mesure commune, d'une âme haute de sa chute, forte de sa faiblesse ? C'est d'autant moins compréhensible que le* bouc *lui-même refuse sa condition, ou ruse avec elle, la masque et souvent la méconnaît, n'en veut rien savoir quand il y obéit. Alors, à de rares exceptions près, ces lettres font entendre de l'exaspération, des impatiences et de l'épuisement, même aux chers amis auxquels parler sans crainte est possible. Quant aux autres auteurs, les écrivains comme il y en a, ceux que Baudelaire avait nécessairement pour voisins et contre-exemples, ceux qui bâtissent une œuvre parce que la littérature est chose respectable, et parce qu'ils ont cette chance, ne contestant pas leur force, de persévérer dans leur travail en expansion naturelle et de grandir sans vergogne, ils reçoivent dans cette Correspondance l'hommage ambigu de l'infécondité à l'abondance, de la maladie à la santé. À Sainte-Beuve, en mars 1865 au sujet de Dumas : « Un homme peut être respectable pour sa* vitalité, *vitalité de nègre, c'est vrai. » Au même, trois ans plus tôt, et l'éloge allait sans truchement : « Quand je vois votre activité, votre vitalité, je suis tout honteux. » Mais Sainte-Beuve en septembre 1865 n'aura pas davantage prêté attention à cette impuissance plaidant pour la vitalité, à cette misère qui sombrait : « Cependant, lui dit Baudelaire, si, me connaissant aussi bien que je me connais, vous voulez me dire quelques injures sur ma faiblesse, mon découragement, dites, dites. Des injures de vous me feront plaisir, et cela me prouvera du moins que vous êtes en bonne santé. » Quiconque écrit comme normalement les écrivains écrivent n'y verra que du feu brûlant pour rien. Soit par exemple Champfleury, un véritable ami, auteur d'une œuvre qui va selon ses voies, et même excellent complice dans les réflexions partagées sur la caricature et sur la pantomime, il faudra tout de même, pour un prétexte, se fâcher violemment contre lui, et il donnera sa mesure, attendue, dans une réplique où apparaît d'un coup l'image que le monde se faisait de Baudelaire : « N'allez pas dans de plus mauvais lieux ; essayez d'imiter ma vie de travail ; soyez aussi indépendant que moi ; n'ayez jamais besoin des autres et alors vous pourrez parler de dignité. » Mais non, Baudelaire n'imitera pas Champfleury, il n'aura justement pas* *comme tout le monde une « vie de travail », ni comme Dumas ou Sainte-Beuve une « vitalité » féconde, ni comme Nadar les « viscères en double » : il n'y aura pas d'*œuvre *baudelairienne, au sens de ce mot dans la langue des auteurs.*

La meilleure preuve en est ce qui se passe avec Hugo. D'abord les éloges que Baudelaire lui prodigue sont les mêmes qu'à Sainte-Beuve, à Barbey d'Aurevilly, à Flaubert ou à quiconque s'établit dans son travail : « Le génie servi par la santé ! Que vous êtes heureux, Monsieur ! » (17 décembre 1863). Mais donc, du point de vue de la décréation, *Hugo n'est au total qu'un autre Champfleury, lequel venait de recevoir le même hommage : « Il est évident que vous êtes un homme heureux,* heureux par vous-même, *et moi, je ne le suis pas, car je suis toujours mécontent de moi » (6 mars 1863). Par suite, quand Hugo n'est plus destinataire mais repoussoir, quand donc l'envie de faire œuvre se rendort un peu, alors l'*abaissement *s'expose comme vérité la plus intime. À Ancelle, en février 1865 : « Mais j'ai encore plus d'orgueil que Victor Hugo, et je sens, je sais que je ne serai jamais si bête que lui. » Un beau symbole de cette* bêtise *apparaît dans la réaction à la rumeur selon laquelle Hugo quitterait son île et viendrait lui aussi s'installer en Belgique : « C'était bien la peine d'arranger soigneusement un palais sur un rocher ! Quant à moi, seul, oublié de tout le monde, je ne vendrai la maisonnette de ma mère qu'à la dernière extrémité. »* Palais *contre* maisonnette *: d'un côté* Les Contemplations, Les Misérables *qui viennent de paraître,* Les Travailleurs de la mer *qui vont arriver, et toute l'œuvre gigantesque due aux merveilleuses facultés de la plus grande puissance prospérant dans son être, — de l'autre un livre condamné,* Les Fleurs du Mal, *« ce maudit livre », « ce livre* atroce *», des publications dont plus personne ne veut, et la dernière plaquette au titre parfaitement* *vrai :* Les Épaves. *Tous les auteurs avec lesquels dans sa Correspondance Baudelaire entretient des rapports compliqués construisent comme Hugo quelque* palais *de leurs reflets, que recensera l'histoire de la littérature. Pour sa part, la* maisonnette *qu'il aime n'est pas même à lui, elle appartient à sa mère, et de Belgique il n'a plus l'énergie d'y retourner, d'ailleurs cette maisonnette va disparaître, il le sait, elle se trouve sur une falaise, à Honfleur, qui craque de partout et s'éboulera. Et il en va de même des peintres, jusqu'aux mieux aimés : non seulement de Rubens, « goujat habillé de satin », auquel il va préférer Meryon et son mal heur ; mais même de Delacroix, le plus passionnément célébré, dont à la fin il mentionne l'égoïsme, et que sa pensée délaisse pour Constantin Guys, celui-ci tout en modestie, en anonymat, et tout effacement. Une poétique de l'affaiblissement ne sera jamais si* bête *que Victor Hugo : jamais si bête que cette force qu'il faut pour édifier une œuvre.*

Mais qu'est-ce alors que ce travail *baudelairien, non pas celui dont il aurait voulu déposer les fruits devant sa mère pour reconquérir sa confiance, ni celui qui l'aurait fait l'égal de Hugo ou de Champfleury, mais l'autre, celui auquel collabore, auprès du* savant chimiste *ès sciences de l'esprit, l'*âme sainte, *cette âme affamée de malheur ? Ce* travail, *malgré les apparences, est une méthode ; et cette méthode a un nom : le « vagabondage littéraire ». Évidemment pareille méthode est faite pour ne rassurer personne, ni les directeurs de revue ni les amis perplexes, ni donc le poète lui-même : « Mais le* Diable *qui préside au vagabondage littéraire en a décidé autrement » (à François Buloz, 13 juin 1855). Par exemple, à Alphonse de Calonne qui s'impatiente, auquel sont promis des textes qui n'arrivent pas, il faut expliquer (pour l'irriter davantage ?) la vraie raison de tant de retards et d'inutiles délais : « Quant au vagabondage qui m'a fait* *entreprendre trois choses à la fois, ne vous inquiétez pas; c'est une méthode» (10 novembre 1858). Cette méthode consiste essentiellement en vie errante («Ma vie errante m'a disloqué», 3 juin 1855), en lectures nocturnes par l'extrémité de la fatigue, en conversations de café qui ne servent à rien, en loisirs tristes et plus ennuyeux que l'effort, en déménagements et disparitions de chambre en chambre au labyrinthe de Paris, en coin de table parfois trouvé dans une auberge pour corriger des épreuves avec la fumée du tabac et les maux d'estomac. On sait ce que fut la vie de Baudelaire. «Je travaille au hasard sur des tables d'auberge» (4 juillet 1859, et cette phrase à sa mère forme un alexandrin). «Quelquefois je me sauve de chez moi, afin de pouvoir écrire, et je vais à la bibliothèque, ou dans un cabinet de lecture, ou chez un marchand de vin, ou dans un café, comme aujourd'hui. Il en résulte en moi un état de colère perpétuel. Certes ce n'est pas ainsi qu'on peut faire de longues œuvres» (27 mars 1852, à la même). Mais sur le fond de cette nuit, soudain, éclatent ses grands rêves. Par exemple, en 1859, à Malassis : «Nouvelles* Fleurs du Mal *faites. À tout casser, comme une explosion de gaz chez le vitrier.» Ou à Mme Aupick, en 1861 : «Je ne sors jamais des situations difficiles que par explosion.» Ou à Sainte-Beuve, dans la lettre du 24 janvier 1862 : «Heureusement j'ai des soubresauts et des crises dans le caractère qui remplacent, quoique très insuffisamment, l'action d'une volonté continue.» Le* vagabondage littéraire *est bien une* méthode *puisque c'est de sa paresse fondamentale et de son décentrement systématique que surgit, parfois, la poussée alors parfaitement fidèle à la vérité psychique et qui fait les pages sublimes de l'essai sur Wagner, composé en trois jours, les pages trempées de nuit des* Paradis artificiels, *l'alacrité irrésistible des essais sur l'art. Au vagabondage littéraire Baude-*

laire doit, comme il sait, la vibration de flèche de tous ses mots, le nervosisme *exact et l'audace de sa touche. Mais il lui doit aussi, et il ne le sait pas moins, son* impuissance *qui est l'encre lourde de ce style. À Mme Aupick le 3 juin 1863 : « L'oisiveté est devenue une si violente douleur, l'idée folle de mon impuissance littéraire m'a tellement effrayé que je me suis précipité dans le travail. » Le* travail *est donc cette* précipitation *enlevée à l'effondrement, lequel cependant s'en aggrave. À Poulet-Malassis le 16 janvier 1861 : « Ma volonté est dans un état piteux, et si je ne pique pas,* par hygiène, et malgré tout, *une tête dans le travail, je suis perdu. » Or si Baudelaire ne fut pas toujours* perdu, *son génie l'ayant rejoint sporadiquement, à la fin il se perdit,* bouc *aphasique, par le « volcan malade » de sa tête :*

Ma tête devient littéralement un volcan malade. De grands orages et de grandes aurores. Avez-vous lu mon article ?

Narcisse Ancelle qui lut ces phrases en ouvrant la lettre du 5 mars 1852 ne se sera pas demandé ce que pouvait être dans l'histoire de l'esprit, et particulièrement dans l'histoire de la poésie, un volcan. *Il lui aurait fallu une tectonique de l'âme, et savoir mesurer les plaques sensibles, et leurs déplacements fatals dans la pensée européenne, dont son correspondant, sans qu'il s'en doutât, était profondément remué.* Malade, *ce mot en revanche dut le réconforter dans le droit qu'il se croyait de condescendre jusqu'à Baudelaire en prétendant le guérir par les voies bourgeoises, lesquelles sont celles du travail au sens de Sainte-Beuve, de Champfleury, et de Hugo, comme à celui du notaire. Mais* un volcan malade, *la tête le devient quand elle a suivi la méthode du vagabondage littéraire. Et cela jette au monde d'étranges* flammes, qui ne changent pas le monde mais qui sont les plus ardentes entre celles qui serrent le cœur quand elles s'éteignent dans la nuit : ce sont Les Fleurs du Mal, dont plusieurs fusent dans cette Correspondance, en particulier celles offertes sous l'anonymat à Mme Sabatier, et ce sont aussi, dans cette prose d'épistolier surtendu, le récit du rêve inépuisable confié à Asselineau, le démentiel projet du drame, L'Ivrogne, rédigé comme sous terre pour Tisserant, ou la plus belle des lettres, à Wagner, qu'un amant de la musique puisse écrire avec sa primitive passion.

Puis c'est la nuit. Les amis bienveillants qui ont vu cette éruption sombrer dans sa maladie finale ont témoigné pour le poète. Mais lui trouvait tout cela pitoyable. Il appelait ses écrits des « bagatelles », des « élucubrations », il a traité de « torche-public » plusieurs manuscrits des Fleurs du Mal, et s'il disait à Mme Sabatier : « Voici mon malheureux torche-cul », c'était d'Hymne qu'il parlait. Quand même cette dérision masquait son orgueil et sa pudeur, et quand même d'autre part il se savait « infaillible », ne supportant pas qu'on contestât ses vers et conscient que Les Fleurs du Mal resteraient pour la postérité, il se sabordait ainsi, se dépouillant de ses réussites. Faisant inlassablement sauter le Baudelaire qu'il était devenu, il achevait son devoir en ce renoncement.

On aura compris que cette Correspondance n'enseigne rien. On pourra certes y vérifier tel ou tel aspect de la poétique et de la pensée attribuables à Baudelaire — par exemple ses idées sur les rapports entre la morale et l'art, son adhésion à la théorie de l'Analogie Universelle, son goût pour Diderot, pour les moralistes, et pour un singulier XVIIIe siècle, sa définition du spleen comme l'expérience de l'« à quoi bon », sa fidélité à l'émotion d'art, sa valorisation du tempérament et de l'individualité dans l'expression plas-

tique, sa détestation du progrès *et de l'irréligion, etc.* —, *n'empêche : toutes ces propositions apparaîtront ici, plus nettement que dans les essais où elles trouvent leurs formulations complètes, comme seulement des retombées, des résidus changeables au gré du besoin spirituel, et dont le poète pouvait déserter la cause. Car lui fut libre même de ses positions et de ses postures intellectuelles où ses destinataires croyaient pouvoir le situer, libre d'une liberté qui posait son malheur pour s'en affranchir, et qui ne s'en affranchissait qu'en l'intensifiant sans repos jusqu'à la mort. De sorte qu'à défaut d'une Correspondance instructive, ce qu'on va trouver dans ces lettres entièrement personnelles, dont aucune ne fut écrite complaisamment, aucune destinée à la publication, aucune faite pour délivrer l'esprit de sa faim essentielle, c'est le drame quotidien d'un être d'exception qui misa sur la douleur et sur le sacrifice de soi pour rester libre. « La vie doit être une perpétuelle douleur », dit-il à Nadar.*

À quel point Baudelaire fut libre, il aura fallu l'arrogance de beaucoup de ses lecteurs pour ne pas le voir. Mais la liberté comme il l'éprouvait n'était pas l'enfantillage de défier sa classe sociale ou ses ennemis, elle était l'effort qui posait avec elle-même la négativité du mal dont elle avait à s'échapper, elle ne s'affirmait qu'en s'affranchissant de cette puissance du mal qu'elle provoquait comme sa vigueur. La liberté selon Baudelaire, qui connut la détresse et qui prit à la fin la place de la victime, ne fut pas une liberté légère, ni celle que les politiques visent, car elle fut l'expérience du malheur. L'expérience du malheur fut pour Baudelaire ce que sa liberté se donnait pour s'en libérer, n'étant vraiment liberté que de se donner du mal *pour s'en délivrer. La liberté est ce* travail *dont Baudelaire fut chargé.*

Jérôme Thélot

Correspondance

1833-1866

Lettre de Baudelaire à Albert Collignon, 22 février 1864.

(Collection particulière.)

1. – *À Alphonse Baudelaire*

[Lyon, 25 mars 1833.]

Mon frère,

Grande rumeur au collège. Un maître a frappé un élève jusqu'à lui donner des maux de poitrine. Il est extrêmement malade et ne peut se lever. Je te vais tout raconter. Cet élève, au bout d'une demi-heure d'étude ne comprenant pas son devoir, avait fait passer des billets pour le savoir. Le pion l'ayant découvert lui dit des sottises selon son ordinaire. L'autre fit encore passer un billet pour lequel fut donnée une roulée[1] à laquelle l'élève riposta quelques coups de pied. Le pion voulant terminer cette lutte d'un seul coup lui donne un coup de pied dans les reins. Le tambour bat pour le souper. L'élève se met à son rang ordinaire, le pion le fait passer à la queue en lui disant qu'il n'était pas digne d'aller avec les autres. En revenant du souper il le met dans le charbonnier[2] pour la même raison. De temps en temps il venait le claquer; l'élève avait les reins en déconfiture, il ne pouvait lui résister. On se couche. Deux jours après, sortie. Je rentre le soir et l'on m'apprend que cet élève est à l'infirmerie, ne pouvant plus se soutenir et qu'il est tombé en défaillance dans les rangs. L'infirmière est résolue à tout faire pour qu'il s'en aille, mais ce n'est pas encore sûr comme il est bien *coco*[3] auprès du proviseur.

Nous lui avons fait un tel charivari dans la cour que le proviseur l'a entendu de son appartement. Alors ce *pion* riait de ce qu'on faisait pour lui, mais il riait *jaune.* Je suis dans les *mutins.* Je ne veux pas être de ces *lèche-culs* qui craignent de déplaire aux pions.

Vengeance sur ceux qui ont abusé de leurs droits. C'était une inscription des barricades de *Paris*[4]. S'il ne s'en va pas, nous faisons mettre un article sur *Le Courrier de Lyon*[5]. Adieu. Bonsoir. Bien des choses de la part de papa, de maman, de moi pour tout le monde et pour toi particulièrement.

Le mutin cadet.
CHARLES.

Les lettres que tu m'as écrites étant chez maman, j'ai encore oublié ton numéro.

2. – *À Alphonse Baudelaire*

[Lyon.] Le 17 mai [1833].

Mon frère,

Je pense que je suis plus en droit de te gronder que toi. Car je suis seulement en retard de deux jours, et toi, tu ne me réponds jamais. Au reste, j'aurais une excuse : j'attendais quelque bonne place pour te l'envoyer. Enfin j'en ai une; j'ai été quatrième en français. Je crois t'avoir dit que j'avais été deuxième en grec. Je te prie dans toutes mes lettres de me répondre. Quelle honte! Le cadet qui fait la morale à l'aîné! Tu vois que je te prends par les sentiments. Je crois que c'est le bon moyen. Comme Parisien, je suis indigné de la manière dont on a traité le nom de Louis-Philippe à Lyon[1]. Quelques petits lampions par-ci, par-là, et voilà tout. Je pense qu'à Paris on a fait de grandes fêtes. Quoique à Fontainebleau, tu as dû en voir la description dans le journal. Écris-la-moi. Pour tes lettres, adresse-les à M. Baudelaire, élève au Collège royal de Lyon. Dis-moi ton numéro, ce que tu fais avec ma sœur[2], quels sont tes plaisirs, etc., etc., etc., etc.

On nous avait à Lyon menacés de grands bruits. Aux Célestins (théâtre de Lyon), sur la place, il y avait un grand rassemblement (à ce qu'on disait) ; tous ces jeunes gens avaient une cravate rouge, plutôt signe de leur folie que de leur opinion. Ils chantaient (tout bas) ; quand arrivait seulement un sergent de police ils se taisaient. Les saint-simoniens s'étaient unis aux républicains et avaient annoncé qu'on danserait sur la place Bellecour (promenade). Le jour annoncé, pas de bal, rien. On avait dit qu'à deux lieues de Lyon il y avait une grande insurrection. Le général Aymard envoie quatre gendarmes. On trouve une cinquantaine de gens armés. On leur demande leur projet. C'est une louve, disent-ils, que nous chassons. D'après ces deux faits, tu devines le reste de la révolte, c'est-à-dire rien.

Il y a quelque temps que nous avons changé de recteur. Nous changeons maintenant de proviseur. L'ancien va comme recteur à Orléans et le nouveau vient, comme proviseur de Toulouse où il était recteur. Écris-moi donc ; tu trouveras bien assez de sujets. Ah ! diantre ! Il faut que je ferme ma lettre, voici le garçon du quartier qui ouvre la porte, avec le pain du déjeuner. Le tambour va battre. J'oubliais de te dire que j'apprends la danse. Bien des choses de la part de papa et de maman. Autant de ma part à ma sœur. Adieu.

CARLOT.

3. – *Au lieutenant-colonel et à Madame Aupick*

Lyon, le 25 février [1834].

Papa et maman,

Je vous écris cette lettre pour tenter de vous persuader, qu'il y a encore quelque espérance pour me tirer de l'état qui vous fait tant de peine. Je sais que dès que maman lira le commencement de cette lettre, elle dira : je n'y crois plus, que papa dira la même chose ; mais je ne me décourage pas, vous ne voulez plus venir me voir au collège pour punition de mes sottises ; mais venez une dernière fois pour me donner de bons conseils, pour m'encourager. Toutes ces sottises viennent de mon étourderie et de mon lambinage. Quand la dernière fois encore je vous ai promis de ne plus vous donner de chagrin, je parlais de bonne foi, j'avais la résolution de travailler et de travailler ferme pour que vous puissiez dire : nous avons un fils qui reconnaît nos soins ; mais l'étourderie et la paresse m'ont fait oublier les sentiments qui me possédaient, quand je promettais. Ce n'est pas mon cœur qu'il faut corriger, il est bon, c'est mon esprit qu'il faut fixer, qu'il faut faire réfléchir assez solidement pour que les réflexions y restent gravées. Vous commencez à croire que je suis un ingrat, vous en êtes peut-être bien persuadés. Comment vous prouver le contraire ? je sais le moyen ; c'est de travailler sur-le-champ ; mais quoi que je puisse faire, ce temps que j'ai passé dans la paresse et l'oubli de ce que je vous devais, sera toujours une tache. Comment vous faire oublier en un moment une mauvaise conduite de trois mois ? je ne sais et c'est pourtant ce que je voudrais. Rendez-moi tout de suite votre confiance et votre amitié, venez me dire au collège que vous me les avez rendues. Ce sera le meilleur moyen de me faire changer aussi en un moment.

Vous avez désespéré de moi comme d'un fils au mal duquel on ne peut remédier et auquel tout est devenu indifférent, qui passe son temps dans la paresse, qui est mou, lâche et n'a pas le courage de se relever. J'ai été mou, lâche, paresseux, je n'ai pensé à rien pour un certain temps ; mais comme rien ne peut faire changer le cœur, mon cœur, qui malgré ses défauts a son bon côté, m'est resté. Il m'a fait sentir que je ne devais pas désespérer de moi-même. J'ai pensé que je pouvais vous écrire et vous communiquer les réflexions que m'avait suggérées l'ennui que me procure une vie passée dans la paresse et les punitions. Et l'idée seule que vous pouviez me regarder comme un ingrat, m'a rendu quelque courage. Si vous-mêmes n'avez plus celui de venir au collège, répondez-moi, et dans une lettre donnez-moi les conseils et les encouragements que dans le parloir vous m'auriez donnés en personne. On donne des places d'histoire naturelle jeudi matin, j'en espère une bonne. Cette espérance que j'ai peut-elle vous engager à m'écouter ? J'en ai encore eu dernièrement une très mauvaise, très mauvaise, mais l'envie de réparer cet affront a fait que ce matin je me suis appliqué à ma composition. Si décidément vous avez pris le parti de ne plus venir au collège avant qu'une conduite nouvelle vous ait prouvé un changement total de ma part, écrivez-moi, je garderai vos lettres, je les lirai souvent pour lutter contre mon étourderie, pour me faire verser des larmes de repentir, pour que ma paresse et mon étourderie ne me fassent pas oublier les fautes que j'ai à réparer. Enfin, comme je vous l'ai dit au commencement de ma lettre, le cœur n'y est pour rien. Un naturel léger, un penchant invincible à la paresse m'a fait commettre toutes ces fautes. Soyez-en bien persuadés. Vous n'oublierez pas, j'en suis sûr, que vous avez un fils au collège, mais n'oubliez pas que ce fils a encore du cœur. Voilà ce que je voulais vous écrire. Le but en est bien simple, je veux vous persuader qu'il ne faut pas désespérer de moi. Et qui d'ailleurs, en pensant que ses parents ne veulent plus venir le voir et qu'ils en sont au point d'employer les moyens de rigueur, n'aurait pas écrit bien vite pour les détromper ? Ce ne sont pas les moyens de rigueur qui me touchent. C'est la honte de vous avoir obligés de les employer. Ce n'est point à la maison que je suis attaché, non plus qu'aux commodités que j'y trouve quand je sors, c'est au plaisir de vous voir que je suis sensible, au plaisir de causer avec vous pendant un jour, aux louanges que vous pouvez me donner sur mon travail. Je vous promets de changer, mais ne désespérez pas de moi et comptez encore sur mes promesses.

CHARLES.

4. – *À Madame Aupick*

[Paris, 23 avril 1837.]

Ma bonne mère,

Je voudrais savoir des nouvelles de papa, s'il souffre beaucoup, si l'on pensera bientôt à fermer la plaie, s'il s'ennuie bien, s'il te parle de moi, tout ce que tu pourras me dire. Quand je suis parti dimanche soir, il commençait à sentir des douleurs, ça a-t-il eu des suites ; est-ce maintenant M. Choquet qui le soigne ; car tu m'as dit qu'il désirait surtout être soigné par lui. Et maintenant il faut aussi que je te demande de tes nouvelles ; je t'ai laissée avec le mal de dents, et craignant de passer une mauvaise nuit. Si tu as été continuellement chez le dentiste, c'est peut-être passé tout à fait ; enfin je veux savoir tout cela. Tu me l'écriras, ou bien tu enverras Joseph au collège ; il m'apportera en même temps, s'il peut, deux volumes (*Cours de littérature* de Noël. Deuxième rayon). Serais-tu assez complaisante pour recouvrir chaque livre solidement de papier, ou d'étoffe que tu coudrais ? Au surplus tu n'en as peut-être guère le temps ; car il faut songer à papa avant tout ; et puisque lorsqu'il est en bonne santé, il s'occupe tant de nous amuser, il faut être à lui quand il est malade. Dernièrement j'ai été très honteux qu'il m'eût entendu te répondre lestement ; aussi, maman, je te fais mes excuses. Si cela te fait plaisir de savoir pourquoi je redemande mon cours de littérature, voilà : je sais que je me trouvais bien moins fort cette année en vers que l'année passée ; je me décourageais ; aussi franchement je ne faisais plus grand-chose dans cette faculté[1]. Mon professeur me faisait chaque fois des sermons. Le proviseur même m'en a parlé. Le professeur n'a-t-il pas été jusqu'à me dire dans son style : « Travaillez donc les vers latins ; c'est une corde d'avenir que vous cassez. » Ça m'a fait rire. Enfin, songeant qu'il y avait peu de temps avant le concours, je me suis remis fortement à l'ouvrage, si bien que le voilà enchanté de mes pièces de vers ; moins pour moi que pour lui, bien entendu, car j'ai remarqué que si je fais de mauvais vers, il [est] très mécontent, et si je néglige le grec, ou toute autre chose, à peine me le fait-il voir. Outre les répétiteurs que le collège nous donne, un ancien élève du collège qui a eu autrefois des succès, et qui est maintenant précepteur des enfants de M. Rothschild, je crois, a proposé au proviseur de nous donner des répétitions spécialement pour les vers. Ce jeune homme m'a demandé ce matin si ses répétitions m'amusaient. J'ai été fort étonné. J'ai protesté, bien entendu, que oui. Puis il a voulu causer un instant avec moi, m'a parlé du concours, m'a proposé de me prêter de sa bibliothèque les livres que je désirerais, et qui auraient quelque rapport à mes études ; que seulement il ne me prêterait ni romans, ni autre chose de ce genre, parce qu'il m'exposerait lui-même. J'ai fait mille remerciements. Comme ce n'est peut-être qu'une offre de politesse et qu'au fond il ne s'en soucie guère, je me garderai bien d'en profiter. Et voilà. Je ne sais [ce] que ça veut dire ; en attendant je vais piocher. Je t'embrasse bien, toi et papa.

Si ce mauvais temps continuait, il y aurait presque cruauté à ce que Joseph vînt uniquement à cause de moi au Collège. Sinon, qu'il m'apporte bien de vos nouvelles.

CHARLES.

5. – *À Alphonse Baudelaire*

[Paris, 5 mars 1838.]

Mon frère,

Comme je n'entends plus parler de toi, la crainte m'est venue que tu ne fusses malade, ou que quelqu'un chez toi le fût ; aussi je t'écris pour t'obliger à me répondre. Es-tu donc si affairé que tu ne puisses m'envoyer deux mots ? Faut-il pour t'engager à m'écrire te parler de ce que je fais au collège ? Eh bien je suis premier en discours français. Es-tu content ? Mais plus je vois approcher le moment de sortir du collège et d'entrer dans la vie, plus je m'effraie ; car alors il faudra travailler, et sérieusement ; et c'est une chose effrayante à penser.

Maman m'a dit que tu avais un assez grand nombre de pièces de vers que notre père avait faites[1]. Veux-tu m'en envoyer quelques-unes, toutes si c'est possible ; il m'a pris une grande curiosité de les voir ; et ce sera un grand plaisir que de les lire.

J'espère que Théodore[2] se porte bien, malgré que tu n'en dises rien ; maman et papa te disent bien des choses. Adieu, et réponds-moi si tu en as le temps.

CHARLES.

6. – *Au colonel Aupick*

[Paris, 17 juillet 1838.]

Papa,

Je te demande pardon de ne t'avoir répondu plus tôt; je voulais vous donner des places. Elles sont toutes venues à la fois. Je suis sixième en discours français, quatrième en discours latin, premier en vers latins. Maintenant on s'occupe des compositions des prix et nous passons nos journées à la promenade; pas de devoirs. Voici les heures d'oisiveté qui viennent et se prolongeront jusqu'à la fin de l'année; moi, je lis continuellement. Je ne pense pas du tout aux compositions, je ne m'en inquiète pas du tout, seulement le jour venu, j'y mets toute mon application. Le concours seul me fait peur[1]; je vois que maman a une telle envie de me voir nommé au concours que si je ne l'étais pas, elle ne me le pardonnerait pas; et pourtant personne n'est sûr de rien; enfin là comme au collège, je mettrai toutes mes forces.

Il y a quelques jours tout le collège avec tous ses maîtres et une pension d'externes attenant au collège ont été à Versailles. Le roi invite successivement toutes les écoles royales à le visiter. L'École polytechnique y avait été avant nous. Nous nous sommes donc promenés dans toutes les salles, dans la chapelle; nous avons dîné dans une salle basse. Puis le roi est venu; on s'est encore promené à sa suite : à la fin il nous a fait entrer dans la salle de spectacle où une décoration était préparée. Il a dit qu'il regrettait de ne pouvoir pas nous y donner un spectacle qui terminât dignement la journée; et qu'il nous remerciait de l'accueil qu'il avait reçu. Il avait avec lui le duc d'Aumale, M. Salvandy et des aides de camp. Nous sommes repartis ; partout sur notre route les passants s'arrêtaient pour voir défiler les *cent* voitures de louage.

Je ne sais si j'ai raison, puisque je ne sais rien en fait de peinture, mais il m'a semblé que les bons tableaux se comptaient ; je dis peut-être une bêtise, mais à la réserve de quelques tableaux d'Horace Vernet[2], de deux ou trois tableaux de Scheffer, et de la *Bataille de Taillebourg* de Delacroix je n'ai gardé souvenir de rien, excepté encore d'un tableau de Regnault sur je ne sais quel mariage de l'empereur Joseph[3] ; mais ce tableau se fait distinguer d'une tout autre façon. Tous les tableaux du temps de l'empire, qu'on dit fort beaux, paraissent souvent si réguliers, si froids ; leurs personnages sont souvent échelonnés comme des arbres ou des figurants d'opéra. Il est sans doute bien ridicule à moi de parler ainsi des peintres de l'empire qu'on a tant loués ; je parle peut-être à tort et à travers ; mais je ne rends compte que de mes impressions : peut-être aussi est-ce là le fruit des lectures de la *Presse* qui porte aux nues Delacroix[4] ?

Le lendemain, dans un journal, *Le Charivari*, on a dit qu'après notre dîner nous étions rassasiés de *croûtes*.

Mon cousin Levaillant est venu me voir, il m'a donné son adresse que j'ai oubliée. M. de Viterne aussi a eu la complaisance de venir. M. Morin est venu un matin. Il m'a raconté que t'ayant demandé s'il pourrait me faire sortir, dans la crainte que d'autres personnes ne fussent piquées de cette préférence, tu lui avais refusé ; il m'a dit pourtant que si j'avais besoin d'une chose indispensable, en t'avertissant, il se ferait un plaisir de me faire sortir, et que tes amis n'en sauraient rien ; je fus enchanté de cette proposition, et voici pourquoi. Très souvent, je vais causer avec M. Rinn, mon professeur, des ouvrages que je lis, d'idées littéraires, d'auteurs latins, de ce qu'on fait aujourd'hui, de ce qu'il faut faire dans la vie, etc. Comme il a vu que j'aimais beaucoup les auteurs modernes, il m'a dit qu'il serait satisfait s'il pouvait un jour analyser longuement avec moi un ouvrage moderne, m'en faire sentir le bon et le faux, et qu'ainsi j'eusse à l'aller voir un jeudi, chez lui ; M. Rinn pour moi est un oracle ; et j'étais enchanté. Mais malheureusement le proviseur a refusé de me laisser sortir : maman avant de partir l'en avait prié. Ainsi je te demande si tu consens à m'envoyer une lettre pour le proviseur, attestant que tu me permets de sortir parfois chez M. Morin. Je n'userai de cette permission que pour aller chez M. Rinn, rester dans ma chambre, et causer avec M. Morin quand il en aura le temps. Puis, j'en userai rarement, car, n'étant plus avec vous, et ne causant pas avec M. Rinn, c'est encore au collège que je m'ennuie le moins.

Je n'ose pas te parler de ta blessure ; je sais que tu n'aimes pas à ce qu'on te montre de l'inquiétude ; maman trouve que cela va bien lentement ; si tu le crois profitable, reste, reste jusqu'à l'année prochaine. J'aime moins mes vacances que le moindre soulagement pour toi.

Maman m'écrit des lettres charmantes ; remercie-la bien. En cas que tu consentes à me laisser sortir, fais que ta lettre arrive au plus vite, car la fin de l'année approche, et je voudrais avoir le temps d'user de ta permission pour voir mon professeur. Adieu.

Je t'adore.

CHARLES.

7. – *À Madame Aupick*

[Paris,] 3 août [1838].

Maman,

Toutes nos compositions sont finies. Quant au concours on ne sait rien. Je puis seulement te dire qu'excepté dans la composition de vers je n'ai aucune espérance. Pour la classe j'ai demandé au professeur, il m'a répondu que ma composition de vers et de discours latin était détestable. Ainsi voilà à quoi aboutit une année, et ce que ce sont [que] des succès de collège. Si par hasard tu étais de retour pour les distributions, j'irais demander au proviseur si j'ai quelque prix et sinon, bien entendu je n'irais pas à la distribution. Mais je ne souhaite pas que vous reveniez, car M. Zinse à qui j'ai dit que vous seriez de retour dans quinze jours, a dit que ce serait une imprudence, qu'il fallait profiter de tout le temps possible, rester aux eaux jusqu'au dernier moment. M. Morin trouve aussi bien extraordinaire que vous reveniez si tôt. Je vous en prie, puisque vous êtes là, mettez à profit le remède que vous avez choisi pour que les effets soient sûrs. Comment ? vous auriez fait un si long voyage pour rester si peu de temps. Ainsi avant de revenir, réfléchis bien, et si tu juges que les eaux peuvent continuer leur effet, emploie tous les moyens possibles pour retenir papa.

M. Zinse m'a dit qu'il t'[avait] vue à cheval, que tu t'amusais beaucoup, que tu étais contente. Ah ! tu es bien heureuse de t'amuser. Quant à moi c'est tout le contraire ; je m'ennuie tellement que je pleure sans savoir pourquoi. Ne t'étonne pas si je te dis d'un côté de rester, et si de l'autre je te raconte mes ennuis, comme pour te rappeler ; je désire que tu restes là-bas si cela vaut mieux, et je parle de moi, simplement parce que cela m'amuse et m'occupe un peu. Je suis donc fort triste. D'abord je suis de mauvaise humeur contre moi : menacé de n'avoir pas de succès ; je t'avoue que mon amour-propre est cruellement vexé ; j'ai beau faire le philosophe, me dire que les succès de collège ne sont rien, qu'ils ne prouvent que très peu de choses etc..., il n'en est pas moins vrai qu'ils causent un grand plaisir. Ainsi je m'ennuie moi-même, les autres m'ennuient encore plus. Tu me diras : lis. Eh bon Dieu, je n'ai fait que lire depuis que tu es partie, c'est-à-dire depuis que l'on ne fait plus rien dans les classes. Tu sais qu'à la fin de l'année il y a deux mois vides ; et qu'alors ceux qui n'ont pas d'argent pour se procurer des livres sont bien malheureux : ceux-là dorment jour et nuit. Moi j'ai dépensé presque tout mon argent à me procurer des livres parce qu'il a fallu payer un ouvrage de quatre volumes qu'un de mes camarades avait fait confisquer. Je n'ai lu qu'ouvrages modernes ; mais de ces ouvrages dont on parle partout, qui ont une réputation, que tout le monde lit, enfin ce qu'il y a de meilleur ; eh bien, tout cela est faux, exagéré, extravagant, boursouflé. C'est surtout à Eugène Sue que j'en veux, je [n'ai] lu de lui qu'un livre, il m'a ennuyé à mourir. Je suis dégoûté de tout cela : il n'y a que les drames, les poésies de Victor Hugo et un livre de S[ain]te-Beuve *(Volupté)* qui m'aient amusé[1]. Je suis complètement dégoûté de la littérature ; et c'est qu'en vérité, depuis que je sais lire, je n'ai pas encore trouvé un ouvrage qui me plût entièrement, que je pusse aimer d'un bout à l'autre ; aussi je ne lis plus. Je suis bourré ; je ne parle plus ; je pense à toi ; au moins toi tu es un livre perpétuel ; on cause avec toi, on s'occupe à t'aimer ; on n'est pas rassasié comme on l'est des autres plaisirs. Ma foi, c'est peut-être un bonheur que nous ayons été séparés ; j'ai appris à me dégoûter de la littérature moderne, j'ai appris plus que jamais à aimer maman parce que je sentais qu'elle était absente : aussi tu verras à ton retour ; comblée de baisers, de soins, de prévenances, bien que tu saches que je t'aime, tu seras encore étonnée que je t'aime tant. Adieu — à qui s'aimera le plus. — Le jeune Roubier est venu au collège pour chercher un élève. Je l'ai vu, il travaille tant que sa vue s'abîme. Alphonse Aymard a passé pour S[ain]t-Cyr de brillants examens. On a donné une dernière fois des places en version ; je suis quatrième.

Embrasse papa de tout mon cœur.

CHARLES.

Dis-moi quand tu m'écriras jusqu'à quel jour je puis t'envoyer des lettres pour qu'elles n'arrivent pas après ton départ et qu'elles ne soient pas perdues. Je vais maintenant t'écrire de jour en jour.

8. – *Au colonel Aupick*

[Paris,] 26 février [1839].

Je t'écris pour te faire une demande qui te surprendra fort. Tu m'as promis des leçons d'armes, de manège ; au lieu de cela, je te demande, si tu le veux, si c'est possible, si cela ne te gêne pas, un *répétiteur*. Nous avons dit bien souvent ensemble qu'un répétiteur ne servait à rien, et quelquefois même nuisait à un élève ; cela est vrai, quand l'élève est un paresseux, qu'il fait causer son répétiteur, et que celui-ci fait ses devoirs.

Mais moi, qui n'ai pas besoin d'aide pour suivre la classe proprement dite, ce que je demanderais à mon répétiteur, ce serait un surcroît de philosophie, ce serait ce qui ne se fait pas en classe, savoir, la *religion* dont l'étude n'entre pas dans le programme de l'Université, et l'Esthétique ou la philosophie des arts que notre professeur à coup sûr n'aura pas le temps de nous faire voir.

Ce que je lui demanderais aussi, ce serait du grec — oui, de m'apprendre le grec, que je ne sais pas du tout, comme tous ceux qui l'apprennent au collège, et que j'aurai tant de peine à apprendre tout seul, quand je serai accablé de bien d'autres choses.

Tu sais que je me suis pris de goût pour les langues anciennes, et le grec m'inspire une grande curiosité. Je crois, quoi qu'on dise aujourd'hui, que cela procure non seulement de grandes jouissances, mais encore un avantage réel. Pourquoi étouffer ces goûts-là ? Cela ne rentre-t-il pas dans ce que je veux être — science, histoire, philosophie — qui sait ? l'étude du grec facilitera peut-être celle de l'allemand.

Je crois qu'un répétiteur coûte 30 francs par mois. L'élève doit d'abord avoir une autorisation de son père. Puis il s'adresse au proviseur et fait choix d'un répétiteur. Une demi-heure par jour ou une heure tous les deux jours.

Je choisirais un jeune maître fort distingué, sorti récemment de l'École normale, et connu à Louis-le-Grand, M. Lasègue. S'il ne pouvait me donner ses leçons, j'aimerais mieux me passer d'un répétiteur.

Ce n'est pas là un vain caprice. J'ai tant de fois

changé, ou laissé de côté de fort beaux projets que je crains toujours qu'on ne se défie de moi.

— Le grec a toujours été une connaissance que j'ai enviée — je crois que ce jeune professeur est en état de l'enseigner *et de l'enseigner très vite.* Quant à la partie dogmatique de la religion, c'est aussi une chose qui me tourmente depuis le commencement de l'année. — Dernièrement je me suis examiné, et je me suis demandé ce que je savais — un assez grand nombre de choses sur tous les sujets, mais vagues, brouillées, sans ordre, se nuisant mutuellement — rien de clair, de net, de systématisé — ce qui revient à dire que je ne sais rien — et pourtant je vais entrer dans la vie — il me faut un bagage quelconque de connaissances bien arrêtées. — Que puis-je désirer de mieux pour le moment que l'étude d'une langue qui me permettra de lire dans les originaux des livres fort utiles ? et que l'étude de la plus belle partie de la philosophie, de la religion ?

Je ne sais pas si ma lettre est éloquente. — Au moins je suis de bonne foi, et je crois fermement à l'utilité de ma demande.

Du reste tu sais si bien par où je pèche, quels sont mes besoins, et tu m'as dit de telles vérités en fait d'éducation, que je recevrai avec un grand respect ton avis là-dessus.

Bien des choses à ma bonne mère ; elle sera fort étonnée de ma lettre. M. Massoni m'a dit que tu allais mieux, c'est un grand plaisir pour moi.

Selon son habitude, M. Massoni m'a chargé de compliments désolants. Car, entre nous deux, nous savons ce que je suis. Comme M. Massoni m'aime beaucoup, et qu'il est vieux pour moi, je suis obligé de respecter ses flatteries, et je crois qu'il est plus convenable de les recevoir silencieusement, que de me récrier. Mais cela me gêne souvent beaucoup, surtout devant les autres.

Adieu — j'espère que tu sauras bien voler quelques moments pour me répondre.

Je t'embrasse bien, comme je voudrais t'embrasser quelquefois au parloir du collège.

CHARLES.

9. – *À Victor Hugo*

[Paris, mardi 25 février 1840.]

Monsieur,

Il y a quelque temps, je vis représenter *Marion de Lorme*[1]; la beauté de ce drame m'a tellement enchanté et m'a rendu si heureux que je désire vivement connaître l'auteur et le remercier de près. Je suis encore un écolier et je commets peut-être une impertinence sans exemple; mais j'ignore tout à fait les convenances de ce monde et j'ai pensé que cela vous rendrait indulgent à mon égard. — Les éloges et les remerciements d'un étudiant doivent peu vous toucher, après ceux que vous ont prodigués tant d'hommes de goût. Vous vous êtes sans doute montré à tant de gens que vous devez peu vous soucier d'attirer près de vous un nouvel importun — Pourtant, si vous saviez combien notre amour, à nous autres jeunes gens, est sincère et vrai — il me semble, (peut-être est-ce bien de l'orgueil) que je comprends tous vos ouvrages. Je vous aime comme j'aime vos livres; je vous crois bon et généreux, parce que vous avez entrepris plusieurs réhabilitations, parce que loin de céder à l'opinion, vous l'avez souvent réformée, fièrement et dignement. J'imagine qu'auprès de vous, Monsieur, j'apprendrais une foule de choses bonnes et grandes ; je vous aime comme on aime un héros, un livre, comme on aime purement et sans intérêt toute belle chose. Je suis peut-être bien hardi de vous envoyer bon gré mal gré ces éloges par la poste ; mais je voudrais vous dire vivement, simplement, combien je vous aime et je vous admire, et je tremble d'être ridicule. Cependant, Monsieur, puisque vous avez été jeune, vous devez comprendre cet amour que nous donne un livre pour son auteur, et ce besoin qui nous prend de le remercier de vive voix et de lui baiser humblement les mains ; à dix-neuf ans, eussiez-vous hésité à en écrire autant à un écrivain dont votre âme eût été éprise, à M. de Chateaubriand par exemple ? Tout cela n'est pas assez bien dit, et je pense mieux que ma lettre ; mais j'espère qu'ayant été jeune comme nous, vous devinerez tout le reste, qu'une démarche si nouvelle, si inusitée ne vous choquera pas trop ; et que vous daignerez m'honorer d'une réponse : je vous avoue que je l'attends avec une impatience extrême.

Que vous ayez ou non cette bonté, recevez le témoignage d'une reconnaissance éternelle.

CH. BAUDELAIRE.

59, rue de Lille.

10. – *À Alphonse Baudelaire*

[Paris.] Jeudi.
[31 décembre 1840.]

Mon bon frère, je crois que j'ai très fort manqué à la politesse fraternelle en ne t'écrivant pas depuis que je suis à Paris. J'aurais dû t'écrire ainsi qu'à ma sœur pour vous remercier de la magnifique hospitalité que j'ai reçue là-bas. Mais la coutume du jour de l'an, quoiqu'on dise et qu'on s'en moque [*sic*], est bonne à quelque chose, puisqu'elle oblige les gens à se dire de fort tendres choses qu'ils pensent et que la paresse seulement les empêchait d'écrire. C'est pourquoi je vous souhaite à tous deux une douce et bonne année, — tranquille et joyeuse avec vos amis. Je te prie d'en dire autant à M. Rigaut qui est un aimable homme, et aussi à votre pauvre peintre.

Je crois que tu serais assez aise de savoir comment j'emploie mes journées à Paris. Depuis que tu m'as renvoyé ici, je n'ai vu ni l'École ni l'avoué[1], si bien qu'on s'est plaint que j'y allais peu. Mais j'ai remis à l'an 1841 une réforme générale dans ma conduite.

Il m'a plu cette année d'envoyer de la musique à ma sœur. Présente-la-lui de ma part. En profond musicien que je suis, j'ai choisi l'album dont les vignettes étaient le mieux dessinées.

Quant à toi, qui es mon frère, je ne te fais point d'étrennes, si ce n'est un *sonnet magnifique* que je viens de composer et qui pourra te faire rire. Voilà qui s'appelle des étrennes poétiques.

Il est de chastes mots que nous profanons tous :
Les amoureux d'encens font un abus étrange —
*Je n'en connais pas un qui n'*adore *quelque* ange.
Dont ceux du Paradis sont, je crois, peu jaloux.

On ne doit accorder ce nom sublime et doux
Qu'à de beaux cœurs bien purs, vierges et sans mélange.
Regardez ! il lui pend à l'aile quelque fange
Quand votre ange *en riant s'assied sur vos genoux.*

J'eus, quand j'étais enfant, ma naïve folie —
— Certaine fille aussi mauvaise que jolie —
Je l'appelais mon ange. *Elle avait cinq galants.*

Pauvres fous ! nous avons tant soif qu'on nous caresse —
Que je voudrais encor tenir quelque drôlesse
À qui dire : mon ange —, *entre deux draps bien blancs.*

Voilà qui divertira peut-être ma sœur. Il faut bien embrasser Edmond, et ne pas oublier dans mes compliments M. Ducessois et M. Brun.

11. – *À Adolphe Autard de Bragard*

[Île Bourbon.]
Le 20 octobre 1841.

Mon bon monsieur Autard,

Vous m'avez demandé quelques vers à Maurice pour votre femme[1], et je ne vous ai pas oublié. Comme il est bon, décent, et convenable que des vers adressés à une dame par un jeune homme passent par les mains de son mari avant d'arriver à elle, c'est à vous que je les envoie, afin que vous ne les lui montriez que si cela vous plaît.

Depuis que je vous ai quitté, j'ai souvent pensé à vous et à vos excellents amis. Je n'oublierai pas certes les bonnes matinées que vous m'avez données, vous, Mme Autard et M. B...

Si je n'aimais et si je ne regrettais pas tant Paris, je resterais le plus longtemps possible auprès de vous et je vous forcerais à m'aimer et à me trouver un peu moins *baroque* que je n'en ai l'air.

Il est peu probable que je retourne à Maurice, à moins que le navire sur lequel je pars pour Bordeaux (l'*Alcide*) n'y aille chercher des passagers.

Voici mon sonnet :

Au pays parfumé que le soleil caresse,
J'ai vu dans un retrait de tamarins ambrés
Et de palmiers d'où pleut sur les yeux la paresse,
Une dame créole aux charmes ignorés.

Son teint est pâle et chaud ; la brune enchanteresse
A dans le cou des airs noblement maniérés ;
Grande et svelte en marchant comme une chasseresse,
Son sourire est tranquille et ses yeux assurés.

Si vous alliez, Madame, au vrai pays de Gloire,
Sur les bords de la Seine ou de la verte Loire,
Belle, digne d'orner les antiques manoirs,

Vous feriez, à l'abri des mousseuses retraites,
Germer mille sonnets dans le cœur des poètes,
Que vos regards rendraient plus soumis que des noirs.

Donc, je vais vous attendre en France.
Mes compliments bien respectueux à Mme Autard.

C. BAUDELAIRE.

12. – *À Ernest Prarond*

[Paris, samedi 11 février 1843.]

Lundi, mon ami, *vous aurez mes* PAPERASSES. — Vous m'apprendrez à paginer et à disposer mes feuilles. — Je compte encore sur vous pour des corrections.

Je vous recommande toujours d'être très méchant pour le style enfantin. —

C. B.

13. – *À Sainte-Beuve*

[Paris, fin 1844 ou début 1845.]

Monsieur,

Stendhal a dit quelque part — ceci, ou à peu près — : *J'écris pour une dizaine d'âmes que je ne verrai peut-être jamais, mais que j'adore sans les avoir vues.*

Ces paroles, Monsieur, ne sont-elles pas une excellente excuse pour les importuns, et n'est-il pas clair que tout écrivain est responsable des sympathies qu'il éveille ?

Ces vers ont été faits *pour vous* — et si naïvement — que lorsqu'ils furent achevés, je me suis demandé s'ils ne ressemblaient pas à une impertinence, — et si *la personne louée*, — n'avait pas le droit de s'offenser de l'éloge. — J'attends que vous daigniez m'en dire votre avis. —

Tous imberbes alors, sur les vieux bancs de chêne,
Plus polis et luisants que des anneaux de chaîne,
Que jour à jour la peau des hommes a fourbis,
— Nous traînions tristement nos ennuis, accroupis
Et voûtés sous le ciel carré des Solitudes,
Où l'Enfant boit, dix ans, l'âpre lait des études.
— C'était dans ce vieux temps mémorable et marquant,
Où, forcés d'élargir le classique carcan,
Les professeurs encor rebelles à vos rimes,
Succombaient sous l'effort de nos folles escrimes
Et laissaient l'écolier, triomphant et mutin,
Faire à l'aise hurler Triboulet en latin. —
— Qui de nous — en ces temps d'adolescences pâles,
N'a connu la torpeur des fatigues claustrales,
— L'œil perdu dans l'azur morne d'un ciel d'été,
Ou l'éblouissement de la neige, — guetté,
L'oreille avide et droite, — et bu, comme une meute,
L'écho lointain d'un livre, ou le cri d'une émeute — ?

C'était surtout l'été, quand les plombs se fondaient,
Que ces grands murs noircis en tristesse abondaient,
Lorsque la Canicule ou le fumeux Automne
Irradiait les cieux de son feu monotone,
Et faisait sommeiller, dans les sveltes donjons —
Les tiercelets criards, effroi des blancs pigeons ;
Saison de rêverie, où la Muse s'accroche

Pendant un jour entier au battant d'une cloche ;
Où la Mélancolie, à midi, quand tout dort,
Le menton dans la main, au fond du corridor, —
L'œil plus noir et plus bleu que la Religieuse[1] *—*
Dont chacun sait l'histoire obscène et douloureuse,
— Traîne un pied alourdi de précoces ennuis,
Et son front moite encor des langueurs de ses nuits.

— Et puis venaient les soirs malsains, les nuits fiévreuses,
Qui rendent de leur corps les filles amoureuses,
Et les font aux miroirs — stérile volupté —
Contempler les fruits mûrs de leur nubilité —
Les soirs italiens, de molle insouciance,
— Qui des plaisirs menteurs révèlent la science,
— Quand la sombre Vénus, du haut des balcons noirs,
Verse des flots de musc de ses frais encensoirs. —
. . . .
Ce fut dans ce conflit de molles circonstances,
Mûri par vos sonnets, préparé par vos stances,
Qu'un soir, ayant flairé le livre et son esprit,
J'emportai sur mon cœur l'histoire d'Amaury[2].
Tout abîme mystique est à deux pas du Doute —
— Le breuvage infiltré, lentement, goutte à goutte,
En moi qui dès quinze ans vers le gouffre entraîné,
Déchiffrais couramment les soupirs de René,
Et que de l'inconnu la soif bizarre altère,
— A travaillé le fond de la plus mince artère.
J'en ai tout absorbé, les miasmes, les parfums,
Le doux chuchotement des souvenirs défunts,
Les longs enlacements des phrases symboliques,
— Chapelets murmurants de madrigaux mystiques ;
— Livre voluptueux, si jamais il en fut.
Et depuis, soit au fond d'un asile touffu,

Soit que, sous les soleils des zones différentes,
L'éternel bercement des houles enivrantes,
Et l'aspect renaissant des horizons sans fin,
Ramenassent ce cœur vers le songe divin, —
Soit dans les lourds loisirs d'un jour caniculaire,
Ou dans l'oisiveté frileuse de frimaire —
Sous les flots du tabac qui masque le plafond,
— J'ai partout feuilleté le mystère profond
De ce livre si cher aux âmes engourdies
Que leur destin marqua des mêmes maladies,
Et devant le miroir j'ai perfectionné
L'art cruel qu'un Démon en naissant m'a donné,
— De la douleur pour faire une volupté vraie, —
D'ensanglanter son mal et de gratter sa plaie.

Poëte, est-ce une injure ou bien un compliment?
Car je suis vis-à-vis de vous comme un amant
En face du fantôme, au geste plein d'amorces,
Dont la main et dont l'œil ont pour pomper les forces
Des charmes inconnus. — Tous les êtres aimés
Sont des vases de fiel qu'on boit les yeux fermés,
Et leur cœur transpercé que la douleur allèche
Expire chaque jour en bénissant sa flèche.

BAUDELAIRE-DUFAŸS.

17, quai d'Anjou.

14. – *À Champfleury*

[Paris, deuxième
quinzaine de mai 1845.]

Si vous voulez me faire un article de *blague*, faites-le, pourvu que cela ne me fasse pas trop de mal.

Mais, *si vous voulez me faire plaisir*, faites quelques lignes sérieuses, et PARLEZ des *Salons de Diderot*.

Il vaudrait *peut-être mieux* les DEUX CHOSES à la fois[1].

B. D.

15. – *À Narcisse Ancelle*

[Paris.] Le 30 juin 1845.

Quand Mlle Jeanne Lemer vous remettra cette lettre, je serai mort[1]. — Elle l'ignore. Vous connaissez mon testament[2]. — Sauf la portion réservée à ma mère, Mlle *Lemer* doit hériter de tout ce que je laisserai, après paîment fait par vous de certaines dettes dont la liste accompagne cette lettre. —

Je meurs dans une affreuse inquiétude. — Rappelez-vous notre conversation d'hier. — Je désire, je veux que mes dernières intentions soient strictement exécutées. — Deux personnes peuvent attaquer mon testament ; ma mère et mon frère — et ne peuvent l'attaquer que sous prétexte d'aliénation mentale. — Mon suicide ajouté aux désordres divers de ma vie ne peut que les ser-

pour frustrer Mlle Lemer de ce que je veux lui laisser. — Il faut donc que je vous explique mon *suicide* et ma conduite à l'égard de Mlle *Lemer,* — de telle sorte que cette lettre adressée à vous, et que vous aurez soin de lui lire, puisse servir à sa défense, en cas que mon testament soit attaqué par les personnes ci-dessus nommées. —

Je me *tue* — sans *chagrin.* — Je n'éprouve aucune de ces perturbations que les hommes appellent *chagrin.* — Mes dettes n'ont jamais été un *chagrin.* Rien n'est plus facile que de dominer ces choses-là. Je me tue parce que je ne puis plus vivre, que la fatigue de m'endormir et la fatigue de me réveiller me sont insupportables. Je me tue parce que je suis inutile aux autres — *et dangereux à moi-même.* — Je me *tue* parce que je me crois immortel, et que *j'espère.* — Au moment où j'écris ces lignes, je suis tellement bien doué de lucidité, que je rédige *encore* quelques notes pour M. *Théodore de Banville*[3], et que j'ai toute la force nécessaire pour m'occuper de mes manuscrits.

Je donne et lègue tout ce que je possède à Mlle Lemer, même mon petit mobilier et mon portrait — parce qu'elle est le seul être en qui j'ai trouvé quelque repos. — Quelqu'un peut-il me blâmer de vouloir payer les rares jouissances que j'ai trouvées sur cette affreuse terre —?

Je connais *peu* mon frère — il n'a pas vécu *en moi ni avec moi* — il n'a pas besoin de moi. —

Ma mère, qui si souvent et toujours involontairement, a empoisonné ma vie, n'a pas non plus besoin de cet argent. — Elle a son *mari ;* elle possède un *être humain,* une affection, *une amitié.* —

Moi, je n'ai que *Jeanne Lemer.* — Je n'ai trouvé de repos qu'en elle, et je ne veux pas, je ne peux souffrir la pensée qu'on veuille la déposséder de ce que je lui donne, sous prétexte que ma raison n'est pas saine. —

Vous m'avez entendu ces jours-ci causer avec vous. — Étais-je fou ?

Si je savais qu'en priant ma mère elle-même, et en lui exposant la profonde humiliation de mon esprit, je pusse obtenir d'elle de ne pas troubler mes dernières volontés, je le ferais immédiatement, — tant je suis sûr qu'étant femme, elle me comprendra mieux que tout autre — et pourra peut-être à elle seule détourner mon frère d'une opposition *inintelligente.*

Jeanne Lemer est la seule femme que j'aie aimée — elle n'a rien. — Et c'est vous, monsieur Ancelle, un des rares hommes que j'aie trouvés doués d'un esprit doux et élevé, que je charge de mes dernières instructions auprès d'elle. —

Lisez-lui ceci — qu'elle connaisse les motifs de ce legs, et sa *défense*, en cas que mes dispositions dernières soient contrecarrées. — Faites-lui, vous, homme prudent, comprendre la valeur et l'importance d'une somme d'argent quelconque. — Essayez de trouver quelque idée raisonnable dont elle puisse tirer profit, et qui rende utiles mes suprêmes intentions. — Guidez-la, conseillez-la ; oserai-je vous dire : aimez-la — pour moi du moins. Montrez-lui mon épouvantable exemple — et comment le désordre d'esprit et de vie mène à un désespoir sombre, ou à un anéantissement complet. — *Raison et utilité ! Je vous en supplie !*

Croyez-vous réellement que ce testament puisse être contesté, et m'enlèvera-t-on le droit de faire une action vraiment bonne et raisonnable avant de mourir — ?

Vous voyez bien maintenant que ce testament n'est pas une fanfaronnade ni un défi contre les idées sociales et de famille, mais simplement l'expression de ce qui reste en moi d'humain, — l'amour et le sincère désir de servir une créature qui a été quelquefois ma joie et mon repos.

Adieu ! —

Lisez-lui ceci — *je crois en votre loyauté, et je sais que vous ne le détruirez pas.*

Donnez-lui *immédiatement* de l'argent*. Elle ne connaît rien de mes *suprêmes* intentions — et s'attend à me revoir venir la tirer de quelques embarras.

Dans le cas même où ses dernières volontés seraient discutées, un mort a bien le droit de faire une libéralité.

L'autre lettre qu'elle vous remettra et qui n'est faite que pour vous contient la liste de ce qu'il faudra payer pour moi, afin que ma mémoire soit intacte.

C. BAUDELAIRE.

16. – *À Théodore de Banville*

[Paris, 6 juillet 1845.]

À THÉODORE DE BANVILLE

Vous avez empoigné les crins de la Déesse
Avec un tel poignet, qu'on vous eût pris, à voir
Et cet air de maîtrise et ce beau nonchaloir,
Pour un jeune ruffian terrassant sa maîtresse.

L'œil clair et plein du feu de la précocité,
Vous avez prélassé votre orgueil d'architecte

* 500.

Dans des constructions dont l'audace correcte
Fait voir quelle sera votre maturité. —

Poète, notre sang nous fuit par chaque pore ;
Est-ce que par hasard la robe du Centaure
Qui changeait toute veine en funèbre ruisseau

Était teinte trois fois dans les baves subtiles
De ces vindicatifs et monstrueux reptiles
Que le petit Hercule étranglait au berceau ?

Ceci[1] vous prouve que je pense à vous. — En revanche, ayez donc le courage de m'écrire tout de suite, et un peu longuement. Si vous pouvez, cela me distraira — ne *jouez* pas avec mes torche-public[2] — c'est-à-dire ne les montrez pas. — J'ai reçu ce matin une surprise des plus singulières ; c'est un journal d'Abbeville — avec un feuilleton sur moi — *ravissant* — mais tout de bon, ravissant, et comique outre mesure — il est évidemment de *Levavasseur*[3] — Il demeure rue de Beaune, mais comme je ne sais pas le numéro, je ne puis lui écrire. — Si vous le voyez repassez-lui ma reconnaissance. — J'ai de sérieuses raisons pour avoir une peur de tous les diables de Privat ; tâchez de lui boucler la langue ; il saura ce que cela veut dire. — Bonjour à Vitu. Remerciez Dupont et Senneville qui ont eu la bonté de s'enquérir de moi. — Et adressez votre réponse chez Mme Duval — Femme-sans-Tête. 6. —

B. D.

17. – *À Madame Alphonse Baudelaire*

[Paris, environ 3 mars 1846.]

Madame,

Vous serez peut-être curieuse de savoir comment Baudelaire-Dufaÿs traite un sujet aussi difficile et en même temps aussi naturel que l'Amour : je vous adresse cet opuscule[1] qui vient de sortir de ma plume. Je ne puis choisir un meilleur juge que vous, je me soumets et je deviens votre justiciable avec une entière confiance.

Que je voudrais que mon frère pût me voir plaidant ma cause, ou plutôt celle du genre humain, au *Tribunal de l'Amour*, ainsi que je le dis dans le feuilleton que je vous envoie, il pourrait apprécier la vocation qui m'entraîne vers les Muses, comme moi je sais comprendre l'enthousiasme avec lequel il se livre aux rudes et fastidieux travaux de Thémis. À chacun son lot dans ce monde. À moi d'instruire mes semblables sur la conduite qu'ils ont à tenir pour trouver le bonheur : aussi incessamment, j'aurai l'honneur de vous adresser, Madame, avec l'espoir d'être lu et commenté, mon *Catéchisme de la femme aimée*. Vous verrez comment j'ai défini la sympathie. Mon début dans la Carrière annonce un partisan de l'amour d'*Antony*[2] ; mais vous jugez ce n'est pas un amour à dédaigner.

Que direz-vous de mes principes, et des conseils que je donne à ce sexe trompeur qui souvent ne fait que feindre l'amour. Je veux que l'amant qui aime véritablement soit constant, et vous en avez la preuve par cette seule phrase : « Mais *aimez* bien, *vigoureusement, crânement, orientalement,* férocement celle que vous aimez ; que votre amour ne tourmente point l'amour d'un autre. »

Ce petit passage vous donnera sans doute l'envie de lire tout l'article et le *Catéchisme* qui va paraître.

Veuillez être, Madame,

Ma providence dans la carrière qui s'ouvre à moi par le *canal de l'amour*... j'ai presque dit par l'influence de la femme.

Daignez agréer mes salutations respectueuses et faites avec l'empressement et l'enthousiasme d'un poète qui veut marcher sur les traces d'un Pétrarque ou d'un Parny.

Votre très humble serviteur.

BAUDELAIRE DUFAYS.

18. – *À P.-J. Proudhon*

[Paris ?] 21 août 1848.

Citoyen,

Un ami passionné et inconnu *veut absolument vous voir*, non pas seulement pour s'instruire et pour user quelques minutes de votre temps, ainsi qu'il en aurait peut-être le droit, mais aussi pour vous instruire de choses que vous pouvez ignorer relativement à votre sûreté. Quand bien même celui qui vous écrit ne vous apprendrait que ce que vous savez, je crois qu'il ne serait pas ridicule, l'admiration et la sympathie le justifiant suffisamment.

J'ai longtemps lutté avec ma paresse pour vous écrire une très longue lettre ; mais j'ai préféré oser m'attaquer directement à vous. Aujourd'hui les agents de police m'ont empêché de tous les côtés d'entrer ; car j'espérais pouvoir vous faire parvenir ce mot par d'autres représentants que je connais un peu. Si vous ne trouvez pas excentrique qu'un misérable inconnu demande un mot de réponse immédi[ate] à un homme pressé de travail et d'occupation comme vous, — dans ce cas-là, j'attendrai *indéfiniment* au café restaurant du coin de la rue de Bourgogne. — Ayez l'obligeance de me répondre un mot, — votre adresse, vos heures, — le plus vite possible. Le trouble qui règne dans tous les esprits appelle les explications les plus promptes entre tous les gens de cœur.

CHARLES BAUDELAIRE.

Avenue de la République, 18
Neuilly.

Veuillez agréer à tout jamais les témoignages les plus sincères de mon dévouement et de mon admiration.

19. – *À P.-J. Proudhon*

[Paris (?), 21 ou 22 août 1848.]

Voilà ce que j'avais à vous dire, et cela me paraît utile ; car, ou vous le savez, et mon devoir est de vous le dire tout de même, ignorant si vous le savez, ou vous ne le savez pas, et il est bon que vous le sachiez.

On nous promet des troubles. Qui les fera ? nous ne le savons pas. Mais à la prochaine manifestation, même anti-populaire, c'est-à-dire au prochain prétexte, — vous pouvez être *assassiné.*

C'est un complot réel.

D'abord intentionnel, vague et à l'état latent, se formulant relativement à vous de la même façon qu'il y a peu d'années se formulaient les désirs de mort relativement à Henri V : — *Sans doute, il ne faut désirer la mort de personne, mais ce serait un événement bien heurerux si un accident l'emportait.* L'autre forme est plus claire : *à la prochaine occasion, nous savons où il demeure, et nous saurons bien le trouver d'ailleurs. Nous en faisons notre affaire.* — Vous êtes le grand bouc. — Soyez sûr qu'il n'y a là-dedans aucune exagération ; je ne puis pas vous donner de preuves. Si j'en avais, sans vous consulter, je les aurais envoyées à la préfecture. Mais ma conscience et mon intelligence font de moi un excellent mouchard relativement à mes convictions. Ce qui veut dire que je suis sûr de ce que j'affirme, à savoir que l'homme qui NOUS est spécialement cher court des dangers. C'est à tel point que, me rappelant différentes conversations surprises, s'il y avait une tentative, *je pourrais vous donner des noms*, tant la férocité est imprudente.

J'ai cru aujourd'hui que vous daigneriez m'honorer d'une réponse. Je n'avais d'ailleurs à vous parler que d'améliorations que je crois importantes dans votre journal, par exemple pour l'édition hebdomadaire, de la réimpression de la collection totale, et en second lieu, de l'opportunité qu'il y aurait à faire une immense affiche, signée de vous, d'autres représentants, et des rédacteurs de votre journal, tirée à un nombre immense d'exemplaires et COMMANDANT au peuple de ne pas bouger. Votre nom est actuellement plus connu et plus influent que vous ne le croyez. Une insurrection peut commencer par être légitimiste, elle finit par être socialiste ; mais aussi la réciproque peut avoir lieu.

Celui qui vous écrit ces lignes a une absolue confiance en vous, ainsi que beaucoup de ses amis, qui marcheraient les yeux fermés derrière vous pour les garanties de savoir que vous leur avez données.

Ainsi, à la prochaine émotion, la plus insignifiante, *ne soyez pas chez vous.* Ayez, si vous le pouvez, une garde occulte, ou sommez la police de vous protéger. D'ailleurs le *gouvernement accepterait volontiers peut-être un pareil cadeau* de la part des bêtes féroces de la propriété ; ainsi il vaut mieux peut-être vous protéger vous-même.

CHARLES BAUDELAIRE.

20. – *À (?)*

13 juillet 1849.

Monsieur, je viens vous adresser une recommandation à laquelle j'attache bien du prix. Il s'agit de M. *Schoman*[1], musicien de grand talent, qui dut quitter Dresde, à la suite des journées révolutionnaires.

M. *Schoman* désire publier une étude sur le *Tannhäuser*, et une série d'articles sur l'évolution de la musique.

Th. *Gautier* a dû vous écrire en sa faveur, et il l'a fait, je n'en doute pas, en termes pressants.

C'est moins pour joindre au sien mon faible suffrage que je m'adresse à vous, Monsieur, que pour rappeler à votre souvenir une si honorable recommandation.

Notre commune admiration pour *Wagner* me fait pressentir l'accueil favorable que vous réserverez à M. *Schoman.*

En lui donnant satisfaction, vous servirez la cause de celui que l'avenir consacrera le plus illustre parmi les maîtres,

Et puis vous obligerez votre dévoué reconnaissant

CH. BAUDELAIRE.

21. – *À Gérard de Nerval*

[Neuilly.] Vendredi 10 mai 1850.

Mon cher Gérard, je m'imaginais pouvoir, ce soir, profiter de votre billet[1]. Cela demain me sera impossible. Je donne à Malassis votre billet pour la dernière répétition. Il en profitera pour emmener Champfleury.

Quant à moi, je vous prie instamment de m'envoyer deux places, *avenue de la République, 95. Neuilly.* Remarquez que l'une des deux est pour ma femme[2]. Les femmes vont, je crois, à l'orchestre. De plus, et ceci est important, que les billets que vous m'enverrez ne soient valables que pour deux ou trois jours après le moment où je les recevrai. Veuillez agréer toutes mes amitiés.

CHARLES BAUDELAIRE.

22. – *À Jean Wallon*

[Neuilly.] Lundi 29 juillet 1850.

Faites-moi le plaisir de venir *le 2 août, vendredi*, à 11 heures du matin, *à l'Estaminet de Paris, au Palais [na]tional.* Nous déjeunerons ensemble. Cela a pour but de vous faire voir un homme singulier[1]. — Voici que L........[2] devient prophète, et mystique bonapartiste, mouchard sans doute. Je suis fâché de ne vous envoyer qu'une si triste plaisanterie et qui vous coûtera un gros port, en échange de votre chat et de votre saumon qui m'ont martelé la tête toute une journée, et même encore après. Il est vrai que j'ai fait partager ma curiosité à Th. Gautier. Mais il n'a pas plus que moi deviné d'où cela était tiré.

Si vous n'avez pas le même courage de liseur que moi, je vous recommande au moins l'Épilogue.

CHARLES BAUDELAIRE.

23. – *À Champfleury*

[Neuilly.]
Mercredi soir 6 octobre [?] 1850.

Pouvez-vous venir me trouver après-demain matin et déjeuner avec moi à Neuilly, 95, avenue de la République. Je vous traduirai de vive voix d'un bout à l'autre votre ballade. Il me faudrait écrire un article pour vous faire comprendre le genre de comique d'atelier[1]. La conversation vaut mieux. Ainsi à vendredi matin, 8 octobre. Vous savez que les omnibus du Boulevard vous amènent en face de moi. — Vous vous nommerez en bas.

CHARLES BAUDELAIRE.

24. – *À Champfleury*

[Neuilly.] Mardi, 3 juin 1851.

E. Delacroix vous a écrit *il y a un mois* une lettre en réponse à une lettre de vous, dans laquelle vous lui demandez cet album[1], et où vous lui disiez que vous avez à lui parler. Il n'a pas reçu de réponse de vous.

Cet album a été assez difficile à recomposer, parce que les épreuves sont chez lui, en nombre inégal, comme les livraisons d'un ouvrage qui se seraient vendues en détail et inégalement.

Voilà ma commission faite.

CHARLES BAUDELAIRE.

25. – *À Théophile Gautier*

[Paris, fin 1851.]

L'*incorrigible* Gérard prétend au contraire que c'est pour avoir abandonné le bon culte que Cythère est réduite en cet état[1].

Voilà donc, cher ami, ce *second* petit paquet[2]. J'espère que tu trouveras de quoi choisir. Je désire vivement que ton goût s'accorde avec le mien. Pour mon compte, voilà ce que je préfère :

Les Deux Crépuscules ;
La Caravane ;
Le Reniement de saint Pierre ;
L'Artiste inconnu ;
L'Outre de la volupté ;
La Fontaine de sang ;
Le Voyage à Cythère.

Protège-moi ferme. Si on ne grogne pas trop contre cette poésie, j'en donnerai de plus *voyante* encore.

Adieu.

CHARLES BAUDELAIRE.

26. – *À Narcisse Ancelle*

[Paris.] Vendredi 5 mars 1852.

Ma tête devient littéralement un volcan malade. De grands orages et de grandes aurores. Avez-vous lu mon article[1] ? Je suis obligé de vous prendre demain (*soit de grand matin, soit à l'heure du déjeuner, ou du dîner*) l'argent que je devais ne prendre que le 15, dans neuf jours, 200 francs. Je vivrai jusqu'au 15 du mois prochain avec l'argent de ce morceau en publication. J'ai votre *Saint Priest*[2], mais je l'ai depuis quatre jours, et *l'imprimeur de la Revue des Deux Mondes* NE ME L'A PRÊTÉ QUE POUR HUIT, il n'y avait pas moyen de l'acheter, le *numéro étant épuisé.* — Vous ne m'avez pas vu au vote[3] ; c'est un parti pris chez moi. LE 2 DÉCEMBRE m'a *physiquement dépolitiqué. Il n'y a plus d'idées générales.* Que *tout Paris* soit *orléaniste*, c'est un fait, mais cela ne me regarde pas. Si j'avais voté, je n'aurais pu voter que pour moi. Peut-être l'avenir appartient-il aux hommes *déclassés ?*

Ne vous étonnez pas du fouillis de ma lettre ; je suis chargé d'idées troublantes. L'affaire *Tailleur*[4] me tourmente horriblement. De plus vous savez que ce mois est pour [moi] *le grand mois, la séparation*[5] ; il faut beaucoup d'argent ; je n'ai *que ma plume et ma mère.* Car vous je ne vous compte pas. — Il m'arrive les aventures les plus singulières. Voici qu'un homme[6] m'offre de m'avancer *22 000 francs à des conditions bizarres.* D'un autre côté, il me propose que dans un mois je sois à la tête d'une honorable entreprise qui a été le rêve de ma vie. Toutes mes notes antécédentes serviront. Et cette fois, on ne marcherait qu'appuyé sur de *vastes* capitaux.

Toutes ces choses ont l'air de rêves, et cependant il y a un fondement.

Je relis ma lettre, et il me semble qu'elle doit avoir *pour vous* un *air fou.* Il en sera toujours ainsi.

CHARLES BAUDELAIRE.

27. – *À Auguste Poulet-Malassis*

[Paris.] Samedi 20 mars [1852].

Mon cher Malassis,

Il y a déjà plusieurs jours que l'on m'a remis votre lettre au café Tabourey[1]. Mais la succession de travaux inévitables et mille sottes courses m'ont empêché de vous répondre.

Champfleury, Christophe et Montégut se portent très bien. — Champfleury écrit maintenant à la *Revue de Paris.* —

Parmi toutes les personnes que je connais il n'y a que sottise et passion individuelles. Personne ne consent à se mettre au point de vue *providentiel*[2]. Vous devinez de quoi je veux parler. Le président a fait une espèce de caresse aux gens de lettres en abolissant l'impôt du timbre sur les romans. Le *socialisme napoléonien* s'est manifesté par la conversion de la Rente ; et l'on CRAINT chaque jour un décret qui impose d'un quart les héritages de collatéraux. Enfin le président a compris qu'en donnant toute liberté de discussion sur la saisie des biens des princes d'Orléans, il se donnait le beau rôle. Aussi toutes les pièces s'impriment, et les brochures se répondent. Il est aussi question de rendre au Ministère de *l'Intérieur* le département des affaires littéraires qui récemment avait été confondu avec *l'Instruction publique.* Quelques membres de la Société des gens de lettres se sont plaints de cette promiscuité avec les professeurs qui d'ailleurs sont des jésuites déguisés et qui mangent tout, quand il y a quelque chose à manger.

D'ailleurs je suis persuadé que toutes les notes et idées haineuses pour l'Université flatteront le président. Aussi bien j'aimerais assez ne voir que *deux partis* en présence, et je hais ce *milieu* pédant et hypocrite qui m'a mis au pain sec et au cachot. — Tout cela me divertit beaucoup. Mais je suis décidé à rester désormais étranger à toute la polémique humaine, et plus décidé que jamais à poursuivre le rêve supérieur de l'application de la métaphysique au roman. — *La Semaine théâtrale* est morte sous nous. Le dernier numéro contenait un *très bon* article de Champfleury, de critique littéraire, et deux pièces de vers de moi, qui ne sont pas mauvaises[3]. — J'ai fait imprimer à la *Revue de Paris* un gros article sur un grand écrivain américain[4]. *Mais je crains bien que la première fois ne soit la dernière. Mon article fait tache.* La première partie a paru le 29 février et la seconde paraît dans dix jours. Il y aura aussi une *nouvelle* de Champfleury.

Cependant, j'avais fait un *beau rêve. Amic* m'avait déclaré que décidément il voulait fonder une GRANDE Revue, et que j'en serais directeur. — Je lui ai communiqué mes idées; mais il paraît que *nos* plans (je voulais que Champfleury m'aidât) étaient *trop* beaux. Il est très refroidi, et je crois que l'affaire est manquée.

Vous aviez donc perdu mon adresse, *25, rue des Marais-du-Temple.* Mais je n'y serai que jusqu'à la fin du mois, et je vous enverrai ma nouvelle adresse. —

Adieu, et persuadez-vous bien comme moi, de plus en plus, que la Philosophie est *Tout.*

CHARLES BAUDELAIRE.

28. – *À Maxime Du Camp*

Dimanche 9 mai 1852.

Je ne saurais trop vous remercier du plaisir que cela[1] m'a causé. C'est plus beau et plus curieux même que vous ne me l'aviez fait supposer. Il y a un passage plus beau que celui où le messager arabe répond aux gens qui veulent retarder la marche : *Je porte les paroles d'un prophète à un prophète,* — c'est celui où le vieux Jacob baise sur le corps du messager toutes les places qui ont touché son fils Joseph, — et celui où Joseph, la figure voilée, confère avec son frère Benjamin — toutes les fois que je lis des ouvrages des musulmans, je pense au grand mot de De Maistre : *à le bien prendre, l'Islamisme n'est qu'une église réformée* — ou : *une des phases du protestantisme,* — ou quelque chose comme cela[2]. —

Veuillez agréer tous mes remerciements.

CHARLES BAUDELAIRE.

29. – *À Théophile Gautier*

[Paris, juillet 1852 ?[1]]

[...] Cette année, Paris est rissolé ; Phébus-Apollon verse tous les jours plusieurs casserolées de plomb fondu sur les malheureux qui se promènent le long des boulevards. Si j'étais au ciel, j'appellerais ceux de l'endroit à faire des barricades contre ce Dieu sans-gêne. Il a été déjà exilé, une fois, sur la terre, où Admète le forçait à garder des moutons. Pour moi je le forcerais, vu sa récidive, à garder des poètes modérés, à l'Académie française [...]

30. – *À Madame Sabatier*

[Paris.] Jeudi 9 décembre 1852.

La personne pour qui ces vers ont été faits, qu'ils lui plaisent ou qu'ils lui déplaisent, quand même ils lui paraîtraient tout à fait ridicules, est bien humblement *suppliée* de ne les montrer à *personne.* Les sentiments profonds ont une pudeur qui ne veut pas être violée. L'absence de signature n'est-elle pas un symptôme de cette invincible pudeur ? Celui qui a fait ces vers dans un de ces états de rêverie où le jette souvent l'image de celle qui en est l'objet l'a bien vivement aimée, sans jamais le lui dire, et conservera *toujours* pour elle la plus tendre sympathie[1].

À UNE FEMME TROP GAIE

Ta tête, ton geste et ton air
Sont beaux comme un beau paysage,
Le rire joue en ton visage
Comme un vent frais dans un ciel clair.

Le passant chagrin que tu frôles
Est éclairé par la santé,
Qui jaillit comme une clarté
De tes bras et de tes épaules.

Les retentissantes couleurs
Dont tu parsèmes tes toilettes
Jettent dans l'âme des poètes
L'image d'un ballet de fleurs.

Ces robes folles sont l'emblème
De ton esprit bariolé ;
Folle dont je suis affolé,
Je te hais autant que je t'aime.

Quelquefois dans un beau jardin
Où je traînais mon agonie,
J'ai senti comme une ironie
Le soleil déchirer mon sein.

Et le printemps et la verdure
Ont tant humilié mon cœur
Que j'ai puni sur une fleur
L'insolence de la Nature.

Ainsi je voudrais, une nuit,
Quand l'heure des voluptés sonne,
Vers les trésors de ta personne,
Comme un lâche, ramper sans bruit,

Pour châtier ta chair joyeuse,
Pour meurtrir ton sein pardonné,
Et faire à ton flanc étonné
Une blessure large et creuse,

Et, délicieuse douceur,
À travers ces lèvres nouvelles,
Plus éclatantes et plus belles,
T'infuser mon sang, ô ma Sœur.

31. – *À Maxime Du Camp*

[Paris.] Lundi 3 janvier 1853.

Je croirais manquer à une injonction de ma conscience en ne vous faisant pas immédiatement part de *la joie* que m'a causée la lecture de la seconde partie de votre livre[1]. Si vous en faites encore quelques-uns comme celui-là, vous serez ce que dans mon langage intérieur j'appelle un homme sauvé. Je voudrais bien pouvoir en dire autant de moi. — Quant au panthéisme, j'espère toujours que les hommes dont le talent m'est sympathique, et qui se disent panthéistes, entendent le mot *dans un sens nouveau;* — car il me serait trop désagréable, me sentant souvent semblable à eux, de croire que j'ai été longtemps panthéiste sans le savoir.

Votre bien dévoué

CH. BAUDELAIRE.

À propos, j'ai rencontré hier soir l'insensé Philoxène qui, ulcéré par toutes ses aventures et malgré l'impression du procès-verbal de ses témoins dans un journal, a commis une provocation trop violente contre son adversaire. — Je lui ai répété, TEXTUELLEMENT, — *je m'y suis appliqué*, — ce que vous m'aviez dit ce matin. J'ai simplement ajouté que je croyais qu'il n'y avait rien pour lui d'humiliant à vous faire une visite ; j'ai fait cela, et j'ai cru bien faire, espérant que vous pourriez lui donner quelques bons conseils.

C. B.

32. – *À Champfleury*

[Paris,] 15 mars 1853.

Mon cher ami, avant-hier dimanche, j'ai remis, aussitôt après vous avoir quitté, non pas à Barbara lui-même, mais à un homme en uniforme qui sert de concierge à l'hôpital, l'argent dont je m'étais chargé.

Quant à ce que je vous envoie aujourd'hui, vous ne vous en servirez peut-être pas, peut-être croirez-vous utile de le modifier ; moi, j'ai cru bon de faire une note un peu longue, — parce que les lecteurs anglais ne connaissent pas le petit monde en question[1].

Nous devons à l'obligeance d'une des personnes qui ont vécu dans l'intimité du monde décrit par M. CHAMPFLEURY dans l'*Histoire de Mademoiselle Mariette*, et par M. HENRI MURGER dans les *Scènes de la vie de bohème*, une *clef* de l'ouvrage que nous offrons aujourd'hui au public. Nous présumons que, pour nos lecteurs comme pour nous, l'extrême liberté et l'impartialité qui a évidemment présidé à la fabrication de cette *clef* suffiront à prouver qu'elle est la vraie.

GÉRARD : — CHAMPFLEURY

auteur du présent volume, et de :

Chien-Caillou ;
Les Noirau ;
Les Comédiens de province ;
Les Deux Cabarets d'Auteuil ;
Les Excentriques ;
Contes vieux et nouveaux ;
Les Trios des Chenizelles ;
Les Trois Oies de Noël ;
Les Souffrances du professeur Delteil ;

de plusieurs pantomimes,
et de divers articles d'art.

— Un des principaux adeptes de l'école dite *Réaliste*, qui prétend substituer l'étude de la nature et l'étude de soi-même à la folie *classique* et à la folie *romantique.*

STREICH : — HENRY MURGER,

auteur de :

Scènes de la vie de bohème,
Scènes de la vie de jeunesse,
Le Quartier Latin,

et autres nouvelles. — Un des romanciers de la *Revue des Deux Mondes.*

DE VILLERS : THÉODORE DE BANVILLE

Le seul écrivain réellement maltraité dans le présent volume, et, quoi qu'en dise l'auteur, le poète le plus habile de la jeune école nouvelle, à ce point qu'il a réduit l'art de la poésie à de purs procédés mécaniques, et qu'il peut enseigner à devenir poète en vingt-cinq leçons. — Inventeur du style de marbre. — Auteur de :

Les Cariatides,
Les Stalactites.

GIRAUD : PIERRE DUPONT

Antithèse du précédent, poète populaire, chansonnier infatigable, a eu la chance de flairer la révolution de Février, et d'unir à sa réputation de poète bucolique l'ascendant du poète révolutionnaire. Ses œuvres sont actuellement nombreuses. Il compose lui-même la musique de ses chansons.

THOMAS : — FRANÇOIS BONVIN

Excellent peintre, esprit raisonnable et positif, sectaire de l'école *Réaliste*, aime surtout représenter la vie de famille et les ustensiles de ménage.

LE POÈTE DES CHATS : CHARLES BAUDELAIRE[2],

un des grands amis de l'auteur, ainsi que *Pierre Dupont*, et *François*.

33. – *Au président de la Société des gens de lettres*

[Paris.] Dimanche
24 avril 1853.

Monsieur le Président,

Je me vois obligé aujourd'hui, — cela m'arrive rarement, — de recourir à la bienveillance de mes confrères, pour une petite somme. — DEMAIN, j'ai besoin de la minime somme de 60 francs. — Je dois peu de chose à notre société, j'ignore combien, mais c'est peu. — J'ai livré à notre agent, M. Godefroy, une créance qu'il est chargé de recouvrer pour moi. — Je me propose de désintéresser rapidement la *Société*, d'abord par une *nouvelle*, qui, je l'espère, n'éprouvera pas le même refus que la dernière[1], et en dernier lieu, une somme très forte qui doit me venir dans les premiers jours du mois prochain me permettra de rapporter le reliquat en argent. Du reste, Monsieur le Président, je vous prie de mettre mes confrères bien à leur aise; *sans doute une somme de 60 francs me serait très utile, puisque ma répugnance à vous la demander n'a pas résisté contre l'envie de l'avoir, mais cependant, si l'état de notre caisse ne permet pas cette avance en ma faveur, j'accepterai avec plaisir une somme moindre.*

Veuillez agréer, Monsieur le Président, le témoignage de mes sentiments tout fraternels.

CHARLES BAUDELAIRE.

60, rue Pigalle.

34. – *À Madame Sabatier*

[Versailles.] Lundi 9 mai 1853.

Vraiment, Madame, je vous demande mille pardons de cette imbécile rimaillerie anonyme[1], qui sent horriblement l'enfantillage ; mais qu'y faire ? Je suis égoïste comme les enfants et les malades. Je pense aux personnes aimées quand je souffre. Généralement, je pense à vous en vers, et quand les vers sont faits, je ne sais pas résister à l'envie de les faire voir à la personne qui en est l'objet. — En même temps, je me cache, comme quelqu'un qui a une peur extrême du ridicule. — N'y a-t-il pas quelque chose d'essentiellement comique dans l'amour ? — particulièrement pour ceux qui n'en sont pas atteints.

Mais je vous jure que c'est bien la dernière fois que je m'expose ; et si mon ardente amitié pour vous dure aussi longtemps encore qu'elle a déjà duré, avant que je vous en aie dit un mot, nous serons vieux tous les deux.

Quelque absurde que tout cela vous paraisse, figurez-vous qu'il y a un cœur dont vous ne pourriez vous moquer sans cruauté, et où votre image vit toujours.

Une fois, une seule, — aimable et bonne femme,
À mon bras votre bras poli

S'appuya ; sur le fond ténébreux de mon âme
Ce souvenir n'est point pâli ;

— Il était tard ; — ainsi qu'une médaille neuve
La pleine lune s'étalait,
Et la solennité de la nuit, comme un fleuve
Sur Paris dormant ruisselait.

Et le long des maisons, sous les portes cochères
Des chats passaient furtivement,
L'oreille au guet, ou bien comme des ombres chères,
Nous accompagnaient lentement.

Tout à coup, au milieu de l'intimité libre
Éclose à la pâle clarté,
De vous, bel et sonore instrument où ne vibre
Que la radieuse gaîté,

De vous, claire et joyeuse ainsi qu'une fanfare
Dans le matin étincelant,
— Une note plaintive, une note bizarre
S'échappa, tout en chancelant

Comme une enfant chétive, horrible, sombre, immonde,
Dont sa famille rougirait,
Et qu'elle aurait longtemps, pour la cacher au monde,
Dans un caveau mise au secret.

Pauvre Ange, elle chantait, votre note criarde,
« Que rien ici-bas n'est certain,
Et que toujours, avec quelque soin qu'il se farde,
Se trahit l'égoïsme humain ;

— Que c'est un dur métier que d'être belle femme,
— Qu'il ressemble au travail banal
De la danseuse folle et froide qui se pâme
Dans un sourire machinal ;

— Que bâtir sur les cœurs est une chose sotte,
— Que tout craque, — amour et beauté,
Jusqu'à ce que l'Oubli les jette dans sa hotte
Pour les rendre à l'éternité ! »

J'ai souvent invoqué cette lune enchantée
Ce silence et cette langueur,
Et cette confidence étrange chuchotée
Au confessionnal du cœur.

35. – *À Auguste Poulet-Malassis*

[Paris.] Vendredi,
16 décembre 1853.

Mon cher Malassis,

Je vous prie, je ne dirai pas très instamment, ce serait vous dire une impertinence, — je vous prie simplement, — si cela est possible, — aussitôt que vous aurez reçu ma lettre, — de mettre pour moi à la poste, — sous la forme d'un mandat de poste, — une *somme* QUELCONQUE. Je vous mets bien à votre aise, comme vous voyez, — car il est évident qu'il ne peut pas être question d'une *grosse.* Il s'agit simplement pour moi de trouver quelques jours de repos, et d'en profiter pour finir des choses importantes qui donneront leur résultat positif, le mois prochain.

En formant la résolution de vous demander un peu d'argent, j'ai dû fouiller dans mes petits papiers pour voir ce que je vous devais déjà. Je trouve le chiffre 36. Si je me trompe, vous me le direz, et je présume que vous me le direz vous-même ; car Champfleury m'a dit hier que vous viendriez nous voir en janvier.

Il m'est impossible de vous raconter tous les très réels malheurs qui se sont introduits cette année dans ma vie, par ma faute, et sans ma faute. Année stérile. Tout ce poème grotesque ne vous regarde pas et ne vous intéresserait pas. Vous vivez maintenant si calme ! Ma vie, à moi, vous le devinez, sera toujours faite de colères, de *morts*, d'outrages, et surtout de mécontentement de moi-même. Ce langage, je vous l'assure, n'est pas trop emphatique ; je vous écris sans aucune surexcitation nerveuse. — Tout ce que je sais, tout ce que je sens, c'est que je viens de perdre par suite d'une série de mésaventures où ma sottise a sa part, une année entière, et que J'AI À FAIRE *quatre volumes et trois comédies* ; que ces œuvres ne sont pas faites, absolument du moins, — que j'ai reçu de l'argent sur plusieurs d'entre elles, — et que je n'ai PAS LE SOL pour travailler, non pas quinze jours, mais même un jour. Vous ne trouverez pas étonnant que j'aie pensé à vous qui avez été si charmant avec moi, — et toujours.

P.-S. — AVEC OU SANS ARGENT, répondez-moi tout de suite ; mais surtout, mon ami, pas de grosses raisons faites pour les bêtes ; je serai persuadé que vous ne pouvez pas m'obliger par le simple fait que vous ne le faites pas. — Et aussi — mon cher ami, — pas trop d'esprit, — il tomberait bien mal dans ma vie actuelle.

Puisque vous venez ici en janvier, je compte que vous viendrez me voir, cela va sans dire. Je tâcherai d'avoir la prévoyance de mettre votre argent de côté. Je vais faire paraître une série de morceaux au *Moniteur*, aussitôt que j'aurai le petit loisir que j'implore, et cela me fera UNE FORTE SOMME.

A[utre] P.-S. — Christophe m'a donné, il y a quelques mois, un numéro du *Journal d'Alençon*[1], où vous avez fait entendre que le traducteur et *l'enthousiaste* FINIRAIT comme *le modèle. Voilà ce que c'est que l'esprit.* J'ai encore le journal dans mes papiers.

Vous dites de plus que mes catégories, mes explications psychologiques sont inintelligibles, — et même, autant que je peux me rappeler, — que je n'ai aucun esprit philosophique. — Il est possible que je sois un peu obscur dans des travaux faits à la hâte, sous la pression du besoin, et gêné par des brutes romantiques ; mais le nouveau travail, — augmenté du double, — et qui paraîtra en janvier, vous démontrera que je me suis parfaitement bien compris. — Je suis certain, pour mon compte, que vous n'avez pas compris le GÉNIE en question. Vous avez parlé, avec la jouissance tapageuse de l'esprit, d'un homme que vous n'avez pas fréquenté. — Et de plus, la traduction insérée par vous, ne représente pas avec justesse le sens et le style poétique du CORBEAU[2]. Que ma petite rancune ne vous empêche pas de faire pour moi ce que vous pourrez. Si votre maîtresse est encore auprès de vous, si elle ne me hait pas trop, — et si vous le jugez à propos, rappelez-moi à son souvenir.

Je vous remercie de votre argent, si vous l'envoyez ; de

votre diligence à me répondre, si vous ne m'envoyez qu'une lettre.

Tout à vous.

CH. BAUDELAIRE.

60, rue Pigalle.

36. – *À Fernand Desnoyers*

[Paris, fin 1853 ou début 1854.]

Mon cher Desnoyers[1], vous me demandez des vers pour votre petit volume, des vers sur la *Nature*, n'est-ce pas ? sur les bois, les grands chênes, la verdure, les insectes, — sur le soleil sans doute ? Mais, vous savez bien que je suis incapable de m'attendrir sur les végétaux et que mon âme est rebelle à cette singulière religion nouvelle, qui aura toujours, ce me semble, pour tout être *spirituel* je ne sais quoi de *shocking*. Je ne croirai jamais que *l'âme des Dieux habite dans les plantes*[2], et quand même elle y habiterait, je m'en soucierais médiocrement, et considérerais la mienne comme d'un bien plus haut prix que celle des légumes sanctifiés. J'ai même toujours pensé qu'il y avait dans la *Nature*, florissante et rajeunie, quelque chose d'impudent et d'affligeant.

Dans l'impossibilité de vous satisfaire complètement, suivant les termes stricts du programme, je vous envoie deux morceaux poétiques qui représentent à peu près la somme des rêveries dont je suis assailli aux heures crépusculaires. Dans le fond des bois, enfermé sous ces voûtes semblables à celles des sacristies et des cathédrales, je pense à nos étonnantes villes, et la prodigieuse musique qui roule sur les sommets me semble la traduction des lamentations humaines.

C. B.

LES DEUX CRÉPUSCULES

LE SOIR

Voici venir le Soir, ami du criminel;
Il vient comme un complice, à pas de loup; — le ciel
Se ferme lentement comme une grande alcôve,
Et l'homme impatient se change en bête fauve.

Oui, voilà bien le Soir, le Soir cher à celui
Dont les bras sans mentir peuvent dire : aujourd'hui
Nous avons travaillé. — C'est le Soir qui soulage
Les Esprits que dévore une douleur sauvage,
Le savant obstiné dont le front s'alourdit,
Et l'ouvrier courbé qui regagne son lit.

Cependant des Démons malsains dans l'atmosphère
S'éveillent lourdement comme des gens d'affaire,
Et cognent en volant les volets et l'auvent.
À travers les lueurs que tourmente le vent
La Prostitution s'allume dans les rues;
Comme une fourmilière, elle ouvre ses issues,
Partout elle se fraie un occulte chemin
Ainsi que l'ennemi qui tente un coup de main;
Elle remue au sein de la Cité de fange,
Comme un Ver qui dérobe à l'Homme ce qu'il mange.

On entend çà et là les cuisines siffler,
Les Théâtres glapir, les orchestres ronfler;
Les tables d'hôte dont le Jeu fait les délices
S'emplissent de catins et d'escrocs, leurs complices,
Et les voleurs qui n'ont ni trêve, ni merci
Vont bientôt commencer leur travail, eux aussi,
Et forcer doucement les portes et les caisses,
Pour vivre quelques jours et vêtir leurs maîtresses.

Recueille-toi, mon Âme, en ce grave moment,
Et ferme ton oreille à ce bourdonnement;
C'est l'heure où les douleurs des malades s'aigrissent;
La sombre Nuit les prend à la gorge, ils finissent
Leur destinée, et vont vers le Gouffre commun;
L'Hôpital se remplit de leurs soupirs; plus d'un
Ne viendra plus chercher la soupe parfumée
Au coin du feu, — le soir, — auprès d'une Âme aimée.

Encore la Plupart n'ont-ils jamais connu
La douceur du foyer et n'ont jamais vécu!

LE MATIN

La Diane chantait dans les cours des casernes,
Et le vent du matin soufflait sur les lanternes.

C'était l'heure où l'essaim des rêves malfaisants
Tord sur leurs oreillers les bruns adolescents,
Où, comme un œil sanglant qui palpite et qui bouge,
La lampe sur le jour fait une tache rouge,
Où l'Âme sous le poids du corps revêche et lourd
Imite les combats de la lampe et du jour.
Comme un visage en pleurs que les brises essuient,

L'air est plein du frisson des choses qui s'enfuient,
Et l'homme est las d'écrire et la femme d'aimer!

Les maisons, çà et là, commençaient à fumer.
Les femmes de plaisir, la paupière livide,
Bouche ouverte, dormaient de leur sommeil stupide.
Les Pauvresses, traînant leurs seins maigres et froids,
Soufflaient sur leurs tisons et soufflaient sur leurs doigts.
C'était l'heure où parmi la faim et la lésine
S'aggravent les douleurs des femmes en gésine;
Comme un sanglot coupé par un sang écumeux,
Le chant du coq au loin déchirait l'air brumeux;
Un brouillard glacial baignait les édifices,
Et les agonisants dans le fond des hospices
Poussaient leur dernier râle en hoquets inégaux.

Les débauchés rentraient, brisés par leurs travaux.

L'Aurore grelottante en robe rose et verte
S'avançait lentement sur la Seine déserte,
Et le sombre Paris, en se frottant les yeux,
Empoignait ses outils, — vieillard laborieux.

CHARLES BAUDELAIRE

37. – *À Champfleury*

[Paris.] Samedi 14 janvier 1854.

Mon cher ami, hier soir après avoir trouvé chez moi votre prospectus[1], je vous écrivis immédiatement quelques mots que j'ai brûlés ce matin, par je ne sais quel respect humain, et dans la crainte que ma lettre écrite dans une vive surexcitation ne vous prêtât un peu à rire, tant par la très expansive amitié que je vous y témoignais que par les quelques observations de *maniaque* ou de *tatillon*, — à votre gré, — que je vous soumettais. Finalement, vous voyez que je recommence.

Je trouve décidément votre titre très beau. Le prospectus est en général d'une grande tournure. C'est certainement une chose très importante pour vous de sortir des petits cadres, et vous ne sauriez croire combien, à ce point de vue, je me réjouis de votre publication.

Mais, — et c'est ici que commence le *tatillonnage*,

Ne reculait pas de vivre est une grossissime faute de français. Ne craignait pas de vivre, — se résignait à vivre, — se condamnait à vivre, — ne reculait pas devant la nécessité de vivre, — mais *Reculer de quelque chose*!!!

L'auteur n'a qu'une croyance : le Roman.

C'est comme si Dupont disait : je n'ai qu'une *croyance :* la Chanson.

Le Roman est un art plus utile et plus beau que les autres, il n'est pas une croyance, pas plus que l'*Art* lui-même. C'est du baragouin romantique. Vous rappelez-vous le temps où on écrivait des choses telles que : Moi, j'ai *foi* dans l'art, — ou — j'ai *foi* dans le Beau, voilà toute *ma croyance ?* — Ce qui est une croyance, c'est le Bouddhisme, le Christianisme, la Rédemption, etc.

Trouvez-vous réellement qu'à votre âge et avec votre force actuelle il soit bien utile d'exhumer les compliments de Victor Hugo qui en a inondé les êtres les plus vulgaires ?

N'y a-t-il pas aussi dans l'ensemble de votre prospectus une espèce de préoccupation jalouse involontaire de Dickens et des grosses machines d'Eugène Sue ?

… *Titre* IRONIQUE *de Contes* n'est pas juste ce que vous vouliez dire. Du reste, j'avoue que j'ignore si l'expression *égale à* votre pensée existe.

… *premières publications qui ressortent* [sic], *sauf les publications de 1853, du domaine de la Nouvelle.*

Comment voulez-vous qu'au point de vue de la Rhétorique publique et communément adoptée *Mlle Mariette, Delteil*, etc., soient autre chose que des nouvelles ? — ou bien, — n'aurai-je pas compris du tout ? — Et en ce cas, ce serait encore la faute de la phrase.

Encore un mot. — En pensant à votre affaire, j'ai trouvé, comme vous évidemment, que 6 vol[umes] vendus pour dix ans au prix de 25 000 francs ne vous rapporteraient pas 420 francs par volume chaque année. Et encore, vous sacrifiez tous les genres d'édition. — Enfin, j'ai fini, — foutez-vous de moi, si cela vous fait bien plaisir. Dans deux ou trois jours, je vous écrirai un mot relativement à la chose dont nous avons parlé. — Je veux bien prendre mes mesures pour être sûr de trouver Turgan.

Tout à vous.

CH. BAUDELAIRE.

37 *bis.* – *À Hippolyte Tisserant*

Monsieur Tisserant.

[Paris.] Samedi 21 janvier 1854.

Mon cher Monsieur Tisserant, j'ai vu Boyer qui m'a dit que vous aviez bien voulu vous souvenir de moi et de nos projets. Dès la fin du mois, je serai débarrassé de pénibles préoccupations, et j'espère que nous en pourrons causer. Je prends vis-à-vis de vous l'engagement formel de vous faire, — avec beaucoup de peine peut-être, — un drame fort mélancolique basé sur *la Rêverie, la fainéantise, la misère, l'ivrognerie, et l'assassinat.*[1] — Si vous me faites le plaisir de m'écrire, ayez l'obligeance de mettre vos initiales dans un coin de la suscription. J'ai la mauvaise habitude de laisser souvent non décachetées les lettres dont j'ignore les auteurs.

Si le *Divin* Laferrière[2] avait le courage, ou la résignation de jouer un rôle *vieux*, c'est-à-dire *jeune* dans la première partie du drame, *vieux* dans la seconde, j'ai pour lui une bien belle chose. — Du reste, je vous soumettrai aussi l'idée, je crois qu'il y aurait là aussi une bien belle place pour vous.

Tout à vous.

CH. BAUDELAIRE.

60, Rue Pigalle.

38. – *À Hippolyte Tisserant*

[Paris.] Samedi 28 janvier 1854.

J'ai reçu de vous une lettre[1], mon cher Monsieur Tisserant, qui contient un gros paquet de compliments. Attendez donc que je les aie mérités. — Nous verrons plus tard s'il y a lieu pour moi d'être loué; du reste, je sens très bien que je vais faire sur moi-même, — et cela aura été, il faut le dire, à votre instigation, — une grande épreuve. — Dans peu de temps d'ici, je saurai si je suis capable d'une bonne conception dramatique. — C'est du reste à ce sujet, et pour vous mettre au courant de l'état de cette conception, que je vous écris une lettre un peu longue, que j'avais le projet de vous écrire depuis plusieurs jours, et que je remettais de jour en jour.

— D'abord, permettez-moi de vous dire une chose dont je serai enchanté d'être débarrassé, car elle frise l'indiscrétion, et quand bien même nous serions des anges, nous sommes des connaissances bien nouvelles. — Mes articles, mes malheureux articles, mes maudits articles ont l'air de s'allonger sous ma main, j'ai encore pour quelques jours de travail, je ne peux pas quitter ma table sous peine de retarder le moment bienheureux où je serai débarrassé de ce souci et surtout où je toucherai une grosse somme. *Or, je n'ai plus le sol*, littéralement; 20, 25 francs représentent pour moi, quand je suis enfermé comme maintenant, une semaine. Il va sans dire que, si cela ne troublait pas trop votre bourse, — je vous les remettrais bientôt, *peut-être* dans les premiers jours de février, — et — si vous vouliez être tout à fait aimable, — au lieu de les remettre à cet homme, vous me les apporteriez vous-même, — et vous viendriez me faire une visite, — *surtout* si vous n'avez pas d'argent. Une bonne visite est, quand on vit enfermé, — la meilleure des distractions.

Je reviens à notre affaire qui me tient à cœur ; je désire fortement que nous nous entendions très bien, — je sens que je peux avoir besoin de vous, et je crois que dans de certains cas vous devez, mieux que moi, distinguer le possible de l'impossible.

— Quoique ce soit une chose importante, — je n'ai pas encore songé au titre ; — LE PUITS ? L'IVROGNERIE ? LA PENTE DU MAL ? etc.

Ma principale préoccupation, quand je commençai à rêver à mon sujet, fut : à quelle classe, à quelle profession doit appartenir le personnage principal de la pièce ? — J'ai décidément adopté une profession lourde, triviale, rude. LE SCIEUR DE LONG. Ce qui m'y a presque forcé, c'est que j'ai une chanson dont l'air est horriblement mélancolique, et qui ferait je crois un magnifique effet au théâtre, si nous mettons sur la scène le lieu ordinaire du travail, ou surtout, si, comme j'en ai une immense envie, je développe au troisième acte le tableau d'une *goguette lyrique* ou d'une *lice chansonnière*[2]. Cette chanson est d'une rudesse singulière. Elle commence par :

Rien n'est aussi-z-aimable, —
Fonfru-Cancru-Lon-La-Lahira —
Rien n'est aussi-z-aimable
Que le Scieur de Long.

Et ce qu'il y a de meilleur, c'est qu'elle est presque prophétique, elle peut devenir *La Romance du Saule*[3] de notre drame populacier. Ce scieur de long si aimable finit par jeter sa femme à l'eau, et il dit en parlant à la *Sirène* (que c'est donc bizarre ! je présume qu'il est question de la vague, et de son bruit musical, car il y a pour moi une lacune avant cet endroit) :

Chante, Sirène, chante,
Fanfru-Cancru-Lon-La-Lahira —
Chante, Sirène, chante,
T'as raison de chanter,

Car t'as la mer à boire,
Fanfru-Cancru-Lon-La-Lahira —
Car t'as la mer à boire,
Et ma mie à manger !

Il faudra que j'écrive à quelqu'un du pays pour remplir cette lacune et pour faire noter l'air.

Mon homme est rêveur, fainéant, il a, ou il croit avoir des aspirations supérieures à son monotone métier, et comme tous les rêveurs fainéants, il s'enivre.

La femme doit être jolie. — Un modèle de douceur, de patience, et *de bon sens.*

Le tableau de la *Goguette* a pour but de montrer les instincts lyriques du peuple, souvent comiques et maladroits. — Autrefois, j'ai vu les goguettes, — il faudra que j'y retourne. — Ou plutôt nous irons ensemble, — il sera peut-être même possible d'y prendre des échantillons de poésie tout faits. De plus, ce tableau nous fournit un délassement au milieu de ce cauchemar lamentable.

Je ne veux pas ici vous faire un scénario détaillé, puisque, dans quelques jours, j'en ferai un dans les règles, et celui-là vous l'analyserez de façon à m'éviter quelques gaucheries. Je ne vous donne aujourd'hui que quelques notes.

Les deux premiers actes sont remplis par des scènes de misère, de chômage, des querelles de ménage, — d'ivrognerie et de *jalousie.* Vous verrez tout à l'heure l'utilité de cet élément nouveau.

Le troisième acte, *La Goguette,* — où sa femme de qui il vit séparé, inquiète de lui, vient le chercher. — C'est là qu'il lui arrache un rendez-vous pour le lendemain soir, — DIMANCHE.

Le quatrième acte. Le crime, — bien prémédité, bien préconçu. — Quant à l'exécution, je vous la raconterai avec soin.

Le cinquième acte. — (Dans une autre ville.) Le dénouement, c'est-à-dire la dénonciation du coupable par lui-même, sous la pression d'une obsession. — Comment trouvez-vous cela ? — Que de fois j'ai été frappé par des cas semblables en lisant la *Gazette des tribunaux !*

Vous voyez combien le drame est simple. Pas d'imbroglios, pas de surprises. Simplement le développement d'un vice, et des résultats successifs d'une situation.

J'introduis deux personnages nouveaux :

Une sœur du scieur de long, créature aimant les rubans, les bijoux à 25 sols, les guinguettes et les bastringues ; — ne pouvant pas comprendre la vertu chrétienne de sa belle-sœur. — C'est le type de la perversité précoce parisienne.

Un homme jeune, — assez riche, — d'une profession plus élevée, — profondément épris de la femme de notre ouvrier, — mais honnête et admirant sa vertu. — Il parvient à glisser de temps à autre un peu d'argent dans le ménage.

Quant à elle, malgré sa puissante religion, sous la

pression des souffrances que lui impose son mari, — elle pense quelquefois un peu à cet homme, et ne peut pas s'empêcher de rêver à cette existence plus douce, plus riche, plus décente, qu'elle aurait pu mener avec lui. — Mais elle se reproche cette pensée comme un crime, et lutte contre cette tendance; — je présume que voilà un élément dramatique. — Vous avez déjà deviné que notre ouvrier saisira avec joie le prétexte de sa jalousie surexcitée pour se cacher à lui-même qu'il en veut surtout à sa femme de sa résignation, de sa douceur, de sa patience, de sa vertu. — Et cependant il l'aime, — mais la boisson et la misère ont déjà altéré son raisonnement. — Remarquez de plus que le public des théâtres n'est pas familiarisé avec la très fine psychologie du crime, et qu'il eût été bien difficile de lui faire comprendre une atrocité sans prétexte.

En dehors de ces personnages, nous n'avons que des êtres accessoires : peut-être un ouvrier *farceur* et mauvais sujet, amant de la sœur; — des filles, — des habitués de barrières, — de cabarets, — d'estaminets, — des matelots, des agents de police.

Voici la scène du crime. — Remarquez bien qu'il est déjà prémédité. L'homme arrive le premier au rendez-vous. Le lieu a été choisi par lui. — *Dimanche soir.* — Route ou plaine obscure. — Dans le lointain, bruits d'orchestre de bastringue. — Paysage sinistre et mélancolique des environs de Paris. — Scènes d'amour, — aussi tristes que possible, — entre cet homme et sa femme; — il veut se faire pardonner, — il veut qu'elle lui permette de vivre et de retourner près d'elle. — Jamais il ne l'a trouvée si belle. — Il s'attendrit de bonne foi. — Ils passent, s'éloignent, repassent. La scène peut ainsi rester vide une ou deux fois — ce qui, à ce qu'on dit, est contre les règles ; mais je m'en fiche, — je crois que cette scène vide, ce paysage nocturne solitaire peuvent augmenter le lugubre de l'effet. — Il en redevient presque amoureux ; il désire, il supplie, — la pâleur, la maigreur la rendent plus intéressante, et sont presque des excitants. Il faut que le public devine de quoi il est question. Malgré que la pauvre femme sente aussi sa vieille affection remuée, — elle se refuse à cette passion sauvage dans un pareil lieu. — Ce refus irrite le mari qui attribue cette chasteté à l'existence d'une passion adultère ou à la défense d'un amant. — « *Il faut en finir, — cependant je n'en aurai jamais le courage, — je ne peux pas faire cela* MOI-MÊME. » Une idée de génie — pleine de lâcheté et de superstition, — lui vient.

Il feint de se trouver très mal, ce qui n'est pas difficile, son émotion vraie aidant à la chose ; — « *Tiens, là-bas, au bout de ce petit chemin, à gauche, — tu trouveras un poirier (ou un pommier), — va me chercher un fruit.* » (Remarquez qu'il peut trouver un autre prétexte — je jette celui-là sur le papier en courant.)

La nuit est très noire, la lune s'est cachée. Sa femme s'enfonçant dans les ténèbres, il se lève de la pierre où il s'est assis, et se colle l'oreille contre terre : « *à la grâce de Dieu ! si elle échappe, tant mieux, — si elle y tombe, c'est Dieu qui la condamne.* »

Il lui a indiqué la route où elle doit trouver un puits, presque à ras de la terre.

On entend le bruit d'un corps lourd tombant dans l'eau, — mais précédé d'un cri, — et les cris continuent.

Que faire ? On peut venir, — je puis passer, je passerai pour l'assassin. — D'ailleurs, elle est condamnée. — « Ah ! il y a les pierres ! — les pierres qui font le bord du puits ! »

Il disparaît en courant.

Scène vide.

À mesure que le bruit des pavés tombants se multiplie, les cris diminuent. — Ils cessent.

L'homme reparaît : « JE SUIS LIBRE ! — *Pauvre ange, elle a dû bien souffrir !* »

Tout ceci doit être entrecoupé par le bruit lointain de l'orchestre. — À la fin de l'acte, des groupes d'ivrognes et de grisettes qui chantent, — entre autres la sœur, — reviennent par la route.

Voici en peu de mots l'explication du dénouement. Notre homme a fui. — Nous sommes maintenant dans un port de mer ; — il pense à s'engager comme matelot. — Il boit effroyablement : estaminets, tavernes de matelots, — *musicos*[4]. — Cette idée : *Je suis libre, libre, libre* — est devenue l'idée fixe, obsédante. Je suis *libre,* — je suis *tranquille,* — *on ne saura jamais rien.* — Et comme il boit toujours, et qu'il boit effroyablement depuis plusieurs mois, sa volonté diminue toujours, — et l'idée fixe finit par se faire jour par quelques paroles prononcées à voix haute. Sitôt qu'il s'en aperçoit, il cherche à s'étourdir par *la boisson,* par *la marche,* par *la course ;* — mais l'étrangeté de ses allures le fait remarquer, — un homme qui court toujours a évidemment *fait quelque chose.* On l'arrête ; alors — avec *une volubilité, une ardeur, une emphase extraordinaire,* avec une minutie extrême, — très vite, très vite, comme s'il craignait de n'avoir pas le temps d'achever, — il raconte tout son crime. — Puis il tombe évanoui. — Des agents de police s'en emparent et le portent dans un fiacre.

C'est bien fin, n'est-ce pas, et bien subtil ? mais il faut absolument le faire comprendre. — Avouez que c'est vraiment terrible. — On peut faire reparaître la petite sœur dans une de ces maisons de débauche et de ribote faites pour les matelots.

Encore deux mots : êtes-vous fort vis-à-vis de vos directeurs ?

Est-il vrai que Royer impose sa collaboration secrète ? — Je n'accepterais pas cela.

Je suis tout à vous. Mes terribles besoins d'argent vous répondront de mon activité.

CH. BAUDELAIRE.

Vous me ferez vos observations là-dessus. Je serais bien *disposé* à diviser l'œuvre en *plusieurs tableaux* courts, au lieu d'adopter l'incommode division des cinq longs actes.

C. B.

Ne détruisez pas ma lettre, elle pourra, dans de certains cas, nous servir de note, ou de mémento.

39. – *À Madame Sabatier*

[Paris.] Mardi 7 février 1854.

Je ne crois pas, Madame, que les femmes en général connaissent toute l'étendue de leur pouvoir, soit pour le bien, soit pour le mal. Sans doute, il ne serait pas prudent de les en instruire toutes également. Mais avec vous on ne risque rien ; votre âme est trop riche en bonté pour donner place à la *fatuité* et à la cruauté. D'ailleurs vous avez été sans aucun doute tellement abreuvée, saturée de flatteries qu'une seule chose peut vous flatter désormais, c'est d'apprendre que vous faites le bien, — même sans le savoir, — même en dormant, — simplement en vivant.

Quant à cette *lâcheté de l'anonyme*, que vous dirai-je, quelle excuse alléguerai-je, si ce n'est que ma première faute commande toutes les autres, et que le pli est pris. — Supposez, si vous voulez, que quelquefois sous la pression d'un opiniâtre chagrin je ne puisse trouver de soulagement que dans le plaisir de faire des vers pour vous, et qu'ensuite je sois obligé d'accorder le désir innocent de vous les montrer avec la peur horrible de vous déplaire. — Voilà qui explique *la lâcheté.*

Ils marchent devant moi, ces Yeux extraordinaires
Qu'un Ange très savant a sans doute aimantés ;
Ils marchent, ces divins frères qui sont mes frères,
Suspendant mon regard à leurs feux diamantés.

Me sauvant de tout piège et de tout péché grave,
Ils conduisent mes pas dans la route du Beau ;
Ils sont mes serviteurs et je suis leur esclave ;
Tout mon Être obéit à ce vivant Flambeau.

Charmants Yeux, vous brillez de la clarté mystique
Qu'ont les cierges brûlant en plein jour ; — le Soleil
Rougit mais n'éteint pas leur flamme fantastique ;

Ils célèbrent la Mort, vous chantez le Réveil ;
— Vous marchez en chantant le Réveil de mon Âme,
Astres dont le Soleil ne peut flétrir la flamme[1] !

N'est-il pas vrai que vous pensez comme moi, — que la plus délicieuse beauté, la plus excellente et la plus adorable créature, — vous-même par exemple, — ne peut pas désirer de meilleur compliment que l'expression de la gratitude pour le bien qu'elle a fait ?

40. – *À Madame Sabatier*

[Paris.] Jeudi 16 février 1854.

J'ignore ce que les femmes pensent des adorations dont elles sont quelquefois l'objet. Certaines gens prétendent qu'elles doivent les trouver tout à fait naturelles, et d'autres qu'elles en doivent rire. Ils ne les supposent donc que vaniteuses ou cyniques. Pour moi, il me semble que les âmes bien faites ne peuvent être que fières et heureuses de leur action bienfaitrice. Je ne sais si jamais cette douceur suprême me sera accordée de vous entretenir moi-même de la puissance que vous avez acquise sur moi, et de l'irradiation perpétuelle que votre image crée dans mon cerveau. Je suis simplement heureux, pour le moment présent, de vous jurer de nouveau que jamais amour ne fut plus désintéressé, plus idéal, plus pénétré de respect que celui que je nourris secrètement pour vous, et que je cacherai toujours avec le soin que ce tendre respect me commande.

Que diras-tu ce soir, pauvre Âme solitaire,
— Que diras-tu, mon Cœur, Cœur autrefois flétri,
À la très-Belle, à la très-Bonne, à la très-Chère,
Dont le regard divin t'a soudain refleuri ?

— « *Nous mettrons notre orgueil à chanter ses louanges,*
Rien ne vaut la douceur de son autorité.
Sa chair Spirituelle a le parfum des Anges,
Et son Œil nous revêt d'un habit de Clarté. »

« *Que ce soit dans la nuit et dans la solitude,*
Que ce soit dans la rue et dans la multitude,
Son Fantôme en dansant marche comme un Flambeau. »

« *Parfois il parle, et dit : Je suis* Belle *et j'ordonne*
Que pour l'Amour de MOI *vous n'aimiez que le* Beau.
Je suis l'Ange Gardien, la Muse, et la Madone[1]. »

41. – *À Eugène Pelletan*

[Paris.] Vendredi 17 mars 1854.

Monsieur,

Je ne vous ai jamais vu et je n'ai jamais eu l'honneur de causer avec vous. On m'a dit que vous aviez bien voulu citer mon nom dans un de vos articles récents (*Revue de Paris*) et c'est la seule raison qui m'encourage à m'adresser à vous. Voici de quoi il s'agit : — Depuis longtemps, depuis 1847, je m'occupe de la gloire d'un homme qui fut à la fois poète, savant, et métaphysicien : il est tout cela même en restant romancier. C'est moi qui ai mis en branle la réputation d'Edgar Poe à Paris ; ce qu'il y a de plaisant, c'est que d'autres, émus par mes articles biographiques et critiques, et par mes traductions se sont occupés de lui, mais que personne, —

excepté vous, — n'a daigné citer mon nom. Le monde est pavé de sottise. Encore, ces malheureux fragments n'ont paru qu'à force d'obsessions. Tantôt — c'est trop *bizarre*, trop *excentrique*, trop *terrible*, trop *subtil* (pourquoi pas *trop beau ?*). — La *belle Librairie* qui existe dans notre bon Temps m'obligeant à tirer plusieurs moutures du même sac, j'ai pensé au *Musée littéraire* du SIÈCLE, le second feuilleton. — M. de Tramont, qui m'a formellement promis son concours, a entre les mains *huit* échantillons. Il va sans dire que pour rendre le marché plus facile, je supprimerai les morceaux purement philosophiques ou scientifiques. — Vous seriez l'exception la plus aimable dans le journalisme, si vous vouliez dire un mot heureux en ma faveur à M. de Tramont et à M. Tillot. Votre situation et votre notoriété donnent sans doute une grande importance à vos paroles. — Seulement, — il me semble qu'à un confrère je peux tout dire, — je serais bien heureux, en cette affaire, de ne pas voir la figure et de ne pas entendre la voix de M. Desnoyers. Je vous jure que je n'ai aucune animadversion contre lui ; sa haine contre le beau est innocente puisqu'elle est inconsciente, elle est animale et instinctive ; et fût-il le meilleur homme de la terre, il fera toujours le mal littérairement. — L'estime que vos travaux m'ont donnée pour votre caractère m'a conseillé cette lettre, peut-être singulière.

— Veuillez agréer, Monsieur, l'expression de ma bien sincère reconnaissance, et croyez que cette formule adressée à vous n'a pas la banalité des phrases semblables adressées à de gros personnages.

CH. BAUDELAIRE.

42. – *À Madame Sabatier*

[Paris.] Lundi 8 mai 1854.

Il y a bien longtemps, Madame, bien longtemps que ces vers sont écrits. — Toujours la même déplorable habitude, la rêverie et l'anonyme. — Est-ce la honte de ce ridicule anonyme, est-ce la crainte que les vers ne soient mauvais, et que l'habileté n'ait pas répondu à la hauteur des sentiments, qui m'ont rendu cette fois si hésitant et si timide ? — Je n'en sais rien du tout. — J'ai si peur de vous, que je vous ai toujours caché mon nom, pensant qu'une adoration anonyme, — ridicule évidemment pour toutes les brutes matérielles mondaines que nous pourrions consulter à ce sujet, — était, après tout, à peu près innocente, — ne pouvait rien troubler, rien déranger, et était infiniment supérieure en moralité à une poursuite niaise, vaniteuse, à une attaque directe contre une femme qui a ses affections placées, — et peut-être ses devoirs. N'êtes-vous pas — et je le dis avec un peu d'orgueil, — non seulement une des plus aimées, — mais aussi la plus profondément respectée de toutes les créatures ? — Je veux vous en donner une preuve. — Riez-en, — beaucoup, si cela vous amuse, — mais n'en parlez pas. — Ne trouverez-vous pas naturel, simple, humain, que l'homme bien épris haïsse l'amant heureux, le possesseur ? — Qu'il le trouve inférieur, choquant ? — Eh bien, il y a quelque temps, le hasard m'a fait rencontrer *celui-là*[1] ; — comment vous exprimerai-je, — sans comique, sans faire rire votre méchante figure toujours pleine de gaîté, — combien j'ai été heureux de trouver un homme aimable, un homme qui pût vous plaire. —

Mon Dieu ! tant de subtilités n'accusent-[elles] pas la déraison ? — Pour en finir, pour vous expliquer mes silences, et mes ardeurs, ardeurs presque religieuses, je vous dirai que quand mon être est roulé dans le noir de sa méchanceté et de sa sottise naturelles, il rêve profondément de vous. De cette rêverie excitante et purifiante naît généralement un accident heureux. — Vous êtes pour moi non seulement la plus attrayante des femmes ; — de toutes les femmes, mais encore la plus chère et la plus précieuse des superstitions. — Je suis un égoïste, je me sers de vous. — Voici mon malheureux torche-cul[2]. — Combien je serais heureux si je pouvais être certain que ces hautes conceptions de l'amour ont quelque chance d'être bien accueillies dans un coin secret de votre adorable pensée ! — Je ne le saurai jamais.

À la très-Chère, à la très-Belle
Qui remplit mon cœur de clarté.
À l'Ange, à l'Idole immortelle,
Salut en l'Immortalité !

Elle se répand dans ma vie
Comme un air imprégné de sel,
Et dans mon âme inassouvie
Verse le goût de l'Éternel.

Sachet toujours frais qui parfume
L'atmosphère d'un cher réduit,
Encensoir toujours plein qui fume
En secret à travers la nuit,

Comment, amour incorruptible,
T'exprimer avec vérité ?

— Grain de musc qui gît invisible,
Au fond de mon Éternité!

À la très-Bonne, à la très-Belle,
Qui m'a versé joie et santé,
Salut en la Vie Éternelle,
En l'Éternelle Volupté!

Pardonnez-moi, je ne vous en demande pas plus.

43. – *À Paul de Saint-Victor*

[Paris.] Mardi 26 sept[embre] 1854.

J'ai à vous demander, à vous, Monsieur, que je ne connais pas, un grand service. Cette demande n'a pas d'autre motif qu'une très sincère admiration pour l'homme dont il va être question. Comment se fait-il que vous pour qui le feuilleton dramatique n'est pas une besogne *pensumière*, mais une occasion d'émettre des idées romantiques, vous qui comprenez le romantisme, vous n'ayez pas parlé de *M. Rouvière*, dans la reprise des *Mousquetaires*[1]? — S'il est trop tard, et si vous ne l'avez pas vu, allez le voir, — je l'ai vu sept fois, moi, — vous y trouverez une jouissance, j'en suis sûr. — *M. Rouvière* fait de cet ouvrage une nouveauté. — Et si, par hasard, il était un mirage pour moi, et si pour vous ce jeu, cette interprétation n'avait pas la même valeur, la même importance, croyez que mon principal chagrin serait de voir mon intelligence en discord avec la vôtre.

Le Hasard m'a appris que *nos* feuilletons du *Pays* vous amusaient. Mais, Monsieur, quel vrai martyre ! — Nous en sommes à notre troisième, quatrième, cinquième interruption. Ces Messieurs obéissent à des criailleries d'abonnés. C'est le monde inversé. Nous n'en sommes qu'au dix-huitième feuilleton et il m'en reste vingt-six sur mon écrémage général — sans compter ma très longue préface[2] sur la situation des hommes d'imagination dans des sociétés protestantes et marchandes. — Quand cela finira-t-il ? — Et c'est Mme Clémence Robert que l'on substitue à un homme de génie qui a touché à toutes les questions ! — Il fallait absolument que je me plaignisse ce soir à quelqu'un. — Je suis allé chez *Théophile*[3] ce matin, et ne l'ayant pas trouvé, je me suis jeté sur vous.

Veuillez agréer l'assurance de mes biens sympathiques sentiments.

CH. BAUDELAIRE.

44. – *À Hippolyte Hostein*

[Paris.] Mercredi 8 novembre 1854.

Monsieur,

Je n'accomplirais qu'avec timidité et défiance cette singulière démarche que je tente aujourd'hui, *si je ne savais* que je parle à un homme d'esprit.

L'ouvrage que je vous envoie, et qui m'a donné un mal infini à trouver, — la Bibliothèque ne voulant pas le prêter, — la *Revue rétrospective* ayant disparu[1], — est à peu près inconnu ; peut-être le connaissez-vous ? — en tout cas il ne fait partie ni des œuvres complètes, *ni même des œuvres posthumes*, et il n'y a guère que les fureteurs qui l'aient lu. Depuis bien des années, j'avais l'idée que cet ouvrage aurait dans notre temps un vaste succès ; un autre que moi aurait pensé à la Comédie-Française ou au Gymnase ; mais le choix que je fais me paraît meilleur, d'abord à cause des qualités du directeur, mais aussi particulièrement à cause de son apparence — permettez-moi de vous le dire — paradoxale.

Je me suis dit :

M. Hostein a été l'ami de Balzac. N'est-ce pas vous, monsieur, qui avez si bien fait la mise en scène de *La Marâtre*[2] ? — M. Hostein doit parfaitement bien comprendre la valeur d'un ouvrage qui a l'air d'un de ces rares précurseurs du théâtre que rêvait Balzac.

Dans les théâtres subventionnés, rien ne se fait, rien ne se conclut, rien ne marche ; tout le monde y est timide et bégueule.

Puis il serait curieux de vérifier si définitivement ce public du boulevard, si méprisé, ne serait pas apte à comprendre et à applaudir un ouvrage d'une merveilleuse portée, — je ne veux pas prononcer le mot *littéraire* qui appartient à l'affreux argot de notre époque.

J'ai pensé que les succès infatigables de votre théâtre vous autorisaient à faire une éclatante tentative sans imprudence, et que *Les Cosaques* et *Le Sanglier*[3] pouvaient bien — à mettre les choses au pire — payer la bienvenue de Diderot.

Si je voulais surexciter votre orgueil, je pourrais vous dire qu'il est digne de vous de perdre de l'argent avec ce grand auteur, mais malheureusement je suis obligé de vous avouer que je suis convaincu qu'il est possible d'en gagner.

Enfin, — irai-je jusqu'au bout ? — car ici, moi inconnu de vous, j'ai l'air d'empiéter indiscrètement sur vos droits et vos fonctions, — il m'a semblé qu'un acteur merveilleux par sa véhémence, par sa finesse, par son caractère poétique, un acteur qui m'a ébloui dans *Les Mousquetaires*, — j'ignore totalement si vous pensez comme moi — j'ai présumé, dis-je, que M. Rouvière pourrait trouver dans ce personnage de Diderot écrit par Diderot (Hardouin), personnage où la sensibilité est unie à l'ironie et au cynisme le plus bizarre, un développement tout nouveau pour son talent.

Tous les personnages (ceci est une curiosité) sont *vrais*. M. Poultier, le commis à la marine, est mort très tard ; j'ai connu quelqu'un qui l'a connu.

Les femmes sont nombreuses, toutes amusantes et toutes charmantes.

Cet ouvrage est, à proprement parler, le seul ouvrage très dramatique de Diderot. *Le Fils naturel* et *Le Père de famille* ne peuvent pas lui être comparés.

Quant aux retouches, — je désire que votre sentiment s'accorde avec le mien, — je crois qu'elles peuvent être très rares et n'avoir trait qu'à des expressions vieillies, à des habitudes d'ancienne jurisprudence, etc., etc. En d'autres termes, je crois qu'il serait peut-être bon de commettre, en faveur du public moderne, quelques innocents anachronismes.

Et maintenant permettez-moi, Monsieur, de profiter de l'occasion pour vous avouer que depuis longtemps je rêve à un drame aussi terrible et aussi singulier qu'on peut le désirer, et que dans les rares moments où je puis y travailler, j'ai toujours devant les yeux l'image de votre étrange acteur. Il s'agit d'un drame sur *l'ivrognerie*. Ai-je besoin de vous dire que mon ivrogne n'est pas un ivrogne comme les autres ? — Veuillez agréer, Monsieur, l'assurance de mon profond respect, et permettez-moi d'avoir bon espoir.

CH. BAUDELAIRF.

57, rue de Seine.

45. – *À Jules Barbey d'Aurevilly*

[Paris.] Mercredi,
20 décembre 1854.

Mon cher Monsieur,

Je suis allé *bien souvent* chez vous pour vous serrer la main, mais je n'ai eu aucune chance ; — j'envoie à tout hasard ce matin chez vous, pour vous demander un petit service. — Je suis tout abêti et tout malade, je n'ai absolument rien à lire, et de plus j'ai promis à une dame, qui en a grande envie depuis longtemps, de lui faire lire quelque chose de vous ; — si vous pouviez remettre à cet homme n'importe quoi de vous, *La Bague*, *Le Dandysme*, *Germaine*, *La Vieille Maîtresse*, *L'Ensorcelée*, — je ne suis pas perdeur de livres, — vous me rendriez fort heureux. — Si cet homme ne vous trouve pas, et si vous êtes encore *en prison*[1], — j'enverrai de nouveau chez vous, un autre jour.

Si vous vouliez être tout à fait aimable, vous joindriez à cet envoi une note de vos différents ouvrages, avec les noms des libraires, — note dont j'ai besoin depuis longtemps.

Votre grand article sur Monselet[2] a fait sur ce pauvre

garçon un effet de tous les diables. Il était à la fois très heureux et très malheureux. J'ai fait ce que j'ai pu pour lui persuader qu'il devait être très heureux. – S'il se fût agi de moi, j'eusse été très malheureux. Adieu, Monsieur, croyez-moi, pour toujours, votre ami et votre admirateur.

CH. BAUDELAIRE.

46. – *À Victor de Mars*

[Paris,] 7 avril 1855.

Mon cher Monsieur De Mars,

Je prépare, et j'espère que ce sera fini à temps, un très bel *Épilogue* pour *Les Fleurs du Mal.* Je voulais vous dire ceci, — que je tiens vivement, quels que soient les morceaux que vous choisirez, à les mettre en ordre *avec vous*, de manière qu'ils se fassent, pour ainsi dire, suite, — de même que nous avions fait pour la première partie[1].

Je serai chez vous, avec mon *Épilogue*, le 9 au soir, ou le 10 au plus tard.

L'Épilogue (adressé à une dame) dit à peu près ceci : *Laissez-moi me reposer dans l'amour. — Mais non, — l'amour ne me reposera pas. — La candeur et la bonté sont dégoûtantes. — Si vous voulez me plaire et rajeunir les désirs, soyez cruelle, menteuse, libertine, crapuleuse, et voleuse ; — et si vous ne voulez pas être cela, je vous assommerai, sans colère. Car je suis le vrai représentant de l'ironie, et ma maladie est d'un genre absolument incurable.* — Cela, comme vous voyez, fait un joli feu d'artifice de monstruosités, *un véritable Épilogue*, digne du *prologue* au lecteur, une réelle Conclusion.

Tout à vous.

CH. BAUDELAIRE.

47. – *À François Buloz*

[Paris.]
Mercredi 13 juin 1855.

Mon cher Monsieur Buloz,

Quand je suis venu vous déranger si intempestivement le 30 mai, je m'étais dans la journée même brouillé avec M. Dutacq, et me sentant sans éditeur, j'étais venu vous prier de vous mêler un peu de mes affaires, et de me faire profiter de l'influence que vous pouvez avoir sur quelques libraires. — Mais aujourd'hui, mon cas est empiré, il est plus grossièrement grave. Depuis dimanche, je suis *remercié* par *Le Pays*. J'y ai subi douze mois d'outrages et de taquineries. Me voilà débarrassé de mon insupportable *Salon*[1] ; me voilà libre, mais sans le sol. Je sais qu'il est d'usage de payer sa bienvenue en entrant chez vous par une espèce de cadeau littéraire. Quelquefois vous avez dérogé à cet usage. Si vous ne pouvez le faire pour moi, — (ce que je trouverai fort naturel, car en somme vous m'avez déjà rendu un très réel service) ayez l'obligeance de m'avancer simplement le prix d'une feuille, *un peu plus si vous pouvez*, sur un roman qui viendra bien plus tôt que vous ne croyez[2]. Car si je m'arrange avec *Hachette* ou *Michel Lévy* pour mon *Edgar*

Poe, j'aurai un mois de corrections d'épreuves, — et je serai à vous tout de suite après. — Si cela ne se fait pas, je suis à vous immédiatement. — Je suis vraiment bien las de ce vagabondage de douze ans. — *La petite note*[3], bizarre et paternelle, que je n'ai vue que ces jours-ci et que je n'ai pas trouvée disgracieuse quoi qu'on m'en ait dit, a eu sur mon esprit un singulier effet. Elle m'a fait repasser en revue des paperasses anciennes, une masse de canevas et de projets amassés. Hélas ! Monsieur, je dois avouer, — est-ce à ma honte ? est-ce à ma gloire ? — que je n'y ai pas trouvé beaucoup de sentiments humains, ou de sentiments passant pour tels. Je n'y ai guère vu, n'est-ce pas ridicule à avouer, qu'une préoccupation de causer l'étonnement ou l'épouvante. Cependant je dispose de trois ou quatre *données* qui, avec de l'habileté, pourraient vous plaire. Mais plutôt du fantastique que du roman de mœurs. Dans ce dernier genre, *involontairement*, je vous blesserais ; tandis que le fantastique devient pour moi un terrain solide.

Quant à l'objet immédiat de ma lettre présente, objet fort important cependant, tout ce que vous déciderez sera bien. N'avez-vous pas publié des morceaux de moi qui auraient fait reculer d'autres recueils et même ne m'avez-vous pas depuis lors, — je l'ai appris récemment — fort convenablement défendu ? Quoique je m'en sente fort digne, je devais vous en remercier ; je vous dirai quelque chose de mieux ; *je m'y attendais.*

Quoique vous touchiez aux jours de la quinzaine où vous êtes le plus occupé, je présume qu'une visite de moi à 6 heures ne vous dérangera pas.

Tout à vous.

CH. BAUDELAIRE.

M. V. de Mars a donc perdu mon adresse ? Je n'ai pas reçu le numéro du 1er juin.

P.-S. — Remarquez bien que j'espérais, que j'étais convaincu que je n'aurais pas besoin de vous écrire cette lettre, et que j'avais la ferme intention de ne vous demander de services qu'en vous apportant une belle et sérieuse *nouvelle.* Mais le *Diable* qui préside au vagabondage littéraire en a décidé autrement.

C. B.

48. – *À George Sand*

[Paris.] Mardi 14 août 1855.

Madame, j'ai un bien grand service à vous demander, et vous ne connaissez même pas mon nom. S'il est une position embarrassante, à coup sûr c'est celle d'un écrivain obscur contraint à recourir à l'obligeance d'un écrivain célèbre. Je pourrais me recommander près de vous des noms de quelques amis illustres ; mais à quoi bon ? J'estime que le récit de mon affaire vaudra mieux que tout. Puis je pense que demander un service à une femme est toujours moins embarrassant que de le demander à un homme, et quand il s'agit de demander à une femme pour une femme, ce n'est plus une humiliation, c'est presque une joie. J'espère donc ne pas vous déplaire en vous avouant que, malgré votre haute position littéraire, je n'éprouve en m'adressant à vous ni trop d'embarras, ni trop de timidité.

Votre drame[1] va être mis en répétition à l'*Odéon. Rouvière*, un de mes meilleurs amis, un comédien de génie, jouera le principal rôle. Il y a un rôle *(la femme de Rouvière)* que l'on destinait primitivement à Mlle *Daubrun.* — Vous souvenez-vous d'elle ? Elle jouait un rôle remarquable dans *Claudie.* — On était presque d'accord. *Narrey* le désirait, le régisseur insistait pour elle, M. *Vaëz* avait l'air de la désirer ; quant à *Rouvière* qui s'y connaît, il l'aime *presque* autant que moi. Mlle *Daubrun* est à Nice, elle revient d'Italie où son directeur a fait faillite. Elle s'était sauvée de la *Gaîté* pour des raisons non seulement fort excusables, mais même fort louables. — *Hostein* a dit qu'il ferait un procès à un théâtre du boulevard qui la prendrait, mais qu'il n'en fera pas à l'*Odéon.* M. *Narrey* s'était chargé de lever cette difficulté, et en somme on pouvait la considérer comme levée. — D'ailleurs il suffit de quelques heures pour arranger cela. — Hier matin, à 10 heures, je rencontre M. *Vaëz* qui me demande vivement si tout est fini ; je lui dis que Mlle *Daubrun* accepte avec joie, mais qu'elle désire une légère, très légère augmentation dans les appointements ; — si légère, Madame, que je n'ose pas vous la dire. M. *Vaëz* me dit de venir le retrouver à 2 heures. À 2 heures, M. *Narrey* s'était chargé de la commission désagréable de m'annoncer que tout était rompu, que toute négociation était inutile, que les journées s'écoulaient, etc. — Il y a trois jours d'ici à Nice, et l'Odéon ne rouvre, je crois, que le 15 septembre.

Ai-je besoin de vous dire, Madame, avec quelle joie je voyais Mlle Daubrun rentrer honorablement à Paris, dans un ouvrage de vous, et réparer rapidement dans un théâtre qui lui convient les douleurs et les accidents de l'année précédente ? — J'ai dit alors que j'acceptais pour elle, sans la consulter, les conditions offertes. Mais cette porte de refuge m'a été fermée.

Dans tout cela, Madame, il n'avait pas été question de votre désir ni de votre opinion ; c'est cette réflexion si simple qui m'est apparue comme une chance de salut, et qui me fait vous écrire. Non seulement, je vous demande votre opinion, une opinion favorable, mais je vous prie, vous l'auteur, vous le maître, d'exercer une pression qui annule la pression inconnue que je n'ai pas su deviner. Je vous supplie, à moins que vous n'ayez des projets arrêtés à l'avance, d'écrire quelques mots à ces messieurs, particulièrement à M. *Royer.* Vous le voyez, Madame, je suis comme ces malheureux, mécontents du Cadi, et qui cherchent partout le Sultan ; ils comptent sur sa bonté et sur sa justice. — Que vous m'accordiez ou que vous me refusiez, ayez la bonté de cacher le moyen excentrique dont j'ai osé me servir. — Maintenant, il serait vraiment trop bête que je vous parlasse de mon admiration pour vous, et de ma reconnaissance. J'attends votre réponse avec une certaine angoisse.

Veuillez agréer, Madame, l'expression de mon profond respect.

CH. BAUDELAIRE.

27, rue de Seine.

Si, au moins, je pouvais vous faire rire en vous racontant un petit embarras qui m'a fait hésiter *trois heures* avant d'envoyer cette lettre, peut-être y gagnerais-je un peu. — J'ignorais votre adresse ; j'ai imaginé absurdement que Buloz devait la connaître[2]. — Il corrigeait les épreuves et en entendant votre nom, il m'a fort rudoyé. De plus je ne savais comment écrire votre nom ; —

Madame Sand, *Madame Dudevant* ou *Madame la baronne Dudevant?* — Je craignais avant tout de vous déplaire! Enfin, le dernier nom m'a fait l'effet d'une impertinence pour le génie, et j'ai pensé que vous préfériez le nom par lequel vous régnez dans le cœur et l'esprit de votre siècle?

C. B.

49. – *À Paul de Saint-Victor*

[Paris.] Vendredi
23 nov[embre 18]55.

Mon cher ami, je n'ai pas osé aller vous ennuyer pour les deux petites poésies de *V. Hugo*[1]; mais je reviens à la charge, et vous prie de me dire quand et à quelle heure je pourrais aller vous voir sans vous déranger — à moins que vous n'ayez eu l'obligeance de me les transcrire, — auquel cas remettez-les à cet homme.

Tout à vous.

CH. BAUDELAIRE.

50. – *À Charles Asselineau*

[Fin 1855?]

Je me suis permis de prendre votre clef. — Je crois même que, vu ma grande fatigue, j'ai violé le lit.

J'ai averti votre concierge que, demain matin, on apporterait, ici, à mon nom, un paquet. Pourriez-vous pousser le dévouement jusqu'à mettre vous-même, aussitôt, le paquet dans un *bon* Mont-de-Piété et tâcher d'en obtenir 50 francs ? En tout cas, *le maximum.*

Figurez-vous que ma sacrée charogne de propriétaire me rend si malheureux qu'hier soir je ne suis pas rentré.

Il y a plusieurs raisons, sans compter l'économie de temps et de courses, pour lesquelles je ne fais pas porter le paquet chez moi. — Mais, entre autres raisons, je trouve inutile que cette charogne devine jusqu'où va mon dévouement pour elle.

Je me suis imbibé du roman de Furetière.

Mon cher, vous gardez tout, et, quand on pense à la postérité, ces lettres-là ne se signent pas.

N'oubliez pas que, pour cet engagement, vous avez besoin d'un papier constatant votre identité.

Je vous ai attendu jusqu'à près de 7 h[eures] et demie.

51. – *À Alphonse Toussenel*

[Paris.] Lundi 21 janvier 1856.

Mon cher Toussenel, je veux absolument vous remercier du cadeau que vous m'avez fait. Je ne connaissais pas le prix de votre livre[1], je vous l'avoue ingénument et grossièrement.

Il m'est arrivé avant-hier un chagrin, une secousse assez grave, — assez grave pour m'empêcher de penser, — au point que j'ai interrompu un travail important. — Ne sachant comment me distraire, j'ai pris ce matin votre livre, — de fort grand matin. Il a rivé mon attention, il m'a rendu mon assiette et ma tranquillité, — comme fera toujours toute bonne lecture.

Il y a bien longtemps que je rejette presque tous les livres avec dégoût. — Il y a bien longtemps aussi que je n'ai lu quelque chose d'aussi *absolument instructif et amusant.* — Le chapitre du faucon et des oiseaux qui chassent pour l'homme est une œuvre, — à lui tout seul. —

Il y a des mots qui ressemblent aux mots des grands maîtres, des cris de vérité, — des accents philosophiques irrésistibles, tels que : *Chaque animal est un sphinx*, et à propos de l'analogie : *comme l'esprit se repose dans une douce quiétude à l'abri d'une doctrine si féconde et si simple, pour qui rien n'est mystère dans les œuvres de Dieu !*

Il y a encore bien d'autres choses philosophiquement émouvantes, et l'amour de la vie en plein air, et l'honneur rendu à la chevalerie et aux dames, etc......

Ce qui est positif, c'est que vous êtes poète. Il y a bien longtemps que je dis que le poète est *souverainement* intelligent, qu'il est *l'intelligence* par excellence, — et que *l'imagination* est la plus *scientifique* des facultés, parce que seule elle comprend *l'analogie universelle*, ou ce qu'une religion mystique[2] appelle la *correspondance.* Mais quand je veux faire imprimer ces choses-là, on me dit que je suis fou, — et surtout fou de moi-même, — et que je ne hais les pédants que parce que mon éducation est manquée. — Ce qu'il y a de bien certain cependant, c'est que j'ai un esprit philosophique qui me fait voir clairement ce qui est vrai, même en zoologie, bien que je ne sois ni chasseur, ni naturaliste. — Telle est du moins ma prétention ; — ne faites pas comme mes mauvais amis, et n'en riez pas.

Maintenant, — puisque je me suis avancé avec vous

dans des discours plus grands et une familiarité plus grande que je ne me le serais permis, si votre livre ne m'inspirait d'ailleurs tant de sympathie, — laissez-moi tout dire.

Qu'est-ce que le *Progrès indéfini*! qu'est-ce qu'une *société* qui n'est pas aristocratique! ce n'est pas une société, ce me semble. Qu'est-ce que c'est que l'homme *naturellement* bon? où l'a-t-on connu? L'homme naturellement bon serait un *monstre*, je veux dire un *Dieu.* — Enfin, vous devinez quel est l'ordre d'idées qui me scandalise, je veux dire qui scandalise la raison écrite depuis le commencement sur la surface même de la terre. — Pur *quichottisme* d'une belle âme. —

Et un homme comme vous! lâcher en passant, comme un simple rédacteur du *Siècle*[3], des injures à *de Maistre*, le grand génie de notre temps, — un voyant! — Et enfin des allures de conversation, et des mots d'argot qui abîment toujours un beau livre.

Une idée me préoccupe depuis le commencement de ce livre, — c'est que vous êtes un vrai esprit égaré dans une secte. En somme, — qu'est-ce que vous devez à *Fourier?* Rien, ou bien peu de chose. — Sans Fourier, vous eussiez été ce que vous êtes. *L'homme raisonnable* n'a pas attendu que Fourier vînt sur la terre pour comprendre que la Nature est un *verbe*, une allégorie, un moule, un *repoussé*, si vous voulez. Nous savons cela, et ce n'est pas par Fourier que nous le savons; — nous le savons par nous-mêmes, et par les poètes.

Toutes les hérésies auxquelles je faisais allusion tout à l'heure ne sont, après tout, que la conséquence de la grande hérésie moderne, de la doctrine *artificielle*, substituée à la doctrine naturelle, — je veux dire la suppression de l'idée du *péché originel.*

Votre livre réveille en moi bien des idées dormantes, — et à propos de *péché originel*, et de *forme moulée sur l'idée*, j'ai pensé bien souvent que les bêtes malfaisantes et dégoûtantes n'étaient peut-être que la vivification, corporification, éclosion à la vie matérielle, des *mauvaises pensées* de l'homme. — Aussi la *nature* entière participe du péché originel.

Ne m'en veuillez pas de mon audace et de mon sans-façon, et croyez-moi votre bien dévoué.

CH. BAUDELAIRE

52. – *À Charles Asselineau*

[Paris.] Jeudi 13 mars 1856.

Mon cher ami, puisque les rêves vous amusent, en voilà un qui, j'en suis sûr, ne vous déplaira pas. Il est 5 heures du matin, il est donc tout chaud. Remarquez que ce n'est qu'un des mille échantillons dont je suis assiégé, et je n'ai pas besoin de vous dire que leur singularité complète, leur caractère général qui est d'être absolument étrangers à mes occupations ou à mes aventures personnelles me poussent toujours à croire qu'ils sont un langage quasi hiéroglyphique dont je n'ai pas la clef.

Il était (dans mon rêve) 2 ou 3 heures du matin, et je me promenais seul dans les rues. Je rencontre *Castille*, qui avait, je crois, plusieurs courses à faire, et je lui dis que je l'accompagnerai, et que je profiterai de la voiture pour faire une course personnelle. Nous prenons donc une voiture. Je considérais comme un *devoir* d'offrir à la maîtresse d'une grande maison de prostitution un livre de moi qui venait de paraître[1]. En regardant mon livre que je tenais à la main, *il se trouva* que c'était un livre obscène, ce qui m'expliqua *la nécessité* d'offrir cet ouvrage à cette femme. De plus, dans mon esprit, cette nécessité était au fond un prétexte, une occasion de baiser en passant une des filles de la maison, ce qui implique que, sans la nécessité d'offrir le livre, je n'aurais pas osé aller dans une pareille maison. Je ne dis rien de tout cela à *Castille*, je fais arrêter la voiture à la porte de cette maison, et je laisse *Castille* dans la voiture, me promettant de ne pas le faire attendre longtemps. Aussitôt après avoir sonné et être entré, je m'aperçois que ma pine pend par la fente de mon pantalon déboutonné, et je juge qu'il est indécent de me présenter ainsi même dans un pareil endroit. De plus, en me sentant les pieds très mouillés, je m'aperçois que j'ai les *pieds nus*, et que je les ai posés dans une mare humide au bas de l'escalier. Bah ! — me dis-je, — je les laverai avant de baiser, et avant de sortir de la maison. — Je monte. — À partir de ce moment, il n'est plus question du livre. —

Je me trouve dans de vastes galeries, communiquant ensemble, — mal éclairées, — d'un caractère triste et fané, — comme les vieux cafés, les anciens cabinets de lecture, ou les vilaines maisons de jeu. Les filles, éparpillées à travers ces vastes galeries, causent avec des hommes, parmi lesquels je vois des collégiens. — Je me sens très triste et très intimidé ; je crains qu'on ne voie mes pieds. Je les regarde, je m'aperçois qu'il y en a *un* qui porte un soulier. — Quelque temps après, je m'aperçois qu'ils sont chaussés tous les deux.

Ce qui me frappe, c'est que les murs de ces vastes galeries sont ornés de dessins de toute sorte, — dans des cadres. — Tous ne sont pas obscènes. — Il y a même des dessins d'architecture et des figures égyptiennes. Comme je me sens de plus en plus intimidé, et que [je] n'ose pas aborder une fille, je m'amuse à examiner minutieusement tous les dessins.

Dans une partie reculée d'une de ces galeries, je trouve une série très singulière. Dans une foule de petits cadres, je vois des dessins, des miniatures, des épreuves photographiques. Cela représente des oiseaux coloriés avec des plumages très brillants, dont l'œil est *vivant*. Quelquefois, *il n'y a que des moitiés d'oiseaux*. — Cela représente quelquefois des images d'êtres bizarres, monstrueux, presque *amorphes*, comme des *aérolithes*. Dans un coin de chaque dessin, il y a une note. — *La fille une telle, âgée de ..., a donné le jour à ce fœtus en telle année ;* — et d'autres notes de ce genre.

La réflexion me vient que ce genre de dessins est bien peu fait pour donner des idées d'amour.

Une autre réflexion est celle-ci : Il n'y a vraiment dans le monde qu'un seul journal, et c'est *Le Siècle*, qui puisse être assez bête pour ouvrir une maison de prostitution, et pour y mettre en même temps une espèce de musée médical. — En effet, me dis-je soudainement, c'est *Le Siècle* qui a fait les fonds de cette spéculation de bordel, et le musée médical s'explique par sa manie de *progrès, de science, de diffusion des lumières*. Alors je réfléchis que la bêtise et la sottise modernes ont leur utilité mystérieuse, et que souvent ce qui a été fait pour le mal, par une mécanique spirituelle, tourne pour le bien.

J'admire en moi-même la justesse de mon esprit philosophique.

Mais parmi tous ces êtres, il y en a un qui a vécu. C'est un monstre né dans la maison, et qui se tient éternellement sur un piédestal. Quoique vivant, il fait donc partie du musée. Il n'est pas laid. Sa figure est même jolie, très basanée, d'une couleur orientale. Il y a en lui beaucoup de rose et de vert. Il se tient accroupi, mais dans une position bizarre et contournée. Il y a de plus quelque chose de noirâtre qui tourne plusieurs fois autour de lui et autour de ses membres, comme un gros serpent. Je lui demande ce que c'est, il me dit que c'est un appendice monstrueux qui lui part de la tête, quelque chose d'élastique comme du caoutchouc, et si long, si long, que s'il le roulait sur sa tête comme une queue de cheveux, cela serait beaucoup trop lourd et absolument impossible à porter, — que dès lors il est obligé de le rouler autour de ses membres, ce qui d'ailleurs fait un plus bel effet. Je cause longuement avec le monstre. Il me fait part de ses ennuis et de ses chagrins. Voilà plusieurs années qu'il est obligé de se tenir dans cette salle, sur ce piédestal, pour la curiosité du public. Mais son principal ennui, c'est à l'heure du souper. Étant un être vivant, il est obligé de souper avec les filles de l'établissement, — de marcher en chancelant avec son appendice de caoutchouc jusqu'à la salle du souper, — où il lui faut le garder roulé autour de lui, ou le placer comme un paquet de cordes sur une chaise, car s'il le laissait traîner par terre, cela lui renverserait la tête en arrière. De plus, il est obligé, lui, petit et ramassé, de manger à côté d'une fille grande et bien faite. — Il me donne du reste toutes ces explications sans amertume. — Je n'ose pas le toucher, — mais je m'intéresse à lui.

En ce moment, — (ceci n'est plus du rêve) ma femme[2] fait du bruit avec un meuble dans sa chambre, ce qui me réveille. Je me réveille fatigué, brisé, moulu, par le dos, les jambes, et les hanches. — Je présume que je dormais dans la position contournée du monstre. — J'ignore si tout cela vous paraîtra aussi drôle qu'à moi. Le bon *Minot* serait fort empêché, je présume, d'y trouver une adaptation morale.

Tout à vous.

CH. BAUDELAIRE.

53. – *À Sainte-Beuve*

[Paris,] 19 mars 1856.

Voici, mon cher protecteur, un genre de littérature qui peut-être ne vous inspirera pas autant d'enthousiasme qu'à moi, mais qui vous intéressera, à coup sûr. *Il faut*, c'est-à-dire je désire qu'*Edgar Poe*, qui n'est pas grand-chose en Amérique, devienne un grand homme pour la *France ;* je sais combien vous êtes brave et amateur de la nouveauté, j'ai donc hardiment promis votre concours à *Michel Lévy*.

Pouvez-vous m'écrire un petit mot où vous me direz si vous ferez quelque chose dans l'*Athenaeum* ou ailleurs ? Parce que dans ce cas j'écrirais à M. *Lalanne* de ne pas charger de cela une autre personne, — votre plume ayant une autorité *particulière* dont j'ai besoin[1].

Vous verrez, à la fin de la Notice (laquelle contredit toutes les opinions à la mode sur *les États-Unis*) que j'annonce de nouvelles études. Je parlerai plus tard des opinions de cet homme singulier en matière de sciences, de philosophie, et de littérature.

Je remets donc entre vos mains mon âme toujours troublée.

CH. BAUDELAIRE.

18, rue d'Angoulême-du-Temple.

S'il est besoin d'un autre exemplaire pour le directeur du journal, qu'il le fasse prendre à la librairie.

C. B.

54. – *À Sainte-Beuve*

[Paris.] Mercredi, 26 mars 1856.

Vous saviez bien que cette bonne petite nouvelle m'enchanterait. Lalanne a été prévenu par Asselineau, et l'on devait donner le livre à une autre personne dans le cas seulement où vous n'auriez pas pu faire d'article. Lalanne a reçu un volume.

Je puis relativement au reste de votre lettre vous donner quelques détails qui peut-être vous intéresseront.

Il y aura un second volume, et une seconde préface[1].

Le premier volume est fait pour amorcer le public : *jongleries, conjecturisme, canards*, etc. *Ligeia* est le seul morceau important qui se rattache moralement au deuxième volume.

Le deuxième volume est d'un fantastique plus relevé ; *hallucinations, maladies mentales, grotesque pur, surnaturalisme*, etc……

La deuxième préface contiendra l'analyse des ouvrages que je ne traduirai pas, et surtout l'exposé des opinions *scientifiques* et *littéraires* de l'auteur. Il faut même que j'écrive à ce sujet à M. de Humboldt pour lui demander son opinion relativement à un petit livre qui lui est dédié ; c'est *Eureka*[2].

La première préface, que vous avez vue et dans laquelle j'ai essayé d'enfermer une vive protestation contre l'américanisme, est à peu près complète au point de vue biographique. — On fera semblant de ne vouloir considérer Poe que comme *jongleur*, mais je reviendrai à outrance sur le caractère surnaturel de sa poésie et de ses contes. Il n'est Américain qu'en tant que *Jongleur*. Quant au reste, c'est presque une pensée *anti-américaine*. D'ailleurs, il s'est moqué de ses compatriotes le plus qu'il a pu.

Donc, le morceau auquel vous faites allusion fait partie du deuxième volume[3]. C'est un dialogue entre deux âmes après la destruction du globe. Il y a *trois dialogues de ce genre* que je serai heureux de vous prêter à la fin du mois avant de livrer mon deuxième volume à l'imprimeur.

Maintenant, je vous remercie de tout mon cœur ; mais vous êtes si aimable que vous courez avec moi de grands dangers. Après le *Poe*, viendront deux volumes de moi, un d'articles critiques, et l'autre de poésies. Ainsi je vous fais mes excuses par avance, et d'ailleurs je crains que lorsque je ne parlerai plus par la voix d'un grand poète, je ne sois pour vous un être bien criard et bien désagréable.

Tout à vous.

CH. BAUDELAIRE.

À la fin du deuxième volume de Poe, je mettrai quelques échantillons de Poésie.

Je suis persuadé qu'un homme aussi soigneux que vous ne m'en voudra pas, si je le prie de bien observer l'orthographe du nom Edgar Poe. Pas de *d*, pas de tréma, pas d'accent.

CH BAUDELAIRE.

55. – *À Auguste Poulet-Malassis*

[Paris.] 28 mars 1857.

Mon cher ami, je vous ai fait bien enrager avec votre première feuille. Je sais, par moi-même, combien les conseils excitent la haine, et je comprends qu'à la rigueur je n'ai même pas le droit de vous adresser un conseil, puisque vous ne m'avez pas envoyé votre catalogue[1].

Après l'avoir lu, je vous dirai, puisque je risque tout, que j'ai été très heureux de n'y voir ni Laclos ni mon nom.

Sérieusement, mon ami, tout le monde va se foutre de vous. Qu'est-ce que Sedaine ?

de Bièvre ?

Gilbert ?

J.-B. Rousseau ?

Le Sage (!!!), etc., etc., etc.

Et pourquoi pas *Paul et Virginie*, et *Œuvres choisies de Buffon ?*

Maudissez-moi, foutez-vous de moi et dites : *De quoi*

se mêle-t-il? Mais moi, j'attribue trop d'importance à votre réussite pour laisser passer les choses sans faire acte d'amitié.

Je relève avec soin les noms vraiment importants : *Fréron, Grosley*, le *Jansénisme* (œuvre de génie, particulièrement pour les *miracles de Pâris*, il faut être médecin, philosophe, historien, illuminé), *Nicolet, Audinot* (excellents), *Chevrier, Mélanges et raretés* (Uleyspiegel, mal orthographié), *Frédéric II, de Brosses*[2], *Sénac de Meilhan, Marivaux.*

Le plus raisonnable serait de supprimer radicalement votre catalogue, et de perdre vos frais de composition, ou du moins, si vous tenez à lancer un prospectus, de le disposer par catégories vagues :

ÉCONOMISTES.	SCIENCES OCCULTES.
PHILOSOPHES RATIONALISTES.	FACÉTIES ET CURIOSITÉS.
ILLUMINÉS.	ROMANCIERS.
MAÇONNERIE.	VOYAGEURS (*très important*).

Où donc est *Rétif, de qui il y a d'excellents et ravissants extraits à faire?*

La catégorie *romanciers* est une mine admirablement riche. — Les *utopistes*, les *illuminés*, excellentes catégories.

A priori, il faut chercher des curiosités, des choses oubliées, mais facilement vendables.

Je ne comprends pas qu'un homme comme vous, qui aime sincèrement le XVIIIe siècle, s'applique à en donner une si pauvre idée[3]. — Moi qui suis un remarquable échantillon de crapule et d'ignorance, je vous aurais fait un catalogue éblouissant, rien qu'avec les souvenirs de mes lectures, du temps que je lisais le XVIIIe siècle, — soit en *philosophes matérialistes*, soit en curiosités de *sorcelle-*

rie et de *sciences mystiques*, soit en *romanciers* ou en *voyageurs*. Je parierais qu'en relevant les chapitres du *Lycée* de La Harpe, on ferait un catalogue plus attirant.

Maintenant, je vous le répète : *Haïssez-moi.*

J'ai acheté la bonne édition des *Liaisons dangereuses.* Si jamais cette idée galope de nouveau dans votre tête, je verrai MM. Quérard et Louandre, Louandre m'ayant promis de me mettre en relations avec un descendant (petit-fils, ou petit-neveu) qui a des paquets de notes.

Je répète qu'il faut dans ces aventures-là se réserver beaucoup de marge, et préparer des prospectus très élastiques qui permettent de profiter des bonnes idées survenantes, et de se dédire souvent. Donc, vastes catégories. — Quel jour verrons-nous *M. De Broise?* Je désire le savoir. — *Je ne reçois rien de vous.*

Je vous le répète une dernière fois, je ne serais pas très étonné que vous prissiez cette lettre fort mal, mais je me crois trop intéressé à votre réussite pour ne pas vous avertir. — Supprimez votre catalogue. — Votre bien dévoué.

CH. BAUDELAIRE.

Et *Les Incas*, de Marmontel? Vous les avez oubliés, n'est-ce pas?

Et *Le Temple de Gnide*[4]?

Et les *Lettres persanes?*

Pensez donc au cas où votre catalogue tomberait entre les mains de Veuillot ou de d'Aurevilly[5].

C. B.

56. – *À Madame Aupick*

[Paris.] Jeudi 9 juillet 1857.

Je vous assure que vous ne devez avoir aucune inquiétude à mon égard ; mais c'est vous qui m'en causez et des plus vives, et certainement ce n'est pas la lettre que vous m'avez envoyée, toute pleine de désolation, qui est faite pour les calmer. Si vous vous abandonnez ainsi, vous tomberez malade, et ce sera alors le pire des malheurs et pour moi la plus insupportable des inquiétudes. Je veux que non seulement vous cherchiez des divertissements, mais je veux encore que vous ayez des jouissances nouvelles. — Je trouve décidément que Mme Orfila est une femme raisonnable.

Quant à mon silence, n'en cherchez pas la raison ailleurs que dans une de ces langueurs qui, à mon grand déshonneur, s'emparent quelquefois de moi, et m'empêchent non seulement de me livrer à aucun travail mais même de remplir les plus simples des devoirs. De plus, je voulais à la fois vous écrire, vous envoyer votre paroissien et mon livre de poésies.

Le paroissien n'est pas tout à fait fini ; les ouvriers, même les plus intelligents, sont si bêtes qu'il y a eu quelques petites choses à rectifier. Cela m'a donné un peu de mal, mais vous serez contente.

Quant aux Poésies (parues il y a quinze jours), j'avais eu d'abord, comme vous savez, l'intention de ne pas vous les montrer[1]. Mais en y pensant mieux, il m'a semblé que puisque vous entendriez, après tout, parler de ce volume, au moins par les comptes rendus que je vous enverrai, la pudeur serait de ma part aussi folle que la pruderie de la vôtre. J'ai reçu pour moi seize exempl[aires] sur papier vulgaire, et quatre sur papier de fil. Je vous ai réservé un de ces derniers, et si vous ne l'avez pas encore reçu, c'est parce que j'ai voulu vous l'envoyer relié. — Vous savez que je n'ai jamais considéré la littérature et les arts que comme poursuivant un but étranger à la morale, et que la beauté de conception et de style me suffit. Mais ce livre, dont le titre : *Fleurs du Mal*, — dit tout, est revêtu, vous le verrez, d'une beauté sinistre et froide ; il a été fait avec fureur et patience. D'ailleurs, la preuve de sa valeur positive est dans tout le mal qu'on en dit. Le livre met les gens en fureur. — Du reste, épouvanté moi-même de l'horreur que j'allais inspirer, j'en ai retranché un tiers aux épreuves. — On me refuse tout, l'esprit d'invention et même la connaissance de la langue française. Je me moque de tous ces imbéciles, et je sais que ce volume, avec ses qualités et ses défauts, fera son chemin dans la mémoire du public lettré, à côté des meilleures poésies de V. Hugo, de Th. Gautier et même de Byron. — Une seule recommandation : puisque vous vivez avec la famille Émon, ne laissez pas le volume traîner dans les mains de Mlle Émon. Quant au curé, que sans doute vous recevez, vous pouvez le lui montrer. Il pensera que je suis damné, et n'osera pas vous le dire. — On avait répandu le bruit que j'allais être poursuivi ; mais il n'en sera rien. Un gouvernement qui a sur les bras les terribles élections de Paris n'a pas le temps de poursuivre un fou.

Mille pardons pour tous ces enfantillages de la vanité. J'avais bien pensé à aller à Honfleur[2] ; mais je n'osais pas vous en parler. J'avais pensé à cautériser ma fainéantise, et à la cautériser une fois pour toutes, au bord de la mer, par un travail acharné, loin de toute préoccupation frivole ; soit sur mon troisième vol[ume] d'*Edgar Poe*, soit sur mon premier drame, dont il faudra bien que j'accouche, bon gré, mal gré.

Mais j'ai des travaux à faire qui ne peuvent pas se faire dans un lieu sans bibliothèques, sans estampes, et sans musée. Il faut avant tout que je vide la question

des *Curiosités esthétiques*,

des *Poèmes nocturnes*

et des *Confessions du mangeur d'opium.*

Les *Poèmes nocturnes*[3] sont pour la *Revue des Deux Mondes ;* le *Mangeur d'opium* est une nouvelle traduction d'un auteur magnifique, inconnu à Paris. C'est pour *Le Moniteur.*

Mais j'ai dû penser (pourquoi ne pas tout dire ?) à M. Émon. Il est votre ami, et je tiens à ne pas vous déplaire. Pensez-vous cependant que je puisse oublier son infériorité, sa brutalité, et la manière bourrue dont il a accueilli ma poignée de main dans cette cruelle journée[4], où, pour vous plaire, et rien que pour cela, je me suis humilié plus encore que vous ne m'aviez humilié vous-même pendant de si longues années ?

— Ancelle va bien ; *je ne l'ai vu que deux fois depuis votre départ.* Il est toujours aussi distrait ; il a toujours la conception lente, et il aime toujours sa femme et sa fille, sans en rougir.

Je vous renvoie la lettre de ce monsieur que je ne connais pas. Je ne sais pas ce que c'est que M. Durand.

Quand je suis allé visiter la tombe de mon beau-père, j'ai été bien étonné de me trouver vis-à-vis d'une fosse vide. Je suis allé chez le conservateur qui m'a averti du transfèrement, et qui m'a donné comme guide le petit papier que voici. — Vos couronnes, fanées par les grandes pluies, avaient été soigneusement rapportées sur la nouvelle sépulture. J'en ai ajouté d'autres.

Je vous embrasse, chère mère, bien affectueusement.

C. B.

57. – *À Achille Fould*

Copie de ma lettre à *M. le ministre d'État* après que j'ai eu connaissance de la saisie des *Fleurs du Mal*.

[Paris, environ 20 juillet 1857.]

Monsieur le Ministre, la lettre que j'ai l'honneur d'écrire à Votre Excellence n'a pas d'autre but que de la remercier de tous les bons offices que j'ai reçus d'Elle et du *Moniteur;* je n'accomplis qu'un simple devoir, en un moment où par suite d'une mésaventure incompréhensible j'ai peut-être été pour vous l'occasion d'une petite contrariété, ce qui serait pour moi l'objet d'une véritable affliction.

Le Moniteur a publié un excellent article sur le deuxième volume des œuvres d'*Edgar Poe*, dont je suis le très orgueilleux traducteur. M. Turgan a mis en lumière le troisième volume (*Arthur Gordon Pym*), un roman admirable[1]. En dernier lieu *Le Moniteur* a imprimé un article merveilleux de M. Édouard Thierry sur un livre de moi, actuellement incriminé : *Les Fleurs du Mal*. M. Édouard Thierry, avec une prudence vraiment louable, a fait bien comprendre que ce livre ne s'adressait qu'à un petit nombre de lecteurs ; il ne l'a loué que pour les qualités littéraires qu'il a bien voulu y reconnaître, et il a merveilleusement conclu en disant que le désespoir et la tristesse étaient l'unique mais suffisante moralité du livre en question[2].

Que ne vous dois-je pas, Monsieur le Ministre ? Je vous dois plus encore que toutes ces inférieures satisfactions de la vanité littéraire. J'ai longtemps hésité à vous remercier, parce que je ne savais comment m'y prendre. Peut-être M. Pelletier vous a-t-il dit que Mme Aupick, que son mari laissait sans aucune fortune, m'avait, avant de quitter Paris, parlé de la part que Votre Excellence avait prise à la discussion au Conseil d'État. C'est sous mes yeux que ma mère vous a adressé une lettre particulière de remerciements, à laquelle je n'ai pas osé m'associer par une absurde timidité. Je saisis aujourd'hui l'occasion de vous témoigner ma gratitude pour ce grand service *vraiment personnel.*

J'avais hier l'intention d'adresser une espèce de plaidoirie secrète à M. le Garde des sceaux mais j'ai pensé qu'une pareille démarche impliquait presque un aveu de culpabilité, et *je ne me sens pas du tout coupable.* Je suis au contraire très fier d'avoir produit un livre qui ne respire que la terreur et l'horreur du Mal. J'ai donc renoncé à me servir de ce moyen. S'il faut me défendre, je saurai me défendre convenablement.

Aussi bien, Monsieur le Ministre, pourquoi ne vous dirais-je pas avec candeur que je vous demande votre protection, en tant qu'il soit possible de l'obtenir, à vous, qui par votre esprit, encore plus que par votre position, vous trouvez le protecteur naturel des Lettres et des Arts ? Et les lettres et les arts malheureusement ne se sentent jamais assez protégés. Mais croyez bien que s'il ne vous est pas loisible de me l'accorder, je n'en persisterai pas moins à me regarder comme votre obligé ; je vous prie donc d'agréer les sentiments de gratitude et de respect avec lesquels je suis,

Monsieur le Ministre

De Votre Excellence,

Le très humble et très obéissant serviteur.

58. – *À Madame Sabatier*

[Paris.] Mardi 18 août 1857.

Chère Madame,

Vous n'avez pas cru un seul instant, n'est-ce pas ? que j'aie pu vous oublier. Je vous ai, dès la publication, réservé un exemplaire de choix, et, s'il est revêtu d'un habit si indigne de vous, ce n'est pas ma faute, c'est celle de mon relieur, à qui j'avais commandé quelque chose de beaucoup plus spirituel.

Croiriez-vous que les misérables (je parle du juge d'instruction, du procureur, etc.) ont osé incriminer, entre autres morceaux, deux des pièces composées pour ma chère Idole (*Tout entière* et *À Celle qui est trop gaie*) ? Cette dernière est celle que le vénérable Sainte-Beuve déclare la meilleure du volume.

Voilà la première fois que je vous écris avec ma vraie écriture[1]. Si je n'étais pas accablé d'affaires et de lettres (c'est après-demain l'audience), je profiterais de cette occasion pour vous demander pardon de tant de folies et d'enfantillages. Mais d'ailleurs, ne vous en êtes-vous pas suffisamment vengée, surtout avec votre petite sœur ? Ah !

le petit monstre ! Elle m'a glacé, un jour que, nous étant rencontrés elle partit d'un grand éclat de rire à ma face, et me dit : *êtes-vous toujours amoureux de ma sœur, et lui écrivez-vous toujours de superbes lettres ?* — J'ai compris, d'abord que quand je voulais me cacher, je me cachais fort mal, et ensuite que sous votre charmant visage, vous déguisiez un esprit peu charitable. Les polissons sont amoureux, mais les poètes sont *idolâtres*, et votre sœur est peu faite, je crois, pour comprendre les choses éternelles.

Permettez-moi donc, au risque de vous divertir, aussi, de renouveler ces protestations qui ont tant diverti cette petite folle. Supposez un amalgame de rêverie, de sympathie, de respect, avec mille enfantillages pleins de sérieux, vous aurez un à peu près de ce quelque chose très sincère que je ne me sens pas capable de mieux définir.

Vous oublier n'est pas possible. On dit qu'il a existé des poètes qui ont vécu toute leur vie, les yeux fixés sur une image chérie. Je crois, en effet (mais j'y suis trop intéressé), *que la fidélité est un des signes du génie.*

Vous êtes plus qu'une image rêvée et chérie, vous êtes ma *superstition.* Quand je fais quelque grosse sottise, je me dis : *Mon Dieu ! si elle le savait !* Quand je fais quelque chose de bien, je me dis : *Voilà quelque chose qui me rapproche d'elle, — en esprit.*

Et la dernière fois que j'ai eu le bonheur (bien malgré moi) de vous rencontrer ! car vous ignorez avec quel soin je vous fuis ! — je me disais : il serait singulier que cette voiture l'attendît, je ferais peut-être bien de prendre un autre chemin. — Et puis : *Bonsoir, Monsieur !* avec cette voix aimée dont le timbre enchante et déchire. Je m'en suis allé, répétant tout le long de mon chemin : *Bonsoir, Monsieur !* en essayant de contrefaire votre voix.

J'ai vu mes juges jeudi dernier. Je ne dirai pas qu'ils

ne sont pas beaux ; ils sont abominablement laids ; et leur âme doit ressembler à leur visage.

Flaubert avait pour lui l'impératrice. Il me manque une femme[2]. Et la pensée bizarre que peut-être vous pourriez, par des relations et des canaux peut-être compliqués, faire arriver un mot sensé à une de ces grosses cervelles, s'est emparée de moi, il y a quelques jours.

L'audience est pour après-demain matin, jeudi.

Les monstres se nomment :

Président	DUPATY
Procureur impérial	PINARD (redoutable)
Juges	DELESVAUX DE PONTON D'AMÉCOURT NACQUART

6e Chambre correctionnelle.

Je veux laisser toutes ces trivialités de côté.

Rappelez-vous que quelqu'un pense à vous, que sa pensée n'a jamais rien de trivial, et qu'il vous en veut un peu de votre malicieuse *gaîté*.

Je vous prie très ardemment de garder désormais pour vous tout ce que je pourrai vous confier. Vous êtes ma Compagnie ordinaire, et mon Secret. C'est cette intimité, où je me donne la réplique depuis si longtemps, qui m'a donné l'audace de ce ton si familier.

Adieu, chère Madame, je baise vos mains avec toute ma Dévotion.

CHARLES BAUDELAIRE.

Tous les vers compris entre la page 84 et la page 105 vous appartiennent[3].

59. – *À Gustave Flaubert*

[Paris.] Mardi, 25 août 1857.

Cher ami, je vous écris à la hâte un petit mot avant 5 heures, uniquement pour vous prouver mon repentir de n'avoir pas répondu à vos affectueux sentiments. Mais si vous saviez dans quel abîme d'occupations puériles j'ai été plongé ! Et l'article sur *Madame Bovary* recule encore de quelques jours ! Quelle interruption dans la vie qu'une aventure ridicule !

La comédie s'est jouée jeudi[1]. Cela a duré longtemps.

Enfin : 300 francs d'amende, 200 pour les éditeurs, suppression des numéros 20, 30, 39, 80, 81 et 87. Je vous écrirai longuement cette nuit.

Tout à vous, vous le savez.

CH. BAUDELAIRE.

59*bis*. – *À Émile Deschamps*

[Paris.] Mardi 25 août 1857.

Vite, avant 4 heures, je vous écris quelques mots, pour vous prouver que je ne suis pas un misérable.

Tous les jours je me disais : *Tu es un misérable ;* mais tous les jours étaient remplis d'insupportables courses.

Je n'ai pas pu résister au désir de jeter vos vers dans une imprimerie (pour la revue *Le Présent*). Ils ne seront composés qu'*après votre consentement*[1].

Je vous écrirai plus longuement ce soir, et j'aurai le plaisir de vous dire plus à loisir tout ce que vous m'avez inspiré de reconnaissance et aussi de respect pour votre noble génération.

Votre bien dévoué

CH. BAUDELAIRE.

60. – *À l'Impératrice*

[Paris,] 6 novembre 1857.

Madame,

Il faut toute la prodigieuse présomption d'un poète pour oser occuper l'attention de Votre Majesté d'un cas aussi petit que le mien. J'ai eu le malheur d'être condamné pour un recueil de poésies intitulé : *Les Fleurs du Mal*, l'horrible franchise de mon titre ne m'ayant pas suffisamment protégé. J'avais cru faire une belle et grande œuvre, surtout une œuvre claire ; elle a été jugée assez obscure pour que je sois condamné à refaire le livre et à retrancher quelques morceaux (*six* sur *cent*). Je dois dire que j'ai été traité par la Justice avec une courtoisie admirable, et que les termes mêmes du jugement impliquent la reconnaissance de mes hautes et pures intentions. Mais l'amende, grossie de frais inintelligibles pour moi, dépasse les facultés de la pauvreté proverbiale des poètes, et, encouragé par tant de preuves d'estime que j'ai reçues d'amis si haut placés, et en même temps persuadé que le Cœur de l'Impératrice est ouvert à la pitié pour toutes les tribulations, les spirituelles comme les matérielles, j'ai conçu le projet, après une indécision et une timidité de dix jours, de solliciter la toute gracieuse bonté de Votre Majesté et de la prier d'intervenir pour moi auprès de M. le Ministre de la Justice[1].

Daignez, Madame, agréer l'hommage des sentiments de profond respect avec lesquels j'ai l'honneur d'être

De Votre Majesté,

le très dévoué et très obéissant
serviteur et sujet,

CHARLES BAUDELAIRE.

19, quai Voltaire.

61. – *À Madame Aupick*

[Paris,] 30 déc[embre] 1857.

Certainement, j'ai beaucoup à me plaindre de moi-même, et je suis tout étonné et alarmé de cet état. Ai-je besoin d'un déplacement, je n'en sais rien. Est-ce le physique malade qui diminue l'esprit et la volonté, ou est-ce la lâcheté spirituelle qui fatigue le corps, je n'en sais rien. Mais ce que je sens, c'est un immense découragement, une sensation d'isolement insupportable, une peur perpétuelle d'un malheur vague, une défiance complète de mes forces, une absence totale de désirs, une impossibilité de trouver un amusement quelconque. Le succès bizarre de mon livre et les haines qu'il a soulevées m'ont intéressé un peu de temps, et puis après cela je suis retombé. Vous voyez, ma chère mère, que voilà une situation d'esprit passablement grave pour un homme dont la profession est de produire et d'habiller des fictions. — Je me demande sans cesse : à quoi bon ceci ? À quoi bon cela ? C'est là le véritable esprit de spleen. — Sans doute, en me rappelant que j'ai déjà subi des états analogues et que je me suis relevé, je serais porté à ne pas trop m'alarmer ; mais aussi je ne me rappelle pas être tombé jamais si bas et m'être traîné si longtemps dans l'ennui. Ajoutez à cela le désespoir permanent de ma pauvreté, les tiraillements et les interruptions de travail causées par les vieilles dettes (*soyez tranquille, ceci n'est pas un appel alarmant fait à votre faiblesse. Il n'est pas encore temps,* POUR PLUSIEURS RAISONS, dont la principale est cette faiblesse et cette paresse que j'avoue moi-même), le contraste offensant, répugnant, de mon honorabilité spirituelle avec cette vie précaire et misérable, et enfin, pour tout dire, de singuliers étouffements et des troubles d'intestins et d'estomac qui durent depuis un mois. Tout ce que je mange m'étouffe ou me donne la colique. Si le moral peut guérir le physique, un violent travail continu me guérira, mais il faut vouloir, avec une volonté affaiblie ; — cercle vicieux.

En supposant que tout janvier bien employé me suffise à finir tout ce qui ne peut se finir qu'à Paris, et que j'aille en février travailler auprès de vous à des choses nouvelles, pourrais-je trouver, sinon à Honfleur, du moins au Havre, un professeur d'escrime ? En me remettant aux armes, je satisferais à la nécessité d'exercices physiques ; — et puis aussi trouverai-je, non pas à Honfleur mais au Havre, une maison de bains où l'on puisse prendre des douches et des affusions froides ?

Je vais vous dire d'une manière très abrégée ce qui m'a empêché, non pas d'aller vous trouver là-bas (je ne le pouvais pas), mais de vous répondre. Je craignais à la fois de vous affliger et de n'être pas compris. Le lendemain de la mort de mon beau-père, vous me disiez que je vous déshonorais, et vous me défendiez (avant que j'eusse songé à vous faire une demande à ce sujet) de jamais projeter de vivre auprès de vous. Puis, vous me contraigniez à faire d'humiliantes avances d'amitié à M. Émon. Rendez-moi cette justice, ma chère mère, que j'ai supporté cela avec l'humilité et la douceur que me commandait votre lamentable situation. — Mais plus tard, quand après m'avoir écrit des lettres où il n'y avait que gronderie et amertume, après m'avoir reproché ce maudit livre, qui après tout n'est qu'une *œuvre d'art* fort défendable, vous m'avez invité à vous venir voir, en me faisant comprendre que l'absence de M. Émon me permettait le séjour de Honfleur, comme *si M. Émon avait qualité pour me fermer ou pour m'ouvrir la porte de ma mère*, enfin en me recommandant soigneusement de ne pas faire de dettes à Honfleur, — alors, ma foi, j'ai été si dérouté, si étonné qu'il est présumable que je suis devenu injuste. Voyez quelle trace durable cette lettre a laissée dans ma mémoire. Je ne savais que résoudre ni que répondre ; je suis entré, après l'avoir lue, dans une agitation inexprimable, et enfin, au bout d'une quinzaine, ne sachant quel parti prendre, je résolus de n'en pas prendre du tout.

Je crois, vraiment, ma chère mère, que vous n'avez jamais connu mon insupportable sensibilité.

— Nous sommes actuellement bien seuls et bien faibles, car je crois que mon frère ne peut compter pour rien. Si nous essayions une bonne fois d'être heureux l'un par l'autre ?

J'ai une petite chose désagréable à vous apprendre, et je vous l'aurais volontiers cachée, si elle n'était pas l'indice que d'autres erreurs semblables ont pu être commises. Sans doute l'honneur en revient à M. Émon. — Il y a quelques mois, j'ai découvert chez un marchand du passage des Panoramas un tableau de mon père (une figure nue, une femme couchée voyant deux figures nues en rêve). Je n'avais pas du tout d'argent, pas même pour donner des arrhes, et le torrent insupportable des futilités journalières m'a depuis fait négliger cela. — Croyez-vous que plusieurs bévues de ce genre aient été commises ? — Mon père était un détestable artiste ; mais toutes ces vieilleries-là ont une valeur morale.

Adieu, ma chère mère ; dites-moi ce que vous augurez de votre santé, si ce séjour là-bas vous convient, et que vous vous considérez comme intéressée à vivre longtemps pour moi.

Je vous embrasse, et je me figure que vous m'embrassez.

CHARLES.

62. – *À Villemessant, directeur du « Figaro »*

[Paris,] [9] juin 1858.

Monsieur,

Le *Figaro* du 6 juin contient un article (« Les Hommes de demain[1] ») où je lis : *le sieur Baudelaire aurait dit en entendant le nom de l'auteur des* CONTEMPLATIONS : — *Hugo ! qui ça Hugo ? est-ce qu'on connaît ça… Hugo ?*

M. Victor Hugo est si haut placé qu'il n'a aucun

besoin de l'admiration d'un tel ou d'un tel ; mais un propos qui, dans la bouche du premier venu, serait une preuve de stupidité, devient une monstruosité impossible dans la mienne.

Plus loin, l'auteur de l'article complète son insinuation : *le sieur Baudelaire passe maintenant sa vie à dire du mal du romantisme et à vilipender les* JEUNES-FRANCE. *On devine le mobile de cette mauvaise action ; c'est l'orgueil du Jovard*[2] *d'autrefois qui pousse le Baudelaire d'aujourd'hui à renier ses maîtres ; mais il suffisait de mettre son drapeau dans sa poche ; quelle nécessité de cracher dessus ?*

Dans un français plus simple, cela veut dire : *M. Charles Baudelaire est un ingrat qui diffame les maîtres de sa jeunesse.* Il me semble que j'adoucis le passage en voulant le traduire.

Je crois, Monsieur, que l'auteur de cet article est un jeune homme qui ne sait pas encore bien distinguer ce qui est permis de ce qui ne l'est pas. Il prétend qu'il épie toutes mes actions ; avec une bien grande discrétion, sans doute, car je ne l'ai jamais vu.

L'énergie que le *Figaro* met à me poursuivre pourrait donner à certaines personnes mal intentionnées, ou aussi mal renseignées sur votre caractère que votre rédacteur sur le mien, l'idée que ce journal espère trouver une grande indulgence dans la justice le jour où je prierais le tribunal qui m'a condamné de vouloir bien me protéger.

Remarquez bien que j'ai, en matière de critique (purement littéraire), des opinions si libérales que j'aime même la licence. Si donc votre journal trouve le moyen de pousser encore plus loin qu'il n'a fait sa critique à mon égard (pourvu qu'il ne dise pas que je suis une âme malhonnête), je saurai m'en réjouir comme un homme désintéressé.

Monsieur, je profite de l'occasion pour dire à vos lecteurs que toutes les plaisanteries sur ma ressemblance avec les écrivains d'une époque que personne n'a su remplacer m'ont inspiré une bien légitime vanité, et que mon cœur est plein de reconnaissance et d'amour pour les hommes illustres qui m'ont enveloppé de leur amitié et de leurs conseils, — ceux-là à qui, en somme, je dois tout, comme le fait si justement remarquer votre collaborateur.

Veuillez agréer, Monsieur, l'assurance de mes sentiments les plus distingués.

CHARLES BAUDELAIRE.

63. – *À Sainte-Beuve*

[Paris,] 14 juin 1858.

Cher ami, je viens de lire votre travail sur *Fanny*[1]. Ai-je besoin de vous dire combien c'est charmant, et comme il est étonnant de voir un esprit, à la fois si plein de santé, d'une santé herculéenne, et en même [temps] le plus fin, le plus subtil, le plus femmelin ? (À propos de *femmelin*, j'ai voulu vous obéir et lire l'œuvre du stoïcien[2]. Malgré le respect que je dois avoir pour votre autorité, je ne veux pas décidément qu'on supprime la galanterie, la chevalerie, la mysticité, l'héroïsme, en somme le trop-plein et l'excès qui sont ce qu'il y a de plus charmant, même dans l'honnêteté).

Avec vous il faut être cynique ; car vous êtes trop fin pour que la ruse ne soit pas dangereuse. Eh bien ! cet article m'a inspiré une épouvantable jalousie. — On a tant parlé de Loève-Veimars et du service qu'il avait rendu à la littérature française ! Ne trouverai-je donc pas un brave qui en dira autant de moi ?

Par quelles câlineries, ami si puissant, obtiendrai-je cela de vous ? Cependant ce que je vous demande n'est pas une injustice. Ne me l'avez-vous pas un peu offert, au commencement ? *Les Aventures de Pym* ne sont-elles pas un excellent prétexte pour un aperçu *général ?* Vous qui aimez à vous jouer dans toutes les profondeurs, ne ferez-vous pas une excursion dans les profondeurs d'*Edgar Poe ?*

Vous devinez que la demande de ce service est liée dans mon esprit à la visite que je devais faire à M. Pelletier. Quand on a un peu d'argent et qu'on va dîner avec une vieille maîtresse, on oublie tout ; mais il y a des jours où les injures de tous les sots vous montent au cerveau, et alors on implore son vieil ami Sainte-Beuve.

Or, justement, ces jours derniers, j'ai été littéralement traîné dans la boue, et (plaignez-moi, c'est la première fois que je manque de dignité) j'ai eu la faiblesse de répondre[3].

Je sais combien vous êtes occupé, et plein d'application, pour vos leçons, pour toutes vos fonctions et pour tous vos devoirs, etc. Mais si on ne mettait pas parfois *un peu d'excès* dans la bienveillance, dans la bonté, où serait le héros de la bienveillance ? et si on ne disait pas trop de bien des braves gens, comment les consolerait-on des injures de ceux qui ne veulent dire d'eux que trop de mal ?

Enfin, je vous dirai, comme d'habitude, que tout ce qui sera votre volonté sera bien.

Tout à vous. Je vous aime plus encore que je n'aime vos livres.

CH. BAUDELAIRE.

64. – *À Ernest Feydeau*

[Paris.] Lundi 14 juin 1858.

Monsieur,

Le soir même où j'ai reçu votre livre, je l'ai lu, et avant le matin je l'avais relu une seconde fois[1]. Voilà certes un bon livre, compact, solide, dont tous les membres sont bien assemblés, et qui restera. L'impression que j'en reçus fut si vive que je vous écrivis tout de suite, et sans me soucier de savoir si le plaisir de vous avoir vu une seule fois chez un ami commun me donnait droit à tant de familiarité, je commençai une lettre pleine des impressions du moment, un véritable article, qui aurait pu mousser jusqu'à quarante pages, si je ne m'étais pas arrêté à dix, trouvant plus convenable et plus discret de vous remercier simplement de ce *véritable cadeau* et de tout le plaisir que vous m'aviez procuré. Et puis les journées se sont accumulées, toujours pleines de soucis, et je remettais sans cesse mon devoir au lendemain.

J'ai prêté mon exemplaire, je l'ai fait circuler. J'ai entendu des discussions puériles, niaises, aigres, et malgré la prodigieuse décence de votre livre, j'ai entendu de nouveau le cri de l'hypocrisie violée. (Parmi les enthousiastes, il y a quelques personnes qui demandent *s'il y a eu un tirage à part, de quelques exemplaires sur meilleur papier.*)

En somme, vous avez le droit d'être fier. Vous disposez d'une étonnante puissance analytique. Et vous donnez à l'analyse un tour et un accent *lyrique*, qui est l'accent naturel de l'homme nerveux et *oisif*, le seul homme vraiment propre aux expériences de l'amour.

Je n'avais lu de vous que quelques charmants poèmes en prose sur les Saisons, et j'étais loin de m'attendre à cette manifestation si vigoureuse d'un talent tout moderne[2].

J'ai décomposé le livre, je l'ai analysé dans sa construction, jusqu'à ce que j'aie trouvé ou cru trouver la méthode à l'aide de laquelle vous l'avez créé. Je suis sûr que rien ne m'a échappé, ni l'art dans la pensée, ni l'art dans le style (les élégances modernes, le paysage parisien, la forme de la souffrance et la forme de la jouissance chez un homme de notre temps).

Au contraire de ceux qui se plaignent au nom de la pudeur violée, j'admire la décence de l'expression qui augmente la profondeur de l'horreur, et cet art excellent de faire tant deviner. — Il est vraiment impossible de mieux montrer les effets terribles de deux petites choses, puériles et légères, *l'amour* et *l'adultère*. Et l'immense bonne foi de l'amant, qui se croit le mari, et qui naturellement devient comique à la manière des animaux sérieux, sans le savoir !

Mais savez-vous bien que le mari, ce gros hercule qui *veut* être le plus fort dans la vie, et qui l'est, savez-vous que ce vainqueur a la grâce toute-puissante du succès, et que beaucoup d'imaginations l'aimeront, de préférence à *l'autre* ?

Je serais curieux de savoir si George Sand a lu ce petit livre, et quel coup elle en a pu recevoir[3].

— Je sens que je vais recommencer mon *article*. Je me contente de vous prier d'agréer l'assurance de toute ma sympathie. Vous ne sauriez la croire assez vive.

CHARLES BAUDELAIRE.

65. – *À Alphonse de Calonne*

[Paris.] Mercredi
10 nov[embre 18]58.

Cher Monsieur,

Bien que je me sois encore trop fait attendre, je ne suis pas tout à fait mécontent de moi. Je serai chez vous demain soir ou après-demain matin.

L'*Opium* pourra paraître le 30[1]. Je vous assure que ce n'était pas chose facile d'enfermer dans un PETIT espace la description d'un livre très compliqué et sans omettre aucune nuance. Vous verrez cela ; c'est d'un autre ton que le *Haschisch ;* c'est plus *abandonné* (en apparence) et plus saccadé. Les détails biographiques occupent une bonne place ; mais, outre qu'ils sont amusants, ils étaient nécessaires pour servir de clef à la fantasmagorie tout individuelle de l'*Opium.* Espérons que M. de Quincey adressera une belle lettre de remerciements à votre journal.

CH. BAUDELAIRE.

Vos peintres sont commencés ; j'appellerai cela, si vous le voulez bien, *les peintres qui pensent*[2] ; il y aurait là un petit ton d'ironie qui serait la sauce du titre. Relativement à votre ami M. Janmot, je procéderai de *chic* (c'est-à-dire par ma mémoire et avec son livret en vers) et si plus tard nous constatons qu'il y a lieu de vérifier, j'irai à Lyon.

Les *poèmes nocturnes* sont commencés.

Les nouvelles *Fleurs du Mal* sont commencées ; seulement je ne vous donnerai des vers que quand il y en aura assez pour bourrer UNE FEUILLE. Le Tribunal n'exige que le remplacement de six morceaux. J'en ferai peut-être *vingt*. Les professeurs protestants constateront avec douleur que je suis un catholique incorrigible. Je m'arrangerai de façon à être bien compris ; — tantôt très bas, et puis très haut. Grâce à cette méthode, je pourrai descendre jusqu'aux passions ignobles. Il n'y aura plus que les gens d'une mauvaise foi absolue qui ne comprendront pas l'impersonnalité volontaire de mes poésies.

Quant au vagabondage qui m'a fait entreprendre trois choses à la fois, ne vous inquiétez pas ; c'est une méthode.

Tout à vous.

CH. BAUDELAIRE.

Peut-être vous demanderai-je la permission d'enfermer dans les *Peintres qui pensent* une appréciation des *Sonnets humoristiques*[3]. Tous ces Lyonnais se tiennent. J'ai connu Lyon. Peintres, poètes, philosophes, ils se ressemblent tous.

66. – *À Alphonse de Calonne*

[Paris.] Samedi 8 janvier 1859.

Cher Monsieur,

J'ai un gros, gros service à vous demander, croyez que je n'en éprouve aucun embarras ; notre connaissance est assez bien faite maintenant.

La première avance d'argent que vous m'avez faite a

été plus que remboursée par le *Haschisch*. La seconde avance se trouve presque remboursée par ce que vous avez du manuscrit de l'*Opium* qui doit servir de pendant au premier, — et plus que remboursée, si vous ajoutez le prix des poésies que je vous ai remises. J'ai donc le droit de croire que vous avez assez de confiance en moi pour me permettre de vous en demander une troisième, mais une grosse, celle-là ; *monstrum ingens : 1 000* francs, qui peut-être suffiront à m'aider à fuir de Paris. Savez-vous bien que voilà un an que je poursuis opiniâtrement ce projet ? Je m'ennuie affreusement ; tout mon temps est dilapidé dans une foule de courses stériles, à ce point que je crains bien que je ne puisse accoucher des dernières pages du *Mangeur d'opium* que là-bas, dans ce petit coin dont je vous ai parlé.

Je sais que c'est une habitude passablement incommode que de prendre ainsi l'argent d'avance, et puis de travailler ensuite pour le rembourser ; mais j'ai toujours fait ainsi ; chez Malassis, chez Michel Lévy, et dans tous les journaux. Et puis vraiment je suis très impatient de fuir, Mme Aupick m'attend, et comme il serait mal d'inquiéter une vieille solitaire, je lui cache mes embarras et les raisons de mon retard.

Après l'*Opium*, vous savez, les *Peintres idéalistes*. Vous connaissez la thèse à l'avance. *Le siècle est fou et déraisonne en toutes choses, mais plus particulièrement en matière d'art,* à cause de la *confusion* HÉRÉTIQUE *du bien avec le beau.* Tout chercheur d'idéalité pure en matière d'art est un hérétique aux yeux de la Muse et de l'art. Je parlerai donc des *peintres idéalistes* comme de malades ; quelquefois ils montrent du génie, mais un génie malade, etc..., etc....

Après les *peintres*, plus d'articles *variétés*, jamais, jamais, ni pour or, ni pour argent. Rien que des romans, ou des poésies. Et à propos de romans, puisque je vous écris avec un entier abandon, permettez-moi quelques petites réflexions. Je pourrais ici renouveler mon éternelle thèse : La *morale* cherche le *bien*, la science, le *vrai*, la *poésie* et quelquefois le roman, ne cherchent que le *beau*. Tout homme qui ne sait pas approprier les facultés à leurs buts correspondants n'est ni philosophe ni artiste ; *or je vous vois quelquefois un peu timide, et je m'en sens tout glacé*. Si je vous voyais plus porté à l'*audace* et à l'*innovation*, si je me sentais plus appuyé et plus soutenu par vous, je pourrais vous donner une série de *nouvelles* d'une nature surprenante, et qui ne seraient ni du Balzac, ni de l'Hoffmann, ni du Gautier, ni même du Poe, qui est le plus fort de tous.

Quand nous en serons là, je vous en avertis à l'avance, je demanderai à votre bienveillance le renouvellement de notre traité. 250 francs ce n'est pas assez, pour un cerveau qui n'accouche qu'avec le forceps. L'esprit de combinaison et d'analyse est le plus lent de tous, et toujours mécontent de lui-même. Je suis un de ceux (et nous sommes bien rares) qui croient que toute composition littéraire, même critique, doit être faite et manœuvrée en vue d'un dénouement. Tout, même un sonnet ; jugez du labeur !

Je crois vous avoir tout dit ; je ne deviendrai jamais riche et je n'aurai tout mon talent que dans la solitude. J'avais eu, avant de m'adresser à vous (*la question de l'avance d'argent, qui peut-être dérange vos comptes*), j'avais pensé à m'adresser à un des ministres qui disposent de fonds pour la littérature. Mais malgré que j'aie été très discret de ce côté (dans ces dernières années seulement, j'en ai usé deux ou trois fois), je dois vous faire remarquer, d'abord qu'il y a des littérateurs encore plus pauvres que moi, ensuite qu'il y a des *lenteurs*, et enfin, pour le dire tout crûment, que les ministères sont pauvres.

Quand on demande un service à un ami, il faut le remercier des services antécédents. Voilà pour moi une belle occasion de vous remercier, non seulement de votre serviabilité, mais encore de tous les bons rapports littéraires dont vous avez usé avec moi. Quand j'eus la pensée d'écrire à la *Revue contemporaine*, en même temps que vous m'y invitiez, plusieurs personnes m'annoncèrent des tracasseries et des ennuis nombreux. Or, ce n'est pas une chose peu comique que l'auteur des *Fleurs du Mal* lui-même ait joui, dans un recueil impérialiste, d'une liberté d'allures plus grande que partout ailleurs. Vous me la donnerez plus grande encore, n'est-ce pas ?

Ouf ! Voilà une grande lettre. — Manuscrit perdu. — Tout à vous de cœur, et présentez mes respects à Mme de Calonne.

CH. BAUDELAIRE.

67. – *À Charles Asselineau*

[Honfleur,] 20 février 1859.

Mon cher, je vous serais bien obligé de me dire si ma *Danse macabre* a paru ; *avec la dédicace à Christophe ?* Cela aurait dû paraître dans le n° du 15. Je n'ai pas reçu un mot de De Calonne à qui j'ai retourné les épreuves.

Pouvez-vous passer à l'imprimerie Ducessois, et dire qu'il ne faut pas trop tarder pour les épreuves du Gautier ? Comme cela a été écrit avec une rapidité de démon, il est bon que je le revoie à loisir. Or, un petit retard de ma part dans le renvoi de l'épreuve, ajournerait encore l'apparition. Ils ont eu très largement le temps de composer; rappelez-leur qu'il faut m'envoyer le tout (placards et *manuscrit*) sous bandes croisées avec la Rubrique : *Papiers d'affaires, à M....., de la part de M.....,* et affranchir. Insinuez en même temps qu'il serait très important *pour le lecteur, le journal et moi* que *tout* parût d'un seul coup, *quelle que soit la longueur.* Cela est fait pour être lu en une seule séance. Bonjour à Gardet, à Wallon, à Sasonoff, à Babou, à Boyer. Dites à La Madelène que je viens d'écrire quelques impiétés voltairiennes. J'en rougis peut-être. Par bonheur, c'est en style lyrique.

Si j'avais eu le Gautier complet hier soir[1], il est évident que j'aurais pu tout renvoyer après-demain, et cela aurait pu partir dimanche.

Autre histoire : tâchez donc de *carotter* pour moi à Édouard Houssaye TOUTES les images de Meryon (vues de Paris), bonnes épreuves sur chine. *Pour parer notre chambre,* comme dit Dorine[2]. Il est évident qu'il ne faut pas les porter à mon compte; car je pourrais aussi bien les acheter. Maintenant qu'on m'a pardonné toutes mes lenteurs, je présume que ce n'est pas là une entreprise trop difficile.

Dans les premiers jours de mars, je vais aller à Paris avec un paquet monstrueux pour Morel : Le *Corbeau,* avec le fameux commentaire, la Méthode de composition[3], qui vous fait tant horreur; un article *sur la peinture espagnole* (les dernières emplettes; mais, quoiqu'il ait déjà imprimé quelque chose là-dessus, c'est acceptable) et quelques *poèmes nocturnes.*

Je vous demande mille pardons de tant vous parler de moi. Il est naturel que j'aie besoin de bavarder.

D'ailleurs, c'est rare, et ici je désapprends à parler. — Je suis en forte correspondance avec Malassis, qui, à son dire, a été reçu triomphalement à sa rentrée. C'est la famille romaine, me dit-il.

Pour vous qui me l'avez peint rêvant de nouveaux scandales, pendant qu'on préparait les verges, vous m'avez fait bien rire.

Et vous, que faites-vous ? — Comment vous portez-vous ? Il fait bien froid. On me dit qu'il fait chaud. Il fait positivement moins froid qu'à Paris, mais c'est un autre genre. Chaud ou froid, c'est humide ; jamais sec. Aussi cela me semble *plus* froid.

Et ce monstre parfait, le *vieux mauvais sujet*[4], que devient-il ? cet homme vicieux qui sait se faire aimer.

Chronique locale : J'ai appris par des ouvriers, qui travaillaient au jardin, qu'on avait surpris, il y a déjà longtemps, la femme du maire, se faisant foutre dans un confessionnal. Cela m'a été révélé parce que je demandais pourquoi l'église Sainte-Catherine était fermée aux heures où il n'y a pas d'offices. Il paraît que le curé a pris depuis lors ses précautions contre le sacrilège. C'est une femme insupportable, qui me disait dernièrement qu'elle avait connu le peintre qui a peint le fronton du Panthéon[5], mais qui doit avoir un cul superbe (elle). Cette histoire de fouterie provinciale, dans un lieu sacré, n'a-t-elle pas tout le sel classique des vieilles saletés françaises ?

Gardez-vous bien de raconter cette histoire à des gens qui pourraient dire à Honfleur que vous la tenez de moi : alors il me faudrait fuir mon lieu de repos.

C'est depuis ce temps que le maire est obligé d'effacer des cornes que l'on dessine sur sa porte.

Pour le curé[6], que tout le monde appelle ici un brave

homme, c'est presque un homme remarquable et même érudit.

J'ai fait un long poème dédié à Max Du Camp, qui est à faire frémir la nature, et surtout les amateurs du progrès[7]. — Veuillez présenter mes respects à votre famille, et écrivez-moi. — Votre bien dévoué.

CHARLES BAUDELAIRE.

Serrez la main à Banville, et dites-lui que je suis heureux de son *petit* bonheur.

Ah ! mon Dieu ! et l'arbre de Veuillot ! Malassis n'en revient pas[8].

68. – *À Sainte-Beuve*

[Honfleur,] 21 février 1859.

Mon cher ami, j'ignore si vous recevez la *Revue française.* Mais dans la crainte que vous ne la lisiez, je proteste contre une certaine ligne (à propos des *Fleurs du Mal*) page 181, où l'auteur, qui, cependant, a beaucoup d'esprit, commet quelques injustices à votre égard[1].

Une fois, dans un journal, j'ai été accusé d'ingratitude envers les chefs de l'ancien Romantisme, *à qui je dois tout*, disait d'ailleurs judicieusement cet infâme torche-cul[2].

Cette fois, en lisant cette malheureuse ligne, je me suis dit : mon Dieu ! Sainte-Beuve qui connaît ma fidélité, mais qui sait que je suis lié avec l'auteur, va peut-être croire que j'ai été capable de souffler ce passage. — C'est juste le contraire ; je me suis mainte fois querellé avec Babou pour lui persuader que vous faisiez toujours tout ce que vous deviez et pouviez faire.

Il y a peu de temps je parlais à Malassis de cette grande amitié qui me fait honneur, et à laquelle je dois tant de bons conseils. Le monstre ne m'a pas laissé tranquille que je ne lui aie fait cadeau de la longue lettre que vous m'adressiez lors de mon procès[3], et qui servira peut-être de plan pour la confection d'une préface.

Nouvelles *fleurs* faites, et passablement singulières. Ici, dans le repos, la faconde m'est revenue. Il y en a une *(Danse macabre)* qui a dû paraître le 15 à la *Revue contemporaine.* Car, tant à cause de mon traité que par une espèce de dandysme d'héroïsme, je suis resté avec le vaincu[4]. Si vous savez quelque chose de nouveau soit sur la situation de De Calonne, soit sur la marche de la nouvelle Revue, vous seriez bien aimable de m'en instruire.

J'ignore si vous avez été consulté! et quelle est votre opinion en cette matière. La mienne est que le Père Buloz a dû se réjouir, et qu'en matière littéraire surtout la monarchie est ce qu'il y a de mieux. Plutôt le premier venu qu'un comité.

Je bavarde comme un homme qui n'a plus personne avec qui causer. Pardonnez-moi.

Je n'ai pas oublié votre Coleridge; mais je suis resté un mois sans recevoir mes livres, et parcourir les 2 400 pages de Poe est un petit travail.

Bien à vous, et écrivez-moi, *si vous en avez le temps.*

CHARLES BAUDELAIRE.

Honfleur. Calvados (cette adresse suffit).

Qu'est-ce que devient le *Vieux Mauvais Sujet* (D'Aurevilly) ?

69. – *À Maxime Du Camp*

Charles Baudelaire.
Honfleur, Calvados.
Cette adresse suffit.

[Honfleur,] 23 février 1859.

Mon cher Du Camp, j'avais écrit le numéro de votre maison sur je ne sais quoi. Encore perdu. J'adresse donc ce paquet à Mme Sabatier.

Il y avait longtemps que je projetais de faire quelque chose qui fût digne de vous et qui servît à témoigner de ma sympathie pour votre talent. Ai-je réussi, c'est ce que vous me direz ; mais ai-je réussi à vous plaire surtout, c'est là la question importante. Si le ton systématiquement byronien de ce petit poème vous déplaisait, si, par exemple, vous étiez choqué de mes plaisanteries contre le progrès, ou bien de ce que le Voyageur avoue n'avoir vu que la banalité, ou enfin de n'importe quoi, dites-le-moi sans vous gêner ; je ferai pour vous autre chose avec tout autant de joie. En bonne conscience, je ne pouvais pas imprimer ceci, avec votre nom en tête, sans vous en demander permission.

Je suis *obligé* de donner ces vers à la *Revue contemporaine,* que personne ne lit. Mais j'ai lieu d'espérer que Calonne en aura horreur, auquel cas je serai libre de les placer n'importe où, ce qui serait moins mauvais. Maintenant, voici le *Monstrum ipsum*[1] :

70. – *À Nadar*

14 mai 1859.
Honfleur.

1

Mon bon Nadar, je suis comme une âme en peine. J'ai eu l'étourderie de laisser partir ma mère pour un petit voyage sans lui demander d'argent, et je suis ici seul, ne manquant ni de viande de boucherie, ni de pain, etc., mais absolument sans le sol, et exposé à une foule d'inconvénients, résultant de ce fléau. J'ai pensé que si cela ne te gênait pas absolument, tu aurais la charité de m'envoyer (immédiatement, hélas!) un mandat-poste de 20 francs, que je te remettrai le 1er du mois, si tu consens à ne pas trop rire de cette promesse. Il faut en effet que j'aille à Paris à cette époque. Je puis avoir ta réponse après-demain matin, si tu me fais la grâce de penser à moi avant 5 heures. *Ch. Baudelaire, Honfleur, Calvados ;* cette adresse suffit parfaitement.

Pour te donner une idée de mon embarras, qui seul peut excuser une demande aussi ridicule, figure-toi que j'ai *besoin* d'aller passer quelques heures au Havre (ne te figure pas au moins que ce soit dans un but de débauche) et que je ne le puis pas, faute de la chose en question.

2

Il y a ici un café qui par extraordinaire reçoit *ton* journal[1], de sorte que j'ai le plaisir de voir défiler sous mes yeux les folies, les injustices, les caresses aux imbéciles, et enfin toutes les bizarreries qui composent la nature exceptionnelle de Nadar. Dernièrement, il t'est arrivé, en te moquant des gens qui ont eu ou qui ont la passion des chats, de confondre Poe avec Hoffmann. Sache qu'il n'y a pas de CHAT dans Poe, excepté un qu'on éborgne et qu'on pend, et dont le successeur, borgne aussi, sert à découvrir un crime. Plus récemment, je ne sais pourquoi, il t'a pris fantaisie, à propos d'un poète belge ou polonais, de me jeter un mot désagréable à la figure. Il m'est pénible de passer pour le Prince des Charognes[2]. Tu n'as sans doute pas lu une foule de choses de moi, qui ne sont que musc et que roses. Après cela, tu es si fou, que tu t'es peut-être dit : Je vais lui faire bien plaisir !

3

Si tu étais un ange, tu irais faire ta cour à un nommé Moreau, marchand de tableaux, rue Laffitte, Hôtel Laffitte. (Je compte bien lui faire la mienne à propos d'une étude générale que je prépare sur la peinture espagnole.) Et tu obtiendrais de cet homme la permission de faire une double belle épreuve photographique d'après *La Duchesse d'Albe*, de Goya[3] (archi-Goya, archi-authentique). Les doubles (grandeur naturelle) sont en Espagne, où Gautier les a vus. Dans l'un des cadres, la Duchesse est en costume national, dans le pendant, elle est nue et dans la même posture, couchée à plat sur le dos. La trivialité même de la pose augmente le charme des tableaux. Si je consentais jamais à me servir de ton abominable argot, je dirais que la Duchesse est une *bizarre fouterie ;* l'air méchant, des cheveux comme Silvestre, et la gorge, qui masque l'aisselle, atteinte d'un strabisme *sursum* et divergent à la fois. Si tu étais un ange très riche, je te conseillerais de les acheter ; c'est une occasion qui ne se représentera pas. Figure-toi du Bonington ou du Devéria galant et féroce. L'homme qui les a en demande 2 400. C'est peu de chose sans doute pour un amateur enragé de peinture espagnole, mais c'est énorme aussi comparativement à ce qu'il a dû les payer. Car il m'a avoué qu'il les avait achetés au fils de Goya qui se trouvait dans une gêne extraordinaire. — Si tu dis à cet homme que tu veux faire plusieurs épreuves, il craindra de te le permettre, justement à cause de la notoriété de ton nom. D'ailleurs la beauté des Goya étant généralement peu comprise, tu ferais bien de ne faire que deux reproductions, l'une pour toi, l'autre pour moi. Si tu t'y résous, prends garde de les faire trop petites. Cela enlèverait une partie du caractère.

Ce qui m'est particulièrement désagréable en écrivant tout ceci, c'est que tu vas rire comme un fou en lisant toutes ces recommandations. — Mais ce n'est pas fini.

4

Qu'est-ce donc qu'un certain artiste allemand, ayant fait une certaine chasse miraculeuse ou fantastique, qui se vend chez Goupil ? Tout le monde me conseille de m'adresser à lui. Je ne veux pas de l'éternel ami de Malassis, de Duveau, pour les frontispices qu'il me faut pour mes articles sur Poe (un portrait enguirlandé d'emblèmes), mon *Opium et haschisch*, mes nouvelles *Fleurs*, et mes *Curiosités*.

Tu me rendrais parfaitement heureux si, parmi tes nombreuses relations, tu pouvais trouver des renseignements biographiques sur Alfred Rethel, l'auteur de la *Danse des morts en 1848*, et de *La Bonne Mort* faisant pendant à la *Première Invasion du choléra à l'Opéra*[4]. Connais-tu Knaus ? Il doit savoir quelque chose là-dessus.

Je suis vraiment fort en peine ; avant de publier mes *Curiosités*, je fais encore quelques articles sur la peinture (les derniers !), et j'écris maintenant un *Salon* sans l'avoir vu. *Mais j'ai un livret.* Sauf la fatigue de deviner les tableaux, c'est une excellente méthode, que je te recommande. On craint de trop louer et de trop blâmer ; on arrive ainsi à l'impartialité.

Ai-je besoin de te dire que de toutes ces recommandations, la plus pressante est celle relative au *mandat?*

5

Je t'en supplie, mon cher ami, ne m'écris pas de farces, selon ton antique mode, sur l'enveloppe de ta lettre.

Tout à toi, et pardon de te déranger dans ton affreux train-train.

CH. BAUDELAIRE.

71. – *À Nadar*

16 mai 1859,
Honfleur.

Mon cher ami, puisque tu n'es pas de ceux qui se moquent des longues lettres, tu en auras pour ton argent ; car j'ai deux heures de loisir devant moi. Avant tout, je te remercie, non pas seulement des 20 francs, mais surtout pour *une phrase excellente et charmante de ta lettre.* Voilà une vraie et solide déclaration d'amitié. Je suis peu accoutumé aux tendresses.

Quant aux compliments que tu me fais, ma vanité en profite pour te faire lire quelques morceaux que sans doute tu n'as pas lus, et qui, avec quelques autres inédits, rajeuniront, je l'espère, mon livre flétri. Tu pourras constater que j'écoute peu la critique, et que je m'enfonce opiniâtrement dans mon *indécrottabilité.*

Maintenant je reprends ta lettre.

Si les vers de M. Karski[1] (est-ce bien cela ?) sont vraiment beaux, tu devrais m'en procurer un exemplaire, mais, autant que j'ai pu comprendre, cela ne se débite pas à Paris.

— Oui, je désire pour moi que tu réussisses dans l'affaire Moreau, mais je suis convaincu aussi qu'il te sera également agréable d'avoir de bonnes épreuves d'après ces peintures singulières.

Tu ne connais donc pas ces gravures sur bois d'après RETHEL ? La *Danse des morts en 1848* se vend maintenant 1 franc (six planches). *La Bonne Mort* et *L'Invasion du choléra* se vendent, je crois, 7 francs. Tout cela chez un libraire allemand qui vend aussi des gravures allemandes, rue de Rivoli, près du Palais-Royal. Quelques personnes m'ont dit que Rethel avait décoré une église (à Cologne peut-être) ; d'autres m'ont dit qu'il était mort ; d'autres, qu'il était enfermé dans une maison de fous. J'ai les œuvres citées ci-dessus, et je voudrais savoir, outre les renseignements biographiques, s'il y a d'autres œuvres gravées.

L'artiste allemand dont je ne sais pas le nom m'a été indiqué par Ricard, qui prétend qu'il a un talent tout à fait propre aux illustrations et aux frontispices. Il faudrait voir cette *chasse*.

Certainement oui, j'avais pensé à Doré ; et je ne me rappelle pas si c'est moi qui, toute réflexion faite, l'ai rejeté à cause de l'enfantillage qui se fait voir si souvent à travers son génie, ou à cause de l'antipathie qu'il inspire à Malassis. Encore, je ne suis pas sûr de cette dernière affirmation.

Les différents livres ou brochures, que j'aurai prochainement à publier, sont : *l'ensemble des articles critiques sur Poe ;* ((ici, un portrait (je me charge de fournir les éléments nécessaires pour le portrait) encadré dans des figures allégoriques représentant ses principales conceptions, — à peu près comme la tête de Jésus-Christ au centre des instruments de la passion)) — le tout d'un romantisme forcené, s'il est possible ;

— *Opium et haschisch :* frontispice allégorique, exprimant les principales jouissances et souffrances que j'ai racontées.

— *L'ensemble de mes articles critiques sur les beaux-arts et la littérature.* Je crois que Malassis ne veut pas de frontispice.

— La deuxième édition des *Fleurs.* Ici, un squelette arborescent, les jambes et les côtes formant le tronc, les bras étendus en croix s'épanouissant en feuilles et bourgeons, et protégeant plusieurs rangées de plantes vénéneuses, dans de petits pots échelonnés comme dans une serre de jardinier. — Cette idée m'est venue en feuilletant l'histoire des *Danses macabres,* d'Hyacinthe Langlois.

Je reviens à Doré. Il a un talent extraordinaire pour donner aux nuages, aux paysages et aux maisons un caractère positivement surnaturel : ceci ferait bien mon affaire ; mais les figures ! Il y a toujours quelque chose de puéril même dans ses meilleurs dessins. Quant à *La Divine Comédie*, tu m'étonnes fortement. Comment a-t-il pu choisir le poète le plus sérieux et le plus triste ? D'ailleurs tu vois que je veux en revenir au système du frontispice antique, mais traité d'une manière ultra-romantique.

Enfin pour tout dire, parmi les noms que j'avais passés en revue, je m'étais surtout arrêté sur ceux de Penguilly et de Nanteuil. Mais j'ignore si Penguilly consentirait, et quant à Nanteuil, je crains qu'il n'ait mis beaucoup d'eau dans son vin, et qu'il ne sache pas retrouver le caractère d'outrance qu'il avait mis autrefois au service de Victor Hugo. Cependant ces deux noms avaient pour moi le grand avantage d'offrir une signification romantique en parfait accord avec mes goûts et répondant par une certaine forfanterie à l'ingratitude et à la négligence de ce siècle.

Mais, par-dessus toutes choses, il ne me convient pas de faire une visite à un artiste distingué et de l'engager dans un petit travail pour lequel je serai difficile, avant d'avoir la certitude *qu'il sera honorablement payé*.

Ces réserves faites, si tu peux me renseigner sans m'engager, je t'exprime d'avance ma gratitude.

Quant au Salon, hélas ! je t'ai un peu menti, mais si peu ! J'ai fait une visite, UNE SEULE, consacrée à chercher les nouveautés, mais j'en ai trouvé bien peu ; et pour tous les vieux noms, ou les noms simplement connus, je me confie à ma vieille mémoire, excitée par le livret. Cette méthode, je le répète, n'est pas mauvaise, à la condition qu'on possède bien *son personnel*.

Entre autres choses vraiment distinguées qu'on ne remarquera pas, remarque dans une grande salle carrée, au fond à gauche, où l'on a entassé des paquets de choses religieuses impayables, deux petits tableaux.

L'un : 1215, *Les Sœurs de charité*, par *Amand Gautier.*

L'autre : 1894, *L'Angelus*, par *Alphonse Legros.* — Ce n'est pas d'un style extrêmement élevé ; mais c'est très pénétrant.

Dans la sculpture, j'ai trouvé aussi (dans une des allées du Jardin[2], pas très loin d'une issue) quelque chose qu'on pourrait appeler de la *sculpture-vignette-romantique*, et qui est fort joli : une jeune fille et un squelette s'enlevant comme une Assomption ; le squelette embrasse la fille. Il est vrai que le squelette est esquivé en partie et comme enveloppé d'un suaire sous lequel il se fait sentir. — Croirais-tu que *trois fois déjà j'ai lu, ligne par ligne*, tout le catalogue de la sculpture, et qu'il m'est impossible de trouver quoi que ce soit qui ait rapport à cela ? Il faut vraiment que l'animal qui a fait ce joli morceau l'ait intitulé *Amour et gibelotte* ou tout autre titre à la *Compte-Calix*, pour qu'il me soit impossible de le trouver dans le livre. Tâche, je t'en prie, de savoir cela ; le sujet, et le nom de l'auteur[3].

Pour les Duchesses d'Albe, je te répéterais, si tu n'étais pas dans de grandes gênes, qu'il serait bon de les arracher à un prix modéré.

Puisque tu as jugé à propos de jeter à la fin de ta lettre un peu de politique, j'en ferai autant. Je me suis vingt fois persuadé que je ne m'intéressais plus à la politique, et à chaque question grave, je suis repris de curiosité et de passion. Il y a bien longtemps que je la surveillais et que je l'attendais, cette question italienne. Bien avant l'aventure d'Orsini. Et à ce sujet, il serait injuste de dire que Napoléon exécute le testament d'Orsini[4]. Celui-ci était un honnête homme trop pressé. Mais l'Empereur pensait à la chose depuis longtemps et il avait fait nombre de promesses à tous les Italiens qui venaient à Paris. J'admire avec quelle docilité il obéit à la fatalité ; mais cette fatalité le sauve ; qui, aujourd'hui, pense au Morny, au Grand-Central, à Beaumont-Vassy, et aux quarante mille saletés qui nous occupaient il y a peu de temps[5] ? Voilà l'Empereur lavé. Tu verras, mon cher, qu'on oubliera les horreurs commises en Décembre. En somme, il vole à la République l'honneur d'une grande guerre. — As-tu lu l'admirable discours de Jules Favre au Corps législatif dans les derniers jours du mois dernier, ou dans les premiers jours de mai ? Il a posé nettement la nécessité, la fatalité révolutionnaires. Le président et les ministres ne l'ont pas interrompu. Il avait l'air de parler au nom de l'Empereur. Et quand, à propos de Garibaldi, un vicomte de La Tour, Breton bigot et niais, a dit que la France espérait bien ne pas se souiller par de pareilles alliances, le président (Schneider) l'a arrêté, lui disant qu'un député n'avait pas le droit de diffamer les alliés de la France, *d'où qu'ils lui vinssent.*

La politique, mon cher ami, est une science sans cœur. C'est ce que tu ne veux pas reconnaître. Si tu étais Jésuite et Révolutionnaire, comme tout vrai politique doit l'être, ou l'est fatalement, tu n'aurais pas tant de regrets pour les amis jetés de côté. Je sais que je te fais horreur ; mais, dis-moi, as-tu seulement remarqué avec quel à-propos sont venues les *lettres diplomatiques de Joseph de Maistre*, publiées par M. de Cavour, lettres où, pour le dire en passant, le pape est traité de Polichinelle ? Quel réquisitoire contre l'Autriche ! Le Piémont avait gardé ces lettres en réserve, et les a lancées au bon moment.

Je crois seulement qu'en mettant les choses au mieux, l'Empereur couvert de gloire et béni de tout le monde, l'embarras sera dans l'usage de la victoire.

Pour tous tes chagrins personnels, mon ami, résignation, résignation.

Quand j'irai chez toi, je te parlerai des miens, qui s'accumulent, et je te ferai pitié. Je crois sincèrement qu'excepté pour un petit nombre de jeunes gens intelligents, riches *(et sans famille !)*, qui ne savent pas user de leur bonheur, la vie doit être une perpétuelle douleur.

Tout à toi.

C. B.

Maintenant, si tu veux rire, lis, comme moi, Limayrac, Vitu, et Gr[anier] de Cassagnac. Il paraît que nous allons en Italie pour étouffer l'hydre révolutionnaire. Voilà, pour parler sérieusement, de l'hypocrisie inutile.

72. – *À Nadar*

[1859 ?]

CLERGEON[1] AUX ENFERS

(Il entre d'un air délibéré, comme les gens timides.)

Il demande bientôt à voir le *règlement* de l'Enfer, et cherche à prendre les Diables en faute.

Dès la première grande assemblée, il se plaint vivement, prétendant qu'on a *changé* le feu.

Rumeur épouvantable de tous les Damnés qui trouvent qu'il fait bien assez chaud.

MAIS NON ! dit Clergeon.

Il se plaint aussi de ce que *certaines gens qui ne sont point d'ici* se soient glissées en *Enfer*, qui mériteraient tout au plus le *Purgatoire*. Nous ne voulons que des égaux, dit-il ; il faut que chacun prouve qu'il est un parfait scélérat !

Je crois avoir assez de titres pour que chacun montre les siens !

Comme il emmerde tout le monde, on le fout dans un abîme insondable, d'où il remonte bientôt avec une agilité sans égale. Car l'espoir d'avoir été remarqué par Proserpine lui donne des forces proportionnées à la difficulté de l'entreprise.

Il se glisse par des *Anfractuosités à lui seul* connues, et va attendre la sortie de la Reine des Enfers à la *petite porte*.

Il la suit par l'escalier dérobé, et à peine entré dans la chambre, il jette sur la commode quinze francs, que les Diables, en le fouillant à son entrée, ont oublié de lui retirer.

Voilà pour vous, petite ! s'écrie-t-il d'une voix de stentor. Voilà comment un damné comme MOI sait humilier une Reine qui trahit son époux !

Proserpine, qui depuis six mille ans n'a pas encore vu un pareil bougre, veut se pendre à la sonnette.

Mais Clergeon ne perd pas de temps ; il profitera des dernières secondes ; il déshonorera Proserpine ; il l'enfilera, ou il y perdra son latin. Il se jette sur elle et lui plante sa pine dans l'œil.

Proserpine pousse un cri déchirant !!!!!

Tous les Enfers sont sens dessus dessous. Clergeon, heureux du désordre dont il est l'auteur, pique son poing sur sa hanche, et s'écrie, avec une voix de tête inimitable : *Ha ! ha !*

Cependant Pluton, qui au fond est un bon enfant, lui demande pourquoi il a commis de pareilles bêtises, et Clergeon lui répond, la main dans le gilet :

Je croyais qu'en Enfer on n'était jamais mal venu à prouver sa noblesse ; ha ! ha ! — Si je me suis trompé, *(avec résignation et dignité)* je suis prêt à subir tous les châtiments que vous réservez à celui dont l'audace a dépassé vos prévisions.

Pluton lui rend avec bonté ses lunettes tombées dans la bagarre.

Quoique personne ne lui en veuille, et que Proserpine éborgnée se soit contentée de dire : *Drôle de Bougre !* Clergeon croit qu'il est prudent de prendre la fuite.

À chacun de ses pas, il ébranle les montagnes. Il fuit ! il fuit !

Dans une plaine de braise, il aperçoit Nadar qui collectionne des salamandres, et il lui crie en courant :

Pends-toi, Brave Nadar ! Nous avons vaincu sans toi !

Car il est convaincu qu'il a foutu Proserpine !

Tu vois qu'après quinze ans l'inspiration vit encore !

72*bis*. — À Firmin Maillard

[Alençon,] 6 juillet [1859].

Monsieur, je suis chez mon ami Auguste à Alençon et je parcours votre spirituel volume sur la *France parisienne*[1]. Je serais un homme bien mal appris si je n'acceptais pas avec plaisir tout ce que vous dites de flatteur sur mon compte. Mais je suis obligé de vous avertir que je ne suis ni sec, ni osseux, et que je ne suis pas aussi répugnant que le *Figaro* a essayé de le persuader. Quant à l'anecdote des noix et des cervelles d'enfant, que j'ai déjà lue quelque part, elle est une invention joviale de mon ami Forey, peintre, et élève de Delacroix.

On m'a montré une fois, à moi-même, un M. Baudelaire, qui était fort désagréable, et cette confusion n'avait rien de réjouissant pour ma vanité ! Croyez cependant, Monsieur, que je suis incapable de méconnaître ce qu'il y a de flatteur dans votre article par un papier timbré à la manière de M. Léouzon-Leduc[2].

CH. BAUDELAIRE.

Un mot encore, ou si vous le permettez, un conseil ; il ne faut jamais dans ces légères productions qui tiennent à la fois de la biographie et de la critique, insinuer qu'un homme a pu ruiner sa santé par la débauche. D'ailleurs, *les ardeurs de la chair* n'ont jamais donné d'originalité à qui que ce soit.

Veuillez me pardonner ce léger *post-scriptum*.

73. – *À Victor Hugo*

[Paris.] Vendredi,
[23 ?] septembre 1859.

Monsieur, j'ai le plus grand besoin de vous, et j'invoque votre bonté[1]. Il y a quelques mois, j'ai fait sur mon ami Théophile Gautier un assez long article qui a soulevé un tel éclat de rire parmi les imbéciles, que j'ai jugé bon d'en faire une petite brochure, ne fût-ce que pour prouver que je ne me repens jamais. — J'avais prié les gens du journal de vous expédier un numéro. J'ignore si vous l'avez reçu ; mais j'ai appris par notre ami commun, M. Paul Meurice, que vous aviez eu la bonté de m'écrire une lettre, *laquelle n'a pas encore pu être retrouvée*, *L'Artiste* ayant jugé à propos de la renvoyer à un domicile que je n'habite plus depuis longtemps, au lieu de la renvoyer à Honfleur, mon vrai domicile, où rien ne se perd. Il m'est impossible de deviner si votre lettre avait directement trait à l'article en question, et, quoi qu'il en soit, j'ai éprouvé un amer regret. — Une lettre de vous, Monsieur, qu'aucun de nous n'a vu depuis si longtemps, de vous, que je n'ai vu que deux fois, et il y a de cela presque vingt ans, — est une chose si agréable et si précieuse ! — Il faut cependant que je vous explique pourquoi j'ai commis cette prodigieuse inconvenance de vous envoyer un papier imprimé sans joindre une lettre, un hommage quelconque, un témoignage de respect et de fidélité. Un des imbéciles dont je parlais (celui-là plein de trop d'esprit, je veux dire d'esprit pointu[2]) me dit : Comment ! vous aurez l'effronterie d'envoyer cet article à M. Hugo ! Vous ne sentez donc pas que c'est fait pour lui déplaire! — Voilà sans doute une énorme sottise. Eh bien! Monsieur, quoique je sache que le génie contient naturellement tout l'esprit critique et toute l'indulgence nécessaire, je me suis senti intimidé, et je n'ai pas osé vous écrire.

J'ai donc maintenant quelques explications à vous donner. Je sais vos ouvrages par cœur, et vos préfaces me montrent que j'ai dépassé la théorie généralement exposée par vous sur l'alliance de la morale avec la poésie. Mais en un temps où le monde s'éloigne de l'art avec une telle horreur, où les hommes se laissent abrutir par l'idée exclusive d'utilité, je crois qu'il n'y a pas grand mal à exagérer un peu dans le sens contraire. J'ai peut-être réclamé trop. C'était pour obtenir assez. Enfin, quand même un peu de fatalisme asiatique se serait mêlé à mes réflexions, je me considère comme pardonnable. L'épouvantable monde où nous vivons donne le goût de l'isolement et de la fatalité.

J'ai voulu surtout ramener la pensée du lecteur vers cette merveilleuse époque littéraire dont vous fûtes le véritable roi et qui vit dans mon esprit comme un délicieux souvenir d'enfance[3].

Relativement à l'écrivain qui fait le sujet de cet article, et dont le nom a servi de prétexte à mes considérations critiques, je puis vous avouer *confidentiellement* que je connais les lacunes de son étonnant esprit. Bien des fois, pensant à lui, j'ai été affligé de voir que Dieu ne voulait pas être absolument généreux. Je n'ai pas menti, j'ai esquivé, j'ai dissimulé. Si j'étais appelé à témoigner en justice, et si mon témoignage, absolument véridique, pouvait nuire à un être favorisé par la Nature et aimé par mon Cœur, je vous jure que je mentirais avec fierté; — parce que les lois sont au-dessous du sentiment, parce que l'amitié est, de sa nature, infaillible et ingouvernable. Mais vis-à-vis de vous, il me semble absolument inutile de mentir.

J'ai besoin de vous. J'ai besoin d'une voix plus haute que la mienne et que celle de Théophile Gautier, — de votre voix dictatoriale. Je veux être protégé. J'imprimerai humblement ce que vous daignerez m'écrire. Ne vous gênez pas, je vous en supplie. Si vous trouvez, dans ces épreuves, quelque chose à blâmer, sachez que je montrerai votre blâme docilement, mais sans trop de honte. Une critique de vous, n'est-ce pas encore une caresse, puisque c'est un honneur ?

Les vers que je joins à cette lettre[4] se jouaient depuis longtemps dans mon cerveau. Le second morceau a été fait *en vue de vous imiter* (riez de ma fatuité, j'en ris moi-même) après avoir relu quelques pièces de vos recueils, où une charité si magnifique se mêle à une familiarité si touchante. J'ai vu quelquefois dans les galeries de peintures de misérables rapins qui copiaient les ouvrages des maîtres. Bien ou mal faites, ils mettaient quelquefois dans ces imitations, à leur insu, quelque chose de leur propre nature, grande ou triviale. Ce sera là peut-être (peut-être !) l'excuse de mon audace. Quand *Les Fleurs du Mal* reparaîtront, gonflées de trois fois plus de matière que n'en a supprimé la Justice, j'aurai le plaisir d'inscrire en tête de ces morceaux le nom du poète dont les œuvres m'ont tant appris et ont donné tant de jouissances à ma jeunesse.

Je me rappelle que vous m'envoyâtes, lors de cette publication, un singulier compliment sur ma *flétrissure* que vous définissiez une *décoration*[5]. Je ne compris pas très bien, parce que j'étais encore en proie à la colère causée par la perte de temps et d'argent. Mais aujourd'hui, Monsieur, je comprends *très bien*. Je me trouve fort à l'aise sous ma *flétrissure*, et je *sais* que désormais, dans quelque genre de littérature que je me répande, je resterai un monstre et un loup-garou.

Il y a quelque temps, l'amnistie mit votre nom sur toutes les lèvres. Me pardonnerez-vous d'avoir été inquiet pendant *un quart de seconde ?* J'entendais dire autour de moi : Enfin, Victor Hugo va revenir ! — Je trouvais que ces paroles faisaient honneur au cœur de ces braves gens, mais non pas à leur jugement. Votre note est venue qui nous a soulagés[6]. Je savais bien que les poètes *valaient* les Napoléon, et que Victor Hugo ne pouvait pas être moins grand que Chateaubriand.

On me dit que vous habitez une demeure haute, poétique, et qui ressemble à votre esprit, et que vous vous sentez heureux dans le fracas du vent et de l'eau. Vous ne serez jamais aussi heureux que vous êtes grand. On me dit aussi que vous avez des regrets et des nostalgies. C'est peut-être faux. Mais si c'est vrai, il vous suffirait d'une journée dans notre triste, dans notre ennuyeux Paris, dans notre Paris-New York, pour vous guérir radicalement. Si je n'avais pas ici des devoirs à accomplir, je m'en irais au bout du monde. — Adieu, Monsieur, si quelquefois mon nom était prononcé d'une manière bienveillante dans votre heureuse famille, j'en ressentirais un grand bonheur.

CH. BAUDELAIRE.

Je n'ai aucun besoin des épreuves. — Je suis encore pour quelque temps à Paris, hôtel de Dieppe, rue d'Amsterdam.

73*bis*. – *À Victor Hugo*

[Paris,] 10 octobre 1859.

Mille remerciements, Monsieur. Vous m'avez traité en homme, et comme je le désirais[1]. Comment vous prouverai-je ma reconnaissance, je n'en sais rien encore, mais j'en trouverai bien le moyen.

Je dîne ce soir chez M. Meurice, et notre grand plaisir sera de parler de vous.

Je viens de lire la *Légende*[2]. J'ai éprouvé quelque chose d'extraordinaire ; quelque chose ressemblant à la sensation du *Mangeur d'opium* qui voit les nations, les races, les siècles entrer par le mur de sa chambre et défiler sous ses yeux.

Bien à vous, tout à vous, De Tout Cœur

CH. BAUDELAIRE.

74. – *À Hippolyte Desbordes-Valmore*

[Paris,] 30 nov[embre 18]59.

Cher Monsieur,

Un de nos amis, M. Crépet, entreprend avec M. Gide une grosse publication très intéressante[1]. C'est une galerie des poètes français depuis l'origine. Un portrait et des citations de chacun. C'est moi qui ai été chargé de rendre justice à votre admirable mère, et je crois que je l'ai fait dans de bons termes. M. Crépet craint de trouver un esprit peu généreux dans M. Charpentier. S'il y a des difficultés relativement au droit de citation, pourriez-vous les aplanir ? Pourriez-vous en même temps donner, dans le même but, un mot de recommandation à M. Crépet pour M. Paul de Musset ?

Veuillez agréer, Monsieur, l'assurance de ma sympathie et de mon dévouement.

CH. BAUDELAIRE.

75. – *À Victor Hugo*

[Paris,] 7 décembre 1859.

Monsieur,

Voici des vers faits pour vous et en pensant à vous[1]. Il ne faut pas les juger avec vos yeux trop sévères, mais avec vos yeux paternels. Les imperfections seront retouchées plus tard. Ce qui était important pour moi, c'était de dire vite tout ce qu'un accident, une image, peut contenir de suggestions, et comment la vue d'un animal souffrant pousse l'esprit vers tous les êtres que nous aimons, qui sont absents et qui souffrent, vers tous ceux qui sont privés de quelque chose d'irretrouvable.

Veuillez agréer mon petit symbole comme un très faible témoignage de la sympathie et de l'admiration que m'inspire votre génie.

CHARLES BAUDELAIRE.

Une vanité bien pardonnable me pousse à vous adresser une petite prière. J'apprends que M. Meurice vous envoie un numéro de la *Revue internationale* où se trouve un article sur *La Légende des siècles.* Dans le même recueil il y a un lambeau d'un poème de Poe, sur la génération et la destruction des Mondes[2]. J'ai une peur affreuse que vous ne soyez pris de la fantaisie de lire cela. C'est imprimé *plus qu'incorrectement* et cela vous donnerait une idée détestable de Poe et de son traducteur. Je n'ai pas besoin de vous dire que quand le libraire le fera réimprimer, un exemplaire vous sera réservé. J'ai une horrible vanité presque personnelle à l'endroit de ce poète, et je ne veux pas que lui et moi nous soyons déshonorés à vos yeux par les sottises d'un imprimeur. — Pardonnez à ces vanités tremblantes du métier.

C. B.

76. – *À Victor Hugo*

Paris, 13 décembre 1859.

Monsieur, j'apprends avec un grand plaisir que M. Méryon et son éditeur et ami, M. Delâtre, se proposent de vous envoyer un exemplaire des belles compositions d'après quelques points de vue de Paris, que l'un a dessinées et gravées, et que l'autre, artiste lui-même, a soigneusement imprimées. Je profite de cette occasion pour y joindre un extrait d'un ouvrage sur les beaux-arts où votre nom est encore venu s'offrir à ma plume. Vous êtes en exil ; n'est-ce pas le moment le plus opportun pour vous faire ma cour ?

.... Ce[1] n'est pas seulement les peintures de marine qui font défaut, un genre pourtant si poétique ! (je ne prends pas pour marines des drames militaires qui se jouent sur l'eau), mais aussi un genre que j'appellerais volontiers le paysage de grandes villes, c'est-à-dire la collection des beautés et des grandeurs qui résultent d'une puissante agglomération d'hommes et de monuments, le charme profond et compliqué d'une capitale âgée et vieillie dans les gloires et les tribulations de la vie. Il y a quelques années, un homme puissant et singulier, un officier de marine, dit-on, avait commencé une série d'études à l'eau-forte d'après les points de vue les plus pittoresques de Paris. Par l'âpreté, la finesse et la certitude de son dessin, M. Méryon rappelait les vieux et excellents aquafortistes. J'ai rarement vu représentée avec plus de poésie la solennité naturelle d'une ville immense. Les majestés de la pierre accumulée, les clochers montrant le ciel comme des doigts, les obélisques de l'industrie vomissant contre le firmament leurs coalitions de fumée, les prodigieux échafaudages des monuments en réparation, appliquant sur le corps solide de l'architecture leur architecture à jour d'une beauté si paradoxale, le ciel tumultueux, chargé de colère et de rancune, la profondeur des perspectives accrue par la pensée de tous les drames qui y sont contenus, aucun des éléments complexes dont se compose le douloureux et glorieux paysage de la civilisation n'était oublié. Si Victor Hugo a vu ces excellentes estampes, il a dû être content ; il a retrouvé, dignement représentée, sa

Morne Isis, couverte d'un voile !
Araignée à l'immense toile,
Où se prennent les Nations !
Fontaine d'urnes obsédée !
Mamelle sans cesse inondée,
Où, pour se nourrir de l'idée,
Viennent les générations !

Ville qu'un orage enveloppe[2] *!*

Mais un démon cruel a touché le cerveau de M. Méryon ; un délire mystérieux a brouillé ces facultés qui semblaient aussi solides que brillantes. Sa gloire naissante et ses travaux ont été soudainement interrompus. Et depuis lors nous attendons anxieusement des nouvelles consolantes de ce marin, devenu en un jour un puissant artiste, et qui avait dit adieu aux solennelles aventures de l'Océan pour peindre la noire majesté de la plus inquiétante des capitales.

Je regrette encore, et j'obéis peut-être à mon insu aux accoutumances de ma jeunesse, le paysage romantique, et même le paysage romanesque, qui existait déjà au dix-huitième siècle. Nos paysagistes sont des animaux beaucoup trop herbivores. Ils ne se nourrissent pas volontiers des ruines, et, sauf un petit nombre d'hommes tels que Fromentin, le ciel et le désert les épouvantent. Je regrette ces grands lacs qui représentent l'immobilité dans le bonheur et le désespoir, les immenses montagnes, escaliers de la planète vers le ciel, d'où tout ce qui paraissait grand paraît petit, les châteaux forts (oui, mon cynisme ira jusque-là), les abbayes crénelées qui se mirent dans les étangs mornes, les ponts gigantesques, les constructions ninivites habitées par le vertige, et enfin tout ce qu'il faudrait inventer, si tout cela n'existait pas!

.... En somme, jc n'ai trouvé parmi les paysagistes que des talents sages ou petits, avec une très grande paresse d'imagination. Je n'ai pas vu chez eux, chez tous du moins, le charme naturel, si simplement exprimé, des savanes et des prairies de Catlin (je parie qu'ils ne savent même pas ce que c'est que Catlin), non plus que la beauté surnaturelle des paysages de Delacroix, non plus que la magnifique imagination qui coule dans les dessins de Victor Hugo, comme le mystère dans le ciel. Je parle de ses dessins à l'encre de Chine; car il est trop évident qu'en poésie notre Poète est le roi des paysagistes.

CHARLES BAUDELAIRE — *Salon de 1859.* —

77. – *À Champfleury*

[Paris, mi-décembre 1859.]
11 heures ou 6 heures tous les jours.

Mon cher ami,

Duranty me dit : « Champfleury a acheté des Guys. » J'entre par hasard chez le Marchand effrayant de la place Pigalle (pure inspiration, Duranty ne m'ayant donné aucune indication), et je lui dis : « N'est-ce pas à Champfleury que vous avez vendu des Guys? — Oui, monsieur. — Et il m'a dit même *qu'il les achetait pour vous.* » — Alors, je vous ai remercié en esprit, et je les attends.

N'avez-vous pas aussi un livre à me remettre[1] ?
Votre bien dévoué.

CHARLES BAUDELAIRE.

78. – *À Alphonse de Calonne*

Jeudi 5 janvier [1860].
(Minuit.)

Mon cher de Calonne,

J'ai hésité longtemps avant d'aller vous voir ce soir. L'horreur des disputes m'en a empêché ! Je veux vous écrire nettement, et je veux que vous me croyiez quand je vous affirme que je vous écris maintenant sans aucune rancune.

Rien dans l'amitié que vous m'avez, je crois, inspirée ne sera diminué, mais je vous préviens que, quelque gracieux et cordial que vous soyez, je ne me soumettrai plus à votre discipline, excepté pour les remaniements déjà consentis. Car naturellement, il est de mon devoir de vous livrer la fin de l'*Opium*.

Je continuerai, il est vrai, à obéir au traité en vous offrant jusqu'à concurrence de douze feuilles (l'*Opium* supposé fini, je vous en aurai livré presque huit) tout ce que je ferai ; mais ces indécisions, ces castrations, ces remaniements n'auront plus lieu. C'est-à-dire qu'après que je vous aurai offert la valeur de douze feuilles, je me croirai libre, que vous les ayez acceptées intégralement ou que vous les ayez refusées.

Considérez encore avec quelles précautions je dis des

choses qui d'ailleurs me paraissent désagréables à dire. Mon nom et mon talent devraient me mettre, et m'ont généralement mis à l'abri de ces petites persécutions du classique *rédacteur en chef*, et je vous donne ma parole d'honneur que vous êtes le premier pour qui j'ai eu tant de déférence.

Encore ce matin ! Un début de discours a été très longtemps cherché, préparé. J'ai trouvé enfin le début qui ressemble, par sa solennité, aux premières mesures d'un orchestre[1]. Mais crac ! vous trouvez qu'il serait plus judicieux d'introduire, pour début, une note nécrologique. Et sur un homme dont je connais dix volumes, et qui en a peut-être fait trente !

Sur un homme qui est une des principales figures d'une école ! vingt lignes de notice ! — Faites juge qui vous voudrez.

Pour résumer, je répète :

Il y a un degré d'âge et de science où évidemment on échappe à ces disciplines. Vous me nuisez, et naturellement vous vous nuisez ; j'ai promis d'abréger dans la deuxième partie deux morceaux que je considère comme les morceaux classiques de l'homme ; je le ferai. Et puis après, je me révolterai.

Montrez ma lettre à n'importe lequel de vos amis (un homme d'esprit, bien entendu) et vous verrez ce qu'on vous en dira.

— Tout à vous, d'ailleurs ; n'en doutez pas.

— Si une pareille rupture devait avoir lieu, et si je me trouvais débiteur de quelque chose, croyez que je saurais m'acquitter.

CH. BAUDELAIRE.

79. – *À Auguste Poulet-Malassis*

[Paris.] Dimanche soir,
8 janvier 1860.

Ce que je vous écris ce soir vaut la peine d'être écrit.

M. Méryon m'a envoyé sa carte et nous nous sommes vus. Il m'a dit : « Vous habitez un hôtel dont le nom a dû vous attirer, à cause du rapport qu'il a, je présume, avec vos goûts. » — Alors, j'ai regardé l'enveloppe de sa lettre. Il y avait : Hôtel de *Thèbes*, et cependant sa lettre m'était arrivée[1].

Dans une de ses grandes planches[2], il a substitué à un petit ballon une nuée d'oiseaux de proie, et comme je lui faisais remarquer qu'il était invraisemblable de mettre tant d'aigles dans un ciel parisien, il m'a répondu que cela n'était pas dénué de fondement, puisque *ces gens-là* (le gouvernement de l'empereur) avaient souvent lâché des aigles pour étudier les présages suivant le rite, — et que cela avait été imprimé dans les journaux, même dans *Le Moniteur*.

Je dois dire qu'il ne se cache en aucune façon de son respect pour toutes les superstitions, mais il les explique mal, et il voit de la cabale partout.

Il m'a fait remarquer, dans une autre de ses planches[3], que l'ombre portée par une des maçonneries du *Pont-Neuf* sur la muraille latérale du quai représentait exactement le profil d'un sphinx, — que cela avait été, de sa part, tout à fait involontaire, et qu'il n'avait remarqué cette singularité que plus tard, en se rappelant que ce dessin avait été fait peu de temps avant le coup d'État. Or le Prince est l'être actuel qui, par ses actes et son visage, ressemble le plus à un *sphinx*.

Il m'a demandé si j'avais lu les nouvelles d'un certain Edgar Poe. Je lui ai répondu que je les connaissais mieux que personne, et pour cause. Il m'a demandé alors, d'un ton très accentué, si je croyais à la réalité de cet Edgar Poe. Moi, je lui ai demandé naturellement à qui il attribuait toutes ses nouvelles. Il m'a répondu : *À une société de littérateurs très habiles, très puissants et au courant de tout.* Et voici une de ses raisons : « La *Rue Morgue.* J'ai fait un dessin de la *Morgue*[4]. Un *Orang-outang.* On m'a souvent comparé à un singe. Ce singe assassine *deux femmes, la mère et sa fille.* Et moi aussi, j'ai assassiné moralement *deux femmes, la mère et sa fille.* J'ai toujours pris le roman pour une allusion à mes malheurs. Vous me feriez bien plaisir si vous pouviez me retrouver la date où Edgar Poe (en supposant qu'il n'ait été aidé par personne) a composé ce conte, pour voir si cette date coïncide avec mes aventures. »

Il m'a parlé avec admiration du livre de Michelet sur Jeanne d'Arc[5] ; mais il est convaincu que ce livre n'est pas de Michelet.

Une de ses grandes préoccupations, c'est la science cabalistique ; mais il l'interprète d'une façon étrange, à faire rire un cabaliste.

Ne riez pas de tout ceci avec de méchants bougres. Pour rien au monde, je ne voudrais nuire à un homme de talent…

Après qu'il m'a quitté, je me suis demandé comment il se faisait que moi, qui ai toujours eu, dans l'esprit et dans les nerfs, tout ce qu'il fallait pour devenir fou, je ne le fusse pas devenu. Sérieusement, j'ai adressé au ciel les remerciements du pharisien.

Guys et moi, nous sommes pleinement réconciliés.

C'est un homme charmant, plein d'esprit, et il n'est pas ignorant, comme tous les littérateurs.

C. B.

80. – *À Auguste Poulet-Malassis*

[Paris,] 16 février 1860.

Le billet de 1 500, envoyé par moi postérieurement et enregistré dans mes comptes d'échéance, sera-t-il appliqué à nos affaires ? Dans ce cas-là, je ne demanderais à Duranty qu'un effet de 300 et quelques francs. Je n'ai pas peur d'assumer sur moi seul toute cette responsabilité, sûr d'être aidé par vous au besoin et décidé d'ailleurs à tout faire pour payer moi-même le plus possible. D'ailleurs je répugne beaucoup à demander de nouveaux services à Boyer et à cet imbécile de Christophe.

Il vous est resté sur les 2 000, de moi,

1°	500,	moins l'escompte
2° vous en avez un de	1 500	
3° plus	80	
	2 080	

Nous avons encore à payer (25 et 28) 2 350[1].

Puisque vous allez venir à Paris, je vous remettrai moi-même le paquet des Notices.

Écrivez-moi tout de suite quel jour vous arrivez, pour que je puisse commander notre dîner.

Je ne partage pas du tout votre illusion sur la facilité

de faire 350 pages avec trois feuilles de *Revue contemporaine.* Je vous rappelle qu'il vous est arrivé de faire des plaquettes avec des matériaux plus considérables.

Entre parenthèses, je vous dirai qu'il m'eût été agréable que vous me disiez votre sentiment sur la physionomie générale du livre et en particulier sur l'*Opium.* De Quincey est un auteur affreusement conversationniste et digressionniste, et ce n'était pas une petite affaire que de donner à ce résumé une forme dramatique et d'y introduire l'ordre. De plus il s'agissait de fondre mes sensations personnelles avec les opinions de l'auteur original et d'en faire un amalgame dont les parties fussent indiscernables. Ai-je réussi ? Ma question ne vient pas d'une vanité enfantine ; elle résulte de la solitude où je vis, puisque j'en suis venu à ce point de sensibilité que la conversation de presque tous m'est insupportable, et d'un autre côté j'avoue que je suis toujours inquiet de savoir si ces travaux qui marchent si lentement, tantôt par ma faute, tantôt par les circonstances, sont d'une nature assez solide pour être offerts au public.

Je suis en froid avec Calonne. Je lui dois, tout compte fait, 2 ou 300 francs ; mais il a un paquet de vers à publier. De plus je lui ai déclaré très tranquillement que les morceaux promis paraîtraient à *La Presse*, que je ne pouvais plus, à mon âge et avec mon nom, supporter une pédagogie fatigante et inutile, et qu'après tout, le directeur d'un recueil littéraire n'avait le droit d'intervenir que dans le cas où on le pouvait compromettre par une maxime religieuse ou politique. —

J'ai gardé trois passages de mon texte primitif, pour notre réimpression[2].

Que d'ennuis ! Je suis sans le sol, et en froid aussi avec ma mère. L'indiscrétion des gens qui me doivent, ou qui me font de belles promesses sans les tenir, a amené la nécessité de faire rembourser par ma mère des billets payables à Honfleur. Je rougis de cela. Je dois à ma mère 10 000 francs, empruntés dans le temps de sa richesse, et il n'est pas convenable que je la tourmente maintenant qu'elle est pauvre. J'aurai peut-être recours à vous, pour terminer l'affaire *Derode*[3]. Quand on se brouille avec les gens, on les paye. Or, je ne suis pas payé ; il m'est dû encore 400 francs que je voudrais bien expédier à Madame Aupick. Et — notez bien que j'ai été *insulté*, INSULTÉ, par ces drôles qui ne savent même pas l'orthographe. Si je n'étais pas criblé d'affaires, j'aurais souffleté ce cuistre dans son cabinet. Je crains fort que M. Zacharie Astruc, qui, au café du Chemin de fer, a assisté à mon imprudente conversation, ne soit pas étranger à cette querelle. De plus, horreur ! ils ont perdu des feuillets du manuscrit, et je suis obligé de les recommencer. (Gardez pour vous mon soupçon sur M. Astruc.)

Un tas d'affaires désagréables ! Voilà Guys, qui est bien un personnage fantastique, qui s'avise de vouloir faire un travail sur la *Vénus de Milo* ! et qui m'écrit de Londres de lui envoyer une notice de tous les travaux et hypothèses faits sur la statue. J'ai présenté à Guys Champfleury et Duranty ; mais ils ont déclaré que c'était un vieillard insupportable. Décidément les *réalistes* ne sont pas des *observateurs* ; ils ne savent pas s'amuser. Ils n'ont pas la patience philosophique nécessaire.

Et puis Méryon ! Oh ! ça, c'est intolérable. Delâtre me prie de faire un texte pour l'album[4]. Bon ! voilà une occasion d'écrire des rêveries de dix lignes, de vingt ou trente lignes, sur de belles gravures, les rêveries philosophiques d'un flâneur parisien. Mais M. Méryon intervient, qui n'entend pas les choses ainsi : Il faut dire : à droite, on voit ceci ; à gauche, on voit cela. Il faut chercher des notes dans les vieux bouquins. Il faut dire : ici il y avait primitivement douze fenêtres, réduites à dix par l'artiste, et enfin il faut aller à l'Hôtel de Ville s'enquérir de l'époque exacte des démolitions. M. Méryon parle, les yeux au plafond, et sans écouter aucune observation.

Riez un peu mais gardez-moi le secret : notre bon, notre admirable Asselineau m'a dit, comme je lui reprochais, à lui qui sait la musique, de n'être pas allé aux concerts Wagner, 1° *que c'était si loin, si loin de chez lui* (salle des Italiens) ! 2° *qu'on lui avait dit d'ailleurs que Wagner était* RÉPUBLICAIN !

Je lui ai répondu que j'y serais allé quand même c'eût été un royaliste, que cela n'empêchait ni la sottise, ni le génie. — Je n'ose plus parler de Wagner ; on s'est trop foutu de moi. Ç'a été, cette musique, une des grandes jouissances de ma vie ; il y a bien quinze ans que je n'ai senti pareil enlèvement.

La vérole : vous ne sauriez croire jusqu'à quel point vous vous faites illusion. C'est presque de la fatuité. La vérole est faite pour tout le monde, et vous n'en êtes pas indépendant. Vous m'avez parlé d'aphtes, de constrictions douloureuses à la gorge, au point de ne pas manger sans douleur, de *lassitudes* étonnantes, de manque d'appétit ; oui ou non, est-ce, tout cela, des symptômes connus ? Si vous n'avez pas eu des faiblesses, des manques de souplesse dans les jarrets et dans les coudes, avec des tumeurs, même dans les attaches du cou, près de la tête, qu'est-ce que cela prouve, si ce n'est que le traitement salutaire (salsepareille, iodure de potassium) a peut-être prévenu ces accidents ? La blessure intérieure n'était pas vérolique, dites-vous. La preuve ? Quant à l'ulcération extérieure, je l'ai vue, et vous savez ce que je vous ai dit tout de suite. D'une manière générale, rappelez-vous que tout traitement anti-vérolique est excellent et rajeunissant, de sa nature, et qu'il n'y a pas de traitement anti-vérolique sans mercure.

Tout à vous.

C. B.

Quelle est l'époque, au plus tard, où vous désirez montrer *Les Fleurs du Mal* à votre exposition industrielle ?

Il a encore été question des *Fleurs* dans *Le Salut public* à propos des *Sonnets humouristiques*[5]. Je n'ai pas vu l'article.

Vous avez manqué une belle vente de gravures imprimées en couleur. Il y avait là un grand La Fayette de Debucourt, beau comme un Reynolds.

81. – *À Richard Wagner*

[Paris.] Vendredi 17 février 1860.

Monsieur,

Je me suis toujours figuré que si accoutumé à la gloire que fût un grand artiste, il n'était pas insensible à un compliment sincère, quand ce compliment était comme un cri de reconnaissance, et enfin que ce cri pouvait avoir une valeur d'un genre *singulier* quand il venait d'un Français, c'est-à-dire d'un homme peu fait pour l'enthousiasme et né dans un pays où l'on ne s'entend guère plus à la poésie et à la peinture qu'à la musique. Avant tout, je veux vous dire que je vous dois *la plus grande jouissance musicale que j'aie jamais éprouvée.* Je suis d'un âge où on ne s'amuse plus guère à écrire aux hommes célèbres, et j'aurais hésité longtemps encore à vous témoigner par lettre mon admiration, si tous les jours mes yeux ne tombaient sur des articles indignes, ridicules, où on fait tous les efforts possibles pour diffamer votre génie. Vous n'êtes pas le premier homme, Monsieur, à l'occasion duquel j'ai eu à souffrir et à rougir de mon pays. Enfin l'indignation m'a poussé à vous témoigner ma reconnaissance ; je me suis dit : je veux être distingué de tous ces imbéciles.

La première fois que je suis allé aux Italiens pour entendre vos ouvrages, j'étais assez mal disposé, et même, je l'avouerai, plein de mauvais préjugés ; mais je suis excusable ; j'ai été si souvent dupe ; j'ai entendu tant de musique de charlatans à grandes prétentions. Par vous j'ai été vaincu tout de suite. Ce que j'ai éprouvé est indescriptible, et si vous daignez ne pas rire, j'essaierai de vous le traduire. D'abord il m'a semblé que je connaissais cette musique, et plus tard en y réfléchissant, j'ai compris d'où venait ce mirage ; il me semblait que cette musique était *la mienne*, et je la reconnaissais comme tout homme reconnaît les choses qu'il est destiné à aimer. Pour tout autre que pour un homme d'esprit, cette phrase serait immensément ridicule, surtout écrite par quelqu'un qui, comme moi, *ne sait pas la musique*, et dont toute l'éducation se borne à avoir entendu (avec grand plaisir, il est vrai) quelques beaux morceaux de Weber et de Beethoven.

Ensuite le caractère qui m'a principalement frappé, ç'a été la grandeur. Cela représente le grand, et cela pousse au grand. J'ai retrouvé partout dans vos ouvrages la solennité des grands bruits, des grands aspects de la Nature, et la solennité des grandes passions de l'homme. On se sent tout de suite enlevé et subjugué. L'un des morceaux les plus étranges et qui m'ont apporté une sensation musicale nouvelle est celui qui est destiné à peindre une extase religieuse. L'effet produit par l'*introduction des invités* et par la *fête nuptiale* est immense. J'ai senti toute la majesté d'une vie plus large que la nôtre. Autre chose encore : j'ai éprouvé souvent un sentiment d'une nature assez bizarre, c'est l'orgueil et la jouissance de comprendre, de me laisser pénétrer, envahir, volupté vraiment sensuelle, et qui ressemble à celle de monter dans l'air ou de rouler sur la mer. Et la musique en même temps respirait quelquefois l'orgueil de la vie. Généralement ces profondes harmonies me paraissaient ressembler à ces excitants qui accélèrent le pouls de l'imagination. Enfin, j'ai éprouvé aussi, et je vous supplie de ne pas rire, des sensations qui dérivent probablement de la tournure de mon esprit et de mes préoccupations fréquentes. Il y a partout quelque chose d'enlevé et d'enlevant, quelque chose aspirant à monter plus haut, quelque chose d'excessif et de superlatif. Par exemple, pour me servir de comparaisons empruntées à la peinture, je suppose devant mes yeux une vaste étendue d'un rouge sombre. Si ce rouge représente la passion, je le vois arriver graduellement, par toutes les transitions de rouge et de rose, à l'incandescence de la fournaise. Il semblerait difficile, impossible même d'arriver à quelque chose de plus ardent ; et cependant une dernière fusée vient tracer un sillon plus blanc sur le blanc qui lui sert de fond. Ce sera, si vous voulez, le cri suprême de l'âme montée à son paroxysme.

J'avais commencé à écrire quelques méditations sur

les morceaux de *Tannhäuser* et de *Lohengrin* que nous avons entendus ; mais j'ai reconnu l'impossibilité de tout dire.

Ainsi je pourrais continuer cette lettre interminablement. Si vous avez pu me lire, je vous en remercie. Il ne me reste plus à ajouter que quelques mots. Depuis le jour où j'ai entendu votre musique, je me dis sans cesse, surtout dans les mauvaises heures : *Si, au moins, je pouvais entendre ce soir un peu de Wagner !* Il y a sans doute d'autres hommes faits comme moi. En somme vous avez dû être satisfait du public dont l'instinct a été bien supérieur à la mauvaise science des journalistes. Pourquoi ne donneriez-vous pas quelques concerts encore en y ajoutant des morceaux nouveaux ? Vous nous avez fait connaître un avant-goût de jouissances nouvelles ; avez-vous le droit de nous priver du reste ? — Une fois encore, Monsieur, je vous remercie ; vous m'avez rappelé à moi-même et au grand, dans de mauvaises heures.

CH. BAUDELAIRE.

Je n'ajoute pas mon adresse, parce que vous croiriez peut-être que j'ai quelque chose à vous demander[1].

82. – *À Armand Fraisse*

[Paris.] 18 février 1860.

Monsieur,

Vos articles[1] et votre lettre veulent évidemment une réponse. Avant tout, pour mon compte personnel, je vous remercie ; voilà plusieurs fois déjà que vous parlez de moi et toujours *très bien*, je veux dire d'une manière très flatteuse et en même temps avec une sagacité qui me surprend. — Je relis ma phrase ; je la trouve impertinente, et même prêtant à rire. Elle a l'air de dire que vous êtes sagace parce que vous me faites des compliments. — Dans l'article sur Hugo, il semble que vous ayez été intimidé, troublé. Vous n'avez pas assez distingué *la quantité de beauté éternelle* qui est dans Hugo des *superstitions* comiques introduites en lui par les événements, c'est-à-dire la sottise ou *sagesse* moderne, la croyance au progrès, le salut du genre humain par les ballons, etc. Tel qu'il est, votre article est le meilleur et le plus sage que j'aie lu. — Généralement les amis d'Hugo sont aussi bêtes que ses ennemis ; il en résulte que la vérité ne sera pas dite. Ici, à part Villemain, mon ami D'Aurevilly, quelquefois, et M. E. Renan, personne n'a la sagesse, la clairvoyance critique. Je n'ai entendu exprimer qu'une seule fois une opinion nette et juste sur *La Légende des siècles ;* c'était, à un souper, par Th. Gautier ; jamais les questions les plus obscures de l'esthétique n'ont été si bien débrouillées ; jamais ce que l'on appelle *qualités* et *défauts* n'a été si bien défini. Mais par le malheur des temps et des circonstances, ces choses ne seront jamais imprimées. — Je transmets *Le Salut public* à M. *Paul Meurice*, qui le fera infailliblement parvenir à Guernesey ; c'est d'autant plus probable, que Mme Hugo est en ce moment à Paris.

Je reviens à M. Soulary. Votre étude est excellente et pleine de charme. Vous sentez la poésie en véritable *dilettantiste*. C'est comme cela qu'il faut la sentir. Par le mot que je souligne, vous pouvez deviner que j'ai éprouvé quelque surprise à voir votre admiration pour de Musset. Excepté à l'âge de la première communion, c'est-à-dire à l'âge où tout ce qui a trait aux filles publiques et aux échelles de soie, fait l'effet d'une religion, je n'ai jamais pu souffrir *ce maître des gandins*, son impudence d'enfant gâté qui invoque le ciel et l'enfer pour des aventures de table d'hôte, son torrent bourbeux de fautes de grammaire et de prosodie, enfin son impuissance totale à comprendre le travail par lequel une rêverie devient un objet d'art. Vous arriverez un jour à ne raffoler que de la perfection, et vous mépriserez toutes ces effusions de l'ignorance. Je vous demande pardon de parler de certaines choses si vivement ; le décousu, la banalité et la négligence m'ont toujours causé des irritations peut-être trop vives.

Il y a dans votre article un passage vraiment remarquable : c'est celui où vous parlez de ces tempéraments vigoureux qui impriment aux ouvrages de l'esprit, composés au hasard des circonstances, une unité fatale et involontaire. Que M. Soulary soit un grand poète, cela est évident aujourd'hui pour tout le monde, et cela a été évident pour moi dès les premiers vers que j'ai pu lire de lui. Quel est donc l'imbécile (c'est peut-être un homme célèbre[2]) qui traite si légèrement le Sonnet et n'en voit pas la beauté pythagorique ? Parce que la forme est contraignante, l'idée jaillit plus intense. Tout va bien au Sonnet, la bouffonnerie, la galanterie, la passion, la rêverie, la méditation philosophique. Il y a là la beauté du métal et du minéral bien travaillés. Avez-vous observé qu'un morceau de ciel, aperçu par un soupirail, ou entre deux cheminées, deux rochers, ou par une arcade, etc., donnait une idée plus profonde de l'infini que le grand panorama vu du haut d'une montagne ? Quant aux longs poèmes, nous savons ce qu'il en faut penser ; c'est la ressource de ceux qui sont incapables d'en faire de courts.

Tout ce qui dépasse la longueur de l'attention que l'être humain peut prêter à la forme poétique n'est pas *un* poème.

Permettez-moi de vous dire que vous n'avez pas compris ce que je vous écrivais relativement à cette ressemblance *dont je tirais vanité. Tout ce que vous me dites à ce sujet, je le pensais et je le savais.* Autrement, où serait le piquant, le curieux, et l'amusant ? Je puis vous marquer quelque chose de plus singulier et de presque incroyable : en 1846 ou 47, j'eus connaissance de quelques fragments d'Edgar Poe ; j'éprouvai une commotion singulière ; ses œuvres complètes n'ayant été rassemblées qu'après sa mort en une édition unique, j'eus la patience de me lier avec des Américains vivant à Paris pour leur emprunter des collections de journaux qui avaient été dirigés par Poe. Et alors je trouvai, croyez-moi, si vous voulez, des poèmes et des nouvelles dont j'avais eu la pensée, mais vague et confuse, mal ordonnée, et que Poe avait su combiner et mener à la perfection. Telle fut l'origine de mon enthousiasme et de ma longue patience.

Quand vous ferez votre article sur Poe, je vous enverrai les volumes de nouveau. Le premier a été remanié malgré le clichage. Quelques grosses fautes de moins, c'est quelque chose. Ces malheureux volumes à un franc regorgent de fautes, et c'est quelque chose de navrant pour moi que de penser que jamais peut-être je n'en pourrai faire une édition vraiment honorable.

Eureka paraîtra cette année chez Michel Lévy[3], lecture fort rude, et qui vous fera peut-être lâcher prise. Il en a paru quelques fragments dans une revue que je ne nommerai pas, avec des phrases sautées, des passages tronqués, des contresens faits par l'imprimeur, et autant de fautes d'impression qu'il y a de puces dans la poussière d'un fleuve espagnol. Ainsi, si vous les découvrez, ne les lisez pas. J'ai adressé la même prière à tous mes amis.

Avant *Les Fleurs*, très augmentées, paraîtront chez Malassis les *Curiosités esthétiques* et *Les Paradis artificiels*. Tout cela est prêt.

Excepté avec deux ou trois amis, qui sont très occupés, j'ai si rarement occasion de causer littérature que vous me pardonnerez mon bavardage.

Vous ne trouverez pas mauvais non plus que je vous demande, à vous qui vivez à Lyon, ce que c'est que M. J. Tisseur, — et si les compositions de M. Janmot (*Histoire d'une âme*) ont été photographiées.

J'ai à faire un travail où je fourrerai Kaulbach, Alfred Rethel, Chenavard et Janmot[4], et je ne serais pas fâché d'avoir le plus de documents possibles sous les yeux.

Faites bien mes compliments à M. Soulary, et si vous lui parlez de la remarque que vous aviez faite et que je faisais en même temps, ne manquez pas d'ajouter comment je l'entendais. Je rougirais qu'on pût penser que je l'entendais autrement.

Tout à vous, Monsieur, et de tout cœur.

CH. BAUDELAIRE.

83. – *À Joséphin Soulary*

[Paris.] Le 23 février 1860.

Monsieur et ami (vous permettrez ce titre que je sollicitais de votre part), je n'aurais certes pas attendu une lettre de vous pour vous remercier de votre volume, si j'avais su où vous adresser mes remerciements. Je l'ai relu pour la troisième fois, car je n'ai pas besoin de vous dire que vous êtes pour moi une vieille connaissance, et que, dès que votre ouvrage parut, j'en sus goûter la saveur toute particulière, toute la vinosité.

J'ai trouvé, avec la plus grande jouissance, dans cette nouvelle édition, des morceaux qui m'étaient inconnus, entre autres le sonnet adressé à un correcteur d'épreuves, que je juge une merveille. Mais, à ce sujet, permettez-moi (puisque vous voulez être l'ami d'un pédant, le malheur viendra de vous) de vous présenter quelques observations.

Vous donnez le pressentiment et le goût de la perfection ; vous êtes un de ces hommes très privilégiés, faits pour sentir *l'art* dans son extrême recherche ; donc vous n'avez pas le droit de troubler notre plaisir par des heurts et des cahots. — Or, à la fin de ce sonnet, il y a cette phrase (que je traduis en prose) : *Il faut que, dans un autre monde, tu aies commis un bien grand péché d'orgueil pour que Dieu te condamne ici à*, etc. Le *pour* est esquivé dans la traduction poétique. Il est possible que ce ne soit pas une faute de français, rigoureusement parlant ; mais c'est d'un français que M. Soulary, qui ne peut pas être gêné par la mesure, ne doit pas se permettre.

Parce que je lis si soigneusement, vous ne m'en voulez pas, n'est-ce pas ? J'aurais d'ailleurs tant de choses flatteuses à vous dire. Vous savez imiter les élans de l'âme, la musique de la méditation ; *vous aimez l'ordre ;* vous dramatisez le sonnet et vous lui donnez un dénouement ; vous connaissez la puissance de la réticence, etc. Toutes ces belles facultés vous feront estimer de tous ceux qui *savent méditer* ou *rêver ;* mais puisque vous semblez désirer que j'use avec vous d'une franchise absolue, je vous dirai que vous devez (comme moi) *faire votre deuil* de la popularité. Mauvaise expression, puisqu'on ne peut être veuf que de ce qu'on a possédé. Il est vrai que, pour NOUS consoler, nous pouvons dire avec certitude que *tous les grands hommes sont bêtes ;* tous les hommes représentatifs, ou représentants de multitudes. C'est une punition que Dieu leur inflige. Nous ne sommes, ni vous ni moi, assez *bêtes* pour mériter le suffrage universel. Il y a deux autres hommes, admirablement doués, qui sont dans ce cas. M. Théophile Gautier et M. Leconte de Lisle. On peut dire aussi que nous aurons des jouissances très énergiques et très subtiles, qui resteront inconnues à la foule.

Croyez, cher Monsieur, que je suis, de tout mon cœur, votre bien dévoué.

CH. BAUDELAIRE.

84. – *À Champfleury*

[Paris, 28 février 1860.]

Mon cher Champfleury,

J'ai reçu votre prospectus[1]. Vous avez eu, selon votre habitude, une idée excellente. Il est certain que le roman a pris, dans la littérature et dans les jouissances des lecteurs, une part plus considérable qu'on ne le vit jamais. Cependant nous connaissons des critiques d'un rare talent qui dépensent beaucoup de temps à rendre compte de toutes les sottises des vaudevillistes, et peu d'entre eux s'appliquent à noter les tendances, les couleurs, les méthodes diverses des romanciers. Nous avons même vu des ouvrages de ce genre, vraiment remarquables et d'une qualité tout à fait suggestive, passer inaperçus de la critique. On a fait, à différentes époques, des *Bibliothèques* de romans, assez mal conçues généralement, servant toutefois et constatant le goût universel des lecteurs pour ce genre de composition ; mais une collection de notes critiques sur les romanciers anciens et modernes serait une chose non moins précieuse. Faites cela et vous aurez accompli une œuvre importante. Je ne vous promets pas ma collaboration assidue, mais de temps à autre je saurai rédiger pour vous des notes sur quelques auteurs qui me sont plus familiers que les autres. Je n'aurai jamais eu tant de plaisir à travailler que sous votre direction.

J'écris immédiatement à M. Wagner pour le remercier de tout mon cœur[2]. J'irai le voir, mais pas tout de suite. Des affaires assez tristes me prennent tout mon temps. Si vous le voyez avant moi, dites-lui que ce sera pour moi un grand bonheur de serrer la main d'un homme de génie, insulté par toute la *populace* des esprits frivoles.

Votre bien affectionné,

CHARLES BAUDELAIRE.

Vous pouvez, si vous le jugez à propos, effacer ces dernières lignes[3].

85. – *À Joséphin Soulary*

[Paris,] 28 février 1860.

Cher Monsieur,

Je vous remercie de vos excellents vers, et je vous dirai franchement que je suis fâché qu'ils n'aient pas paru[1]. Quand on sent qu'on mérite la sympathie, on en trouve toujours l'expression trop rare.

Ne vous inquiétez pas trop des imperfections de votre seconde édition. Les *Sonnets humouristiques* se réimprimeront toujours, et vous pourrez corriger tout ce que vous voudrez.

Quelle singulière idée vous avez eue que je pusse vous négliger quand je ferai paraître un livre ! Les *Fleurs* seront précédées par un autre ouvrage, et un bel exemplaire vous sera réservé.

Vous avez vu sans doute votre nom cité ces jours derniers par Sainte-Beuve, dans sa lettre au directeur du *Moniteur*[2]. Je me sens très flatté d'être mis en compagnie de mon ami Flaubert et d'un homme tel que vous ;

mais que cela vienne à propos de M. Feydeau, de *Fanny*, de *Daniel*, etc., c'est un peu dur ; vous savez, par vous-même, qu'on n'est jamais loué comme on voudrait l'être, même par les esprits les plus subtils. Il y a des amis ingouvernables. J'irai un de ces jours à Lyon, la ville de charbon, que j'ai connue et trop connue jadis ; et nous ferons connaissance infiniment mieux que par le papier.

Tout à vous.

CH. BAUDELAIRE.

86. – *À Madame Sabatier*

[Paris,] 4 mars 1860.

Si je vous dis que j'ai des chagrins énormes ; que jamais je n'ai connu pareil orage ; que j'ai besoin de solitude, vous ne me croirez pas. Mais si je vous dis que j'ai le nez rond, gros et rouge comme une pomme, et que dans ces cas-là je ne vais même pas voir les hommes (à plus forte raison les femmes), je suis sûr que vous me croirez.

La grande difficulté était levée. Car j'ai rencontré Feydeau, qui n'a pas lâché une si belle occasion d'entendre parler et de parler de lui[1]. Par bonheur, prévoyant ce cas, je m'étais préparé dans le silence. J'ai rassemblé toute mon audace, et je lui ai dit : Votre ouvrage est sublime, etc. ; mais, etc. Il m'a bien fait voir qu'auprès de lui les *mais* sont mal reçus. Savez-vous bien, je parle sincèrement, qu'il m'embarrasse plus que V. Hugo lui-même, et que je serais moins troublé pour dire à Hugo : *Vous êtes bête*, que pour dire à Feydeau : *Vous n'êtes pas tou-*

jours sublime? — Et puis, le soir (ceci comptera dans mes malheurs), au milieu d'une foule où je me croyais bien en sûreté, *un Juif*, de votre connaissance, M. Heilbuth, s'est cramponné à moi et m'a tenu des discours d'atelier avec tant d'acharnement que j'ai cru que j'allais m'évanouir ou lui sauter dessus.

Vous voyez qu'avec vous j'aime la médisance. S'il est vrai qu'on doive toujours ménager ses complices, je voudrais vous dire trop de mal de tout le monde, *afin de ne plus pouvoir me séparer de vous.*

Je suis bien aise que vous ayez remarqué la phrase sur vos yeux. Le fait est qu'ils sont fort laids (quand ils le veulent).

Je crois sérieusement que je vais entrer dans des horizons plus gais, et que cette nouvelle semaine, j'irai moi-même vous demander pardon *d'avoir fait semblant* de vous oublier. J'aurai sans doute l'album[2].

Tout à vous, de tout cœur.

C. B.

Ces 8 francs sont ceux que j'ai trop longtemps oubliés : la voiture.

87. – *À Auguste Poulet-Malassis*

[Paris, 11 mars 1860.]

Je suis très embarrassé, mon cher, pour vous répondre relativement à l'affaire Méryon[1]. Je n'ai aucun droit là-dedans, aucun. M. Méryon a repoussé avec une espèce d'horreur l'idée d'un texte fait de douze petits poèmes ou sonnets ; il a refusé l'idée de méditations poétiques en prose. Pour ne pas l'affliger, je lui ai promis de lui faire, moyennant trois exemplaires en bonnes épreuves, un texte en style de guide ou de manuel, non signé. — C'est donc avec lui seul que vous aurez à traiter. Il demeure 20, rue Duperré. Si vous y tenez, je ferai un mensonge à Crépet, et je lui dirai que je vous avais écrit à vous le premier.

La chose s'est présentée dans mon esprit bien simplement. D'un côté un fou infortuné qui ne sait pas conduire ses affaires, et qui a fait un bel ouvrage ; de l'autre, vous, chez qui je désire voir le plus de bons livres possible. Comme disent les journalistes, j'ai considéré pour vous le plaisir double d'une bonne affaire et d'une bonne action.

Et à ce sujet, pensez à Daumier ! à Daumier, libre, et *foutu à la porte* du *Charivari*, au milieu d'un mois et n'ayant été payé que d'un demi-mois ! Daumier est libre et sans autre occupation que la peinture. Pensez à la *Pharsale* et à *Aristophane*. Il faut le remonter comme une pendule. Ces deux idées datent d'il y a quinze ans[2]. Voilà une *grande* et *bonne* affaire.

— Je m'engage solennellement à la plus stricte exactitude pour les épreuves des *Paradis* et des *Fleurs*. Mais vous ne serez pas prêt. *Vous ne pourrez pas l'être. Six semaines ne sont pas assez ;* et vous savez que pour rien au monde je ne veux *d'éditions ratées*, soit au point de vue de l'élégance, soit à celui de la correction.

— Voilà tout, pour aujourd'hui.

Il faudra évidemment que je retourne à Honfleur à la fin de ce mois pour retrouver tous mes manuscrits ; mais jamais je ne changerai de lieu sans vous avertir.

C. B.

De Calonne demeure 57, rue Pigalle. Le billet est payable *là*, et non à la caisse. —

88. – *À Alphonse de Calonne*

[Paris, mi-mars 1860 ?]

Cher Monsieur,

Vous avez bien deviné pourquoi je n'allais pas vous voir. Je pouvais croire, jusqu'à ce que j'eusse reçu un mot de vous, que nous étions brouillés, ou que vous aviez supprimé mes vers.

Hélas ! vos critiques tombent justement sur des mots, des *intentions*, des *traits* que je considérais comme étant de mes *meilleurs*. Il me suffira de vous indiquer brièvement mes intentions. (Le mouvement implique généralement le bruit, à ce point que Pythagore attribuait une musique aux sphères en *mouvement*. Mais le rêve, qui sépare et décompose, crée la *nouveauté*[1]. — Le mot *royale* facilitera pour le lecteur l'intelligence de cette métaphore qui fait du souvenir une Couronne de tours, comme celles qui inclinent le front des déesses de *maturité*, de *fécondité*, et de *sagesse*. L'amour (sens et esprit) est niais à vingt ans, et il est *savant* à quarante[2].) Tout cela, je vous l'affirme, a été très lentement combiné.

En revanche, vous verrez que j'ai corrigé plusieurs imperfections déplorables qui me tourmentaient beaucoup.

J'ajoute un sonnet qui, je l'espère, vous plaira[3]. Après avoir jeté un coup d'œil sur mes corrections, vous trouverez naturel que je vous demande une deuxième épreuve.

Tout à vous et Bien à vous.

CH. BAUDELAIRE.

Soit dit en passant, c'est bien incorrectement composé.

89. – *À Auguste Poulet-Malassis*

[Paris, environ 20 avril 1860.]

Vous avez raison[1]. Strictement, la volonté n'est pas un *organe*. Et, cependant, j'avais voulu, par cette violation du langage, faire comprendre quelque chose. Si je disais que c'est un *fluide*, vous le supporteriez. Pourtant, je me range à votre avis ; il ne faut pas taquiner les habitudes de l'esprit public. — De même, et pour la même raison, je me range à votre avis, relativement à : *ce sont...* au lieu de : *c'est des...* qui, quoi que vous en disiez, est d'une langue plus pure (Pascal, Bossuet, La Bruyère, Balzac, Honoré de Balzac, etc.).

Nous avons ainsi des habitudes idiosyncrasiques, comme dit Champfleury, qui nous poussent à parler autrement que ceux de notre siècle.

Je viens de chiper chez Michel *La Raison d'État*[2]. Bien que la pétulance italienne, l'abondance d'improvisation, amène quelquefois un style lâché, bousculé, c'est généralement très beau. La préface surtout (il faut absolument que vous lisiez cela) est d'une certaine éloquence éthéréenne, fataliste, résignée, qui fait penser aux meilleurs morceaux de la plus pure beauté classique française. Le chapitre sur Machiavel, de qui cependant Ferrari se détache, est aussi très étonnant. En somme, c'est partout le Génie qui pactise avec le Destin : « Laisse-moi comprendre *tes lois*, et je te tiens quitte des vulgaires jouissances de la vie, *des vides consolations de l'Erreur* (sic) ».

Je relis mes comptes, et je vous renvoie ce résumé qui servira à vérifier le vôtre.

10 mai	1 000 1 000	chez Jousset, hôtel de Dieppe, (plus honnête que l'homme du quai (Voltaire).
	400	rue des Beaux-Arts.
20 mai	1 013	
23	820	

Ainsi nous commencerons par escompter un billet de vous chez Gélis, et puis un billet Christophe ou Duranty à Alençon, pour subvenir aux 2 400 du 10 mai.

Ainsi il faut aller très vite pour les *Fleurs*, au risque de jeter un livre en plein été[3]. Je devrais partir tout de suite pour Honfleur. Je tiens à toucher d'abord un millier de francs. Je suis convaincu que cela va venir. En mettant *les choses au pire*, je pars à la fin du mois, je sacrifie, s'il le faut, la *préface* et les trois *morceaux commencés*, et cette mise en ordre, qui vous préoccupe tant, sera l'affaire d'*une heure*.

Il est évident que, demain ou après-demain, nous aurons réponse du Signouret.

Le Bracquemond m'inquiète.

Bien à vous.

C. B.

Je vous recommande bien cette épreuve. Vous verrez pourquoi. —

90. – *À Auguste Poulet-Malassis*

[Paris, 23 avril 1860.]

Voilà une lettre navrante. La *Revue internationale* elle-même m'a moins humilié par *ses* sottises que vous par les *miennes.* Je reprends votre lettre article par article.

1° Du *monde* féminin, *mundi muliebri.* — Comment osez-vous m'attribuer ce bizarre génitif ? Souvenez-vous du *Sultan*, servant à exprimer l'admiration pour une femme *adorablement mince* et d'un genre de beauté *florentine*[1]. — Comment n'avez-vous pas deviné que Calonne, *qui est un pédant*, a dû se dire (après le bon à tirer) : « Faut-il que ce Baudelaire soit ignorant ! il prend la terminaison de l'ablatif pluriel (*bonis*) pour celle du génitif singulier, qui est toujours un *i.* » — Quant au reste de votre critique, je réponds par le travail d'imagination que j'ai fait, et que le lecteur *intelligent* doit faire : qu'est-ce que l'enfant aime si passionnément dans sa mère, dans sa bonne, dans sa sœur aînée ? Est-ce simplement l'être qui le nourrit, le peigne, le lave et le berce ? C'est aussi la caresse et la volupté sensuelle. Pour l'enfant, cette caresse s'exprime à l'insu de la femme, par toutes les grâces de la femme. Il aime donc sa mère, sa sœur, sa nourrice, pour le chatouillement agréable du satin et de la fourrure, pour le parfum de la gorge et des cheveux, pour le cliquetis des bijoux, pour le jeu des rubans, etc., pour tout ce *mundus muliebris* commençant à la chemise et s'exprimant même par le mobilier où la femme met l'empreinte de *son sexe. Donc*, j'ai raison. *Donc*, je n'ai pas fait une faute de latin. — « Mais, dites-vous, vous faites une faute de français avec votre *monde* féminin. » C'est vrai, et pour montrer que je le fais consciencieusement et sciemment, je souligne le *monde.* Comme, en réalité, il y a quelque chose de juste dans votre critique, j'essaie de vous contenter par un remaniement, et je vous prie de me dire *si vous en êtes content.*

(Je demande une seconde épreuve, pour me donner le temps de vérifier, avec Sasonoff, Fowler ou tout autre, la vérité de ma note nécrologique sur de Quincey. Demain, je ferai la note pharmaceutique et je pourrai vous dire comment s'est résolue la question des exemplaires à prendre.)

Pour en revenir à cette prétendue faute, elle ne porte pas sur *mundi*, très bien traduit dans les lignes précédentes par *atmosphère, odeur, sein, genoux, chevelure, vêtements, balneum unguentatum ;* elle porte, dis-je, non pas sur un *mundus* traduisant *monde*, mais sur *monde* interprétant *mundus.*

2° Quant au reste, c'est vraiment grave. Il m'est bien dur d'avoir dit qu'une *pâture* pouvait éteindre une *soif*, et que *je suis un Dieu qui a.* Il me semble que tout le monde verra ça, que le *Figaro* en fera sa *pâture*, et que je ne pourrai jamais ouvrir le livre sans tomber juste sur ces énormités. M'aimez-vous assez pour faire deux cartons ? Et si vous y consentez, ayez bien soin que de nouvelles fautes ne se glissent pas dans les quatre pages composant les cartons.

Voici la couverture.

J'écris à Guys pour lui demander la note des journaux anglais qui parlent de la littérature française.

Un mot de réponse. Bien à vous.

CHARLES BAUDELAIRE.

Donc : *Dieu qui ai,* et *implacable appétit,* si cela s'adapte au reste de la phrase.

Au dos de la couverture : *Charles* ou au moins *Ch.*

Vous comprenez bien que ces deux cartons, si vous y consentez, et cette deuxième épreuve ne retardent pas notre apparition.

C'est *teinture,* et non pas *teinte.*

91. – *À Alphonse de Calonne*

[Paris, 28 avril 1860.]

Cher Monsieur,

Je suis désolé de vous faire observer pour la dixième fois qu'*on ne retouche pas MES vers.* Veuillez les supprimer.

Vous me connaissez assez pour savoir que je vous rembourserai l'avance existante encore par une nouvelle ou un travail sur les beaux-arts.

Mille compliments[1].

CH. BAUDELAIRE.

92. – *À Alphonse de Calonne*

[Paris,] 28 avril 1860.

Monsieur,

La lettre que je reçois de vous aujourd'hui et qui aggrave la précédente diminuera beaucoup nos rapports qui ne peuvent pas, je crois, cesser absolument et immédiatement, sauf le cas où vous en exprimeriez le désir. Je n'éprouve même pas le besoin de vous faire reconnaître vos torts dans cette affaire. Que vous admettiez ou que vous n'admettiez pas qu'en une chose d'art et de poésie, j'ai plus d'expérience que vous, cela est bien indifférent. Je retourne contre vous tous les termes de votre lettre. Il vous plaît de briser des rapports qui me furent souvent agréables, *tant pis pour vous. Cette lettre devait, dites-vous, venir de moi moins que de personne.* Et pourquoi donc ? Vous ai-je jamais dissimulé que si je vous trouvais *serviable*, je trouvais aussi en vous des défauts qui, comme directeur *littéraire* d'une revue, pouvaient irriter les esprits les plus dociles ? Combien de fois ne vous ai-je pas cédé et combien de fois aussi vous ai-je supplié de diminuer cet esprit directorial ?

Je me connais et je vous connais ; donc je n'irai pas vous voir. Il vous plaît présentement de jeter, malgré moi, dans une imprimerie des vers que je n'ai pas relus. J'irai demain rue Coq-Héron retoucher des choses qui ont besoin d'être retouchées, je le sais. Je désire de tout mon cœur que ces remaniements coïncident avec ceux que vous auriez voulu faire. — Votre lettre m'a affligé plutôt qu'irrité. Mais je la garde précieusement. Je tiens à ce que vous conserviez celle-ci. Elle peut servir à prouver, même à vous, que je suis l'homme sage !

Votre serviteur
CHARLES BAUDELAIRE.

93. – *À Eugène Crépet*

[Paris, vendredi 11 (?) mai 1860.]

Mon cher, tout est fort bien, sauf la différence de 100 francs. Je trouve très raisonnable que vous désiriez d'abord le manuscrit ; mais une distance d'une semaine, c'est beaucoup ; il y a peut-être manière d'arranger cela : — pas d'argent avant lundi ; mais lundi, 200 francs sur la notice complète d'Hugo ; il y a là évidemment un peu de complaisance de votre part ; mais d'un autre côté je ne puis pas avant lundi faire choix d'un autre type ; je veux donner tout mon temps à Hugo ; je crois que je suis celui qui fera cela de la façon la plus riche, et enfin la différence en plus (je parle des 200 francs) sera minime.

Ceci m'amène à la question de longueur. Je n'ai pas l'intention de produire seize pages. — J'ai oublié vos prix de rédaction. — Je ne m'occupe même pas d'une considération aussi vile. — Je tâcherai de dire en dix pages au maximum ce que je pense de raisonnable sur Hugo.

Avouez que quand vous me reprochez la brièveté de mes premières notices, vous tombez dans une contradiction singulière. Vous avez donc oublié que je ne demandais pas mieux que de trouver plus d'espace, et que c'est vous qui m'avez imposé des conditions si terribles.

Sur Gautier, sur Barbier, sur Petrus Borel, j'aurais pu, avec plaisir, écrire dix pages.

Si vous donnez dix pages à Boileau, que donnerez-vous donc à Ronsard et à Hugo ?

Je résume : je vais écrire à Hugo pour le prévenir que moi, petit et infirme, je prends vis-à-vis de lui tous les droits de la liberté. — Je considère comme facile (absolument facile, je n'en puis répondre) le petit service que vous me demandez relativement aux citations. — J'esquiverai la question politique ; d'ailleurs je ne crois pas possible de parler des satires politiques, *même pour les blâmer ;* or, si j'en parlais, bien que je considère l'engueulement politique comme un signe de sottise, je serais plutôt avec Hugo qu'avec le Bonaparte du coup d'État. — Donc, impossible[1]. — Mais je toucherai un peu à la question sociale, à l'utopie, à la peine de mort, aux religions modernes, etc.

Je viens de recevoir une lettre d'Hugo, très cordiale, contre son ordinaire, et très spirituelle, ce qui est encore plus singulier (à propos de Méryon).

Tout cela facilitera évidemment notre affaire.

Répondez-moi sur *tous* les points. Dites-moi quel type nouveau, adapté à ma nature, je pourrais prendre *parmi les contemporains*, pour parfaire la valeur de cette nouvelle dette.

Je vous rendrai vos épreuves avec Hugo.

Vous savez que j'écris tout. Donc j'ai écrit la dette de 245 ou 265. Mais je ne l'ai pas sous la main. Je répète que si vous continuez ce genre de publications, *Maturin* paiera cela[2]. Et si vous n'allez pas au-delà du présent ouvrage, je vous donnerai un *bon* sur n'importe qui.

Tout à vous.

C. B.

Si je ne suis pas chez vous lundi à 11 heures, soyez chez moi à 5.

Pardon pour l'absence de timbre.

94. – *À Philoxène Boyer*

[Paris, 15 mai 1860.]

Mon cher Boyer, mon livre, qui n'est pas broché, à ce qu'il semble, va paraître. Un livre nouveau est toujours une occasion de revoir les gens qu'on n'a pas vus depuis longtemps; c'est vous dire que je pourrai dire aux personnes qui peuvent vous être utiles tout ce que je pense de vous. Vous savez de qui je veux parler, si vos projets sont encore les mêmes.

À mon tour, je vous demande un service, un service bizarre. IL FAUT, sans que vous ayez l'air d'être inspiré par moi, que vous laviez MAGISTRALEMENT la tête de Crépet. Je suis fou, ahuri, harassé. « Ce commencement est commun, trivial, inutile d'ailleurs; il ne faut pas consacrer tant d'espace à un tel, puisque vous en avez consacré si peu à tel autre (c'est sa faute). Vous dites à celui-ci une impertinence (c'est au contraire un compliment), etc... etc... etc... etc... etc... etc... etc... etc... etc... etc... etc... etc... »

J'ai déjà, pour lui complaire, *abîmé* trois notices. Il paraît que TOUTES sont à refaire. Or, je les ai déjà retouchées TROIS FOIS. Tout cela est pour avoir l'air de n'être pas un bourgeois; c'est cette vanité qui le pousse à torturer des gens qui savent lire et écrire. Je viens d'échapper à la nécessité d'une *querelle* avec de Calonne, dont la sottise est plus aigre, mais moins opiniâtre. Je vous répète que je suis las.

Vous vous souvenez de ce que je vous ai dit : d'autres seraient moins honnêtes que moi ; mais par Malassis, par ma mère, par mes amis, par Dieu ou par le Diable, je trouverai le moyen de recracher, à la face de cet imbécile, l'argent d'où il croit tirer son droit. Encore exigerai-je, comme indemnité, que les ouvriers composent pour moi un placard de chacun de mes articles.

Parlez de cela à Babou, si vous le voyez. Pas un mot à Asselineau. Je me suis déjà plaint, et il me répète toujours que je suis un lâche. Cependant ce n'est pas ma faute, à moi, si le Crépet s'acharne sur moi plus que sur un autre.

Tout à vous. Mes respects affectueux à Mme Boyer.

CH. BAUDELAIRE.

Détail comique : il croit que je lui ai joué une farce en faisant un Pétrus Borel. Il croit que *Borel* est un bouffon indigne de figurer dans la collection *Crépet.* Quant à la valeur de circonstance, chose à lui inconnue. — Plus rien qu'un mot, sans malice : tirez-moi du buisson où vous m'avez jeté[1].

J'ai appris que récemment, dans un repas de camarades, il avait, *inter pocula*, introduit la dignité politique. Sans doute, c'est risible ; mais ici le principe est analogue, avec des résultats plus fatigants. Il est contre sa dignité de supposer qu'un travail est bien fait, qui n'a pas été fait par lui. — Entre vous et moi, mon cher, toutes les confidences sont bonnes et permises. Je vous dis sérieusement : *protégez-moi.* D'ailleurs, au ton de cette lettre, vous reconnaîtrez mes nerfs.

C. B.

95. – *À Gustave Flaubert*

[Paris,] 26 juin 1860.

Mon cher Flaubert, je vous remercie bien vivement de votre excellente lettre. J'ai été frappé de votre observation [1], et étant descendu très sincèrement dans le souvenir de mes rêveries, je me suis aperçu que de tout temps j'ai été obsédé par l'impossibilité de me rendre compte de certaines actions ou pensées soudaines de l'homme sans l'hypothèse de l'intervention d'une force méchante extérieure à lui. — Voilà un gros aveu dont tout le 19e siècle conjuré ne me fera pas rougir. — Remarquez bien que je ne renonce pas au plaisir de changer d'idée ou de me contredire.

— Un de ces jours, si vous le permettez, en allant à Honfleur, je m'arrêterai à Rouen ; mais comme je présume que vous êtes semblable à moi et que vous haïssez les surprises, je vous préviendrai quelque temps d'avance.

— Vous me dites que je travaille beaucoup. Est-ce une cruelle moquerie ? Bien des gens, sans me compter, trouvent que je ne fais pas grand-chose.

Travailler, c'est travailler sans cesse ; c'est n'avoir plus de sens, plus de rêverie ; et c'est être une pure volonté toujours en mouvement. J'y arriverai peut-être.

Tout à vous. Votre ami bien dévoué.

CH. BAUDELAIRE.

J'ai toujours rêvé de lire (en entier) la *Tentation* et un autre livre singulier, dont vous n'avez publié aucun fragment (*Novembre*). Et comment va *Carthage* [2] ?

96. – *À Sainte-Beuve*

[Paris, dimanche 1er juillet 1860.]

Cher ami,

Par précaution, je vous écris d'avance, tant j'ai le pressentiment que je n'aurai pas le plaisir de vous trouver.

J'écris récemment à M. Dalloz une lettre ainsi conçue à peu près :

« Rendez donc compte des *Paradis artificiels!* Je connais au *Moniteur*, MM. un tel, un tel, etc. »

Réponse de Dalloz :

« Le livre est digne de Sainte-Beuve. (Ce n'est pas moi qui parle.) Faites une visite à M. Sainte-Beuve à ce sujet. »

Je n'aurais pas osé y penser[1]. De nombreuses raisons, dont je devine une partie, vous en éloignent peut-être, et peut-être aussi le livre ne vous plaît pas.

Cependant, j'ai, plus que jamais, besoin d'être soutenu, et je devais vous rendre compte de mon embarras.

Tout ce qui a été dit sur cet essai n'a pas, absolument pas le sens commun.

P.-S. — Il y a peu de jours, mais alors par pur besoin de vous voir, comme Antée avait besoin de la Terre, je suis allé rue Montparnasse. En route, je passai devant une boutique de pains d'épice, et l'idée fixe me prit que vous deviez aimer le pain d'épice. Notez que rien n'est meilleur dans le vin, au dessert; et je sentais que j'allais tomber chez vous, au moment du dîner. J'espère bien que vous n'aurez pas pris ce morceau de pain d'épice, incrusté d'angélique, pour une plaisanterie de polisson, et que vous l'aurez mangé avec simplicité.

Si vous partagez mon goût, je vous recommande, quand vous en trouverez, le pain d'épice anglais, très épais, très noir, tellement serré qu'il n'a pas de trous ni de pores, très chargé d'anis et de gingembre. On le coupe en tranches aussi minces que le roastbeef, et on peut étaler dessus du beurre ou des confitures. — Tout à vous. Aimez-moi bien. — Je suis dans une grande crise.

CH. BAUDELAIRE.

R[ue] d'Amsterdam, 22.

97. – *À Jules Barbey d'Aurevilly*

[Paris, 9 juillet (1860 ?).]

Cher *Vieux Mauvais Sujet*,

Pensez à Moi ! *Remember, Esto memor !*

Mon gosier de métal parle toutes les langues[1] ;

c'est-à-dire que, quand j'ai un désir, je suis semblable à une horloge. — Il me semble que mon tic-tac parle toutes les langues. — Sans blague, j'ai besoin de vous. Voilà un livre bien fait (vous savez ce que j'entends par cela) envers lequel on est injuste. Vous avez une voix poétique, parlez[2]. — Les *Débats* et la *Revue européenne* disent qu'il est douteux que *ma santé morale se soit améliorée, malgré les affectations de morale sévère* que je déploie sur le papier. Vouloir entrer dans la conscience est un rôle que le critique ne s'était pas encore attribué. Mais rien ne m'étonne dans un temps où un ministre déclare que le roman est fait pour perfectionner la *conscience des masses*, et où la police (qui se croit la Morale) exclut des cafés les filles trop bien habillées.

On me dit (est-ce vrai ?) que vos extraordinaires exercices à propos de MM. Aubryet et A. Pommier ont poussé Granier à vous prier de négliger pour quelque temps la littérature de nouveautés[3].

Je dois confesser en revanche que votre article sur le Père Lacordaire (sauf le premier chapitre, horriblement embrouillé), est une très belle chose. Il y a là une véritable fierté, une aristocratie chrétienne, à laquelle, moi-même, je me soumets. Seulement, je suis étonné que vous n'ayez pas pensé à faire, par analogie, un parallèle entre la peinture soi-disant religieuse de ce temps-ci (véritable saloperie d'album) avec la vieille peinture religieuse (Michel-Ange lui-même), écrasante de majesté. Ce hors-d'œuvre s'offrait de lui-même.

J'ai passé deux soirées avec l'Infâme Veuillot. Il m'a désarmé par sa sottise. Je renonce à me venger de lui. Il est toujours utilitaire comme un démocrate. — J'ai voulu l'emmener dans quelques bastringues ; mais il craint tout danger pour son pucelage.

Je vais prochainement me sauver de l'*Hôtel de Dieppe, 22, rue d'Amsterdam*, où je suis toujours à 11 heures et à 5 heures.

Venez donc, Misérable. — Je vous montrerai de belles choses (qui ne sont pas de la littérature).

CHARLES BAUDELAIRE.

98. – *À Joséphin Soulary*

[Paris,] 12 juillet 1860.

Mon cher Soulary, j'ai bien des torts vis-à-vis de vous ; mais tous les grands poètes sont de bons enfants, et je suis sûr qu'en vous-même vous m'avez excusé[1]. La vie est si pleine de contretemps ! J'ai lu vos charmants vers, et j'ai admiré dans le plan de votre poème votre esprit d'ordre (indispensable au vrai poète) et votre sentiment profond de l'allégorie.

Permettez-moi de vous traiter en vieil ami, et de vous donner deux commissions :

1° Présentez mes profondes amitiés à M. Armand Fraisse, et tourmentez-le un peu pour qu'il me fasse l'honneur d'un compte rendu des *Paradis.*

2° Informez-vous combien M. Perrin fait payer sa feuille (grand in-octavo) et combien il lui faudrait de temps pour imprimer 800 pages. On me dit qu'il me fera souffrir le martyre si je me mets entre ses mains.

Votre bien affectionné.

CH. BAUDELAIRE.

J'ai oublié votre adresse.

99. – *À Alfred Guichon*

[Paris,] 13 juillet 1860.

Monsieur, me dire qu'on aime si bien Edgar Poe, c'est m'adresser la plus douce des flatteries, puisque c'est me dire qu'on me ressemble. Je vous réponds donc avec empressement[1].

Je crois que vous avez eu tort d'acheter les morceaux en question. Je prépare depuis longtemps une belle édition dans laquelle je ne mettrai pas le livre de philosophie, *Eureka*, lequel doit paraître dans la collection Lévy, à 3 francs ; et dans cette édition je mettrai les morceaux inédits. D'ailleurs, je vous avais averti qu'ils étaient fort mal imprimés, particulièrement *L'Ange du bizarre*, où non seulement l'orthographe figurative, volontairement absurde, n'a pas été suivie, mais encore où ont été sautés des lignes entières et des mots, ce qui rend les phrases inintelligibles. Il y a aussi des fautes dans la *Genèse d'un poème*.

Si je réussis, comme j'ai tout lieu de l'espérer, à monter cette affaire, nous nous y mettrons l'hiver prochain ; cela fera probablement un grand in-8° de 800 pages.

Il y aura deux portraits, l'un, qui est en tête de l'édition posthume des œuvres de Poe (chez Redfield, New York), reproduction d'une peinture qui était chez Griswold ; ce Griswold est l'auteur américain chargé de mettre en ordre les papiers de Poe, et qui non seulement s'est si mal acquitté de sa tâche, mais encore a diffamé son ami défunt en tête de l'édition ; — l'autre, qui orne l'édition grand in-8° illustrée des poésies, édition de Londres[2]. Mes collections ne sont pas à Paris, je ne me souviens plus du nom de l'éditeur.

Il y a d'autres éditions et aussi d'autres portraits ; mais ils ne sont jamais que la reproduction plus ou moins altérée de ces deux portraits types.

Si je réussis à faire mon entreprise, je les ferai reproduire avec un soin parfait. L'un (édition américaine) représente Poe avec la physionomie connue du gentleman : pas de moustaches, — des favoris ; — le col de la chemise relevé. Une prodigieuse distinction. L'autre (édition des poésies, de Londres) est fait d'après une épreuve daguerrienne. Ici, il est à la française : moustaches, pas de favoris, col rabattu. — Dans les deux, un front énorme en largeur comme en hauteur ; l'air très pensif, avec une bouche souriante. Malgré l'immense force masculine du haut de la tête, c'est, en somme, une figure très féminine. Les yeux sont vastes, très beaux et très rêveurs. — Je crois qu'il sera utile de donner les deux.

Veuillez agréer, Monsieur, l'assurance de mes sentiments les plus distingués.

CHARLES BAUDELAIRE.

100. – *À Théophile Gautier*

[Paris, fin juillet 1860 ?]

Mon cher Théophile,

M. Duranty te demandera probablement une petite comédie quelconque pour marionnettes. Tu seras *ce* que tu es, quand tu sens qu'il faut *l'*être, c'est-à-dire *le plus charmant des hommes.*

Souviens-toi que tu ne peux pas lui faire de plus

grand plaisir que de lire *Le Malheur d'Henriette Gérard.* Cela *mérite* d'être lu par toi[1]. Je n'ai pas autre chose à te dire.

Ton bien dévoué ami
CHARLES BAUDELAIRE.

101. – *À Auguste Poulet-Malassis*

[Paris, fin août 1860.]

Voilà encore ce frontispice à l'horizon ; je suis perdu. Comment pouvez-vous avoir encore confiance dans une interprétation d'une idée quelconque par un artiste quelconque ? Bracquemond va s'acharner à conserver ce qu'il pourra de sa planche[1]. Ces fleurs étaient absurdes. Encore aurait-il fallu consulter les livres sur les analogies, le langage symbolique des Fleurs, etc... — Voulez-vous accepter un bon conseil, sérieusement ? Si vous tenez absolument à un frontispice, coupez proprement avec des ciseaux l'image de Langlois, et demandez à Bracquemond un *fac-simile*, strictement, rien de moins, rien de plus ; le squelette, les branches, le serpent, Adam, Ève, tout. Seulement par ce moyen vous arriverez à quelque chose. *Qu'il ne se permette pas d'ajouter quoi que ce soit.* Ce frontispice n'est plus le nôtre, mais il va au livre d'une façon telle quelle ; il a ce privilège de pouvoir s'adapter à n'importe quel livre, puisque toute littérature dérive du péché. — Je parle très sérieusement. — Si vous ne faites pas cela vous n'obtiendrez que des absurdités.

Au lieu de cela, que faites-vous ?

Vous offrez à l'esprit de Bracquemond une combinaison qui restera toujours obscure pour lui. Vous vous exposez de nouveau au même danger, le danger de n'être pas compris (il ne sait pas ce que veut dire : squelette arborescent, puisqu'il n'a pas même voulu s'astreindre à votre croquis). Jamais il ne pourra représenter les péchés sous forme de fleurs.

Croyez-moi, coupez la page de votre livre, et vous la recollerez délicatement plus tard. Insistez vivement sur ceci, qu'il faut *copier strictement toute* l'image, *et ne rien ajouter, et ne rien changer.*

Il voudra conserver une partie de son squelette, dont les proportions sont détestables, dont les jambes marchent (pourquoi ?), et dont le bassin est en partie caché par les fleurs. Enfin il ne pourra jamais adapter des branches aux bras, puisque les mains arrivent à l'extrême limite de la page.

Croyez-moi ; — *Rien* ou *la Copie Servile* de l'image macabre de Langlois.

Je suis convaincu qu'au moment présent, Bracquemond n'a pas encore pu réussir à vous comprendre.

Pour le livre de critique :

Oui, sans doute. — Les deux derniers morceaux, *Guys* et *Les Peintres philosophes,* vont paraître.

Je m'attendais à votre hypothèse finale à propos de la philosophie de l'histoire. — Je connais votre esprit comme s'il était mon fils. Je crois que c'est en vous un vieux reste des philosophies de 1848. D'abord, ne saisissez-vous pas, par l'imagination, que quelles que soient les transformations des races humaines, quelque rapide que soit la destruction, la nécessité de l'antagonisme doit subsister, et que les rapports, avec des couleurs ou des formes différentes, restent les mêmes ?

C'est, si vous consentez à accepter cette formule, l'harmonie éternelle par la lutte éternelle.

Ensuite, je crois (à cause de l'unité absolue dans la cause créatrice) qu'il faudrait consulter sur votre hypothèse un philosophe naturaliste, comme mon cousin par exemple ; vous figurez-vous qu'une race quelconque d'animaux puisse absorber les autres races ? Et même dans votre idée d'absorption de tous les peuples par un seul, ne voyez-vous pas que l'homme, animal suprême, devrait même absorber tous les animaux ? — Enfin, s'il est vrai que beaucoup de races (d'animaux) ont disparu, il est vrai aussi que d'autres sont nées, destinées à manger leurs voisines ou à être mangées par elles ; — et il est vrai aussi que si des races d'hommes (en Amérique par exemple) ont disparu, d'autres races d'hommes sont nées, destinées à continuer la lutte et l'antagonisme, suivant une loi éternelle de nombres et de forces proportionnels. Vous connaissez le mot de saint Augustin adopté maintenant par les docteurs de la création spontanée des animalcules : *Dieu crée à chaque seconde de la durée*[2]. Il en faut conclure que la lutte continue à chaque seconde de la durée.

Vous me contraignez ainsi à faire le philosophe et à me jeter dans des questions que je n'ai pas étudiées.

Je reviens aux *Fleurs.* UN CARACTÈRE PLUS GROS QUE L'ANCIEN, *je vous en prie ;* — et je reviens au terrible Bracquemond.

Je[3] lui ai laissé *carte blanche* dans ces limites :
Un *squelette arborescent, l'arbre de la science du bien et du mal*, à l'ombre duquel fleurissent les sept péchés capitaux sous la forme de plantes allégoriques.
Je l'ai engagé à se reporter pour l'arbre *à la gravure excellente que nous connaissons.*

On lui a déjà expliqué ce que c'était qu'un *squelette arborescent*, et vous voyez comme il l'a compris. *Arbre de la Science du bien et du Mal* ne contient pas pour lui un sens plastiquement clair.

Vous l'avez et nous l'avons déjà *engagé à se reporter à l'excellente gravure que nous connaissons.* À quoi cela a-t-il servi ?

Il faut qu'il la décalque, qu'il l'imite, qu'il la copie, dans sa *totalité* et dans ses *minuties.*

Tout à vous.

C. B.

Et vous lui laissez *carte blanche*!

J'ai rencontré Ferrari, qui avait profité d'un congé pour quitter le parlement et venir ici. Il m'a semblé qu'il s'intéressait plus vivement à la vente de ses livres qu'à l'unification italienne. Il m'a semblé aussi qu'il était prêt à toute combinaison, et à entrer, à volonté, dans un ministère Cavour, dans un ministère Garibaldi, dans un ministère Mazzini.

Moi, je lui ai donné le conseil de se faire ministre de l'empereur du Maroc ; il a beaucoup ri, mais croyez qu'il n'en serait pas éloigné.

Bons mots récents de la stupidité parisienne :

« Garibaldi est plus qu'un officier très brave et très habile, c'est une *Religion !* » (Paul Meurice.)

« C'est Garibaldi qui est orthodoxe et c'est le pape qui est hérétique ! » (Louis Jourdan.)

« En voilà [un] qui est bougrement fort et qui va vous balayer tout ça proprement. Avant deux mois je fais le pari qu'il sera à *Vienne !* » (Mathieu.)

À propos des abeilles : « Ces chères petites républicaines... ! » (Léon Plée.)

102. – *À Arsène Houssaye*

[Neuilly, début janvier 1861.]

Mon cher Houssaye,

Je vous serais infiniment obligé d'imprimer ce pauvre sonnet, tout piteux et tout solitaire, dans le prochain ou au moins dans le post-prochain numéro de *L'Artiste.* Je compte mettre mon livre en vente du 15 au 20 janvier[1]. — On m'a dit que vous étiez devenu copropriétaire et codirecteur de *La Presse.* Je me recommande à votre souvenir. Soyez tranquille, j'étais *incapable* d'abuser ; je ne sais pas faire de romans en dix volumes, ni même en deux volumes[2].

Bien à vous.

CHARLES BAUDELAIRE.

103. – *À Auguste Poulet-Malassis*

[Paris,] 16 janvier 1861.

Mon cher ami,

Je suis assez dur pour moi-même, et pourtant toutes mes aventures m'avaient rendu malade. Dans mes ahurissements, j'avais chargé de Broise de vous rendre compte de mes actes, n'ayant pas la tête disposée à vous écrire.

Je lui ai remis l'argent de tous les billets et je lui dois encore 230 francs. Si j'avais eu la libre disposition de mon temps, j'aurais déjà touché de l'argent deux fois (par moi-même). Je m'en occupe maintenant, et avant *très peu de jours*, je vais les lui remettre. Je voudrais faire mieux encore, et la lettre désolée que j'ai reçue de vous hier matin me prouve que c'est urgent. Je reviendrai tout à l'heure là-dessus.

Mon grand éloignement de Paris n'a pas peu servi à la dilapidation, dans cet intervalle de quinze jours. En dehors de cela, mes dépenses forcées ont été de 20, chez Tenré, de 25, chez Schwartz, de 10, chez Gélis, et de 74, chez Lemercier (affaire Morel).

Ce que j'ai à recevoir, avant la fin du mois, se monte à 400 francs.

Avant tout, je veux me soulager et vous dire ce que je n'ai dit à personne. Vous jugerez ce que j'ai enduré, et ce que j'endure encore. Je me suis sauvé de Neuilly, par dignité, ne voulant pas rester dans une situation honteuse et ridicule. Pendant vingt-cinq jours, je me suis trouvé en face d'un homme qui passait toutes ses journées dans la chambre de sa sœur, depuis 8 heures du matin jusqu'à 11 heures du soir, m'empêchant ainsi de prendre mon seul plaisir, c'est-à-dire de causer avec une femme vieille et infirme[1]. Quand j'ai voulu lui faire entendre, par la voix de sa sœur, que mon extrême gêne ou un accident quelconque pouvaient nécessiter de sa part un effort pour soulager sa sœur et m'aider moi-même dans cette tâche, il m'a fait répondre que *non*, non, pour maintenant, et pour l'avenir. Plus tard il est revenu là-dessus, offrant de faire quelque chose, si, de mon côté, je faisais une délégation sur ce qui pouvait me rester de fortune personnelle. Peut-on concevoir un monsieur qui revient du bout du monde, qui tombe de la lune, qui ne s'est jamais inquiété de sa sœur, qui en est à faire ses premières preuves de dévouement, et qui *ose* demander des garanties à celui qui a fait dix-neuf ans ce que le devoir ne lui commandait pas ? Oh ! ce n'est pas fini ! À travers beaucoup de pleurs, j'ai obtenu de la créature l'aveu que, depuis un an, son frère *vivait chez elle*, mais qu'il lui avait PRÊTÉ 200 francs !!... Mille pardons, mon cher Malassis, de vous entretenir de ces hontes. — Il m'a fallu vivre entre un drôle et une malheureuse femme dont le cerveau est affaibli. J'ai fui ; j'en suis encore malade d'indignation ; j'ai le cerveau tout affadi, et croiriez-vous que j'ai du mal à écrire une heure de suite ?

Il y a quelques jours, vous m'avez ravi en m'écrivant qu'avec *de la résistance, de la patience et de la dissimulation*, tout serait sauvé. Hier, vous m'écrivez le contraire, et vous prévoyez un désastre. Ne se pourrait-il pas que ces variations dans votre idée vinssent d'alternatives d'espoir et de découragement ou d'un manque de hardiesse de votre famille ? Il y a, au bout de votre tentative, de la gloire et peut-être de l'argent ; persévérez. Dans le cas de désastre, pensez aux *Fleurs* et aux *Paradis*, auxquels j'attache de l'importance.

Quant à ma dette, je ne vois qu'une issue, c'est de vous donner sans cesse de petites sommes. Je cherche dans mes papiers, et je vois que j'ai su, en dix-huit mois, donner à l'hôtel de Dieppe une somme *énorme.* J'en ferai bien autant pour vous. Sincèrement, je le veux.

Je n'ai pas besoin de vous parler de l'insuffisance de De Broise. Il allume son gaz et son poêle.

À propos, De Broise croyait que j'étais *en avance;* je croyais *le contraire.* Vous croyez *que ce n'est ni l'un ni l'autre.* Vous y penserez, quand vous pourrez.

Je vais sans doute, demain matin, recevoir de vous une lettre impatientée. Je ne l'ouvrirai qu'avec crainte. Une lettre, un coup de sonnette, un rien me fait sauter en l'air. Ma volonté est dans un état piteux, et si je ne pique pas, *par hygiène, et malgré tout,* une tête dans le travail, je suis perdu.

Un mot encore, à propos de votre frère Édouard, bien que ces choses ne me regardent pas. Quelqu'un que je n'ai pas à vous nommer l'a rencontré dans un bal masqué, en compagnie d'une bande de petits fous, et il a tenu les propos les plus bizarres, parlant tantôt de s'engager, tantôt de fonder quelque chose, à lui tout seul. *Tout cela,* disait-il, *dépendrait d'une certaine réponse d'Alençon.* Est-ce que l'insensé penserait à quelque petit journal pour la jeunesse ?

Tout à vous.

C. B.

103*bis.* – *À Jules Desaux*[1]

[Paris,] 19 février 1861.

Monsieur,

Je serais allé chez vous aujourd'hui si les échantillons de M. Guys avaient été prêts. J'en ai choisi moi-même un assez grand nombre parmi ceux qui lui restent, les uns ayant trait à la Révolution de février, les autres à la guerre de Crimée, ainsi que des sujets variés. Mais il a prétendu qu'on ne pouvait pas montrer des croquis sans leur faire faire un peu de toilette. Peut-être pourrai-je vous les porter demain. En tout cas, j'ai refait la note qui le concerne, et la voici, ci-jointe.

Quant à moi, Monsieur, qui suis à peine connu de vous, pardonnez-moi mes importunités. Vous devinez que nous n'usons jamais de la bienveillance du Ministre qu'à la dernière extrémité et au dernier moment. Ne pourriez-vous pas, et je vous en serais bien reconnaissant, soumettre maintenant à sa signature l'affaire qui me concerne ? Je n'ai presque plus de loisir pour le travail.

Je désire que vous connaissiez un peu celui que vous obligez. Voici un livre qui a eu *des malheurs jadis* et auquel j'attache une grande importance[2]. Peut-être trouverez-vous dans vos loisirs le temps de le parcourir. Je vous prie d'agréer, Monsieur, l'expression de ma parfaite gratitude.

CHARLES BAUDELAIRE.

22. Rue d'Amsterdam.

Note relative à M. Constantin Guys

M. Guys venant de perdre sa place à l'*Illustrated London News* par suite de la mort de M. Ingram (sa place et même une rente qu'il touchait depuis la fondation du journal à laquelle il avait coopéré) a vu à Londres M. de Persigny, de qui il était connu de vieille date, je crois, par l'entremise du comte d'Orsay.

M. de Persigny a pensé à utiliser, dans la réorganisation des bureaux relatifs à la presse, la connaissance profonde qu'a M. Guys de la presse et de l'esprit anglais. Mais cette réorganisation marche lentement, et M. Guys, dont les talents ont enrichi plusieurs personnes, est pauvre et sans emploi.

M. Guys se recommande par le double caractère de littérateur (en deux langues) et d'artiste. Une foule de dessins, devenus très populaires et que nous avons admirés dans les journaux à images, sont de lui. C'est lui qui a fait dans *L'Illustration* anglaise tout ce qui a trait à la Révolution de Février, aux théâtres anglais, et enfin à la guerre de Crimée, qu'il a faite à la suite des troupes anglaises, et dessinée jour à jour sur les lieux. Le grand malheur de M. Guys est que par suite d'un préjugé aristocratique bizarre, il s'est toujours refusé à signer ses œuvres.

La petite place qu'il a sollicitée à l'Intérieur a surtout pour but de le mettre à même d'exercer ses talents d'artiste avec plus de calme, quoique je ne puisse douter qu'il apporte dans ces humbles fonctions le zèle qu'il met à toute chose. Mais, en réalité, sa véritable place est à la suite des armées, des missions, des légations, et partout où il y a quelque grand spectacle à étudier.

M. Guys est de grande naissance[3], ce qui n'est pas, je

crois, une considération aussi frivole qu'on le dit communément, et son père a servi, comme amiral, la république et le premier Empire. Les Guys ont toujours été, de vieille date, dans les légations et les missions.

Charles Baudelaire

J'ai fait un grand travail sur ses œuvres ; mais ce travail est d'une dimension telle qu'il serait indiscret de le soumettre tout entier à M. Desaux ou à M. le Ministre.

104. – *À Auguste Vacquerie*

[Paris,] 4 avril 1861.

Mon cher Vacquerie,

Je serais un grand ingrat si je ne vous remerciais pas. J'ai la détestable habitude de souffrir au spectacle, et même de ne pas comprendre les pièces. Vous, vous m'avez tenu si attentif pendant 7 actes que vous pouvez dire que vous avez fait un miracle[1].

Il y avait bien des années que je n'avais entendu un drame. Enfin en voici un, et des plus beaux ; et plein d'ordre ; et plein de logique ; et toujours grand. Ce qu'il y a de plus admirable, c'est que malgré la minutieuse déduction, jamais l'attention n'est lasse ; il semble au contraire qu'elle redouble et craigne de n'être pas à la hauteur de toutes les beautés de l'ouvrage.

Que vous êtes heureux de savoir ainsi extraire tout ce qui est contenu dans une idée ! Sérieusement, sans mensonge et sans flatterie, vous m'avez causé une des plus vives jouissances que j'aie depuis longtemps reçues. En laissant de côté toute l'habileté dont vous avez [fait] preuve, je vous loue beaucoup d'avoir basé une action toujours vive, passionnée, sur une pure abstraction, sur *une idée aussi vague et impalpable que l'idée de l'honneur* (ce n'est pas moi qui parle ainsi). Je crois même que d'abord le public est un peu étourdi d'une pareille *originalité.* Il y a si longtemps qu'il n'a vu cela !

Je trouve que votre brigand mercenaire, que vous m'aviez beaucoup vanté, distille et *débite* beaucoup trop minutieusement son rôle. Cette préciosité donne à la partie comique la froideur d'un hors-d'œuvre. Je trouve que le personnage (l'acteur) sort de son plan et viole la perspective.

Quant à Rouvière, dites-lui bien, si vous le voyez, combien il m'a rendu heureux. Vous avez dû être content de lui, de sa hauteur et de son élégance dans l'héroïsme.

Et maintenant, j'y retournerai, avec mon argent sans doute ; seulement si j'avais encore besoin de vous, je vous le dirais sans me gêner.

Je veux étudier une fois de plus tout le mécanisme moral de la chose.

Tout à vous.

CH. BAUDELAIRE.

105. – *À Madame Aupick*

[Paris, 6 mai 1861.]

Ma chère mère, si tu possèdes vraiment le génie maternel et si tu n'es pas encore lasse, viens à Paris, viens me voir, et même me chercher. Moi, pour mille raisons terribles, je ne puis pas aller à Honfleur chercher ce que je voudrais tant, un peu de courage et de caresses. À la fin de mars, je t'écrivais : *Nous reverrons-nous jamais?* J'étais dans une de ces crises où on voit la terrible vérité. Je donnerais je ne sais quoi pour passer quelques jours auprès de toi, toi, le seul être à qui ma vie est suspendue, huit jours, trois jours, quelques heures.

Tu ne lis pas assez attentivement mes lettres, tu crois que je mens, ou au moins que j'exagère quand je parle de mes désespoirs, de ma santé, de mon horreur de la vie. Je te dis que je voudrais te voir, et que je ne puis pas courir à Honfleur. Tes lettres contiennent de nombreuses erreurs et des idées fausses que la conversation pourrait rectifier et que des volumes d'écriture ne suffiraient pas à détruire.

Toutes les fois que je prends la plume pour t'exposer ma situation, j'ai peur ; j'ai peur de te tuer, de détruire ton faible corps. Et moi, je suis sans cesse, sans que tu t'en doutes, au bord du suicide. Je crois que tu m'aimes passionnément ; avec un esprit aveugle, tu as le caractère si grand ! Moi, je t'ai aimée passionnément dans mon enfance ; plus tard, sous la pression de tes injustices, je t'ai manqué de respect, comme si une injustice maternelle pouvait autoriser un manque de respect filial ; je m'en suis repenti souvent, quoique, selon mon habitude, je n'en aie rien dit. Je ne suis plus l'enfant ingrat et violent. De longues méditations sur ma destinée et sur ton caractère m'ont aidé à comprendre toutes mes fautes et toute ta générosité. Mais, en somme le mal est fait, fait par tes imprudences et par mes fautes. Nous sommes évidemment destinés à nous aimer, à vivre l'un pour l'autre, à finir notre vie le plus honnêtement et le plus doucement qu'il sera possible. Et cependant, dans les circonstances terribles où je suis placé, je suis convaincu que l'un de nous deux tuera l'autre, et que finalement nous nous tuerons réciproquement. Après ma mort, tu ne vivras plus, c'est clair. Je suis le seul objet qui te fasse vivre. Après ta mort, surtout si tu mourais par une secousse causée par moi, je me tuerais, cela est indubitable. Ta mort, dont tu parles souvent avec trop de résignation, ne corrigerait rien dans ma situation ; le conseil judiciaire serait maintenu (pourquoi ne le serait-il pas ?), rien ne serait payé, et j'aurais par surcroît de douleurs, *l'horrible sensation d'un isolement absolu.* Moi, me tuer, c'est absurde, n'est-ce pas ? « Tu vas donc laisser ta vieille mère toute seule », diras-tu. Ma foi ! si je n'en ai pas strictement le droit, je crois que la quantité de douleurs que je subis depuis *près de trente ans* me rendrait excusable. « *Et Dieu !* » diras-tu. Je désire de tout mon cœur (avec quelle sincérité, personne ne peut le savoir que moi !) croire qu'un être extérieur et invisible s'intéresse à ma destinée ; mais comment faire pour le croire ?

(L'idée de Dieu me fait penser à ce maudit curé. Dans les douloureuses sensations que ma lettre va te causer, je ne veux pas que tu le consultes. Ce curé est mon ennemi, par pure bêtise peut-être.)

Pour en revenir au suicide, une idée non pas fixe, mais qui revient à des époques périodiques, il y a une chose qui doit te rassurer. Je ne puis pas me tuer sans avoir mis mes affaires en ordre. Tous mes papiers sont à Honfleur, dans une grande confusion. Il faudrait donc, à Honfleur, faire un grand travail. Et une fois là-bas, je ne pourrais plus m'arracher d'auprès de toi. Car tu dois supposer que je ne voudrais pas souiller ta maison d'une détestable action. D'ailleurs tu deviendrais folle. Pourquoi le suicide ? est-ce à cause des dettes ? Oui, et cependant les dettes peuvent être dominées. C'est surtout à cause d'une fatigue épouvantable qui résulte d'une situation impossible *trop prolongée.* Chaque minute me démontre que je n'ai plus de goût à la vie. Une grande imprudence a été commise par toi dans ma jeunesse[1]. Ton imprudence et *mes fautes anciennes* pèsent sur moi, et m'enveloppent. Ma situation est atroce. Il y a des gens qui me saluent, il y a des gens qui me font la cour, il y en a peut-être qui m'envient. Ma situation littéraire est plus que bonne. Je puis faire ce que je voudrai. Tout sera imprimé. Comme j'ai un genre d'esprit impopulaire, je gagnerai peu d'argent, mais je laisserai une grande célébrité, je le sais, — pourvu que j'aie le courage de vivre. Mais ma santé spirituelle ; détestable ; — perdue peut-être. J'ai encore des projets : *Mon cœur mis à nu, des romans*, deux *drames*[2], dont un pour le Théâtre-Français, tout cela sera-t-il jamais fait ? *Je ne le crois plus.* Ma situation relative à l'honorabilité, épouvantable, — c'est là le grand mal. Jamais de repos. Des insultes, des outrages, des avanies dont tu ne peux pas avoir l'idée, et qui corrompent l'imagination, la paralysent. Je gagne un peu d'argent, c'est vrai ; si je n'avais pas de dettes, et *si je n'avais plus de fortune*, JE SERAIS RICHE, médite bien cette parole, je pourrais te donner de l'argent, je pourrais sans danger exercer ma charité envers Jeanne. Nous reparlerons d'elle tout à l'heure. C'est toi qui as provoqué ces explications. — Tout cet argent fuit dans une existence dépensière et malsaine (car je vis très mal) et dans le paiement ou plutôt l'amortissement insuffisant de vieilles dettes, dans des frais d'huissiers, de papier timbré, etc.

Tout à l'heure, j'en viendrai aux choses positives, c'est-à-dire actuelles. Car en vérité, j'ai besoin d'être sauvé, et toi seule tu peux me sauver. Je veux tout dire aujourd'hui. Je suis seul, sans amis, sans maîtresse, sans chien et sans chat, à qui me plaindre. Je n'ai que le portrait de mon père, qui est toujours muet.

Je suis dans cet état horrible que j'ai éprouvé dans l'automne de 1844. Une résignation pire que la fureur.

Mais ma santé physique, dont j'ai besoin pour toi, pour moi, pour mes devoirs, voilà encore une question ! Il faut que je t'en parle, bien que tu y fasses bien peu attention. Je ne veux pas parler de ces affections nerveuses qui me détruisent jour à jour, et qui annulent le courage, vomissements, insomnies, cauchemars, défaillances. Je t'en ai trop souvent parlé. Mais il est inutile d'avoir de la pudeur avec toi. Tu sais qu'étant très jeune j'ai eu une affection vérolique, que plus tard j'ai crue totalement guérie. À Dijon, après 1848, elle a fait une nouvelle explosion. Elle a été de nouveau palliée. Maintenant elle revient et elle prend une nouvelle forme, des taches sur la peau, et une lassitude extraordinaire dans toutes les articulations. Tu peux me croire ; *je m'y connais.* Peut-être, dans la tristesse où je suis plongé, ma terreur grossit-elle le mal. Mais il me faut un régime sévère, et ce n'est pas dans la vie que je mène que je pourrai m'y livrer.

Je laisse tout cela de côté, et je veux reprendre mes rêveries ; avant d'en venir au projet que je veux t'ouvrir, j'y prends un vrai plaisir. Qui sait si je pourrai une fois encore t'ouvrir toute mon âme, *que tu n'as jamais appréciée ni connue !* J'écris cela sans hésitation, tant je sais que c'est vrai.

Il y a eu dans mon enfance une époque d'amour passionné pour toi ; écoute et lis sans peur. Je ne t'en ai jamais tant dit. Je me souviens d'une promenade en fiacre ; tu sortais d'une maison de santé où tu avais été reléguée, et tu me montras, pour me prouver que tu avais pensé à ton fils, des dessins à la plume que tu avais faits pour moi. Crois-tu que j'aie une mémoire terrible ? Plus tard, la place Saint-André-des-Arcs et Neuilly[3]. De longues promenades, des tendresses perpétuelles ! Je me souviens des quais, qui étaient si tristes le soir. Ah ! ç'a été pour moi le bon temps des tendresses maternelles. Je te demande pardon d'appeler *bon temps* celui qui a été sans doute mauvais pour toi. Mais j'étais toujours vivant en toi ; tu étais uniquement à moi. Tu étais à la fois une idole et un camarade. Tu seras peut-être étonnée que je puisse parler avec passion d'un temps si reculé. Moi-même j'en suis étonné. C'est peut-être parce que j'ai conçu, une fois encore, le désir de la mort, que les choses anciennes se peignent si vivement dans mon esprit.

Plus tard tu sais quelle atroce éducation ton mari a voulu me faire ; j'ai quarante ans et je ne pense pas aux collèges sans douleur, non plus qu'à la crainte que mon beau-père m'inspirait. Je l'ai cependant aimé, et d'ailleurs j'ai aujourd'hui assez de sagesse pour lui rendre justice. Mais enfin il fut opiniâtrement maladroit. Je veux glisser rapidement, parce que je vois des larmes dans tes yeux.

Enfin je me suis sauvé, et j'ai été dès lors tout à fait abandonné. Je me suis épris uniquement du plaisir, d'une excitation perpétuelle ; les voyages, les beaux meubles, les tableaux, les filles, etc. J'en porte trop cruellement la peine aujourd'hui. Quant au Conseil judiciaire, je n'ai qu'un mot à dire : je sais aujourd'hui l'immense valeur de l'argent, et je comprends la gravité de toutes les choses qui ont trait à l'argent ; je conçois que tu aies pu croire que tu étais habile, que tu travaillais pour mon bien ; mais une question pourtant, une question qui m'a toujours obsédé : comment se fait-il que cette idée ne se soit pas présentée à ton esprit : « Il est possible que mon fils n'ait jamais, au même degré que moi, l'esprit de conduite ; mais il serait possible aussi qu'il devînt un homme remarquable à d'autres égards. Dans ce cas-là, que ferai-je ? Le condamnerai-je à une double existence, contradictoire, une existence honorée, d'un côté, odieuse et méprisée de l'autre ? Le condamnerai-je à traîner jusqu'à sa vieillesse une marque déplorable ; une marque qui nuit, une raison d'impuissance et de tristesse ? » Il est évident que si ce Conseil judiciaire n'avait pas eu lieu, tout eût été mangé. Il eût bien fallu conquérir le goût du travail. Le conseil judiciaire a eu lieu, *tout est mangé et je suis vieux et malheureux.*

Le rajeunissement est-il possible ? toute la question est là.

Tout ce retour vers le passé n'avait pas d'autre but que de montrer que j'ai quelques excuses à faire valoir, sinon une justification complète. Si tu sens des reproches dans ce que j'écris, sache bien au moins que cela n'altère en rien mon admiration pour ton grand cœur, ma reconnaissance pour ton dévouement. Tu t'es toujours sacrifiée. Tu n'as que le génie du sacrifice. Moins de raison que de charité. Je te demande plus. Je te demande à la fois conseil, appui, entente complète entre toi et moi, pour me tirer d'affaire. Je t'en supplie, viens, viens. Je suis à bout de force nerveuse, à bout de courage, à bout d'espérance. Je vois une continuité d'horreur. Je vois ma vie littéraire à tout jamais entravée. Je vois une catastrophe. Tu peux bien, pour huit jours, demander l'hospitalité à des amis, à Ancelle, par exemple. Je donnerais je ne sais quoi pour te voir, pour t embrasser. Je pressens une catastrophe, et je ne peux pas aller chez toi maintenant. Paris m'est mauvais. Déjà deux fois j'ai commis une imprudence grave que tu qualifieras plus sévèrement ; je finirai par perdre la tête.

Je te demande ton bonheur, et je te demande le tien[4], en tant que nous puissions encore connaître *cela*.

Tu m'as permis de t'ouvrir un projet, le voici : je demande une demi-mesure. Aliénation d'une forte somme limitée à 10 000 par exemple, 2 000 pour me délivrer tout de suite ; 2 000 entre tes mains pour parer à des nécessités imprévues ou prévues, nécessités de vie, de vêtements, etc... pour un an (Jeanne ira dans une maison où le strict nécessaire sera payé). D'ailleurs je te parlerai d'elle tout à l'heure. C'est encore toi qui m'y as provoqué. Enfin 6 000 entre les mains d'Ancelle ou de Marin, lesquels seront dépensés lentement, successivement, prudemment, de manière à payer peut-être plus de 10 000, et à empêcher toute secousse, et tout scandale à Honfleur.

Voilà un an de tranquillité. Je serais un bien grand sot et un bien grand coquin, si je n'en profitais pas pour rajeunir. Tout l'argent gagné pendant ce temps-là (10 000, 5 000 peut-être seulement) *sera versé entre tes mains.* Je ne te cacherai aucune de mes affaires, aucun de mes bénéfices. Au lieu de combler la lacune, cet argent sera encore appliqué aux dettes. — Et ainsi de suite, dans les années suivantes. Ainsi je pourrai *peut-être*, par le rajeunissement opéré sous tes yeux, *tout payer*, sans que mon capital soit diminué de plus de 10 000, sans compter il est vrai, les 4 600 des années précédentes. Et la maison sera sauvée[5]. Car c'est une des considérations qui sont toujours devant mes yeux.

Si tu adoptais ce projet de béatitude, je voudrais être réinstallé à la fin du mois, tout de suite peut-être. Je t'autorise à venir me chercher. Tu comprends bien qu'il y a une foule de détails qu'une lettre ne comporte pas. Je voudrais, en un mot, que toute somme ne fût payée qu'après ton consentement, après mûr débat entre toi et moi, en un mot, que tu devinsses *mon vrai Conseil judiciaire*. Peut-on être obligé d'associer une idée aussi horrible à l'idée si douce d'une mère !

Dans ce cas-là, malheureusement, il faut dire adieu aux petites sommes, aux petits gains, 100, 200 par-ci, par-là, qu'amène le train-train de la vie parisienne. Ce seraient alors de grosses spéculations et de gros livres, dont le paiement se ferait attendre plus longtemps. — Ne consulte que toi, ta conscience et ton Dieu, puisque tu as le bonheur de croire. Ne livre tes pensées à Ancelle qu'avec mesure. Il est bon ; mais il a le cerveau étroit. Il ne peut pas croire qu'un mauvais sujet volontaire qu'il a eu à morigéner soit un homme important. Il me laissera CREVER par entêtement. Au lieu de penser uniquement à l'argent, pense un peu à la gloire, au repos, et *à ma vie*.

Dans ce cas, dis-je, je ne ferais pas des séjours de quinze jours et d'un mois ou de deux mois. Je ferais un séjour perpétuel, sauf le cas où nous viendrions ensemble à Paris.

Le travail des épreuves peut se faire par la poste.

Encore une idée fausse de toi à rectifier, qui revient sans cesse sous ta plume. *Je ne m'ennuie jamais dans la solitude, je ne m'ennuie jamais auprès de toi.* Je sais seulement que je souffrirai par tes amis. J'y consens.

Quelquefois l'idée m'est venue de convoquer un conseil de famille ou de me présenter devant un tribunal. Sais-tu bien que j'aurais de bonnes choses à dire, ne fût-ce que ceci : *j'ai produit huit volumes dans des conditions horribles. Je puis gagner ma vie. Je suis assassiné par les dettes de ma jeunesse ?*

Je ne l'ai pas fait, par respect pour toi, par égard pour ton horrible sensibilité. Daigne m'en savoir gré. Je te le répète, je me suis imposé de n'avoir recours qu'à toi.

À partir de l'année prochaine, je consacrerai à Jeanne le revenu du capital restant. Elle se retirera quelque part, pour n'être pas dans une absolue solitude. Voici ce qui lui est arrivé. Son frère l'a fourrée à l'hôpital, pour se débarrasser d'elle, et quand elle est sortie, elle a découvert qu'il avait vendu une partie de son mobilier et de ses vêtements. Depuis quatre mois, depuis ma fuite de Neuilly, je lui ai donné 7 francs.

Je t'en supplie, le repos, donne-moi le repos, le travail, et un peu de tendresse.

Il est évident que, dans mes affaires actuelles, il y a des choses horriblement pressées ; ainsi, j'ai commis de nouveau la faute, dans ces tripotages de banque inévitables, de détourner pour mes dettes personnelles plusieurs centaines de francs qui ne m'appartenaient pas[6]. *J'y ai été absolument contraint.* Il va sans dire que je croyais réparer le mal tout de suite. Une personne[7], à Londres, me refuse 400 francs qu'elle me doit. Une autre, qui devait me remettre 300 francs est en voyage. Toujours l'imprévu. — J'ai eu aujourd'hui *le terrible courage* d'écrire à la personne intéressée l'aveu de ma faute. Quelle scène va avoir lieu ? Je n'en sais rien. Mais j'ai voulu décharger ma conscience. J'espère que par égard pour mon nom et mon talent on ne fera pas de scandale, et qu'on voudra bien attendre.

Adieu, je suis exténué. Pour rentrer dans les détails de santé, je n'ai ni dormi, ni mangé depuis presque trois jours ; ma gorge est serrée. — Et il faut travailler.

Non, je ne te dis pas adieu ; car j'espère te revoir.

Oh! lis-moi bien attentivement, tâche de bien comprendre.

Je sais que cette lettre t'affectera douloureusement, mais tu y trouveras certainement un accent de douceur, de tendresse, et même encore d'espérance, que tu as trop rarement entendus.

Et je t'aime.

C. B

106. – *À Franz Liszt*

[Paris, environ 10 mai 1861.]

Monsieur,

J'ai rencontré aujourd'hui Mme Wagner qui m'a instruit que vous aviez reçu une brochure de moi sur Wagner[1], et que vous seriez bien aise de me voir. J'ai voulu prévenir votre visite, craignant que vous ne me trouviez pas, car je suis plein d'affaires. Je sais que vous partez le 20. Je reviendrai vous voir. Il y a bien des années que je désirais trouver l'occasion de vous témoigner toute la sympathie que m'inspirent votre caractère et votre talent.

CH. BAUDELAIRE.

107. – *À [?]*

[Paris,] 11 juillet 1861.

Monsieur, quand il s'agit de mes œuvres, je ne dispute point à chacun la liberté qu'il a de les juger, c'est affaire de goût. Je ne prétends pas prouver à celui qu'elles ennuient qu'il a tort de ne les pas aimer.

La question est ici différente : je donne mon avis sur un illustre musicien[1], je réponds aux critiques : à elles de me démontrer l'inexactitude de mes avances.

Fort heureusement aussi, il est admis que l'on peut s'efforcer de faire entendre raison à des calomniateurs, que la faim elle-même ne saurait justifier, lorsqu'ils écrivent des articles aussi médisants qu'inutiles.

Quand je lis dans des feuilles (périodiques, quand elles peuvent, obscures toujours), que je vends mes manuscrits aux journaux allemands, il est de ma dignité de ne point m'en défendre.

Les malveillances me sont indifférentes lorsqu'elles sont signées d'inconnus, mais cependant m'impressionnent péniblement quand elles émanent de ceux qui, comme vous, me sont redevables.

Les arts sont en général un champ de dispute, mais il serait étrangement paradoxal que la musique devînt un champ de bataille.

Et c'est tout, Monsieur.

CH. BAUDELAIRE.

108. – *À Philibert Rouvière*

Paris, le 6 nov[embre] 1861.

Mon cher Rouvière,

Voici encore un enthousiaste, dont peut-être vous connaissez le nom, et qui veut absolument que vous lui permettiez de faire votre portrait en pied (portrait avec costume de théâtre) pour l'Exposition.

M. Legros est un de mes amis. Il est l'auteur de l'*Angélus*, dont j'ai écrit moins de bien encore que j'en pense, et de deux grands tableaux que vous pouvez voir à l'exposition du Boulevard des Italiens[1]. Vous vous entendrez parfaitement tous deux, *je le sais.* M. Legros sait que vous êtes peintre. Demandez-lui en même temps à voir ses grandes eaux-fortes. Ça vous intéressera.

Tout à vous. Mes respects à Mme Froidure.

J'ignore votre nouvelle adresse. J'envoie ceci au Théâtre. M. Legros demeure rue Saint-Jacques, 289.

CH. BAUDELAIRE.

109. – *À Mario Uchard*

[Paris, novembre 1861.]

Monsieur,

Avant tout je dois vous remercier pour le plaisir que m'a causé la lecture de votre *Raymon*[1]. Mais puisque vous avez exigé de moi la suprême franchise, j'en userai librement, sans crainte de vous fâcher.

Le roman me paraît être divisé en deux parties bien distinctes : la première, les *Amourettes* (je n'y ai pas été très sensible) ; la deuxième que je trouve puissante et enlevante comme une conception de Godwin (le compliment est vif, comme vous voyez) c'est le *drame* qui se joue entre le fils et le père.

Ces deux parties sont totalement distinctes, elles sont même traitées avec une méthode différente. La première est pleine de diversions et de hors-d'œuvre, et elle marche lentement. Plusieurs même de ces hors-d'œuvre sont d'un goût peu agréable pour moi (par exemple les railleries contre le Byronisme. Pourquoi venir au secours des Prudhomme ? Ils sont bien assez forts.)

La seconde partie est solide, suggestive, et liée comme un drame.

C'est donc dans les parties *sévères, amères,* du sujet que j'ai sympathisé avec votre œuvre. Dans les parties *folâtres,* je me suis senti presque blessé. D'ailleurs, toutes ces digressions ont pour résultat infaillible de détruire la *magie* d'un livre, la croyance du lecteur, la vraisemblance de l'aventure. Vous dites *je* trop souvent, et quand vous dites *je* (ailleurs que dans un livre qui a le *moi* pour objet), vous détournez le lecteur du plaisir de s'intéresser à votre ouvrage.

Le type de l'Anglais est excellent et tout à fait sympathique.

Le récit des souffrances de la mère délaissée (une espèce de veuvage avec la pauvreté) est fort beau.

Quant à la scène de reconnaissance du père et du fils, l'accablement du père, le changement immédiat de son caractère, c'est merveilleusement bien fait.

Mais j'insiste encore sur l'aspect bizarre d'un livre qui a l'air de deux livres juxtaposés.

Encore une observation méchante :

Vos personnages parlent trop souvent avec les locutions des gens du monde. J'aimerais mieux qu'ils se servissent d'un style moins *vrai* et moins *mondain.*

Vous voyez, Monsieur, que je vous ai obéi, obéi jusqu'au danger de vous déplaire. Avec mes nouveaux remerciements (et mes excuses), veuillez agréer l'assurance de mes sentiments les plus distingués.

CHARLES BAUDELAIRE.

110. – *À Abel Villemain*
Secrétaire perpétuel de l'Académie française

[Paris,] 11 décembre 1861.

Monsieur,

J'ai l'honneur de vous instruire que je désire être inscrit parmi les candidats qui se présentent pour l'un des fauteuils actuellement vacants à l'Académie française[1], et je vous prie de vouloir faire part à vos collègues de mes intentions à cet égard.

Il est possible qu'à des yeux trop indulgents, je puisse montrer quelques titres : permettez-moi de vous rappeler *un livre de poésie* qui a fait plus de bruit qu'il ne voulait ; *une traduction* qui a popularisé en France un grand poète inconnu, *une étude* sévère et minutieuse sur les jouissances et les dangers contenus dans les *Excitants ;* enfin un grand nombre de *brochures et d'articles* sur les principaux artistes et les hommes de lettres de mon temps.

Mais à mes propres yeux, Monsieur, c'est là un compte de titres bien insuffisant, surtout si je les compare à tous ceux, plus nombreux et plus singuliers, que j'avais rêvés. Croyez donc, Monsieur, et je vous supplie de le répéter, que ma modestie n'est pas simulée ; c'est une modestie commandée, non seulement par la circonstance, mais aussi par ma conscience qui est aussi sévère que celle de tous les grands ambitieux.

Pour dire toute la vérité, la principale considération qui me pousse à solliciter déjà vos suffrages est que, si je me déterminais à ne les solliciter que quand *je m'en sentirai digne*, je ne les solliciterais *jamais*. Je me suis dit qu'après tout il valait peut-être mieux commencer tout de suite ; si mon nom est connu de quelques-uns parmi vous, peut-être mon audace sera-t-elle prise en bonne part, et quelques voix, *miraculeusement* obtenues, seront considérées par moi comme un généreux encouragement et un ordre de mieux faire.

Je vous prie, Monsieur, de vouloir bien agréer et faire agréer à messieurs vos collègues l'assurance de mon profond respect.

CHARLES BAUDELAIRE.

111. – *À Charles Asselineau*

[Paris, décembre 1861 ?]

Mon cher ami,

Tâchez de savoir, non pas si je peux mettre Émile Augier de mon bord (je crois cela impossible), mais si je peux me présenter chez lui *avec sécurité*, c'est-à-dire sans me manquer à moi-même[1].

Est-il lié avec Ponsard ?

— Croyez-vous que je pourrais, sans indiscrétion, et avec chances, prier Janin de dire quelques mots de mon affaire ? Tout à vous.

C. B.

22, rue d'Amsterdam.

Vous savez qu'il (Augier) a changé d'adresse.

112. – *À Alfred de Vigny*

[Paris, environ 16 décembre 1861.]

Monsieur,

Pendant de bien nombreuses années j'ai désiré vous être présenté, comme à un de nos plus chers maîtres. Ma candidature à l'Académie française me fournissait un prétexte pour me présenter moi-même chez vous dans ces derniers jours. Seulement j'ai appris votre état de souffrance, et j'ai cru devoir m'abstenir, par discrétion.

Hier cependant M. Patin m'a dit que vous éprouviez une amélioration sensible, et alors je me suis décidé à venir vous fatiguer quelques minutes de ma personne.

Je vous en prie vivement, congédiez-moi tout de suite et sans cérémonie, si vous craignez qu'une visite, si brève qu'elle soit, ne vous fatigue, fût-ce celle d'un de vos plus fervents et dévoués admirateurs.

CH. BAUDELAIRE.

113. – *À Alfred de Vigny*

[Paris, environ 16 décembre 1861.]

Monsieur,

Je suis rentré chez moi tout étourdi de votre bonté, et comme je tiens vivement à être connu de vous, je vous envoie quelque chose de plus que ce que vous m'avez demandé.

Dans les deux brochures (*Richard Wagner, Théophile Gautier*) vous trouverez quelques pages qui vous plairont.

Voici les *Paradis* auxquels j'ai la faiblesse d'attribuer quelque importance. La première partie est entièrement de moi. La seconde est l'analyse du livre de De Quincey, auquel j'ai ajouté par-ci par-là quelques idées qui me sont personnelles, mais avec une grande modestie.

Voici les *Fleurs*, le dernier exemplaire sur bon papier. La vérité est qu'il vous était destiné depuis très longtemps. Tous les anciens poèmes sont remaniés[1]. Tous les nouveaux, je les marque au crayon à la table des matières.

Le seul éloge que je sollicite pour ce livre est qu'on reconnaisse qu'il n'est pas un pur album et qu'il a un commencement et une fin. Tous les poèmes nouveaux ont été faits pour être adaptés au cadre singulier que j'avais choisi.

J'ajoute un vieux numéro de revue et où vous trouverez un commencement de tentative nouvelle[2] qui peut-être vous intéressera. Jules Janin et Sainte-Beuve y ont trouvé quelque ragoût. — Quant à mes articles sur les beaux-arts et la littérature, je n'en ai pas un seul sous la main.

Si je peux dénicher un exemplaire de la vieille édition des *Fleurs*, je vous l'enverrai.

Enfin, voici les poésies de Poe. Je ne vous recommande rien ; tout est également intéressant. Ne me rendez pas ce volume ; je possède un second exemplaire.

Monsieur, je vous remercie de nouveau pour la manière charmante dont vous m'avez accueilli. Quelque grande que fût l'idée que je m'étais faite de vous, je ne m'y attendais pas. Vous êtes une preuve nouvelle qu'un vaste talent implique toujours une grande bonté et une exquise indulgence.

CHARLES BAUDELAIRE.

22, rue d'Amsterdam.

114. – *À Victor de Laprade*

[Paris.] Lundi 23 décembre 1861.

Monsieur,

Je suis tellement ahuri et accablé d'affaires que je n ai pas encore trouvé un instant pour vous dire, comme j'en eus tout d'abord l'intention, combien j'avais été affligé et offensé, en tant que poète, de la violence ministérielle qui a frappé tout récemment en vous un de nos meilleurs et de nos plus sérieux poètes[1]. Je suis d'autant plus sincère en ceci que je sens que la rigueur en question va, par un phénomène de récurrence, frapper (aux yeux des gens superficiels) celui qu'on appellera votre dénonciateur. Et celui-là est un de mes plus vieux amis. Le ministre qui vous frappe le compromet. Et cependant la violence de la critique littéraire n'implique pas le désir formel de nuire. Il est innocent et puni à la fois. — J'ai eu occasion, ces jours derniers, de causer de cette affaire avec MM. Patin et de Vigny, et j'ai vu que le principal sentiment qui chez eux en résultait était la tristesse. Malgré la théorie du ministre, nous ne nous accoutumerons jamais, en France, à considérer un professeur comme un domestique, toute notre éducation nous le défend.

— J'ai rencontré récemment M. Paul Chenavard et je l'ai prié de vous écrire un mot en ma faveur. Vous ignorez peut-être que je me suis avisé de poser ma candidature à l'Académie, comme si je n'avais pas eu assez d'aventures douloureuses dans ma vie, déjà si compliquée, et comme si je n'avais pas subi déjà assez d'outrages. Ah ! Monsieur, quelle besogne que celle que je me suis mise sur les bras ! On m'a dit : « La plupart de ces messieurs vous ignorent et quelques-uns *malheureusement* vous connaissent. » Si j'avais osé, j'aurais opté pour le fauteuil du père Lacordaire, parce que c'est un homme de religion et parce que c'est un *Romantique ;* mais on m'a dit que ma candidature était un scandale déjà bien suffisant sans y ajouter celui de vouloir succéder à un moine, alors j'ai refoulé mon admiration pour le père Lacordaire et j'ai fait semblant d'aspirer au fauteuil de Scribe.

Chenavard a fait ce qu'il a pu pour me détourner de ma folie ; mais comme elle est commencée il faut y persévérer. Il m'a dit aussi que vous apparteniez à un parti (j'ignore quels sont les partis qui divisent la population du Parnasse, et *dussé-je passer pour un niais, je ne veux pas m'en enquérir*). Cependant je lui ai répondu que je croyais bien que vous étiez royaliste, et que malheureusement j'étais situé à l'antipode de votre idée, mais que j'usais rigoureusement du droit d'être absurde, et que, malgré l'obligation apparente pour tout républicain d'être athée, j'avais toujours été un fervent catholique, ce qui créait un rapport entre vous et moi, sans compter celui du rythme et de la rime. Alors mon ami Chenavard, je dois l'avouer, a éclaté de rire ; le philosophe, le subtil raisonneur n'avait jamais flairé le catholique sous *Les Fleurs du Mal*. Toutefois, en supposant que l'ouvrage soit diabolique, existe-t-il, pourrait-on dire, quelqu'un de plus catholique que le Diable ?

Pour parler sérieusement, Monsieur, j'ai fait une grosse sottise, et j'y persévère pour lui donner l'apparence d'une action sage. Réduit à parler de mes titres, je me présente avec les trois premiers volumes de ma traduction d'Edgar Poe ; le quatrième (sciences pures sous ce titre monstrueux : *Eureka*) est sous presse ; — avec mes déplorables *Fleurs du Mal* (peut-être n'avez-vous pas la dernière édition refondue et augmentée de trente-cinq morceaux nouveaux adaptés au cadre général. Je tâcherai de vous l'envoyer) ; — avec mon traité sur les Excitants (*Paradis artificiels*) qui m'a valu de M. Villemain cette énorme sottise débitée avec une solennité inqualifiable : « La Toxicologie, Monsieur, n'est pas la Morale ! » Sans doute ; cela est trop clair ; mais n'est-il pas indispensable de parler Morale à propos des Toxiques ? — avec une quantité très considérable d'études sur les hommes de lettres de ce temps, les peintres, les statuaires, les graveurs, les musiciens, etc.

Tout cela, je l'avoue, n'est presque rien, surtout en comparaison de mes rêves.

Pardonnez-moi, Monsieur, de vous écrire si longuement, mais je me soulage auprès de quelqu'un que je ne connais pas, et chez qui je devine quelque sympathie, de la fatigue que m'ont causée mes premières visites. En vérité, elles m'ont brisé les nerfs. Je suis bien puni de mon intempestive ambition. Peut-être n'aurai-je pas le plaisir de vous voir quand vous viendrez à Paris. Peut-être vais-je me sauver au bord de la mer, après que je me serai fait sermonner ou injurier chez tous les académiciens que les convenances m'obligent à voir. (Toutefois je ne partirai pas sans avoir été rendre hommage à Monseigneur d'Orléans[2]. Je veux accomplir ma sottise minutieusement et en conscience.) Je vous prie donc d'agréer cette lettre comme équivalente à une visite officielle. S'il est un cas où les formules républicaines ne soient pas ridicules, à coup sûr c'est entre poètes ; à ce titre, Monsieur, veuillez recevoir mes salutations fraternelles.

CHARLES BAUDELAIRE.

Si vous êtes lié avec M. Joséphin Soulary et M. Armand Fraisse, présentez-leur mes amitiés. Si vous connaissez M. Janmot, dites-lui que j'aspire depuis longtemps à lui rendre justice, et que je prépare un gros travail qui s'appellera *Les Peintres philosophes*, *Les Peintres qui pensent*, ou quelque chose d'approchant. L'atmosphère de Lyon, que je connais parfaitement, est une atmosphère très particulière. —

115. – *À Arsène Houssaye*

[Paris.] Noël. 1861.

Mon cher Houssaye,

Vous qui, avec l'air inoccupé, savez si bien remplir une journée, trouvez quelques instants pour parcourir ce spécimen de poèmes en prose que je vous envoie. Je fais une longue tentative de cette espèce, et j'ai l'intention de vous la dédier. À la fin du mois je vous remettrai tout ce qu'il y aura de fait (un titre comme : *Le Promeneur solitaire*, ou *Le Rôdeur parisien* vaudrait mieux peut-être). Vous serez indulgent ; car vous avez fait aussi quelques tentatives de ce genre[1], et vous savez combien c'est difficile, particulièrement pour éviter d'avoir l'air de montrer le plan d'une chose à mettre en vers.

J'ai jugé à propos de commettre une lourde folie ; je veux parler de ma candidature à l'Académie. Vous qui avez, m'a-t-on dit, passé par là, vous savez quelle odyssée horrible c'est, odyssée sans sirènes et sans lotus. Vous me seriez très agréable si vous pouviez annoncer cette *candi-*

dature inouïe dans votre Courrier de *L'Artiste* et dans votre *Pierre de l'Estoile.* Vous êtes peut-être candidat. Mais je vous jure que vous pouvez être pour moi généreux sans danger. D'ailleurs, vous le seriez *avec* danger. — Vous me comprendrez facilement d'ailleurs si je vous dis qu'étant, personnellement, sans espérances, j'ai *pris plaisir* à me faire *bouc* pour tous les infortunés hommes de lettres[2].

Je voulais vous porter deux manuscrits : un pour *La Presse* (dont nous avons parlé), un pour *L'Artiste*, celui-là est le plus avancé. Il y a plusieurs années que je rêve à mes poèmes en prose.

Je vous demanderai en même temps de me payer la partie déjà *faite*, ou la totalité *faite ;* car la chute soudaine et coïncidente de la *Fantaisiste* et de l'*Européenne* m'a mis sur la paille ; mais comme c'est le jour de l'an ; comme vous serez peut-être gêné ; que d'ailleurs il n'est pas permis de tomber ainsi sur les gens à l'improviste, et qu'enfin je voudrais accorder la satisfaction immédiate de mon besoin avec toutes vos aises, — à défaut d'argent, je vous demanderai un mot d'écrit me promettant l'insertion des poèmes ; dans ces conditions-là, j'ai une bourse d'ami qui m'est toujours ouverte.

Le bon côté de ce travail est qu'on peut le couper où l'on veut. J'ai dans l'idée qu'Hetzel y trouvera la matière d'un volume romantique à images.

Mon point de départ a été *Gaspard de la Nuit* d'Aloysius Bertrand, que vous connaissez sans aucun doute ; mais j'ai bien vite senti que je ne pouvais pas persévérer dans ce pastiche et que l'œuvre était inimitable. Je me suis résigné à être moi-même. Pourvu que je sois amusant, vous serez content, n'est-ce pas ?

Il y a déjà quelque temps que je voulais vous offrir ce

petit volume, et j'apprends que vous opérez un miracle, ou du moins que vous voulez l'opérer, en rajeunissant *L'Artiste.* Ce serait bien beau ; ça *nous* rajeunirait nous-mêmes.

Enfin, quoi qu'il en soit, et si peu que vous fassiez pour moi, merci d'avance. Tout à vous.

CH. BAUDELAIRE.

116. – *À [Jules Desaux]*

[Paris,] 30 décembre 1861.

Monsieur,

Il serait tout naturel que vous eussiez oublié que je vous ai rencontré deux fois, dans ces derniers temps, et que je vous ai exprimé l'intention de m'adresser à vous et à M. le ministre pour obtenir un soulagement à des gênes non méritées. J'ai beaucoup tardé, jusqu'au dernier jour de l'année, comme vous voyez. Il y a dans ma conduite beaucoup de pudeur, une grande répugnance à m'adresser à un autre que moi-même pour des besoins d'argent, et enfin la conviction, *détestable sans doute*, qu'il n'y a rien de moins intéressant qu'un savant, un poète ou un artiste. Depuis que j'ai eu le plaisir de vous rencontrer, de nouveaux faits sont venus aggraver ma situation, particulièrement la dégringolade de deux *Revues*, coup sur coup, dans le même mois, — deux *Revues* sur lesquelles je m'appuyais, dont l'une est la *Revue européenne.* Il ne m'appartient pas de discuter si une administration fait bien en sacrifiant un journal qu'elle a fondé ; elle fait peut-être bien ; mais je sais qu'il y a des écrivains de quelque mérite qui ne peuvent pas retourner auprès de M. de Calonne ; moi, par exemple, qui lui ai remboursé une somme très considérable pour avoir le droit de m'éloigner de lui, et qui ne puis pas, à cause de mon nom, de mon rang et de mon âge, accepter les prix ridicules qu'il offrira à ses collaborateurs. D'ailleurs je n'ai contre lui aucune haine, aucune rancune, et pour rien au monde je ne voudrais lui nuire.

Enfin, Monsieur, ma situation est telle que je suis contraint de m'adresser à vous. Je n'ai jamais douté de votre bienveillance, mais vous devinez qu'il est vraiment dur pour un parfait ouvrier d'avouer que son métier ne le fait pas bien vivre. Une fois, *une seule fois, exceptionnellement*, je désirerais que M. le ministre voulût bien m'attribuer une de ces sommes qui tirent vraiment d'affaire un homme gêné, en lui laissant un loisir un peu long. *1 000* francs par exemple. Pour moi ce serait une sécurité de trois mois. Il y a plus de trois années qu'un drame[1], destiné à un gros théâtre du Boulevard, dort dans ma chambre — mal fait, mal construit, et toujours inachevé, par suite des mille tracasseries de la vie, — un grand drame politique (sans niaiserie courtisanesque), patriotique, et où je voulais fondre l'élément littéraire avec le plaisir des grands spectacles. Certainement, c'est une bonne idée, et, nous autres poètes, nous sommes contraints à ces idées-là, nous sommes contraints à nous réfugier dans des milieux *Ex-Centriques*, puisque les Centres littéraires (comme la *Comédie-Française*) ne veulent plus jouer que de grands vaudevilles, sans couplets.

Si je pouvais obtenir de M. le ministre ce que je lui demande par votre entremise, je me sauverais bien vite dans ma solitude, pour venir décidément à bout de l'entreprise.

Je crois, Monsieur, que je tombe dans un mauvais moment. Vous pouvez m'alléguer un budget épuisé, les lenteurs inséparables de toute administration, et enfin les dix jours de délai exigés entre la signature ministérielle et le paiement aux Finances. Mais je compte sur votre évidente bonne grâce pour vaincre beaucoup de difficultés, même celles avoisinant toujours le commencement d'une nouvelle année.

Par l'insistance que je vous montre, vous devinez l'urgence du service que je sollicite. Je puis vous avouer, pour joindre la chose comique à la chose triste, que dans ces derniers temps, ayant posé officiellement ma candidature à l'Académie, je me suis vu, et pour cause, privé du plaisir d'offrir une collection de mes œuvres aux membres de l'Académie qui auraient pu avoir envie de les lire. Ce détail comique, si un homme est comique, qui veut qu'on lui rende justice, suffit à vous prouver que cette lettre (d'un caractère un peu grognon peut-être) est écrite pour vous seul, — à moins que vous ne jugiez bon de la montrer à M. le ministre. Mais j'étais connu de M. Fould ; je ne le suis pas de M. Walewski. En somme, je vous serai infiniment obligé de n'en communiquer à M. Bellaguet que la substance. Sans avoir l'honneur d'être lié avec vous, je vous ai écrit d'une façon presque intime. J'espère que j'ai bien fait, sachant à quel esprit je m'adressais. —

— Avec ma gratitude, veuillez agréer, Monsieur, l'assurance de mes meilleurs sentiments.

CHARLES BAUDELAIRE.

22, rue d'Amsterdam.

117. – *À Edmond Texier*

[Paris,] 30 décembre 1861.

Mon cher Texier, je n'avais pas vu dans votre chronique hebdomadaire du *Siècle* (qui n'a pas paru un dimanche) l'excellente phrase qui me concerne[1]. On me l'a montrée depuis, et je vous en remercie. Il était impossible de dire mieux : « Voilà une candidature qui échouera certainement et qui pour nous n'est pas ridicule. » Vous avez pourvu au danger.

Voici janvier. Il est nécessaire que je vous donne mon adresse pour les épreuves du *Guys*. J'aurai à avertir immédiatement Malassis, qui tient peut-être toujours à faire une brochure, pour qu'il ait à s'entendre avec votre imprimerie. On ne remaniera pas les lignes, on coupera simplement une colonne en deux ou en trois.

(Si nous avions eu du loisir et si on avait pu consacrer quelque argent à cette fantaisie, il y avait moyen de faire, à propos de cet article, une exhibition des dessins de Guys, des plus énormes et des plus singuliers. Mais ceci est un rêve à envoyer au diable, d'abord parce qu'il est trop tard, ensuite parce que nous ne pourrions pas trouver de traducteurs pour traduire sur bois la bizarrerie de Guys, et enfin parce que nous aurions, en ce cas, besoin de Guys lui-même, qui est le moins maniable et le plus fantastique des hommes.)

Tout à vous.

CH. BAUDELAIRE.

22, rue d'Amsterdam

118. – *À Gustave Flaubert*

[Paris, 24 janvier 1862.]

Mon cher Flaubert, j'ai fait un coup de tête, une folie, que je transforme en acte de sagesse par ma persistance. Si j'avais le temps suffisant (ce serait fort long), je vous divertirais beaucoup en vous racontant mes visites académiques.

On me dit que vous êtes fort lié avec Sandeau (qui disait, il y a quelque temps, à un de mes amis : M. Baudelaire écrit donc en prose ?). Je vous serais infiniment obligé si vous lui écriviez ce que vous pensez de moi. J'irai le voir, et je lui expliquerai le sens de cette candidature, qui a tant surpris quelques-uns de ces messieurs[1].

Il y a bien longtemps que je désire vous envoyer une brochure sur *Wagner*, et puis je ne sais plus quoi ; mais, ce qui est bien ridicule pour un candidat, je n'ai pas un livre de moi chez moi.

Sainte-Beuve a fait lundi dernier, dans *Le Constitutionnel*, à propos des candidats, un article chef-d'œuvre, un pamphlet, à mourir de rire.

Tout à vous. Votre bien dévoué.

CH. BAUDELAIRE.

22, rue d'Amsterdam.

119. – *À Sainte-Beuve*

[Paris, environ 24 janvier 1862.]

Encore un service que je vous dois ! Quand cela finira-t-il ? — Et comment vous remercier ?

L'article m'avait échappé[1]. Cela vous explique le retard que j'ai mis à vous écrire.

Quelques mots, mon cher ami, pour vous peindre le genre particulier de plaisir que vous m'avez procuré : — J'étais très blessé (mais je n'en disais rien) de m'entendre depuis plusieurs années traiter de loup-garou, d'homme impossible et rébarbatif[2]. Une fois, dans un journal méchant, j'avais lu quelques lignes sur ma répulsive laideur, bien faite pour éloigner toute sympathie (c'était dur pour un homme qui a tant aimé le parfum de la femme). Un jour une femme me dit : « C'est singulier, vous êtes fort convenable ; je croyais que vous étiez toujours ivre et que vous sentiez mauvais. » Elle parlait d'après la légende.

Enfin, mon cher ami, vous avez mis bon ordre à tout cela, et je vous en sais bien du gré, — moi qui ai toujours dit qu'il ne suffisait pas d'être savant, mais qu'il fallait surtout être aimable.

Quant à ce que vous appelez mon *Kamschatka*, si je recevais souvent des encouragements aussi vigoureux que celui-ci, je crois que j'aurais la force d'en faire une immense *Sibérie*, mais une chaude et peuplée. Quand je vois votre activité, votre vitalité, je suis tout honteux ; heureusement j'ai des soubresauts et des crises dans le caractère qui remplacent, quoique très insuffisamment, l'action d'une volonté continue.

Faut-il maintenant que moi, l'amoureux incorrigible des *Rayons jaunes* et de *Volupté*[3], du Sainte-Beuve poète et romancier, je complimente le journaliste ? Comment faites-vous pour arriver à cette certitude de plume qui vous permet de tout dire et de vous faire un jeu de toute difficulté ? Cet article n'est pas un pamphlet, puisque c'est une justice. Une chose m'a frappé, c'est que j'ai retrouvé là toute votre éloquence de conversation, avec son bon sens et ses pétulances.

(Vraiment, j'aurais voulu y collaborer un peu (pardonnez cet orgueil) ; j'aurais pu vous faire don de deux ou trois énormités que vous avez omises par ignorance. Dans une bonne causerie, je vous conterai cela.)

Ah ! et votre utopie ! Le grand moyen de chasser des élections le *vague, si cher aux grands seigneurs !* Votre utopie m'a donné un nouvel orgueil. Moi aussi, je l'avais faite, l'utopie, la réforme ; — est-ce un vieux fonds d'esprit révolutionnaire qui m'y poussait, comme aussi, il y a longtemps, à faire des projets de constitution ? Il y a cette grande différence que la vôtre est tout à fait viable, et que peut-être le jour n'est pas loin où elle sera adoptée.

P[oulet-]Malassis brûle de faire une brochure avec votre admirable article ; mais il n'ose pas vous aller voir ; il croit que vous lui en voulez.

Promettez-moi, je vous prie, de trouver quelques minutes pour répondre à ce qui suit :

Un grand chagrin, la nécessité de travailler, des douleurs physiques, dont une vieille blessure[4], ont interrompu mes opérations.

J'ai enfin quinze exemplaires de mes principaux bouquins. Ma liste de distribution, très restreinte, est faite.

Je crois de bonne politique d'opter pour le fauteuil Lacordaire. Là, il n'y a pas de littérateurs. C'était primitivement mon dessein, et si je ne l'ai pas fait, c'était *pour ne pas vous désobéir*, et pour ne pas paraître trop excentrique. Si vous croyez mon idée bonne, j'écrirai avant mercredi prochain une lettre à M. Villemain, où je dirai brièvement qu'il me semble que l'option d'un candidat ne doit pas être seulement dirigée par le désir du succès, mais aussi doit être un hommage sympathique à la mémoire du défunt. Aussi bien Lacordaire est un prêtre *romantique*, et je l'aime. Peut-être glisserai-je dans la lettre le mot : *Romantisme*, mais non sans vous consulter[5].

Il faudra bien que ce terrible rhéteur, cet homme si grave et si peu aimable, lise ma lettre ; cet homme qui prêche en causant, avec la physionomie et la solennité (mais non pas avec la bonne foi) de Mlle Lenormant. J'ai vu cette demoiselle en robe de professeur, ramassée dans son fauteuil comme un *Quasimodo*, et elle avait sur M. Villemain l'avantage d'une voix très sympathique.

Si, par hasard, M. Villemain vous est cher, je retire immédiatement tout ce que je viens de dire ; et, pour l'amour de vous, je m'appliquerai à le trouver aimable.

Cependant je ne puis pas m'empêcher de penser que, comme papiste, je vaux mieux que lui,... et cependant je suis un catholique bien suspect.

Je veux, malgré ma tonsure et mes cheveux blancs, vous parler en petit garçon. Ma mère, qui s'ennuie beaucoup, me demande sans cesse les *nouveautés*. Je lui ai envoyé votre article. Je sais quel plaisir maternel elle en tirera. Merci pour moi et pour Elle.

Votre bien dévoué.

CH. BAUDELAIRE.

22, rue d'Amsterdam.

120. – *À Alfred de Vigny*

[Paris.] Dimanche 26 janvier [18]62.

Monsieur,

Je suis bien persuadé que vous ne m'avez pas cru capable d'oublier un instant votre admirable accueil, ni la permission que vous m'avez donnée de compter sur vos conseils. Dans la fin de décembre et au commencement de ce mois, j'ai fait quelques efforts inutiles pour trouver quelques-uns de ces messieurs que je tenais vivement à voir, MM. Sandeau, de Sacy, Ponsard, Saint-Marc Girardin, Legouvé. Puis, je me suis senti repris par mes névralgies périodiques (*mes seuls titres auprès de M. Viennet*) ; puis par une grosse douleur morale, une de celles *qui ne veulent pas être dites* (comme disent les Anglais) ; puis par un accident physique ; puis, enfin, par l'impérieuse nécessité de travailler. En voilà plus qu'il n'en faut pour expliquer le découragement dans une tentative aussi paradoxale que la mienne. Cependant je vais m'y remettre activement. Je possède maintenant un nombre suffisant d'exemplaires de mon petit bagage littéraire pour en faire quelques hommages.

Je consacrerai tout le commencement de février à mes visites.

Tout bien considéré, je ne suis pas fâché d'avoir tant lambiné ; cela m'a permis de réfléchir sur une foule de choses que je ne connaissais guère.

Avant de prendre une décision définitive, j'ai voulu avoir votre avis. Selon votre réponse, j'écrirai, avant mercredi, une lettre à M. Villemain, destinée à être communiquée à MM. de l'Académie.

Cette lettre, d'une forme un peu abandonnée, comme

peut l'être celle d'un novice, dira en substance *que, à défaut d'une ressemblance complète entre les ouvrages du défunt et ceux du candidat, l'enthousiasme du dernier me paraît une raison suffisante d'option, dans le cas de deux fauteuils vacants ;*

Que, d'après cette théorie, le candidat le plus parfait qu'on puisse supposer devrait s'abstenir, s'il ne trouvait pas dans la vie et les ouvrages du défunt autre chose que des motifs d'admiration raisonnée, c'est-à-dire la sympathie et l'enthousiasme ;

Que, le père Lacordaire excitant en moi cette sympathie, non seulement par la valeur des choses qu'il a dites, mais aussi par la beauté dont il les a revêtues, et se présentant à l'imagination, non seulement avec le caractère chrétien, mais aussi avec la couleur romantique (j'arrangerai cela autrement), *je prie M. Villemain d'instruire ses collègues que j'opte pour le fauteuil du père Lacordaire.*

Par ce moyen, il me semble que je gagne quelques jours de plus, que je pourrai peut-être, me trouvant seul en face de M. de Broglie, puisque Philarète Chasles se retire, obtenir quelques voix d'*hommes de lettres.*

Et enfin, le sentiment et l'instinct me persuadent qu'il faut toujours se conduire *utopiquement,* c'est-à-dire comme si on était sûr d'être élu, quand même on est certain de ne pas l'être.

La première fois que je parlai de mon projet à Sainte-Beuve, il me dit, en riant : « C'est fort bien, je reconnais votre caractère ; votre tentative ne m'étonne pas ; je parierais que, pour compléter votre audace, vous allez opter pour le fauteuil de Lacordaire. » En vérité, c'était mon intention ; mais cette plaisanterie me déconcerta, et je craignais de paraître trop excentrique, surtout aux yeux des gens qui ne me connaissent pas du tout.

Si je voulais pousser ma démonstration de la *nécessité de sympathie* jusqu'à l'extrême rigueur, je composerais une étude critique et biographique sur le père Lacordaire, et je la ferais imprimer au moment de la réception du candidat ; mais c'est là une gageure de prodigue, et il suffit qu'il y ait dans ce projet un peu d'impertinence pour que je le repousse.

Je ne prendrai pas de décision avant d'avoir reçu votre avis[1]. Je dois vous dire que j'ai écrit une lettre à peu près analogue à mon excellent ami Sainte-Beuve, et que j'attends également une réponse de lui.

J'ai été sérieusement malade, mais, abstraction faite de la santé, de la paresse, du travail et de plusieurs autres considérations, j'éprouvais un certain embarras à me retrouver devant vous, après vous avoir envoyé mes livres.

Songez, Monsieur, à ce que peuvent être, pour nous autres littérateurs de quarante ans, ceux qui ont instruit, amusé, charmé notre jeunesse, nos maîtres, enfin !

Vous n'avez peut-être pas deviné la raison pour laquelle je vous ai adressé un petit journal contenant quelques vers de moi : c'était simplement à cause d'un sonnet sur un *certain coucher de soleil*[2], où j'avais essayé d'exprimer *ma piété !*

Parlez-moi sans façon, je vous en prie, car, dans des matières dont j'ai si peu l'expérience, il n'y aurait pas de honte pour moi à mal raisonner.

Je vous prie d'agréer, Monsieur, une fois de plus, l'expression de ma gratitude et de ma sympathie toute dévouée.

CHARLES BAUDELAIRE.

22, rue d'Amsterdam.

121. – *À Alfred de Vigny*

[Paris, 30 janvier 1862.]

Monsieur,

Voici le terrible article Sainte-Beuve, le manifeste.

Voici en outre deux sixains d'excellentes ballades de Th. de Banville, qui certainement vous intéresseront.

Je puis bien, sans honte, mettre des sonnets dans *Le Boulevard*, puisqu'un poète tel que Banville veut bien m'y tenir compagnie.

Tous les effroyables compliments dont vous avez bien voulu accabler mes vers me donnent à craindre pour mes élucubrations en prose. Mais vous m'avez donné la soif de votre sympathie.

On s'oublie si bien à côté de vous, Monsieur, que j'ai négligé hier de vous parler de la bonne ale et de la mauvaise ale. Puisque vous voulez essayer de ce régime, défiez-vous comme de la peste (ce n'est point exagérer; j'en ai été malade) de toute bouteille portant l'étiquette *Harris*. C'est un affreux empoisonneur.

Bien qu'*Allsopp* et *Bass* soient de bons fabricants (*Bass* surtout), il faut se défier de même de leurs étiquettes, parce qu'il doit exister des contrefacteurs. Le plus raisonnable est de vous adresser à l'un des deux endroits honnêtes que je vais vous indiquer et de prendre leur ale de confiance.

Rue de Rivoli, presque auprès de la place de la Concorde, un nommé *Gough*, qui tient un bureau de locations d'appartements, et vend en même temps des vins espagnols et des bières avec des liqueurs anglaises.

Puis, à deux pas de chez moi, sans doute au 26, *rue*

d'Amsterdam, à la taverne *Saint Austin*. Il ne faut pas la confondre avec une autre taverne qui la précède et qui est tenue par des Allemands. Bière et porter y sont excellents et à bon marché.

Je crois que *Gough* vend aussi de très vieille ale, outre ses ales ordinaires. Mais elle est d'une force extrême.

Vous ne trouverez pas mauvais, n'est-ce pas ? que je m'ingère dans ces petits détails qui intéressent votre hygiène et que je vous fasse part de mon expérience parisienne.

Votre bien dévoué et bien reconnaissant.

CHARLES BAUDELAIRE.

Il m'est, pour le moment, impossible de retrouver *Le Corbeau* avec la *Méthode de composition* qui lui sert de commentaire.

122. – *À Gustave Flaubert*

[Paris,] 31 janvier 1862.

Mon cher Flaubert,

Vous êtes un vrai guerrier. Vous méritiez d'être du bataillon sacré. Vous avez la foi aveugle de l'amitié, qui implique la vraie politique.

Mais, parfait solitaire, vous n'avez donc pas lu le fameux article de Sainte-Beuve sur l'Académie et les candidatures ! Ça a fait la conversation d'une semaine et ça a dû retentir d'une façon violente dans l'Académie.

Maxime Du Camp m'a dit que j'étais déshonoré,

mais je persiste à faire mes visites, bien que certains académiciens aient déclaré (mais est-ce bien vrai ?) qu'ils ne me recevraient même pas chez eux. J'ai fait un coup de tête, dont je ne me repens pas. Quand même je n'obtiendrais pas une seule voix, je ne m'en repentirais pas. Une élection a lieu le 6 février, mais c'est à propos de la dernière (Lacordaire, le 20 février) que je tâcherai d'arracher deux ou trois voix. Je me trouverai seul (à moins qu'il ne surgisse une candidature raisonnable) en face du ridicule petit prince de Broglie, fils du duc, académicien vivant. On dit qu'il est nommé d'avance. Ces gens-là finiront par *faire* l'élection de leurs concierges, si ces concierges sont orléanistes.

À bientôt. Nous nous verrons sans doute. Je rêve toujours la solitude, et si je partais avant votre retour, je vous ferais une visite de quelques heures. — Là-bas. —

Comment n'avez-vous pas deviné que Baudelaire, ça voulait dire : Auguste Barbier, Th. Gautier, Banville, Flaubert, Leconte de Lisle, c'est-à-dire *littérature pure ?* Ç'a été bien compris tout de suite par quelques amis et ça m'a valu quelques sympathies.

Merci et tout à vous.

CH. BAUDELAIRE.

Avez-vous observé qu'écrire avec une plume de fer, c'est comme si on marchait avec des sabots sur des pierres branlantes ?

123. – *À Gustave Flaubert*

[Paris.]
Lundi 3 février [18]62.

Mon cher ami,

M. Sandeau a été charmant, sa femme a été charmante, et je crois bien que j'ai été aussi charmant qu'eux, puisque nous avons fait à nous tous un concert d'éloges en votre honneur, si harmonieux, que cela ressemblait à un véritable trio exécuté par des artistes consommés.

Pour mon affaire, Sandeau m'a reproché de le prendre à l'improviste. J'aurais dû le voir plus tôt. Cependant il parlera pour moi à quelques-uns de ses amis de l'Académie, et *peut-être, peut-être* pourrai-je, dit-il, arracher quelques voix de protestants dans le vote pour le fauteuil de Lacordaire. C'est tout ce que je désire.

Sérieusement, l'enthousiasme de Mme Sandeau pour vous est grand, et vous avez en elle un avocat, un panégyriste plus que zélé. Cela m'a mis en grande rage de rivalité, et je suis parvenu à trouver quelques motifs d'éloges qu'elle avait oubliés.

Voici la lettre de Sandeau. Voici un petit journal qui vous amusera peut-être.

Tout à vous. À bientôt.

CH. BAUDELAIRE.

124. – *À Sainte-Beuve*

[Paris.]
Lundi soir [3 février 1862].

Mon cher ami, je m'applique bien à deviner les heures qui sont pour vous des heures de vacances, et je n'y puis réussir.

Je n'ai pas écrit un mot, suivant votre conseil ; mais je continue patiemment mes visites, pour bien faire comprendre que je désire, à propos de l'élection en remplacement du Père Lacordaire, ramasser quelques voix d'*Hommes de lettres.*

Je crois que Jules Sandeau vous parlera de moi ; il m'a dit fort gracieusement : *Vous me surprenez trop tard, mais je vais m'informer s'il y a quelque chose à faire pour vous.*

J'ai vu deux fois Alfred de Vigny, qui m'a gardé chaque fois trois heures. C'est un homme admirable et délicieux, mais peu propre à l'action, et dissuadant même de l'action. Cependant il m'a témoigné la plus chaleureuse sympathie. — Vous ignorez que le mois de janvier a été pour moi un mois de chagrins, de névralgies, accompagnées d'une blessure. Je dis cela pour expliquer l'interruption dans mes démarches.

J'ai vu Lamartine,
Patin,
Viennet,
Legouvé,
De Vigny,
Villemain (horreur !),
Sandeau.

Ma foi ! je ne me souviens plus des autres. Je n'ai pu

trouver ni Ponsard, ni M. Saint-Marc Girardin, ni de Sacy.

J'ai enfin envoyé quelques exemplaires de quelques livres à *dix* de ceux dont je connais les ouvrages. Cette semaine je verrai quelques-uns de ces messieurs.

J'ai fait dans la *Revue anecdotique* (sans signer ; mais ma conduite est infâme, n'est-ce pas ?) une analyse, telle quelle, de votre excellent article. Quant à l'article lui-même, je l'ai envoyé à M. de Vigny, qui ne le connaissait pas et qui m'a témoigné l'envie de le lire.

Quant aux politiqueurs, chez qui je ne puis trouver aucune volupté, j'en ferai le tour en voiture. Ils n'auront que ma carte et non pas mon visage.

J'ai lu ce soir votre *Pontmartin*[1]. Pardonnez-moi de vous dire : « Que de talent perdu ! » Il y a dans votre prodigalité quelque chose qui parfois me scandalise. Il me semble que, moi, après avoir dit : « Les plus nobles causes sont quelquefois soutenues par des Jocrisses », j'aurais considéré mon travail comme fini. Mais vous avez des talents particuliers pour suggérer et pour faire deviner. — Même envers les bêtes les plus coupables, vous êtes délicieusement poli. Ce monsieur Pontmartin est un grand haïsseur de littérature.

(Savez-vous qu'on dit qu'il est le fils d'un homme qui s'est enrichi en achetant des biens d'émigrés ? C'est peut-être une calomnie ; mais si c'est vrai, ça rend sa thèse bien plus comique.)

Je vous ai envoyé un petit paquet de sonnets. Je vous enverrai prochainement plusieurs paquets de *Rêvasseries* en prose, sans compter un énorme travail sur les *Peintres de mœurs* (crayon, aquarelle, lithographie, gravure)[2].

Je ne vous demande pas si vous vous portez bien. *Cela se voit suffisamment.*

Je vous embrasse et vous serre les mains. — Je sors de chez vous.

CHARLES BAUDELAIRE.

22, Amsterdam.

125. – *À Abel Villemain*
Secrétaire perpétuel de l'Académie française

[Paris.] Lundi, 10 février 1862.

Monsieur,

Je vous prie de rayer mon nom de la liste des candidats aspirant au fauteuil du R. P. Lacordaire, et de vouloir bien instruire MM. vos collègues de mon désistement.

Permettez-moi, Monsieur, d'emprunter en même temps votre voix pour remercier ceux de ces messieurs, que j'ai eu le plaisir de voir, pour la manière toute gracieuse et cordiale dont ils ont bien voulu m'accueillir. Qu'ils soient bien convaincus que j'en garderai le précieux souvenir.

Je vous prie, Monsieur le Secrétaire perpétuel, d'agréer l'assurance de mon profond respect[1].

CHARLES BAUDELAIRE.

126. – *À Alfred de Vigny*

[Paris, 4 avril 1862]

Monsieur,

Je vous ai vu souffrir, et j'y pense souvent.

Un de mes amis, *dont l'estomac est dans un état fort triste*, m'a dit que Guerre, le pâtissier anglais, dont la maison fait *le coin de la rue Castiglione et de la rue de Rivoli*, fait des gelées de viande combinées avec un vin très chaud, madère ou xérès sans doute, que les estomacs *les plus désolés* digèrent *facilement et avec plaisir!* C'est une espèce de confiture de viande au vin, plus substantielle et nourrissante qu'un repas composé.

J'ai présumé que ce document méritait de vous être transmis.

Votre bien dévoué.

CHARLES BAUDELAIRE.

127. – *À Théophile Gautier*

[Paris,] 4 août 1862.

Mon cher Théophile,

Tu serais bien charmant, si tu disais quelques mots agréables de l'entreprise des Aquafortistes. C'est, à coup sûr, une très bonne idée, et il y aura dans la collection des œuvres qui te charmeront. Il faut évidemment soutenir cette réaction en faveur d'un genre qui a contre lui tous les nigauds[1].

À propos, j'ai à te remercier, et de bien bon cœur, de ton article sur moi, dans la *collection Crépet*[2]. C'est la première fois de ma vie que je suis loué comme je désirais l'être.

Bien à toi.

CH. BAUDELAIRE.

128. – *À Madame Aupick*

[Paris.] Dimanche [10] août 1862.

Chère maman, tu t'ennuies peut-être, n'est-ce pas, et beaucoup ? Je vais arriver. J'ai pris déjà mes précautions, c'est-à-dire que je me suis mis moi-même dans l'impossibilité de ne pas partir à la fin du mois.

Il y a, je crois, peu d'exemples d'une vie aussi mal dilapidée que la mienne ; ce qui est vraiment curieux, c'est que je n'y prends aucun plaisir.

Je ne veux pas te raconter (d'ailleurs je n'en ai pas le temps) les extraordinaires luttes de moi-même contre moi-même, les désespoirs, les rêveries ; — je ne veux pas non plus t'affirmer pour la centième fois que tu es le seul être vivant qui m'intéresse. Il me semble que puisque je te l'ai dit, tu dois me croire. Je sens que je suis dans une crise, dans une phase, où il faut prendre un grand parti, c'est-à-dire faire juste le contraire de tout ce que j'ai fait : n'aimer que la gloire, travailler sans cesse, même *sans espoir de salaire*, supprimer tout plaisir et devenir ce qu'on appelle un grand type de grandeur. Enfin, tâcher de faire une *petite* fortune. Je méprise les gens qui aiment l'argent ; mais j'ai une horrible peur de la servitude et de la misère dans la vieillesse.

J'arriverai donc chez moi ou plutôt chez nous, le 31, le 1er, le 2 ou le 3. Puisque tu m'aimes tant, que tu veux bien t'appliquer à t'intéresser aux seules choses qui m'amusent, je saurai te récompenser et te prouver que je te connais, que je t'aime, que je sais peser et apprécier un cœur maternel.

Enfin ! Enfin ! je crois que [je] pourrai à la fin du mois fuir l'horreur de la face humaine. Tu ne saurais croire jusqu'à quel point la race parisienne est dégradée. Ce n'est plus ce monde charmant et aimable que j'ai connu autrefois : les artistes ne savent rien, les littérateurs ne savent rien, pas même l'orthographe. Tout ce monde est devenu abject, inférieur peut-être aux gens du monde. *Je suis un vieillard*, une momie, et on m'en veut parce que je suis moins ignorant que le reste des hommes. Quelle décadence ! Excepté D'Aurevilly, Flaubert, Sainte-Beuve, je ne peux m'entendre avec personne. Th. Gautier seul peut me comprendre quand je parle peinture. *J'ai horreur de la vie.* Je le répète : — je vais fuir la face humaine, mais surtout la face française.

J'ai un très beau livre à t'apporter ; mais je fais un gros travail à ce sujet : *Second Tableau de Paris par Sébastien Mercier, Paris pendant la Révolution de 93, jusqu'à Bonaparte.* C'est merveilleux.

Tu as reçu sans doute *Les Misérables* que je ne t'ai envoyés (exprès, qu'après Pâques), me figurant (à tort peut-être) que tu ne voulais lire de romans qu'après Pâques ; — plus deux articles, un de moi, un de D'Aurevilly. Ce livre est immonde et inepte. J'ai montré, à ce sujet, que je possédais l'art de mentir. Il m'a écrit, pour me remercier, une lettre absolument ridicule[1]. Cela prouve qu'un grand homme peut être un sot.

Ton Chateaubriand (édition belge) est accroché dans les bureaux de l'*Intérieur*.

Je te rapporterai ton argent en revenant chez toi.

J'ai devant moi vingt jours encore pour prendre des arrangements avec *La Presse*, les *Débats*, *Le Monde illustré*, la *Revue britannique*, etc., afin que l'on puisse payer des dettes pour moi, malgré mon absence.

Je t'aime et je t'embrasse. Dis-moi que tu te portes bien (si c'est vrai), et que tu vivras longtemps, longtemps encore, pour moi et rien que pour moi. Tu vois que j'ai la férocité et l'égoïsme de l'affection.

C. B.

Je vais passer demain la journée à Fontainebleau. Cruelle corvée !

129. – *À Michel Lévy*

[Paris, août-septembre 1862 ?]

Dans la troisième édition, que j'appellerai *Édition définitive*, j'ajouterai dix ou quinze pièces, plus une grande préface où j'expliquerai mes trucs et ma méthode et où j'enseignerai à chacun l'*art d'en faire autant*[1]. Et si je n'ai pas le courage d'écrire cette sérieuse bouffonnerie, j'ajouterai, simplement, comme préface, l'excellent article de Th. Gautier sur *Les Fleurs du Mal*, compris dans le quatrième volume des POÈTES FRANÇAIS.

Tout à vous.

C. B.

130. – *À Pierre-Jules Hetzel*

[Paris.]
Dimanche, 23 nov[embre]. [1862.]

Mon cher Hetzel,

J'avais tant de choses à vous dire la dernière fois que j'ai eu le plaisir de vous rencontrer, que, naturellement, je n'en ai dit aucune. Parmi ces choses, il en est une qui me tient au cœur. M. Catulle Mendès a déposé chez vous un manuscrit, les *Amours frivoles*[1]. Je serais heureux que vous acceptiez le volume. S'il s'agissait d'un ouvrage tout à fait mauvais, j'aurais tort de vous exprimer ce désir. Mais je connais Mendès, il a de l'esprit, du goût, et souvent beaucoup de grâce. Il ne doit pas avoir fait un volume incontestablement refusable.

Tout à vous. À bientôt.

CHARLES BAUDELAIRE.

131. – *À Auguste Poulet-Malassis*

[Paris,] 13 décembre 1862.

En effet, mon cher ami, celui qui vous a fait enfermer[1] m'a joué un cruel tour ; car je comptais bien sur vous pour diriger mes affaires. Je suis si maladroit !

Hetzel m'a fait une fort belle proposition pour *deux* ouvrages se faisant pendant réciproquement[2]. Il voulait les *lancer* avec soin, mais c'était pour une édition seulement ; mais cela ne remplissait pas mon but.

Et Michel me tient toujours le bec dans l'eau. Je recule, suivant la tradition des rêveurs, comme devant toute réalité.

Pourquoi diable m'offrez-vous quelqu'un pour me diriger ? Il faut que j'apprenne à faire une affaire tout seul.

Mais que vous êtes injuste envers moi ! Que faire pour vous être agréable ? Vous me demandiez un journal littéraire. Comme tous les prisonniers, vous croyez qu'il se passe quelque chose dehors. Il n'y a pas de nouvelles, à moins que vous ne fassiez allusion au *Fils de Giboyer*[3]. Mais vous savez bien que je ne m'occupe pas de ces turpitudes-là.

Quant à *Salammbô*, grand, grand succès. Une édition de deux mille enlevée en deux jours. *Positif.* Beau livre, plein de défauts, et qui met en fureur tous les taquins, particulièrement Babou. *Il y en a qui reprochent à Flaubert les imitations des auteurs anciens.* Ce que Flaubert a fait, lui seul pouvait le faire. Beaucoup trop de bric-à-brac, mais beaucoup de grandeurs, épiques, historiques, politiques, animales même. Quelque chose d'étonnant dans la gesticulation de tous les êtres. Quant aux 30 000 francs, blague, blague[4] ! Pourquoi Flaubert a-t-il permis cela ? 30 000 francs, soit ! mais la *Bovary*, dont le traité allait expirer, est cédé de nouveau : donc, 15 000 francs, puis, défalcation de l'intérêt de 30 000 francs, pendant dix ans. — Je crois que Flaubert a reçu 12 ou 13 000 francs (pour les deux), mais comptant.

Champfleury et La Fizelière m'ont dit qu'on ne pouvait pas encore vous voir. Alors mes remords n'avaient pas de raison d'être, car j'avais positivement des remords de n'avoir pas encore couru là-bas pour vous voir.

Mais quand cela finira-t-il ? Et quand pourra-t-on vous rendre visite ? J'ai hâte de le savoir. Donnez-moi des nouvelles de votre mère. J'aurai peut-être à lui écrire avant un mois ou avant quinze jours. Pour moi, je me porte fort mal, et toutes mes infirmités, physiques et morales, augmentent d'une manière alarmante.

J'aurais besoin d'un médecin comme Mesmer, Cagliostro ou le tombeau de Pâris. Je ne plaisante pas.

Tout à vous.

CH. BAUDELAIRE.

J'oubliais quelque chose d'important et que je pourrais vous donner à deviner fort inutilement. J'ai vu Mme Paul Meurice à propos de Legros qui a fait un beau portrait de Hugo. Elle m'a demandé de vos nouvelles, m'a accablé de questions avec une émotion surprenante (comme je questionne aussi tout le monde à propos de vous) ; et puis j'ai vu ses yeux se gonfler, ainsi que son cou, et je crois vraiment qu'elle aurait pleuré si on n'avait pas annoncé une visite.

Vraiment je serais bien fier d'exciter tant d'intérêt *même à une femme à cheveux blancs.* Quant à son mari, invisible. Il est plongé dans quelque grosse *machine* nouvelle.

132. – *Au commandant Hippolyte Lejosne*

[Paris,] 1er janvier 1863.

Mon cher Lejosne,

Il est inutile que je vous dise les raisons qui m'empêchent d'accepter votre invitation. Vous êtes trop aimable pour ne pas les trouver mauvaises. Supposez que je veuille faire une retraite de quelques jours et que je m'impose de fuir même mes amis. Je suis semblable à l'épouse chinoise qui brûle d'accepter les cadeaux d'un galant, mais qui veut rester fidèle à son vœu[1]. Expliquez bien cela à Mme Lejosne, et dites-lui que ce n'est que difficilement que je renonce au plaisir de passer quelque temps auprès d'elle.

Fortes amitiés à Silvestre et à d'Aurevilly. — Racontez cette anecdote à ce cher Vieux Mauvais Sujet : —

Il y a quelque temps, un de mes amis[2] dit à un moine de Solesmes que j'irais peut-être un jour rendre visite au couvent et y faire une retraite; et ce brave homme a répondu : « S'il vient, mon Dieu! nous le recevrons. Nous recevrions même des galériens. » Au premier aspect, il semble absurde que mon nom puisse être connu d'un moine, et que ce moine me croie digne des galères. J'ai trouvé l'explication. — Raymond Brucker était passé à Solesmes quelques jours auparavant.

J'aime les plaisanteries fortes ; mais celle-là m'a surpris.

J'espère que vous n'avez pas pris pour une méchante farce le mauvais chocolat adressé personnellement à *Monsieur* Lejosne. Je vous dirai comment j'y ai été contraint.

Tout à vous.

CHARLES BAUDELAIRE.

133. – *À Champfleury*

[Paris, environ 4 mars 1863.]

Mon cher ami,

Je vous aime bien, mais vous êtes bien entêté ! Je savais bien que la lettre serait montrée. Vous tenez donc bien vivement à compromettre ma dignité dans un monde où vous avez compromis la vôtre ? Je ferai tout ce que je pourrai pour *vous plaire*, mais ce que je pourrai ne sera pas grand-chose.

Quand je vous ai écrit, j'avais pris mes renseignements. Vous savez combien j'aime les filles et combien je hais les femmes philosophantes[1]. Quant au déjeuner, *oui mais chez moi dimanche à midi.*

Tout à vous.

C. B.

134. – *À Champfleury*

[Paris,] 6 mars 1863.

Mon cher ami,

Le sphinx et l'homme bizarre, c'est toujours vous et vous êtes bizarre *bien naturellement*, car l'art ne trouverait pas cela[1]. Comment ! vous m'écrivez une lettre que vous tâchez de rendre désagréable, parce que je vous dis que je n'aime pas la mauvaise société ! Mon ami, j'en ai toujours eu horreur ; la crapule et la sottise, et le crime, ont un ragoût qui peut plaire quelques minutes ; mais la mauvaise société, mais ces espèces de remous d'écume qui se font sur les bords de la société ! impossible. — Vous dites que ma lettre a un sens *caché ;* je vais vous expliquer ce sens, qui, selon moi, devait vous sauter aux yeux :

Champfleury a un caractère joyeux et mystificateur, duquel je participe un peu. Chamfleury a découvert un monde comique plein de femmes sans maris et de jeunes filles à marier non mariables, avec des pédantes qui font semblant d'aimer la philosophie. Champfleury sait comme moi qu'une femme est incapable de comprendre même deux lignes du catéchisme. Mais il veut que je partage sa joie, et il veut aussi s'amuser de mon choc avec cette sotte. (Et alors je vous ai répondu que j'étais prêt à tout pour vous plaire, mais que cela m'ennuyait.)

Voilà le sens caché. Quant à votre petit prêche de vertu, de la fin de votre lettre, où vous enfermez un si magnifique éloge de vous-même, je n'ai rien à en dire, si ce n'est que quand on pense tant de bien de soi-même, il n'est pas généreux d'en accabler les autres. Il est évident que vous êtes un homme heureux, *heureux par vous-même*, et moi je ne le suis pas, car je suis toujours mécontent de moi.

Je veux que vous me permettiez de vous dire qu'il y a aussi dans votre lettre un ton de taquinerie et de rancune, qui, de vous à moi, à notre âge, n'est pas de saison. Quoi ! le mot *dignité* vous excite à ce point, vis-à-vis d'un vieil ami !

Venez, je vous en supplie, me voir dimanche à midi, sinon, je croirai que vous m'en voulez.

Tout à vous.

C. B.

Vous aimez le comique. Lisez le dernier *entretien* de Lamartine (à propos des *Misérables*)[2]. C'est une lecture amusante que je vous suggère. Comme vous êtes trop porté à la finesse, je vous prie de ne voir aucun rapport entre ceci et ma lettre.

Répondez-moi tout de suite. — Je vous transmets la fausse déclaration que vous me demandez.

135. – *À Madame Manet mère*

[Paris,] 28 mars 1863.

Madame,

Je vous suis bien reconnaissant de votre gracieuse invitation. Quant aux sentiments que je puis avoir pour votre fils, vous savez que je n'y ai pas grand mérite ; et ce que vous dites à ce sujet est beaucoup trop gracieux ; car il me paraît bien difficile de ne pas aimer son caractère autant que ses talents.

Je vous prie, Madame, d'agréer l'assurance de mes sentiments bien distingués.

CHARLES BAUDELAIRE.

136. – *À Gervais Charpentier*

[Paris,] 20 juin [18]63.

Monsieur,

Je viens de lire les deux extraits *(Les Tentations et Dorothée)* insérés dans la *Revue nationale.* J'y trouve d'extraordinaires changements introduits après mon *bon à tirer.* Cela, Monsieur, est la raison pour laquelle j'ai fui de tant de journaux et de revues.

Je vous avais dit : supprimez *tout un morceau,* si *une virgule* vous déplaît dans le morceau, mais ne supprimez pas la virgule ; elle a sa raison d'être.

J'ai passé ma vie entière à apprendre à construire des phrases, et je dis, sans crainte de faire rire, que ce que je livre à une imprimerie est *parfaitement fini.*

Croyez-vous réellement que « *les formes de son corps* », ce soit là une expression équivalente à « *son dos creux et sa gorge pointue* » ? — Surtout quand il est question de la race noire des côtes orientales[1].

Et croyez-vous qu'il soit *immoral* de dire qu'une fille est *mûre à onze ans,* quand on sait qu'Aïscha (qui n'était pas une négresse, née sous le Tropique) était plus jeune encore alors que Mahomet l'épousa ?

Monsieur, je désire sincèrement vous remercier du bon accueil que vous m'avez fait ; mais *je sais ce que j'écris,* et je ne raconte *que ce que j'ai vu.*

Si encore j'avais été prévenu à temps, j'aurais pu supprimer tout le morceau.

Veuillez agréer, Monsieur, l'assurance de mes parfaits sentiments.

CH. BAUDELAIRE.

137. – *À Étienne Carjat*

[Paris,] 6 oct[obre 18]63.

Mon cher Carjat,

Manet vient de me montrer la photographie qu'il portait chez Bracquemond[1] ; je vous félicite et je vous remercie. Cela n'est pas parfait, *parce que cette perfection est impossible*[2] ; mais j'ai rarement vu quelque chose d'aussi bien.

Je suis honteux de vous demander tant de choses, et j'ignore comment je pourrai vous remercier ; mais si vous n'avez pas détruit le cliché, faites-m'en *quelques* épreuves. *Quelques*, cela veut dire *ce que vous pourrez*. Et je tiens, si je vous parais indiscret, à ce que vous me le disiez, — pas trop durement, cependant.

Manet vient de m'annoncer la nouvelle la plus inattendue. Il part ce soir pour la Hollande, d'où il ramènera *sa femme*. Il a cependant quelques excuses ; car il paraîtrait que sa femme est belle, très bonne, et très grande artiste. Tant de trésors en une seule personne femelle, n'est-ce pas monstrueux ?

Réponse, si on vous trouve.

Bien à vous.

CHARLES BAUDELAIRE.

138. – *À Nadar*

[Paris,] 10 oct[obre 18]63.

Je présume, mon cher ami, que ces lettres[1] te satisferont. Observe bien que celle adressée à M. Charles Algernon Swinburne doit lui [être] expédiée soit par la poste ou autrement, aussitôt que tu seras arrivé à Londres, quand même tu ne voudrais pas en user, puisqu'elle contient des matières différentes de celles qui t'intéressent actuellement.

Je te souhaite toutes les prospérités nécessaires et te prie de présenter mes amitiés à ta femme.

CHARLES BAUDELAIRE.

139. – *À Charles A. Swinburne*

[Paris,] 10 oct[obre 18]63.

Monsieur,

Un de mes amis, un de mes plus vieux amis va à Londres; — M. Nadar, que vous aurez sans doute quelque plaisir à connaître. Je vous prie de vouloir bien faire pour lui tout ce que vous auriez fait sans doute pour moi, si j'étais allé m'adresser au public de votre patrie. Indications, conseils, réclames, il a besoin de beaucoup de choses.

Je sais infiniment de gré à Nadar de m'avoir demandé des lettres pour mes très rares acquaintances de Londres;

car il m'a, ainsi, forcé de m'acquitter vis-à-vis de vous d'une grosse dette depuis longtemps non payée. Je veux parler du merveilleux article (sur *Les Fleurs du Mal*) que vous avez produit en septembre 1862 dans le *Spectator.*

Un jour, M. R. Wagner m'a sauté au cou, pour me remercier d'une brochure que j'avais faite sur *Tannhäuser,* et m'a dit : « *Je n'aurais jamais cru qu'un littérateur français pût comprendre si facilement tant de choses.* » N'étant pas exclusivement patriote, j'ai pris de son compliment tout ce qu'il avait de gracieux.

Permettez-moi, à mon tour, de vous dire : « *Je n'aurais jamais cru qu'un littérateur anglais pût si bien pénétrer la beauté française, les intentions françaises et la prosodie française.* » Mais après la lecture des vers imprimés dans le même numéro (*August*) et pénétrés d'un sentiment à la fois si réel et si subtil, je n'ai plus été étonné du tout ; il n'y a que les poètes pour bien comprendre les poètes.

Permettez-moi cependant de vous dire que vous avez poussé un peu loin ma défense. Je ne suis pas si *moraliste* que vous feignez obligeamment de le croire. Je crois simplement (comme vous, sans doute) que tout poème, tout objet d'art *bien fait* suggère naturellement et forcément une *morale.* C'est l'affaire du lecteur. J'ai même une haine très décidée contre toute *intention* morale exclusive dans un poème.

Ayez la bonté de m'envoyer ce que vous publiez ; j'y prendrai un grand plaisir. — J'ai plusieurs livres à publier : je vous les expédierai successivement.

Veuillez agréer, Monsieur, l'expression bien vive de ma gratitude et de ma sympathie.

CHARLES BAUDELAIRE.

À Paris, 22, rue d'Amsterdam.
À Honfleur, rue de Neubourg.
Je suis à *Paris* jusqu'à la fin de ce mois, et je passerai tout décembre à *Bruxelles.*

140. – *À James McNeill Whistler*

[Paris,] 10 octobre 1863.

Cher Monsieur,

Un de mes meilleurs et de mes *plus vieux amis*, M. Félix Nadar, va à Londres, dans le but, je crois, *de raconter au public* les aventures qu'il a courues avec son grand ballon, et aussi, je présume, *pour faire partager au public anglais ses convictions relativement à un nouveau mécanisme qui doit être substitué au ballon.*

Vous savez que nous avions un peu causé de *lectures* et des chances que j'aurais pu trouver d'être écouté à Londres. Je vous en prie, gratifiez Nadar de tous les conseils et de toutes les indications dont vous m'auriez fait cadeau à moi-même ; en deux mots, tout ce que vous ferez pour M. Nadar, j'en mettrai le souvenir dans mon cœur. D'ailleurs vous le verrez et vous saurez l'apprécier vous-même.

Présentez mes amitiés à Legros, et n'oubliez pas de montrer à Nadar vos merveilleuses eaux-fortes. Je devine tout le plaisir qu'il en ressentira.

Veuillez agréer, cher Monsieur, l'assurance de mes parfaits sentiments.

CHARLES BAUDELAIRE.

Voulant aussi lui donner une lettre pour M. C. A. Swinburne, j'ai profité de l'occasion pour exprimer à ce dernier tout mon repentir de mon oubli et de mon apparente ingratitude.

C. B.

À *Paris*
22, rue d'Amsterdam.

À *Honfleur*
rue de Neubourg.

À Bruxelles, je ne sais pas encore à quelle adresse.

141. – *À Paul Chenavard*

[Paris,] 25 novembre 1863.

Mon cher Chenavard,

Je vous remercie vivement de votre petit mot. Vous avez deviné que je vous tenais pour un de ceux par qui j'aime être lu. Votre lettre m'a été d'autant plus agréable que les articles en question[1] ont beaucoup fait *gueuler;* mais les personnes *gueulantes* appartiennent, il est vrai, à la classe de celles qui n'aiment pas entendre *l'éloge de l'élégance.*

Votre lettre aura peut-être un résultat fatigant pour vous. Elle m'encourage à vous envoyer beaucoup de paquets.

Je ne sais pas si vous avez voulu dans le mot : *niche,* enfermer un calembour. En tout cas, la niche était bien innocente, et d'ailleurs sachez que depuis très longtemps je vous prépare une beaucoup *plus vaste niche* (une à statue[2]).

Bien à vous.

CHARLES BAUDELAIRE.

142. – *À Victor Hugo*

[Paris,] 17 dé[cembre] 1863.

Monsieur,

Malgré que j'hésite toujours à demander quoi que ce soit aux personnes pour lesquelles j'ai le plus d'affection et d'estime, je viens aujourd'hui vous demander un *gros* service, un *énorme* service. Mécontent des éditeurs parisiens, et pensant, non sans raison, qu'on ne me rend pas absolument justice, j'avais résolu d'aller chercher un éditeur à l'étranger, pour trois volumes dont l'un est : *Les Paradis artificiels*, et les deux autres sont : *Les Réflexions sur mes contemporains* (beaux-arts et littérature). J'avais décidé, pour attirer violemment les yeux sur ces ouvrages, de faire à Bruxelles des lectures publiques avec des extraits bien choisis, les meilleurs, cela va sans dire, par exemple : *De l'essence du rire, — Eugène Delacroix, son œuvre, ses idées et ses mœurs, — Le Peintre de la vie moderne, — Edgar Poe, sa vie et ses œuvres, — Victor Hugo, — Théophile Gautier, — Th. de Banville et Leconte de Lisle, — Richard Wagner,* — et même d'appuyer mes appréciations par des citations tirées des auteurs en question ; car je me défie un peu de l'érudition des Belges.

Or, j'apprends que M. Lacroix va vous faire une visite. Le gros service serait de lui dire ce que vous pouvez penser d'agréable de mes livres et de moi et de lui faire part de mon intention relativement aux lectures. Ce sera, je le répète, un très gros service, car M. Lacroix doit avoir une confiance absolue dans votre jugement, et j'espère que les lectures achèveront la persuasion.

Je demande fréquemment des nouvelles de vous ; on me dit que vous vous portez admirablement bien. Le génie servi par la santé ! Que vous êtes heureux, Monsieur !

Je me propose de vous envoyer prochainement *Les Fleurs du Mal* (encore augmentées) avec *Le Spleen de Paris*, destiné à leur servir de pendant[1]. J'ai essayé d'enfermer là-dedans toute l'amertume et toute la mauvaise humeur dont je suis plein. — J'aurais dû, il y a quelques jours, vous envoyer *Eureka* (quatrième volume de ma traduction de *Poe*), un étrange livre qui prétend révéler les modes de création et de destruction des univers ; mais l'avarice de M. Lévy a jugé bon de rayer de ma liste de distribution les noms des personnes qui ne peuvent pas lui être directement utiles. Je réparerai un autre jour *mes* torts, — ou plutôt *ses* torts, — vis-à-vis de vous.

Je partirai pour Bruxelles peu de jours avant la fin du mois. Si vous pouvez prendre dix minutes de votre temps pour m'écrire, vous me rendrez heureux, et cela me donnera confiance pour mon expédition. Mais je devine ce que souvent les lettres peuvent vous causer d'ennui, et, pour rien au monde je ne voudrais vous gêner.

À Paris, je demeure *22, rue d'Amsterdam*. À Bruxelles, je ne sais pas encore où je demeurerai.

Adieu, Monsieur ; croyez toujours à mon affection et à mon admiration. — Vous êtes un puissant seigneur, mais vous avez, comme vous voyez, tous les inconvénients de la souveraineté. Chacun a quelque chose à vous demander.

CHARLES BAUDELAIRE.

143. – *À Philippe de Chennevières*

[Paris, mars 1864.]

Mon cher ami,

Mon ignorance de votre adresse et aussi une maladie de volonté qui me fait toujours renvoyer mes devoirs indéfiniment m'ont empêché de vous remercier de vos charmants petits contes[1]. Ne m'en veuillez pas, et croyez que je ne suis jamais insensible à un bon souvenir.

Voici l'exposition. Je désire vous recommander vivement deux de mes amis, dont l'un a déjà eu à se louer de votre bienveillance ; M. Manet et M. Fantin. M. Manet envoie un *Épisode d'une course de taureaux*, et un *Christ ressuscitant, assisté par les anges.*

M. Fantin envoie un *Hommage à feu Eugène Delacroix*[2] et *Tannhäuser au Vénusberg.* Vous verrez quelles merveilleuses facultés se révèlent dans ces tableaux, et, dans quelque catégorie qu'ils soient jetés, faites votre possible pour leur trouver de bonnes places.

Votre ami bien reconnaissant.

CHARLES BAUDELAIRE.

144. – *À Henri Fantin-Latour*

[Paris.] Mardi 22 mars 1864.

Cher Monsieur,

M. Swinburne a déposé un livre et sa carte chez moi ; mais, comme l'année dernière, il a oublié de laisser son adresse, de sorte que je ne sais où lui écrire pour le remercier[1]. Voilà une imprévoyance peu anglaise.

Ayez l'obligeance de lui dire que je serais heureux d'avoir son adresse à Paris et d'aller le remercier moi-même. Avertissez-le en même temps que depuis longtemps j'avais chargé M. Nadar de lui remettre une lettre qui n'a pas été déposée chez lui et qui est revenue à Paris. Je ne verrais pas d'inconvénients à ce que M. Charles Swinburne écrivît un mot à Nadar pour la réclamer. Cependant, si cela peut blesser ce grand enfant gâté, que M. Swinburne s'abstienne. Je ferai transmettre à Nadar son adresse.

J'ai, sans vous consulter, écrit une lettre à Chennevières pour le prier de bien placer vos tableaux ainsi que ceux de Manet. Je crois que j'ai bien fait ; car, quand les porteurs de Manet sont arrivés, Chennevières a demandé à voir tout de suite les tableaux.

Bien à vous.

CHARLES BAUDELAIRE.

[NOTE[2].]

Raphaël
Michel-Ange

Rubens
Véronèse
Rembrandt
Vélasquez
Gœthe
Byron
Shakespeare
Arioste Beethoven
Dante
Virgile
Haydn
Mozart
Weber.

145. – *À Édouard Manet*

[Paris, début avril 1864.]

Mon cher ami,

Voici l'Amontillado que j'ai l'ordre de boire avec vous. Puis-je me permettre d'aller ce soir demander à dîner à votre mère ?

À propos, il paraît que décidément le coup de lance a été porté à droite. Il faudra donc que vous alliez changer la blessure de place, avant l'ouverture[1]. Vérifiez donc la chose dans les quatre évangélistes. Et prenez garde de prêter à rire aux malveillants.

Bien à vous.

C. B.

146. – *À Judith Gautier*

[Paris,] 9 avril 1864.

Mademoiselle,

J'ai trouvé récemment chez un de mes amis votre article, dans *Le Moniteur* du 29 mars, dont votre père m'avait, quelque temps auparavant, communiqué les épreuves. Il vous a sans doute raconté l'étonnement que j'éprouvai en les lisant. Si je ne vous ai pas écrit tout de suite pour vous remercier, c'est uniquement par timidité. Un homme, peu timide par nature, peut être mal à l'aise devant une belle jeune fille, même quand il l'a connue toute petite, — surtout quand il reçoit d'elle un service, — et il peut craindre, soit d'être trop respectueux et trop froid, soit de la remercier avec trop de chaleur.

Ma première impression, comme je l'ai dit, a été l'étonnement, — une impression toujours agréable d'ailleurs. Ensuite, quand il ne m'a plus été permis de douter, j'ai éprouvé un sentiment difficile à exprimer, composé moitié de plaisir d'avoir été si bien compris, moitié de joie de voir qu'un de mes plus vieux et de mes plus chers amis avait une fille vraiment digne de lui.

Dans votre analyse, si correcte, d'*Eureka*, vous avez fait ce qu'à votre âge je n'aurais peut-être pas su faire, et ce qu'une foule d'hommes très mûrs, et se disant lettrés, sont incapables de faire. Enfin, vous m'avez prouvé ce que j'aurais volontiers jugé impossible, c'est qu'une jeune fille peut trouver dans les livres des amusements sérieux, tout à fait différents de ceux, si bêtes et si vulgaires, qui remplissent la vie de toutes les femmes.

Si je ne craignais pas encore de vous offenser en médisant de votre sexe, je vous dirais que vous m'avez contraint à douter moi-même des vilaines opinions que je me suis forgées à l'égard des femmes en général.

Ne vous scandalisez pas de ces compliments si bizarrement mêlés de malhonnêtetés; je suis arrivé à un âge où l'on ne sait plus se corriger, même pour la meilleure et la plus charmante personne.

Croyez, Mademoiselle, que je garderai toujours le souvenir du plaisir que vous m'avez donné.

CHARLES BAUDELAIRE.

147. – *À Édouard Manet*

[Bruxelles,] 27 mai 1864.

Mon cher Manet,

Je vous remercie de votre affectueuse lettre. Présentez mes amitiés à votre mère et à votre femme, et, si vous avez à m'apprendre des choses agréables sur la destinée de vos tableaux, écrivez-moi. Je réponds à vos félicitations.

Les Belges sont bêtes, menteurs et voleurs. J'ai été victime de la plus effrontée supercherie. Ici la tromperie est une règle et ne déshonore pas. Je n'ai pas encore abordé la grande affaire[1] pour laquelle je suis venu; mais tout ce qui m'arrive est de bien mauvais augure; — sans compter que je passe ici pour un affilié de la police française. — Ne croyez jamais ce qu'on vous dira sur la bonhomie belge. Ruse, défiance, fausse affabilité, grossièreté, fourberie, oui.

Tout à vous.

C. B.

148. – *À Michel Lévy*

Charles Baudelaire,
hôtel du Grand Miroir,
Rue de la Montagne.

Bruxelles.
1er juin 1864.

Mon cher Michel,

Je fais une dernière tentative auprès de vous. Il paraît que je suis bien peu de chose, *bien moins encore que je ne l'imaginais*, pour que je ne puisse pas obtenir que vous consacriez une *demi-minute* de votre temps à m'écrire trois lignes.

Vous m'avez fait signer un papier vous donnant le droit de faire corriger mes épreuves par n'importe qui. Cela est fait pour me causer *une angoisse perpétuelle, ma misérable nature étant donnée.* — Vous m'avez envoyé le 17 une feuille que je vous ai renvoyée le 18, en vous demandant une deuxième épreuve, et en vous suppliant d'attendre mon retour en France pour l'impression du livre.

Pendant que j'étais allé voir M. Rops à Namur, une épreuve (deuxième feuille) est venue (*pas de deuxième épreuve de la première*). Je ne sais même pas si vous avez reçu mon épreuve corrigée.

Maintenant voici le cas : — Un travail comme *Marie Roget*[1], étant une instruction judiciaire, — comme *L'Assassinat de la rue Morgue*, — demande *une exactitude minutieuse dans les plus petits détails, et, en cas de citations tirées du commencement, une similitude absolue* dans la répétition de ces citations à la fin.

Il ne faut pas être absolument littérateur pour comprendre l'importance de tout ce que je vous dis, et je sais que vous avez lu assez d'*Edgar Poe* pour me comprendre.

De plus, j'ai, grâce à mon presbytisme, m'appliquant

sur des caractères trop fins, commis un joli contresens *qui court maintenant d'un bout à l'autre de l'ouvrage.*

Si la première feuille est tirée, rien que *pour quelques mots à répéter* en *deux ou trois endroits*, je demande qu'on recommence *tout*. Je n'ai pas d'argent aujourd'hui. Je reviendrai à Paris avec de l'argent, et quand même je n'en aurais pas, je sais que j'en trouverai à Paris, à mon arrivée, suffisamment pour payer la *composition*, le *papier* et le *tirage* de cette première feuille. *Vous ne pouvez pas me refuser cela.* Vous savez, mon cher, que je ne tire vanité que d'une seule vertu, c'est de l'amour du métier. Ne me déshonorez pas, et ne me supprimez pas mes secondes épreuves.

J'ai écrit hier un mot à M. Noël Parfait à ce sujet ; si je ne reçois pas un mot de vous relativement à ces deux points :

> — Première feuille de *Marie Roget*. Est-elle *tirée*, et *puis-je la relire ?*
>
> — Puis-je relire tout *Marie Roget* à la fois, le même jour et d'un seul coup ?

— je ne sais pas ce que je ferai.

Désormais, je n'irai à Namur, à Anvers, ou à Bruges, même pour mes intérêts, qu'après vous avoir averti.

— Pour les réclames de l'*Entr'acte*, je vous remercie.

Si vous voyez, dans quelques jours, dans le *Figaro*, le commencement d'une série : *Lettres belges*, signées Charles de Féyis[2], faites-y attention. (On ne sait jamais ce qu'on devient chez M. de Villemessant.) — Tout à vous, mais *répondez-moi*, je vous en prie. — C. B.

149. – *À Théophile Thoré*

Bruxelles. *Taverne du Globe.*
[Environ 20 juin 1864.]

Cher Monsieur,

J'ignore si vous vous souvenez de moi et de nos anciennes discussions. Tant d'années s'écoulent si vite ! Je lis assidûment ce que vous faites, et je veux vous remercier pour le plaisir que vous m'avez fait en prenant la défense de mon ami Édouard Manet, et en lui rendant *un peu* justice. Seulement, il y a quelques petites choses à rectifier dans les opinions que vous avez émises[1].

M. Manet que l'on croit fou et enragé est simplement un homme très loyal, très simple, faisant tout ce qu'il peut pour être raisonnable, mais malheureusement marqué de romantisme depuis sa naissance.

Le mot *pastiche* n'est pas juste. M. Manet n'a jamais vu de *Goya*, M. Manet n'a jamais vu de *Gréco*. M. Manet n'a jamais vu la galerie Pourtalès[2]. Cela vous paraît incroyable, mais cela est vrai.

Moi-même, j'ai admiré avec stupéfaction ces mystérieuses coïncidences.

M. Manet, à l'époque où nous jouissions de ce merveilleux musée espagnol[3] que la stupide république française, dans son respect abusif de la propriété, a rendu aux princes d'Orléans, M. Manet était un enfant et servait à bord d'un navire.

On lui a tant parlé de ses *pastiches* de Goya que maintenant il cherche à voir des Goya.

Il est vrai qu'il a vu des Vélasquez, je ne sais où.

Vous doutez de tout ce que je vous dis ? Vous doutez

que de si étonnants parallélismes géométriques puissent se présenter dans la nature. Eh bien ! on m'accuse, moi, d'imiter Edgar Poe ! Savez-vous pourquoi j'ai si patiemment traduit Poe ? Parce qu'il me ressemblait. La première fois que j'ai ouvert un livre de lui, j'ai vu, avec épouvante et ravissement, non seulement des sujets rêvés par moi, mais *des* PHRASES pensées par moi, et écrites par lui vingt ans auparavant.

Et nunc, erudimini, vos qui judicatis[4]...... ! Ne vous fâchez pas ; mais conservez pour moi dans un coin de votre cerveau un bon souvenir. Toutes les fois que vous chercherez à rendre service à Manet, je vous remercierai.

CHARLES BAUDELAIRE.

Je porte ce griffonnage à M. Bérardi, pour qu'il vous soit transmis.

J'aurai le courage ou plutôt le cynisme absolu de mon désir. Citez ma lettre, ou du moins quelques lignes[5]. Je vous ai dit la pure vérité.

150. – *À Narcisse Ancelle*

[Bruxelles,] 14 juillet [1864] — *Jeudi.*

Mon cher Ancelle,

Tout a échoué. Un *mouchard* ne peut pas réussir dans une ville aussi défiante[1]. J'ai été malade (diarrhée continue, palpitations du cœur, angoisses d'estomac) pendant *deux mois et demi !* Le joli voyage ! Cependant je veux qu'il me serve à quelque chose, et je fais un livre sur la

Belgique, dont les fragments paraîtront au *Figaro*. La question des mœurs (mœurs, politique, clergé, libres penseurs) est déjà rédigée ! Maintenant, il faut voir Anvers, Bruges, Namur, Liège, Gand, etc. En somme, je saurai faire un livre amusant, tout en m'ennuyant beaucoup. Ici tout a été contre moi. Tout m'a nui, surtout ma sympathie visible pour les Jésuites. Vous savez probablement dans quelle situation extraordinaire se trouvent la Chambre et le ministère[2]. J'espérais des coups de fusil et des barricades. Mais ce peuple est trop bête pour se battre pour des idées. S'il s'agissait du renchérissement de la bière, ce serait différent.

Envoyez-moi tout de suite les 150 francs du mois d'août. Je partagerai cela entre moi et mon hôtel, je garderai juste de quoi voir cinq villes. Par grand bonheur, les distances sont très courtes, et la vie (exécrable d'ailleurs) à bon marché.

Je compte que je recevrai vos 150 francs samedi matin. Je partirai dimanche matin. Observez que je ne vous ai rien pris depuis six semaines.

Le souvenir de l'aventure Proudhon est encore vivant ici, et j'en parlerai. J'ai rencontré *dans le monde* (!) le député qui a le plus contribué à cette dégoûtante émeute[3]. — Je serai encore ici quand paraîtront à Paris mes premiers fragments. Or le *Figaro* est très lu ici au *Cercle*. Je ne vois plus personne, et je laisse voir mon mépris pour tout le monde.

Cependant, je tâcherai de voir l'archevêque de Malines. J'ai entendu la cloche des libres penseurs ; je veux entendre l'autre cloche.

Je possède maintenant sur le bout du doigt la question de la charité, la question des dotations, la question de l'éducation, la question du cens électoral, la question d'Anvers, la question des cimetières. Etc.....

Quel peuple inepte et lourd!

Ici les Jésuites ont tout fait, et tout le monde est ingrat pour eux.

Maintenant, pour tout dire, il faut avouer que le clergé est très lourd et très grossier. Hélas! il est flamand.

Pourvu que vous ne soyez pas en voyage!

Tout à vous

C. B.

Je m'en vais laisser toutes ces saletés-là de côté, et m'occuper un peu de peinture et d'architecture. — Si vous êtes absent, faites-moi, tout de même, envoyer de l'argent.

Je serai en France le 15 août.

Vous recevrez ceci vendredi matin — pensez à moi avant 5 heures.

151. – *À Nadar*

[Bruxelles,] 30 août [18]64.

Mon cher Nadar,

Je ne serai probablement plus à Bruxelles à l'époque des fêtes, car tout mon temps, du 8 au 20 septembre, sera consacré à des excursions en province.

Puisque tu avais la gracieuse intention de m'offrir une place dans ta nacelle, veux-tu me permettre de reporter cette faveur sur M. O'Connell, le *meilleur compagnon*, je crois, que tu puisses trouver ? Tu connais ma défiance relativement à MM. les Belges. Donc, je ne te serai pas suspect en te vantant M. O'Connell (qui d'ailleurs n'est pas belge, comme son nom le prouve). Si tu désires un homme gai, adroit à toutes les gymnastiques, assez connaisseur en toutes mécaniques et amoureux de toutes les aventures possibles, tu trouveras toutes ces qualités en lui. Très naïvement, il s'était avisé de se faire présenter à toi par Arthur[1], qui, comme tu sais, passe en France pour le Roi des Belges, et en Belgique pour l'Empereur des Français, et naturellement, se vante de faire exécuter sa volonté dans ces deux pays.

J'ai dit à M. O'Connell que tout cela était fort niais, et que je croyais qu'un mot de moi adressé à M. Nadar, ferait beaucoup mieux. Je vais lui écrire que je t'ai écrit, et que, si je suis absent lors de ton arrivée, il ait tout simplement à te faire une visite.

Chacun dit ici : « *Je monterai avec Nadar* » (ces gens-là suppriment le « Monsieur », la familiarité étant le fait des brutes et des provinciaux). Mais mon opinion et celle des gens sensés est que tous les amateurs de voyages dans le ciel s'éclipseront au dernier moment.

Ce M. O'Connell m'a bien fait rire, il y a quelques jours ; ne s'avise-t-il pas de dire très candidement à Arthur, devant plusieurs personnes : « Mon pauvre Arthur, vous et moi qui sommes du sang de cocus....... » ? — À propos d'Arthur, *ne répète pas mes farces*. Ce bougre-là a failli déjà me procurer plusieurs querelles ; il me surveille, jusqu'à ce point d'examiner tous mes papiers.

(Il est maintenant, grâce à ses recherches, bien convaincu de *ta prudence* et de la... *solidité* de ton ballon ; aussi, je le crois *à peu près décidé*.)

Mon ami, tu avais bien raison. Je *m'accroche* toujours.

Croirais-tu que *moi*, j'aie pu *battre* un Belge ? C'est incroyable, n'est-ce pas ? Que je puisse battre quelqu'un, c'est absurde. Et ce qu'il y avait de plus monstrueux encore, c'est que j'étais complètement dans mon tort. Aussi, l'esprit de justice reprenant le dessus, j'ai couru après l'homme pour lui faire des excuses. Mais je n'ai pas pu le retrouver[2].

L'adresse de M. O'Connell est : *Chaussée de Haecht, 115.*

Je m'attendris un peu, comme Hetzel, très inutilement, et je t'embrasse.

C. B.

Présente mes respects à Mme Nadar.

J'irai peut-être te dire bonjour à Paris dans trois ou quatre jours.

152. – *À Auguste Poulet-Malassis*

[Bruxelles,] 31 oct[obre] 1864 —
minuit. —

Mon cher, je suis si malheureux de cette vie de dissipation sans plaisir, que j'accepte, comme moyen de me contraindre à rester chez moi et de me soulager d'autres besognes, le bizarre travail que vous m'avez proposé[1]. Faites coller des bandes le long des marges de votre traduction, et fournissez-moi une édition latine et deux glossaires. Quant au salaire, *ce que* vous voudrez ; — payé, comme vous voudrez, — en argent ou en billets,

— ou bien compté comme diminution de ma dette. J'ajoute cependant ceci, — c'est que j'espère que ce sera pour vous un encouragement à me confier le *Satyricon*, un ouvrage sur lequel je serais fier de coller mon nom, et un travail critique sur *Laclos*[2].

Tout à vous.

C. B.

Avez-vous deux éditions latines ? Il serait bon que celle que vous me prêterez n'eût pas de valeur et pût être souillée par le crayon. Marges larges. — Un feuillet de papier à lettre.

153. – *À Narcisse Ancelle*

[Bruxelles.]
Dimanche 18 décembre 1864.

Mon cher Ancelle, en revenant de Namur, où j'étais allé demeurer quelque temps chez M. Rops, j'ai trouvé votre dernière lettre, et je réponds tout d'abord au post-scriptum, que j'ai trouvé un peu singulier, permettez-moi de vous l'avouer. Comment avez-vous pu me croire capable d'user deux fois de la même valeur, — de l'argent d'abord, et puis d'un écrit représentant la même somme ? Une pareille action est définie par un mot fort vilain. Si je ne vous ai pas renvoyé ce papier, c'est qu'il était détruit depuis très longtemps.

Vous désirez l'explication du mystère, c'est-à-dire pourquoi j'ai manqué au rendez-vous. J'avais donné rendez-vous à bien d'autres qu'à vous, — à Michel Lévy, par exemple. Au dernier moment, au moment de partir, — malgré tout le désir que j'éprouve de revoir ma mère, malgré le profond ennui où je vis, ennui plus grand que celui que me causait la bêtise française et dont je *souffrais* tant depuis plusieurs années, — *une terreur m'a pris*, — *une peur de chien*, l'horreur de revoir mon enfer, — de traverser Paris sans être certain d'y faire une large distribution d'argent, qui m'assurât un véritable repos à Honfleur. Alors j'ai écrit des lettres à des journaux et à des amis de Paris, et à la personne que j'y ai chargée de mes affaires présentes, c'est-à-dire de la vente de quatre volumes, ceux même que j'étais venu *si credulously* offrir à cet infâme Lacroix.

(Il m'est tombé entre les mains un document qui me permettrait de me venger cruellement de cet imbécile. J'aurai peut-être la férocité de m'en servir[1].)

Ainsi, j'attends maintenant de Paris les nouvelles les plus importantes pour moi. Il est possible qu'elles me contraignent de courir à Paris le 25 ou le 26, malgré tout l'inconvénient qu'il y a à tomber là dans le tumulte du jour de l'an.

Relativement au livre que vous êtes curieux de lire (*Napoléon III*, etc., *par un non-diplomate*[2], — plein de sottises allemandes mais cependant écrit par un homme qui pense), j'ai quelques détails à ajouter.

Je ne vous l'apporterai pas moi-même. Tout Français est suspect à la douane, très suspect, et je me servirai de la contrebande (1,50 par volume) pour vous l'envoyer. C'est beaucoup plus sûr. Je m'en servirai également pour m'envoyer à moi-même des choses suspectes. — À cet ouvrage il faut en ajouter deux autres très curieux qui ont paru depuis quelque temps.

Dialogue aux enfers entre Machiavel et Montesquieu, 1 volume (par un avocat de Paris, dont j'ai oublié le nom[3]).

Ouvrage écrit par un homme qui sait beaucoup, mais non suffisamment artiste.

Histoire de la guerre de Crimée, précédée d'un aperçu très long sur la fondation du nouvel Empire, par M. Kinglake. (Je crois que M. Kinglake est député aux Communes.) 3 volumes[4].

Ouvrage où il y a de la sottise anglaise (chaque nation a sa sottise), mais en somme écrit par un homme fort sérieux et de très bonne foi.

Quant aux autres ouvrages défendus, ils pullulent, mais ce sont de pures ordures.

Tout à vous. J'écris à ma mère.

C. B.

Je n'ai pas besoin de vous dire que je paierai tout d'avance. D'ailleurs, il le faut, — bien que la contrebande, naturellement, ne réponde pas des objets.

154. – *À Auguste Poulet-Malassis*

[Bruxelles, 1864-1865.]
5 heures, à l'Hermitage[1].

Mon cher, je suis venu chez vous
Pour entendre une langue humaine ;
Comme un, qui, parmi les Papous,
Chercherait son ancienne Athêne.

Puisque chez les Topinambous
Dieu me fait faire quarantaine,
Aux sots je préfère les Fous
— Dont je suis, chose, hélas! certaine.

Offrez à Mam'selle Fanny
(Qui ne répondra pas : Nenny,
Le salut n'étant pas d'un âne,)

L'hommage d'un bon écrivain,
— Ainsi qu'à l'ami Lécrivain
Et qu'à Mam'selle Jeanne.

C. B.

155. – *À Madame Paul Meurice*

[Bruxelles.]
Mardi, 3 janvier 1865.

Chère Madame,

Il me serait très désagréable, il m'est même défendu de laisser une nouvelle année commencer, sans vous la *souhaiter bonne et heureuse*[1]. Nous avons tous besoin de ce souhait, et, pour mon compte, j'éprouve une espèce d'affection pour les gens qui me présentent leurs compliments de nouvelle année d'une manière agréable.

Dois-je vous dire combien je vous aime ? Dois-je vous dire combien je souhaite pour vous le repos, la prospérité, et ces plaisirs calmes qui sont nécessaires même aux âmes les plus viriles ?

Faut-il vous dire aussi combien de fois j'ai pensé à vous (chaque fois que je contraignais un Belge à exécuter un morceau de Wagner, chaque fois que j'avais à disputer sur la littérature française, chaque fois que se présentait de nouveau un exemple prouvant cette bêtise belge dont vous m'aviez tant parlé) ?

J'ai passé ici pour *agent de police* (*c'est bien fait!*) (grâce à ce bel article que j'ai écrit sur le banquet shakespearien)[2], — pour *pédéraste* (c'est moi-même qui ai répandu ce bruit ; et *on m'a cru !*), ensuite j'ai passé pour un *correcteur d'épreuves*, envoyé de Paris pour corriger des épreuves d'*ouvrages infâmes. Exaspéré d'être toujours cru*, j'ai répandu le bruit que j'avais *tué* mon père, et que *je l'avais mangé ;* que, d'ailleurs, si on m'avait permis de me sauver de France, c'était à cause des services que je rendais à la police française, ET ON M'A CRU ! *Je nage dans le déshonneur comme un poisson dans l'eau.*

Chère Madame, ne me répondez pas[3] ; vous seriez embarrassée, malgré tout votre esprit, pour répondre à une pareille lettre. Pardonnez à un esprit qui cherche quelquefois des confidents, et qui n'a jamais cessé de penser à votre grâce et à votre bonté.

Je fais des prières pour que vous soyez heureuse (car je prie pour tous ceux que j'aime) et je vous supplie de ne pas m'oublier dans les vôtres, *quand vous aurez autant d'humilité que vous avez d'esprit.*

Présentez à votre mari mes souhaits de bonne année.

CHARLES BAUDELAIRE.

Bruxelles, hôtel du Grand Miroir,
rue de la Montagne.

156. – *À Madame Paul Meurice*

[Bruxelles.] Vendredi 3 février 1865.

Quand on reçoit une lettre très charmante, et surtout très inattendue et très peu méritée, le premier devoir est d'y répondre tout de suite; ainsi je suis très coupable d'avoir renvoyé au lendemain, pendant près de trente jours, le plaisir de vous répondre et de vous remercier. Je pourrais vous dire, ce qui est la vérité, que je suis très souvent malade; mais ce serait une mauvaise excuse, parce que les rhumes, les névralgies et les fièvres ne durent jamais trente jours. J'aime mieux vous dire la vérité, c'est que je suis trop porté à abuser de l'indulgence de mes amis; et ensuite, qu'il y a dans ce détestable climat, je ne sais quelle atmosphère qui non seulement abêtit l'esprit, mais aussi endurcit le cœur, et nous pousse à oublier tous nos devoirs.

Vous pourrez, chère Madame, deviner combien vous m'avez fait plaisir, quand je vous aurai avoué que j'étais si honteux de vous avoir écrit de grosses folies, presque sans plus de gêne qu'à un camarade, que, ne pouvant pas briser la borne de bronze où était maintenant la lettre, et ne m'attendant à aucune réponse, je m'ingéniais déjà à inventer les moyens de me faire pardonner. Ainsi, en lisant votre réponse si peu espérée, j'ai éprouvé un double plaisir, d'abord le plaisir de *vous entendre parler,* et ensuite le plaisir de l'étonnement. Il faut donc avouer que vous avez décidément les plus belles qualités du monde.

Je veux répondre tout de suite à quelques-unes de vos lignes qui m'ont particulièrement touché. Non, je vous l'assure, je n'ai aucun chagrin *très particulier*. Je suis toujours de mauvaise humeur (c'est une maladie, cela), parce que je souffre de la bêtise environnante, et parce que je suis mécontent de moi. Mais en France, où il y a moins de bêtise, où la bêtise est plus polie, je souffrais aussi ; — et quand même je n'aurais strictement rien à me reprocher, je serais également mécontent, parce que je rêverais de faire mieux. Ainsi, que je sois à Paris, à Bruxelles, ou dans une ville inconnue, je suis sûr d'être malade et inguérissable. Il y a une misanthropie qui vient, non pas d'un mauvais caractère, mais d'une sensibilité trop vive et d'un goût trop facile à se scandaliser. — Pourquoi je reste à Bruxelles, — que je hais pourtant ? — *D'abord parce que j'y suis*, et que dans mon état actuel, je serais mal partout, — ensuite, parce que je me suis mis en pénitence ; — je me suis mis en pénitence, jusqu'à ce que je sois guéri de mes vices (cela va bien lentement), et aussi jusqu'à ce qu'une certaine personne, que j'ai chargée de mes affaires littéraires à Paris, ait résolu certaines questions.

Puisque vous me pardonnez tout, et que vous me permettez de prendre avec vous tous les tons, je vous dirai que cette Belgique si haïssable m'a déjà rendu un grand service. *Elle m'a appris à me passer de tout*. C'est beaucoup. *Je suis devenu sage, par l'impossibilité de me satisfaire*. J'ai toujours aimé le plaisir, et c'est peut-être ce qui m'a fait le plus de mal. Dans un petit port de mer, il y a le plaisir d'étudier le mouvement du port, les navires qui entrent, et ceux qui sortent, le plaisir de boire au cabaret avec des êtres inférieurs, mais dont les sentiments m'intéressent. Ici il n'y a rien. Les pauvres, ici, ne m'inspirent même pas de charité. À Paris, il y a les soupers d'amis, les musées, la musique et les filles. Ici, il n'y a rien. De gourmandise, il ne peut pas en être question. Vous savez qu'il n'y a pas de cuisine belge et que ces gens-là ne savent pas faire cuire les œufs, ni griller la viande. Le vin ne se laisse boire que comme chose rare, précieuse, merveilleuse et occasionnelle. Je crois, Dieu me damne! que ces animaux-là le boivent par vanité, pour avoir l'air de s'y connaître. Quant au vin frais, à bon marché, qu'on boit à plein verre, quand on a soif, — chose inconnue. — De galanterie, il y en a encore moins. La vue d'une femme belge me donne une vague envie de m'évanouir. Le Dieu Éros lui-même, s'il voulait glacer immédiatement tous ses feux, n'aurait qu'à contempler le visage d'une Belge.

Ajoutez que la grossièreté des femmes, égale à celle des hommes, détruirait leur charme, si les malheureuses pouvaient en avoir un quelconque. Il y a plusieurs mois, je me suis trouvé, à la nuit, égaré dans un faubourg que je ne connaissais pas ; j'ai demandé mon chemin à deux jeunes filles, qui m'ont répondu : *Gott for damn!* (ou *domn!*) (j'écris mal cela ; jamais un Belge n'a pu même me dire comment on devait orthographier le juron national ; mais cela équivaut à *Sacré nom de Dieu!*). Elles m'ont donc répondu, les belles jeunes filles : — *Sacré nom de Dieu! fichez-nous la paix!* — Quant aux hommes, ils ne manquent jamais à leur vocation spéciale de grossièreté. J'ai vu, un jour de verglas, une petite comédienne du *théâtre du Parc* tomber par terre. Elle s'était fait beaucoup de mal, et comme je m'évertuais à la relever, un Belge qui passait donna un grand coup de pied dans le manchon qui roulait dans la rue, en disant : « Eh! bien, et ça! — que vous oubliez ? » — C'était peut-être un député, un ministre, un prince, peut-être le Roi lui-même. Un ouvrier parisien l'aurait honnêtement ramassé pour le rapporter à la dame.

Comme je vous le disais, volontiers j'inviterais tous les voluptueux à habiter la Belgique. Rapidement ils seraient guéris, et en peu de mois, le dégoût *leur referait une virginité.*

Autre service que m'a rendu ce pays de coquins. — Vous m'avez plus d'une fois plaisanté sur mes tendances à la mysticité ! — Je vous assure que, vous-même, vous deviendriez pieuse ici, — par amour-propre, — par besoin de non-conformité. La vue de tous ces quadrumanes athées a fortement confirmé mes idées de religion. Je n'ai même pas de bonnes choses à dire des *catholiques.* Les libéraux sont des athées, les catholiques sont des superstitieux, tout aussi grossiers, et les deux partis sont dominés par une égale hypocrisie.

Encore deux petites anecdotes, foncièrement belges, — pour vous divertir.

Un jour un garçon de café, en me servant, me dit : « Vous allez donc dans les églises, Monsieur ? on vous a vu, à la Noël, dans telle église. » Je lui répondis : « N'en dites rien ! » Mais, en moi-même, je me dis : « On en parlera dans le Conseil des ministres. » — Deux jours après, je rencontre un Belge qui me dit : « Ah ! çà, vous allez donc à la messe, vous ! *Gott for domn !* (toujours le même juron que je ne sais pas écrire). Qu'est-ce que vous allez faire à la messe, PUISQUE VOUS N'AVEZ PAS DE LIVRE DE MESSE ? » Ceci est un raisonnement essentiellement belge. On ne prie pas sans livre. On ne pense pas sans règlements. Cependant il pèche en un point, c'est que le livre de messe ne servirait de rien à un Belge, puisque celui-ci ne comprendrait pas les prières écrites.

Un jour on me mène, avec grande emphase, chez un ministre qui possède une coûteuse collection de tableaux. À la fin on me conduit vers un Bartolini peint par Ingres.

C'était là qu'il fallait s'extasier. Mais on ne m'avait pas averti. Je dis : « C'est d'Ingres, probablement. Les mains et le visage sont trop vastes ; ce n'est pas là du *style*, et puis c'est d'une couleur rouge et sale. Il y a un grand homme qui a précédé Ingres, et qui a bien plus de génie. C'est David. » Alors le ministre se tourne vers mon cornac (car je crois qu'on *me* montrait aussi, *moi*) et le consulte délicatement : « Il me semble, du reste, que, depuis quelque temps, David est EN HAUSSE ? » Je n'y pouvais pas tenir ; j'ai répondu qu'il suffisait qu'il n'eût jamais été *en baisse* chez les gens d'esprit[1].

Encore un service que je dois à la Belgique ! dites-le à Bracquemond. C'est de m'avoir désillusionné à l'endroit de Rubens[2]. J'avais, en quittant Paris, une trop haute idée de ce malotru. Rubens est la seule espèce de gentilhomme que la Belgique pouvait produire, c'est-à-dire un goujat vêtu de soie. Au meilleur Rubens je préférerais maintenant un petit morceau de bronze romain, ou une cuiller égyptienne, — en bois.

Faites mes sincères amitiés à votre mari. Bonjour à Fantin et à Manet. — Je suis chargé de vous présenter les bons souvenirs de M. Charles Hugo. — On dit que son père va venir habiter ici. Diable ! J'allais oublier la très grave et très intéressante question de vos toilettes. Vous avez bien fait de me parler de cela, vous savez que cela m'intéresse. Je suis presque aussi érudit en fait de mode que Malassis en fait de vieux bouquins ou de botanique. Car le malheureux s'est mis à la botanique (non pas à l'entomologie, parce qu'il n'y a pas d'insectes dans les bois de ce pays-ci, pas plus que d'oiseaux ; les bêtes fuient les Belges). J'ai compris toutes vos toilettes ; et elles m'ont rappelé une époque qui habite mon cerveau.

Quant à la coiffure j'ai moins bien compris, je l'avoue

à ma honte. Je n'ai qu'une observation, d'ailleurs, à vous faire : quand une femme très aimable a des cheveux blancs, quelle que soit la coiffure qu'elle essaie, elle doit ne pas négliger de *montrer* ses cheveux blancs. Cela l'embellit.

Je vous baise galamment les deux mains, et je vous les serre vigoureusement.

C. B.

157. – *À Madame Aupick*

[Bruxelles.] Samedi 11 février 1865.

Ma chère mère, je lambinais un peu pour te répondre, parce que j'espérais pouvoir t'annoncer une nouvelle importante de Paris. Rien encore ; — excepté une seconde mauvaise nouvelle. Après la *Revue de Paris*, dont la santé va fort mal, autre histoire avec le *Figaro*, de qui j'attendais 400 francs. Le *Figaro* repousse absolument ce que je lui ai fait transmettre parce que c'est trop au-dessus de la portée de ses lecteurs. C'est sans doute une manière polie de me dire que c'est ennuyeux. Le malheur est que les fragments envoyés à la *Revue de Paris* et au *Figaro* sont tirés de mon cinquième volume de traduction d'Edgar Poe, et que comme le volume va paraître, je n'aurai pas le temps de les placer ailleurs.

Comme je crois te l'avoir dit, sentant que je ferais toujours mal mes affaires moi-même, j'ai chargé un seul individu de toutes mes affaires littéraires[1], moyennant une rétribution, cela va sans dire, prélevée sur les marchés conclus. Je m'attendais d'abord à une réponse : « oui » ou « non » — et puis « ce sera tant pour cent. » Aucune réponse. Qui ne dit mot consent. Je conclus donc qu'il s'occupe de moi, et qu'il se réserve de me faire connaître ses conditions, après la première affaire conclue. — Et puis ai-je bien choisi mon homme ? voilà la grande question. J'ai choisi quelqu'un qui a fait longtemps ce métier-là pour d'autres littérateurs, qui est libraire lui-même, et dans d'assez mauvaises affaires. C'est justement parce qu'il est gêné que je l'ai choisi, espérant qu'il verrait dans ma destinée littéraire le moyen de tirer pour lui quelque argent. — (Je suis convaincu, — tu trouveras peut-être mon orgueil bien grand, — que, si peu d'ouvrages que je laisse, ils se vendront fort bien après ma mort. Quant aux droits d'auteur, à moins que je ne disparaisse avant toi, il n'y aura personne pour les toucher. Ce sera une bonne affaire pour les libraires.)

Je ne rêve plus la fortune. Je ne rêve que le paiement de mes dettes, et de pouvoir faire une vingtaine de volumes, dont la reproduction fréquente m'assure une rente à peu près régulière. Sauf le cas de remue-ménage universel, c'est aussi sûr que les rentes ou les actions. — Combien je regrette la ridicule aliénation que j'ai faite de mes droits sur ma traduction pour 2 000 francs comptants, desquels je n'ai même pas pu dépenser un sou pour moi. Ces cinq volumes étaient une rente approximative de 400 à 600 francs par an, malgré l'exiguïté de mes droits. Voilà à quelles sottises nous poussent les créanciers. Jamais plus je ne ferai de pareils marchés, à moins que ce ne soit pour une somme énorme, ou pour une rente viagère.

Oui tu as mille fois raison à propos des sept années. Non, Ancelle n'aurait pas pu payer mes dettes avec

14 000 francs, *mais nous aurions*, comme tu dis, *passé d'heureux jours*. Ah ! la terrible phrase !

Je la connais parfaitement, cette théorie du guignon que tu me cites, et je me connais parfaitement aussi moi-même.

La vertu dangereuse, c'est un esprit plus sensible, plus élevé ou plus délicat que le commun des confrères, des camarades, que la foule, enfin.

— Le vice *encore plus dangereux*, c'est la lâcheté, le découragement, et l'habitude de laisser fuir les années en renvoyant toujours les choses au lendemain. Quand je suis accablé de besognes en retard, je trouve un courage occasionnel, — ce qui prouve que je ne suis pas absolument dépourvu de force. J'ai le courage violent, mais pas continu. Or, quand on a déjà *contre soi* une supériorité d'esprit, il faut être d'autant plus *patient*, plus *obstiné*, plus *assidu*. Je possède parfaitement la science de la vie, mais je n'ai pas la force de la mettre en pratique. Comprends-tu maintenant pourquoi l'on voit tant d'auteurs plus que médiocres si bien réussir et gagner tant d'argent ? Ils ont tout pour eux, leur médiocrité d'abord, et ensuite toutes les chances que donne l'assiduité.

Je ne sais combien de fois tu m'as parlé de *ma facilité*. C'est un terme très usité qui n'est guère applicable qu'aux esprits superficiels. Facilité à concevoir ? ou facilité à exprimer ? Je n'ai jamais eu ni l'une ni l'autre, et il doit sauter aux yeux que le peu que j'ai fait est le résultat d'un travail très douloureux.

De temps en temps je me remets à mes *Poèmes en prose*. Il faut en finir. Je sais que l'éditeur ne réimprimera *Les Fleurs du Mal* qu'après les *Poèmes en prose*. Des livres qui ne se réimpriment pas se font oublier, et c'est de l'argent perdu. — Mais il faut une certaine tranquillité d'esprit pour combiner des idées, des images, des mots. Et je suis bien loin de cette tranquillité.

Tu as rêvé que je n'avais d'amitié pour personne. Je t'exclus de la question, parce que si je n'avais pour toi que de l'amitié, je serais un coquin. Mais il y a dans Paris trois ou quatre personnes qui m'ont donné de tels signes d'amitié que je leur en dois certes beaucoup.

Tu me parles de distractions possibles pour toi, à Honfleur, et que tu n'acceptes pas, parce que tu porterais partout un cœur *gros de chagrin!* Je t'en supplie, profites-en ; accepte tous les moyens de te distraire. Malgré que je sois bien en retard relativement à une foule de choses, argent, devoirs, travail, il ne faut pas encore désespérer.

Je ne peux pas appeler rhume ce que j'ai éprouvé, — et qui n'est pas encore tout à fait disparu. Je n'ose même pas descendre dans la cour. C'est une espèce de rhumatisme aigu à la tête, avec des crises, et des reprises successives. Plusieurs fois je me suis cru délivré, et puis, sans cause apparente, il y avait une reprise le lendemain. —

— (Je croyais qu'il y avait d'autres caisses à moi dans la maison inhabitée.)

Je t'embrasse. Ne m'oublie pas. Je m'ennuie affreusement.

CHARLES.

Quant à la fièvre, elle est partie, Dieu merci! — Mais je te supplie de ne pas te mettre martel en tête à propos de ces infirmités. Pures infirmités, qui disparaîtraient bien vite, si j'étais content.

158. – *À Narcisse Ancelle*

[Bruxelles.] Dimanche 12 février 1865.

Mon cher ami, je vous remercie. Je me souviendrai que j'ai déjà reçu 300 francs sur le compte de cette année, — et 500 sur les huit derniers mois de la dernière. Quant aux sommes reçues dans les quatre premiers mois, je n'en ai pas tenu note. Écrivez-moi le plus tôt que vous pourrez, non pas seulement parce que j'ai hâte de savoir où nous en sommes, et de savoir que tous mes petits bibelots sont en sûreté chez vous, mais aussi parce que je m'ennuie mortellement. Il n'y a ici qu'une seule personne que je puisse voir avec plaisir, et elle demeure au diable, à l'extrémité d'un faubourg[1].

Je crois qu'il sera prudent, quand vous reverrez Jacquinet, de faire avec lui le compte des objets, la *note en main.* Il y a dans cette note de petites indications ajoutées, auxquelles il faut faire attention, par exemple : *Dessin à fixer* (s'il n'est pas *fixé*), c'est-à-dire qu'il faut lui faire subir une préparation qui le rende ineffaçable. — *Dessin mal monté, à remonter;* — etc... — Ce Jacquinet n'est habile que dans les nettoyages, et d'ailleurs c'est un homme de désordre.

Je vous demande mille pardons de tout le tintouin que je vous cause. Je n'ai jamais tant ragé que dans ces dix derniers jours, attendant des nouvelles, n'en recevant que de mauvaises, et complètement impuissant pour agir. Il y a dix jours que j'aspire à recevoir des nouvelles importantes, relatives à mes tripotages littéraires, et Rien, Rien, Rien!

Ce matin, pour la première fois, depuis longtemps, j'ai mangé solidement, avec la gourmandise d'un enfant. C'était trop tôt. Je sens la migraine qui me reprend.

J'ai passé en revue, il y a peu de jours, un paquet de lettres de Proudhon, fort curieuses, adressées à des amis de Belgique. Théophile Thoré (vous vous souvenez de lui, celui qui signe depuis quelques années William Bürger) est venu me voir, il y a quelque temps. Nous ne nous étions pas vus depuis vingt ans, ou peu s'en faut. J'ai éprouvé, à le revoir, un immense plaisir. Du reste, je suis en humeur de trouver du génie à tous les Français. Thoré, quoique républicain, a toujours eu des mœurs élégantes. Il me racontait qu'il avait fait une fois un voyage avec Proudhon, mais qu'il avait été obligé d'abandonner celui-ci, à cause du dégoût que lui inspirait, à lui Thoré, l'affectation rustique de Proudhon, affectation de grossièreté, en toutes choses, impertinence de paysan. — Ainsi, on peut être à la fois un *bel esprit* et un *rustre*, — comme on peut en même temps posséder un *génie spécial* et être un *sot*. Victor Hugo nous l'a bien prouvé. — À propos, ce dernier va venir habiter Bruxelles. Il a acheté une maison dans le quartier Léopold. Il paraît que lui et l'Océan se sont brouillés. Ou il n'a pas eu la force de supporter l'Océan, ou l'Océan *lui-même* s'est ennuyé de lui. — C'était bien la peine d'arranger soigneusement un palais sur un rocher! Quant à moi, seul, oublié de tout le monde, je ne vendrai la maisonnette de ma mère qu'à la dernière extrémité. — Mais j'ai encore plus d'orgueil que Victor Hugo, et je sens, je sais que je ne serai jamais si bête que lui. — On est bien partout (pourvu qu'on se porte bien, et qu'on ait des livres et des gravures), *même en face de l'Océan.*

Proudhon n'avait jamais lu Victor Hugo; il aurait dû

lire les poésies ; mais on lui prêta *Les Misérables* (le déshonneur de Hugo) ; il annota les deux premiers volumes ligne à ligne. Ce devait être une merveille de drôlerie ; la logique corrigeant l'absence de logique ! — Or, le propriétaire belge de l'exemplaire (admirez le Belge !) trouvant son exemplaire souillé, a soigneusement effacé toutes les notes. Et voilà un monument perdu !

Qui donc a écrit au dos de l'enveloppe de votre lettre : *Salut et Confraternité !* ou *Salut confraternel*, ou *Salutations confraternelles*, — mots qui ont été salis par le timbre ? — Ce langage n'est pas celui de *vos amis*. Mais cela m'a remis en mémoire les enthousiasmes et les drôleries de Février[2]. Que c'est vieux, déjà !

Savez-vous que les fils du roi Léopold reçoivent, avec l'assentiment de leur papa, une rente de l'empereur Napoléon III, comme indemnité de leur part perdue dans l'héritage (saisi) de la maison des D'Orléans ? — Âmes ignobles ! Dynasties condamnées ! — Notre Empereur est peut-être un grand coquin, mais il aime mieux la gloire que l'argent ; à cause de cela, il est intéressant. — Du reste, je vérifierai le fait avant de le publier. — Cela n'est pas facile.

Il me tarde de voir *La Vie de César*, et de savoir si Napoléon-Louis est un vrai homme de lettres[3].

Mes compliments à Mme Ancelle.

Bien à vous. Ne m'oubliez pas.

C. B.

159. – *À Michel Lévy*

[Bruxelles,] 15 février 1865.

Mon cher Michel, je ne suis pas libraire, et je crois que vous n'avez aucune confiance dans mes idées.

Cependant il se pourrait que mon idée fût bonne.

Depuis neuf mois que je suis ici, je n'ai jamais parlé à M. Lacroix, je ne l'ai jamais salué, à cause de l'horreur instinctive qu'il m'a inspirée !

Un jour, je causais avec Verboeckhoven, et je lui suggérai l'idée, comme il me parlait d'écrivains étrangers bons à traduire, de publier une nouvelle traduction de *Melmoth le Voyageur*, ouvrage oublié, le code du Romantisme, l'admiration de Balzac et de Victor Hugo[1]. En fait de Romantisme, je m'y connais.

— J'apprends que ces messieurs viennent de commander cette traduction à Mlle Judith. Quel massacre d'un chef-d'œuvre ! Je sais comment ces messieurs font faire leurs traductions, — à 25 francs la feuille, — par des gens qui ne savent pas la langue. J'ai eu entre les mains l'*Histoire de la guerre de Crimée* de Kinglake (cela ne porte pas le nom de Lacroix, puisqu'il a un brevet de libraire à Paris, ce serait dangereux), et je devinais les contresens sans avoir le texte anglais sous les yeux.

Faire faire une vraie et spirituelle traduction du *Melmoth* de Maturin peut être *une bonne affaire*, et à coup sûr on n'y peut pas perdre d'argent. Ensuite, il y aurait quelque honneur à faire cela. Vous pourrez, dans vos nombreuses relations, trouver un littérateur instruit qui vous fera une bonne et *littérale* traduction à un prix *honnête* et modéré, mais très supérieur à ce que Lacroix paye à ses manœuvriers. Que votre traducteur aille rondement, et vous tuez l'opération de Lacroix.

Il va sans dire *qu'il ne s'agit de moi en aucune façon.* J'ai consacré beaucoup de temps à Edgar Poe, parce qu'il me ressemble un peu. Je ne suis pas traducteur.

Peut-être êtes-vous d'amitié avec Mlle Judith ? — auquel cas mon idée est détruite.

J'ai trouvé le procédé *belge* un peu trop *incourtois*, et j'ai trouvé bon de vous indiquer une malice, où il y a peut-être une bonne affaire et une *noble* affaire. — Publiez les *Histoires grotesques et sérieuses* le plus tard que vous pourrez ; je suis sans le sol, et très intéressé à tirer du sac les dernières moutures.

Je suis, comme vous voyez, un bon haïsseur, selon l'expression de Byron[2] — je crois d'ailleurs que la colère m'a fait faire un *bon* livre sur la Belgique.

Avez-vous lu l'infâme article d'*Éraste* contre Henri Heine et les poètes sataniques ? Je suis en train de faire une réponse[3].

Tout à vous.

CH. BAUDELAIRE.

Remerciez-moi par intention, puisque vous n'écrivez jamais.

160. – *À Madame Paul Meurice*

[Bruxelles.] Samedi 18 février 1865.

Vos lettres, chère Madame, sont toujours pleines de bonté ; mais le plaisir que cette bonté me cause ne ferme pas mes yeux sur vos talents satiriques, que d'ailleurs j'avais toujours soupçonnés. — J'ai été particulièrement touché par ce que vous me dites des sentiments de Meurice à mon égard. Remerciez-le pour moi.

Manet m'avait écrit un mot déjà relativement à cette affaire de *Melmoth*. J'ai été irrité pour deux raisons ; la première, c'est que j'ai toujours été pénétré de ce sentiment bizarre, qu'il faut cacher les belles choses, et en jouir aristocratiquement ; la seconde, c'est que je me souviens parfaitement d'avoir causé, il y a huit mois, avec Verboeckhoven de livres bons à ressusciter. Il ne connaissait pas Maturin, et je lui ai expliqué ce que c'était. Il me dit : « J'en parlerai à Lacroix. » Mais je ne m'offrais pas comme traducteur. J'ai peur de ces besognes-là. J'ai perdu beaucoup de temps à traduire Edgar Poe, et le grand bénéfice que j'en ai tiré, c'est que quelques bonnes langues ont dit que j'avais emprunté à Poe *mes* poésies, lesquelles étaient faites dix ans avant que je connusse les œuvres de ce dernier.

Je regarde les traductions comme un moyen de paresseux de battre monnaie. — L'affaire, telle que je vous la raconte, n'implique pas contradiction avec la manière dont vous me la contez. Seulement j'ai fait, sans le savoir, les affaires de Mlle Judith. Je ne m'étais pas offert, mais quand ces messieurs ont décidé de publier Maturin, la courtoisie les obligeait à offrir le travail à celui qui le leur avait suggéré.

Alors, j'ai écrit à deux libraires de Paris, Michel Lévy et Julien Lemer, pour leur conseiller de faire faire rapidement cette traduction. Mais je ne me suis pas offert davantage. J'avoue que j'éprouverais un certain plaisir à jouer un mauvais tour à M. Lacroix, — *que d'ailleurs je ne connais pas, à qui je n'ai jamais parlé, que je n'ai jamais salué.*

Maintenant, je réponds à quelques-unes des idées que vous m'exprimez si gracieusement. D'abord, Meurice se trompe quand il considère Maturin comme un auteur difficile à comprendre. C'est de l'anglais, aussi simple, aussi limpide, aussi clair que possible. — La difficulté, si difficulté il y a, consiste, non pas à comprendre, mais à exprimer. Il y a dans cet auteur une bizarrerie et une violence de sentiments excessive, et puis des habitudes de métaphores prodigieuses, bref un style étrange, d'une autre époque. C'est un *vieux romantique*, et pour le bien interpréter, il faut être un *vieux romantique*.

Collaborer avec Mlle Judith, c'est là une idée folle.

Quant à un travail critique et biographique, en supposant que ces messieurs y consentent, j'y vois un autre inconvénient. Dans un pareil travail, il faudrait expliquer ce que c'est que Maturin, quel rang il occupe dans l'histoire de la littérature moderne, ce que c'est que la littérature satanique, par où il touche à Byron, etc., etc. — Or, voyez-vous la belle figure que peut faire une pareille préface, si la traduction ne donne pas une idée suffisamment haute de l'auteur vanté ! — Je veux croire que la traduction de Mlle Judith sera bonne ; mais je sais que les traductions commandées par Lacroix sont, en général, exécrables. J'en ai eu quelques-unes sous les yeux. Cela est fait *à l'économie*, et par des gens qui, obligés, par état, de savoir deux langues, n'en savent même pas une. (Voyez, par exemple, l'*Histoire de la guerre de Crimée*, par Kinglake. Les contresens se devinent, sans le secours de l'original.) Vous feriez peut-être bien de lire ma lettre à Meurice. Il trouvera bien naturel que Manet et vous, vous m'ayez averti.

En tout cas, remerciez-le bien de l'intérêt qu'il a témoigné pour moi dans cette affaire.

Je ne partage pas du tout vos opinions sévères sur les femmes qui montrent beaucoup de nudités. Cela est très agréable pour ceux qui n'ont pas de femme à perdre, pour ceux qui se sont mis hors des intérêts humains, et qui ne cherchent que le spectacle. Je crois même que la chose est agréable à ceux qui seraient plutôt intéressés à cacher leurs femmes. Ça les rend fiers.

Ne me parlez jamais de MM. St.....[1] Ce sont d'ailleurs des gens enviables, particulièrement Arthur, qui croit que toutes les femmes se sont jetées à sa tête. Mais ce n'est pas là *une originalité, dans ce pays du moins.* Chaque Belge est convaincu de la même chose, relativement à lui-même.

Croyez à ma constante amitié.

CH. BAUDELAIRE

P. S. — Je blâme, comme vous, tous ces hommes brutaux qui fuient les femmes ; mais il faut dire, à leur décharge, que les femmes sont beaucoup moins aimables qu'autrefois.

161. – *À Auguste Poulet-Malassis*

[Environ 1er mars 1865.]

À Monsieur E. R.[1]

Mon cher ami, je viens de lire vos curieuses notes sur Proudhon, et je trouve, à la page 11 du soixante-huitième numéro de *La Petite Revue*, une anecdote que je vous ai contée, il y a longtemps, et qui s'est transformée dans votre mémoire[2].

« Un citoyen le contemplait dans les bureaux du *Peuple*, etc...... »

Ce citoyen, mon ami, c'était moi. J'étais allé, un soir, chercher le citoyen Jules Viard dans les bureaux du *Représentant du peuple*.

Proudhon y était, entouré de ses collaborateurs, et leur distribuait des instructions et des conseils pour le numéro du lendemain.

Peu à peu, chacun le quitta, et je restai seul avec lui ; il me dit que Viard était parti depuis longtemps, et nous nous mîmes à causer. Comme je lui appris, dans la conversation, que nous avions quelques amis communs, entre autres Ricourt, il me dit : « Citoyen, voilà l'heure du dîner ; voulez-vous que nous dînions ensemble ? »

Nous allâmes chez un petit traiteur récemment installé rue Neuve-Vivienne ; Proudhon jasa beaucoup, violemment, amplement, m'initiant, moi, inconnu pour lui, à ses plans et à ses projets, et lâchant involontairement, pour ainsi dire, une foule de bons mots.

J'observai que ce polémiste mangeait énormément et qu'il ne buvait presque pas, tandis que ma sobriété et ma soif contrastaient avec son appétit. « Pour un homme de lettres, lui dis-je, vous mangez étonnamment. »

« C'est que j'ai de grandes choses à faire », me répondit-il ; avec une telle simplicité que je ne pus deviner s'il parlait sérieusement ou s'il voulait bouffonner.

Je dois ajouter, — puisque vous attachez aux plus petits détails une importance souvent légitime, — que, le repas fini, quand je sonnai le garçon pour payer notre dépense commune, Proudhon s'opposa si vivement à mon intention que je le laissai tirer sa bourse, mais qu'il m'étonna un peu en ne payant que strictement son dîner. — Peut-être en inférerez-vous un goût décidé de l'égalité et un amour exagéré du droit ?

Tout à vous.

CH. B....

162. – *À Sainte-Beuve*

[Bruxelles,] 15 mars. [18]65.

Cher ami,

Je profite des *Histoires grotesques et sérieuses* pour me rappeler à votre souvenir[1]. — Quelquefois, le matin, je cause de vous avec M. Muller, de Liège, à côté de qui je déjeune, — et le soir, après le dîner, je relis *Joseph Delorme* avec Malassis. Décidément vous aviez raison ; *Joseph Delorme,* c'est *Les Fleurs du Mal* de la veille. La comparaison est glorieuse pour moi. Vous aurez la bonté de ne pas la trouver offensante pour vous.

Et la préface de la *Vie de César*? Est-ce assez *prédestinatien*[2] ?

Tout à vous.

C. B.

Bruxelles.
Rue de la Montagne. 28.

163. – *À Auguste Poulet-Malassis*

[Environ 22 avril 1865.]

[Sonnet pour s'excuser de ne pas accompagner un ami à Namur.]

Puisque vous allez vers la ville[1]
Qui bien qu'un fort mur l'encastrât,
Défraya la verve servile
Du fameux poète Castrat,

Puisque vous allez en vacances
Goûter un plaisir recherché,
Usez toutes vos éloquences,
Mon bien cher Coco-Malperché

(Comme je le ferais moi-même)
À dire là-bas combien j'aime
Ce tant folâtre Monsieur Rops

Qui n'est pas un grand prix de Rome,
Mais dont le talent est haut comme
La pyramide de Chéops.

164. – *À Sainte-Beuve*

[Bruxelles.] Jeudi 30 mars 1865.

Mon cher ami,

Je vous remercie de votre excellente lettre; pouvez-vous en écrire d'autres que d'excellentes? Quand vous m'appelez : *Mon cher enfant*, vous m'attendrissez et vous me faites rire en même temps. Malgré mes grands cheveux blancs, qui me donnent l'air d'un académicien (*à l'étranger*), j'ai grand besoin de quelqu'un qui m'aime assez pour m'appeler son enfant; mais je ne puis m'empêcher de penser à ce burgrave de cent vingt ans qui parlant à un burgrave de quatre-vingts lui dit : *Jeune homme, taisez-vous*[1] ! (entre parenthèses, et ceci soit dit entre nous, si j'écrivais une tragédie, je craindrais de lâcher des traits *de cette force*, et de toucher *un autre but* que *celui* auquel j'aurais visé).

Seulement, j'observe que dans votre lettre il n'y a aucune allusion à l'exemplaire d'*Histoires grotesques et sérieuses*, que j'ai prié Michel Lévy de vous transmettre. J'ai le droit d'en conclure que ce libraire, appartenant à une race qui a crucifié Notre-Seigneur, a pu, très naturellement, faire l'économie d'un exemplaire à votre détriment. Je vous jure d'ailleurs que je n'ai nullement l'intention de vous soutirer la moindre *réclame* pour ce livre. Mon seul but était, sachant comme vous savez bien distribuer votre temps, de vous fournir l'occasion de jouir encore une fois d'une étonnante subtilité de logique et de sentiments. Il y a des gens qui trouveront que ce cinquième volume est inférieur aux précédents; mais cela m'est bien indifférent.

Nous ne broyons pas tant d'ennui que vous croyez, Malassis et moi. Nous avons appris à *nous passer de tout*, dans un pays *où il n'y a rien*, et nous avons compris que certains plaisirs (ceux de la conversation, par exemple) augmentent à mesure que certains besoins diminuent.

À propos de Malassis, je vous dirai que je suis émerveillé de son courage, de son activité et de son incorrigible gaîté. Il est arrivé à une érudition fort étonnante en fait de livres et de gravures. Tout l'amuse et tout l'instruit. — Un de nos grands amusements, c'est quand il s'applique à faire l'athée, et quand je m'ingénie à faire le jésuite. Vous savez que je peux devenir dévot par contradiction (*surtout ici*), de même que, pour me rendre impie, il suffirait de me mettre en contact avec un curé *souillon* (souillon de corps et d'âme). — Quant à la publication de quelques livres *badins*, qu'il s'est amusé à corriger avec la même religion qu'il aurait mise au service de Bossuet ou de Loyola, j'en ai même tiré un petit, petit bénéfice inattendu, *c'est une intelligence plus nette de la Révolution française*. Quand les gens s'amusent de certaine façon, c'est un bon diagnostic de révolution.

Alexandre Dumas vient de nous quitter. Ce brave homme est venu s'exhiber avec sa candeur ordinaire. Tout en faisant la queue autour de lui pour attraper une poignée de main, les Belges se sont moqués de lui. Cela est ignoble. Un homme peut être respectable pour sa *vitalité*, vitalité de nègre, c'est vrai. Mais je crois que bien d'autres que moi, amoureux du sérieux, ont été entraînés par *La Dame de Monsoreau* et par *Balsamo*.

Comme je suis fort impatient de revenir en France, j'ai écrit à Julien Lemer pour le charger de mes petites affaires. Je voudrais rassembler en *trois* ou *quatre* volumes les meilleurs de mes articles sur les *Excitants*, sur les *peintres* et sur les *poètes* (en y ajoutant une série de *Considérations sur la Belgique*). Si dans une de vos rares flâneries, vous passez sur le boulevard de Gand[2], fouettez un peu sa bonne volonté, et exagérez ce que vous pensez de moi.

Je dois avouer qu'il manque trois fragments importants, — un sur la *Peinture didactique* (Cornelius, Kaulbach, Chenavard, Alfred Rethel), — un autre, *Biographie des Fleurs du Mal*, — et enfin un dernier : *Chateaubriand et sa famille*. — Vous savez que ma passion pour ce vieux DANDY est incorrigible. — En somme, peu de travail ; dix jours peut-être. Je suis riche de notes.

Pardonnez-moi si je me mêle d'une question délicate ; mon excuse est dans mon désir de vous voir content (en supposant que certaines choses vous contenteraient), et de voir tout le monde vous rendre justice. J'entends beaucoup de gens qui disent : « Tiens ! Sainte-Beuve n'est pas encore sénateur ? » — Il y a bien des années, je disais à E. Delacroix, avec qui j'avais tout mon franc-parler, que beaucoup de jeunes gens préféreraient le voir restant à l'état de pariah et de révolté. (Je faisais allusion à son obstination à se présenter à l'Institut.) Il me répondit : « Mon cher Monsieur, si mon bras droit était frappé de paralysie, la qualité de membre de l'Institut me donnerait droit à l'enseignement, et en supposant que je me porte toujours bien, l'Institut peut servir à payer mon café et mes cigares. » En deux mots, je crois qu'il se forme, relativement à vous, dans bien d'autres esprits que le mien, une certaine accusation d'ingratitude contre le gouvernement de Napoléon. — Vous me pardonnez, n'est-ce pas ? de violer les limites de la discrétion ; vous savez combien je vous aime ; et puis je bavarde comme quelqu'un qui a rarement l'occasion de causer.

Je viens de lire le long discours d'Émile Ollivier[3]. C'est bien singulier. Il parle, ce semble, avec l'autorité d'un homme qui a un gros secret dans sa poche.

Avez-vous lu l'abominable feuilleton de Janin contre les poètes mélancoliques et railleurs (à propos de Henri Heine) ? — *Et Viennet cité parmi les grands poètes* de la France ! — et quinze jours après, feuilleton *en faveur de Cicéron !* Est-ce qu'il prend Cicéron pour un orléaniste ou pour un académicien ?

M. de Sacy dit : « *Cicéron, c'est* NOTRE *César, à* NOUS ! » Oh ! non, n'est-ce pas ?

Votre bien affectionné.

CHARLES BAUDELAIRE.

Sans aucune transition, je vous dirai que je viens de trouver une admirable ode mélancolique de Shelley, composée au bord du golfe de Naples[4], et qui se termine par ces mots : *Je sais que je suis de ceux que les hommes n'aiment pas ; mais je suis de ceux dont ils se souviennent !* À la bonne heure ! voilà de la poésie.

Jeudi 4 mai 1865.

Mon cher Sainte-Beuve, comme je prenais la plume pour vous écrire quelques mots de félicitation au sujet de votre nomination[5], je retrouve une lettre que je vous écrivais le 30 mars, et qui n'est pas partie, probablement par une étourderie de ma part ou de la part des gens de l'hôtel.

Je la relis ; je la trouve gamine, enfantine. Mais je vous l'envoie tout de même. Si elle vous fait rire, je ne dirai pas : tant pis, mais tant mieux. Je ne crains pas du tout, connaissant votre indulgence, de me montrer nu devant vous.

Au passage qui a trait à Julien Lemer, j'ajouterai que j'ai fini les fragments en question (excepté le livre sur la *Belgique*, que je n'ai pas le courage de finir ici), et que, obligé d'aller à Honfleur pour chercher tous les autres morceaux composant les livres annoncés à Lemer, je passerai sans doute à Paris le 15 pour le tourmenter un peu. Si, par hasard, vous le voyez, vous pouvez le lui annoncer

Quant à Malassis, sa terrible affaire arrive le 12. Il se croit sûr d'être condamné à cinq ans[6]. Ce qu'il y a de grave, c'est que ça lui ferme la France pour cinq ans. Que ça lui coupe momentanément les vivres, je n'y vois pas un si grand mal. Il sera contraint de faire autre chose. C'est trop compter sur l'esprit universel que de braver la pudeur publique obligatoire. Pour moi, qui ne suis pas une bégueule, je n'ai jamais possédé un de ces livres imbéciles, même imprimé en beaux caractères et avec de belles gravures.

Hélas ! les *Poèmes en prose*, auxquels vous avez encore décoché un encouragement récent, sont bien attardés. Je me mets toujours sur les bras des besognes difficiles. Faire *cent* bagatelles laborieuses qui exigent une bonne humeur constante (bonne humeur nécessaire même pour traiter des sujets tristes), une excitation bizarre qui a besoin de spectacles, de foules, de musique, de réverbères même, voilà ce que j'ai voulu faire ! Je n'en suis qu'à *soixante*, et je ne peux plus aller. J'ai besoin de ce fameux *bain de multitude*[7] dont l'incorrection vous avait justement choqué.

Monselet est venu ici. J'ai lu votre article. J'ai admiré votre souplesse et votre aptitude à entrer dans l'âme de tous les talents. Mais à ce talent-là il manque quelque chose que je ne saurais définir. Monselet est allé à Anvers, où il y a des choses magnifiques, surtout des échantillons de ce monstrueux style jésuitique qui me plaît si fort, et que je ne connaissais guère que par la chapelle du Collège de Lyon, qui est faite avec des marbres de diverses couleurs ; Anvers a un musée d'une nature très spéciale, plein de choses inattendues, même pour ceux qui savent remettre l'école flamande à sa vraie place. Enfin, cette ville a un grand air solennel de vieille capitale, augmenté par un grand fleuve. Je crois que ce brave garçon n'a rien vu de tout cela. Il n'a vu qu'une grosse friture qu'il est allé manger de l'autre côté de l'Escaut. C'est d'ailleurs un homme charmant.

Décidément, je vous félicite de tout mon cœur. Vous voilà maintenant l'égal (officiellement) de beaucoup de gens médiocres. Peu m'importe. Vous en aviez envie, n'est-ce pas ? besoin peut-être ? Vous êtes content, donc je suis heureux.

Tout à vous.

C. B.

165. – *À Édouard Manet*

[Bruxelles.] Jeudi 11 mai 1865.

Mon cher ami, je vous remercie de la bonne lettre que M. Chorner m'a apportée ce matin, ainsi que du morceau de musique[1].

J'ai depuis quelque temps l'intention de traverser

Paris deux fois, une fois pour aller à Honfleur, une fois en revenant ; je n'avais confié cela qu'à ce fou de Rops, en lui recommandant le secret, car j'aurai à peine le temps de serrer la main à deux ou trois amis ; mais, d'après ce que me dit M. Chorner, Rops a dit la chose à plusieurs personnes, d'où il suit naturellement que beaucoup de personnes me croient à Paris et me traitent d'ingrat et d'oublieux.

Si vous voyez Rops, n'attachez pas trop d'importance à de certains airs violemment provinciaux. Rops vous aime, Rops a compris ce que vaut votre intelligence, et m'a même confié de certaines observations faites par lui sur les gens qui vous haïssent (car il paraît que vous avez l'honneur d'inspirer de la haine). Rops est *le seul véritable artiste* (dans le sens où j'entends, moi, et moi tout seul peut-être, le mot *artiste*), que j'aie trouvé en Belgique.

Il faut donc que je vous parle encore de vous. Il faut que je m'applique à vous démontrer ce que vous valez. C'est vraiment bête ce que vous exigez. *On se moque de vous ;* les *plaisanteries* vous agacent ; on ne sait pas vous rendre justice, etc., etc. Croyez-vous que vous soyez le premier homme placé dans ce cas ? Avez-vous plus de génie que Chateaubriand et que Wagner ? On s'est bien moqué d'eux cependant ? Ils n'en sont pas morts. Et pour ne pas vous inspirer trop d'orgueil, je vous dirai que ces hommes sont des modèles, chacun dans son genre, et dans un monde très riche et que vous, *vous n'êtes que le premier dans la décrépitude de votre art.* J'espère que vous ne m'en voudrez pas du *sans-façon* avec lequel je vous traite. Vous connaissez mon amitié pour vous.

J'ai voulu avoir l'impression *personnelle* de ce M. Chorner, autant du moins qu'un Belge puisse être considéré comme *une personne.* Je dois dire qu'il a été gentil, et ce qu'il m'a dit s'accorde avec ce que je sais de vous, et ce que quelques gens d'esprit disent de vous : « *Il y a des défauts, des défaillances, un manque d'aplomb, mais il y a un charme irrésistible.* » Je sais tout cela ; je suis un des premiers qui l'ont compris. Il a ajouté que le tableau représentant la femme nue, avec la négresse, et le chat (est-ce un chat décidément ?), était très supérieur au tableau religieux[2].

Rien de nouveau quant à Lemer. — Je crois que j'irai moi-même secouer Lemer. Quant à finir ici *Pauvre Belgique*, j'en suis incapable ; je suis affaibli, je suis mort. J'ai une masse de *Poèmes en prose* à répandre dans deux ou trois revues. Mais je ne peux plus aller. Je souffre d'un mal que je n'ai pas, comme quand j'étais gamin et que je vivais au bout du monde. Et cependant je ne suis pas patriote.

C. B.

166. – *À Madame Paul Meurice*

[Bruxelles.] Mercredi, 24 mai 1865.

Il faut, ma chère Madame, que vous soyez bien intimement coquette ou bien incrédule à l'amitié pour avoir béni la maladie, dans l'espérance qu'elle vous rendrait plus intéressante. Vous n'avez, je vous le jure, aucun besoin d'ornements de circonstance et j'ajoute qu'il faut aussi que vous soyez bien crédule pour vous figurer que la maladie attire l'amitié. Elle peut attirer l'amitié vraie (celle qui est inspirée par *mon* Dieu ; car, pour votre

Dieu, je ne vois pas *qui il est*[1], à moins qu'il ne soit celui de MM. Rogeard, Michelet, Benjamin Gastineau, Mario Proth, Garibaldi, et de l'abbé Châtel). Mais elle n'attire jamais l'amitié banale et légère. Je me souviens qu'un jour, étant dans un cas fort grave, j'ai fait prier quatre fois un de mes amis de me venir voir[2]. Enfin, son père m'a répondu, pour lui, qu'il me priait d'excuser son fils, mais que celui-ci ayant *une insurmontable horreur du sang*, ne pouvait pas prendre sur lui de me venir voir. Je me suis guéri, j'ai retrouvé mon ami, et je ne l'ai jamais plaisanté sur sa couardise à l'endroit du sang.

Je suis bien aise que vous souffriez un peu de temps en temps. — Passez par la fournaise, chacun y gagne ; je ne pousserai pas la brutalité jusqu'à vous dire, comme ce butor de Veuillot, que, *si vous souffrez, c'est que vous avez péché !* Je crois qu'il est bon que les innocents souffrent. Je suis bien peu galant, n'est-ce pas ? et j'ose écrire à une femme, sans assaisonner ma lettre de galanteries et de fadaises. Combien de fois, vous trouvant si gentille, si gracieuse et si bonne, ai-je eu envie de vous sauter au cou et de vous embrasser ? Mais cela n'eût pas été *convenable ;* vous connaissez mon respect pour le *convenable ;* et puis, pour achever ma confession, je me suis dit : *Elle est femme ; donc, elle ne comprendra pas le sens de mon embrassade.* Ouf ! ceci étant dit, je n'en parlerai plus jamais.

Quand vous verrez Manet, dites-lui ce que je vous dis, que la petite ou la grande fournaise, que la raillerie, que l'insulte, que l'injustice sont des choses excellentes, et qu'il serait ingrat, s'il ne remerciait l'injustice. Je sais bien qu'il aura quelque peine à comprendre ma théorie ; les peintres veulent toujours des succès immédiats ; mais, vraiment, Manet a des facultés si brillantes et si légères qu'il serait malheureux qu'il se décourageât. Jamais il ne comblera absolument les lacunes de son tempérament. Mais il a *un tempérament*, c'est l'important ; et il n'a pas l'air de se douter que, plus l'injustice augmente, plus la situation s'améliore, — à condition qu'il ne perde pas la tête (vous saurez dire tout cela gaiement, et sans le blesser).

J'ai été *contraint*, il y a quelque temps, de dîner chez Mme Hugo ; ses deux fils m'ont vigoureusement sermonné, mais j'ai fait le bon enfant, moi, républicain avant eux, et je pensais en moi-même à une méchante gravure représentant Henri IV à quatre pattes, portant ses enfants sur son dos[3]. — Mme Hugo m'a développé un plan majestueux *d'éducation internationale* (je crois que c'est une nouvelle toquade de ce grand parti qui a accepté l'entreprise du bonheur du genre humain). Ne sachant pas parler facilement, à toute heure, surtout après dîner, surtout quand j'ai envie de rêver, j'ai eu toutes les peines du monde à lui expliquer qu'il y avait eu de grands hommes AVANT *l'éducation internationale ;* et que, les enfants n'ayant pas d'autre but que de manger des gâteaux, de boire des liqueurs en cachette, et d'aller voir les filles, il n'y aurait pas plus de grands hommes APRÈS. — Heureusement pour moi, je passe pour fou, et on me doit de l'indulgence.

Très sérieusement, très définitivement, j'irai vous serrer les mains entre le 1er et le 5 juin. — Si, dans vos conversations avec votre mari, mon nom intervenait, présentez-lui mes amitiés, et expliquez-lui comment, — bien que *je ne pense pas comme lui*, — j'ai le droit de me considérer comme *un honnête homme.*

Le célèbre [4] m'a fait, lui aussi, un sermon de deux heures (il croit que c'est là une conversation), à la fin duquel je lui ai simplement dit : *Monsieur, vous sen-*

tez-vous assez fort pour aimer un merdeux qui ne pense pas comme vous ? Le pauvre innocent en a été suffoqué !

Tout à vous, votre bien dévoué.

C. B.

167. – *À Champfleury*

[Bruxelles.] Jeudi 25 mai 1865.

[...] J'ai voulu dire que le génie satirique de Daumier n'avait rien de commun avec le génie satanique ; c'est bon à dire, dans un temps où les portraits de certains personnages, par exemple Jésus-Christ, sont altérés par des sots qui y sont complètement intéressés [1] ?

[...]

Manet a un fort talent, un talent qui résistera. Mais il a un caractère faible. Il me paraît désolé et étourdi du choc [2]. Ce qui me frappe aussi, c'est la joie de tous les imbéciles qui le croient perdu.

168. – *À Catulle Mendès*

[Bruxelles,] 3 sept[embre] 1865.

Mon cher Mendès,

Je vous remercie de votre lettre et de votre bon souvenir. Je pourrai peut-être vous être agréable un de ces jours par quelque lecture de poésies anglaises, ou bien par une étude critique que j'ai faite moi-même sur *Les Fleurs du Mal*[1].

J'avais eu autrefois une idée analogue à la vôtre, c'était une série de récitations (entrecoupées d'observations critiques) formant une espèce de perspective de la poésie française — ou un arbre généalogique. Il y a de si belles choses, si peu connues !

Le grand danger de votre entreprise, c'est de devenir une foire, une exhibition d'impuissances et de vanités, et de médiocrités. *Cinq ou six poètes par soirée !* grand Dieu ! Dans les siècles *féconds*, il y en a dix, *peut-être.*

Cela me fait penser à une queue d'article d'un journal belge, à propos de l'enterrement (*civil*) d'Armellini.

— Description minutieuse du catafalque.

— Et puis : « ..... Derrière, suivait L'INNOMBRABLE MULTITUDE DES LIBRES PENSEURS ».

Or, combien y en a-t-il eu depuis les temps historiques ?

Pour laisser les farces de côté, je vous souhaite une bonne chance, et je vous prie de présenter mes vives amitiés à Leconte de Lisle, et à ce bon Philoxène Boyer, que je n'ai pas vu depuis des années, et à qui je pense souvent. — Il pourra, je crois, vous rendre de grands services.

Tout à vous. — C'est ici un pays affectionné par la névralgie. C'est pourquoi je vous réponds si tard.

CHARLES BAUDELAIRE.

Note.

« … puis deux ou trois jeunes gens *comme moi.* » Il y a là, mon cher ami, une petite affectation de modestie qui me choque. Vous savez bien que je connais tous vos vers, et je pourrais vous étonner en vous en récitant quelques-uns, — que je n'ai lus qu'une fois.

169. – *À Sainte-Beuve*

[Bruxelles,] 3 sept[embre] 1865.

Mon cher ami, que vous seriez bon et aimable, si vous pouviez prendre cinq minutes sur vos occupations journalières pour m'écrire quelques lignes !

Je suis revenu ici (à Bruxelles) le 15 juillet. *Rien de neuf de l'affaire Lemer-Garnier* depuis le 9 août[1], jour où j'ai reçu une lettre de Lemer, me disant qu'il avait vu trois fois Hippolyte Garnier, et qu'il espérait conclure avant le 12, Garnier devant se mettre en voyage de nouveau, le 12. — Depuis lors, silence absolu. Lemer est un disciple trop zélé de Pythagore[2]. Et puis il ne sait pas ce que sont les nerfs des gens exilés, sans nouvelles et sans communications.

(L'affaire est-elle manquée ? ou bien a-t-elle été remise jusqu'au retour de M. Garnier, et celui-ci est-il toujours absent ? Impossible de rien deviner de cela.)

Mais ce qui m'avancerait beaucoup dans mon travail de conjectures, ce serait de savoir *si vous avez été consulté.* Dites-le-moi, je vous en prie, je ne vous demande que cela. Si vous avez été consulté, ce sera pour moi une preuve que la question a marché. Cependant, si, me connaissant aussi bien que je me connais, vous voulez me dire quelques injures sur ma faiblesse, mon découragement, dites, dites. Des injures de vous me feront plaisir, et cela me prouvera au moins que vous êtes en bonne santé.

Si je pouvais remplir dix pages avec les impressions que j'ai ressenties par le dernier volume que vous m'avez donné[3], je suis sûr que je vous amuserais. Je l'ai lu lentement, car la lecture en chemin de fer me blesse les yeux, et dans ce vilain climat, je suis rongé de névralgies. — Je connais maintenant ce M. Deleyre ; mais vous me l'avez si bien fait comprendre qu'il me semble que j'ai connu d'autres Deleyre. Ce n'est plus un individu ; c'est un genre.

Votre dénombrement de l'armée des cafards et des ultras, sous la Restauration, m'a fait rire comme un fou (et je ne ris guère ici).

Mais, en général, ce qui m'a le plus frappé dans votre livre, c'est un ton de justice, d'équité ; c'est une espèce de bonne humeur philosophique qui vous permet de voir ce qui est bien là même où n'est pas votre amour. Jamais je ne pourrai attraper cette qualité.

À propos de Rodin, et des livres qui expriment la haine populaire contre la congrégation, vous avez oublié *Le Monde tel qu'il est*, par de Custine[4], qui a précédé les livres d'E. Sue de bien des années. C'est un livre qui m'a paru bien surprenant, je vous assure ; un livre que Balzac trouvait trop misanthropique, et auquel il reprochait ce qu'on a reproché plus tard à *La Comédie humaine*. Je fais allusion à un article inédit de Balzac, retrouvé par Dutacq.

Votre travail sur Lacordaire est lumineux. Il y a, dans vos études, une foule de petites choses *très grosses*, je veux dire très suggestives, qui font plaisir à se faire comprendre. Je connais bien les côtés faibles du P. Lacordaire ; mais j'aime encore les grands rhéteurs, comme j'aime la peinture et la musique. Soyez tranquille de ce côté-là ; chez moi, comme chez tous les hommes, la sensualité diminuera avec le temps.

J'ai relu l'article *Salammbô* et la réplique[5]. Notre excellent ami a décidément raison de défendre gravement son rêve. Vous aviez raison de lui faire sentir en riant qu'il est quelquefois peu adroit d'être trop grave ; mais peut-être, en certains endroits, avez-vous ri un peu fort.

Voyez comme je m'ennuie, puisque je bavarde à ce point que je vous parle, à vous, de vos livres !

Pardonnez-moi, et aimez-moi.

CH. BAUDELAIRE.

28, rue de la Montagne,
Bruxelles.

170. – *À Auguste Poulet-Malassis*

[Bruxelles.] Dimanche
1er octobre 1865.

Mon cher ami,

Vous seriez bien gentil si vous m'envoyiez une note me disant quel est le prix d'un exemplaire de la *Justine*[1] et où cela peut se trouver, *tout de suite ;*

me disant aussi le prix des *Aphrodites*, du *Diable au corps*[2], et quelles sont selon vous les *Caractéristiques morales ou littéraires* d'autres saloperies, telles que celles produites par le Mirabeau et le Rétif.

Que diable le sieur Baudelaire veut-il faire de ce paquet d'ordures ?

Le sieur Baudelaire a assez de génie pour étudier le crime dans son propre cœur. — Cette note est destinée à un grand homme qui croit ne pouvoir l'étudier que chez les autres[3].

J'ai reçu de Paris une lettre singulière. Il paraît que j'ai fait les *Frères ennemis* dans la maison Garnier.

C'est-à-dire qu'Auguste est contre moi et Hippolyte pour moi...

En attendant, je manque de tout, et on me fait ici une vilaine mine.

Un agent de police est venu ce matin me dire que j'étais depuis bien longtemps à Bruxelles, et qu'il me priait de faire venir de France un extrait de mon acte de naissance.

Est-ce un signe de malveillance, ou simplement un fait résultant de quelque règlement ?

Grâce aux lenteurs de Lemer, quand l'affaire sera conclue, tout sera mangé d'avance.

Tout à vous.

C. B.

Arthur pense *qu'on a bien raison de surveiller les étrangers.*

171. – *À [Charles] Hugo*

[Bruxelles, environ 20-25 octobre 1865.]

[...] Si *Les Chansons des rues et des bois* sont prêtes, rappelez mon nom au souvenir de votre père. Il serait assez naturel qu'il m'oubliât au milieu de ses nombreuses affaires[1].

172. – À Édouard Manet

[Bruxelles.] Samedi, 28 octobre 1865.

Mon cher ami,

Les premières lignes de votre lettre m'ont donné le frisson. Il n'y a pas dix personnes en France, — non certes, il n'y en a pas dix, — au sujet desquelles j'en pourrais dire autant[1].

Les lenteurs forcées de Lemer (car je n'ai vraiment rien à lui reprocher) me font en effet beaucoup souffrir.

Je me vois mangeant en herbe les 4 000 francs promis. Et vous savez que j'avais l'intention de prélever d'abord une part pour Hetzel et une part pour vous.

Cela devait se conclure le 15 juillet, jour de mon retour en Belgique. Cela a dû, plus tard, se conclure le 12 août. Hippolyte Garnier est parti pour sa maison de campagne et pour ses voyages annuels, avant que la chose fût conclue. Le 3 octobre, Julien Lemer m'a envoyé une lettre d'explication, de laquelle il résulte : 1° qu'Hippolyte Garnier est parti avant la conclusion de l'affaire ; 2° qu'on attendait le retour de Garnier le 25 octobre ; 3° qu'Hippolyte était pour moi, mais qu'Auguste était contre ; 4° que le livre sur la *Belgique* était exclu du marché.

Je vais envoyer à Lemer une table des matières, *très bien distribuée et très intelligible*, et le prier de traiter *tout de suite, tout de suite* pour le livre *Belgique*. Si je le fais attendre un peu, c'est que j'ai été repris par mes infâmes névralgies. Ce fléau augmente avec l'âge. Autrefois je ne les subissais que dans les bras ou dans les jambes. Actuellement, elles se jettent quelquefois dans la poitrine et dans la tête.

Ce qu'il y a de bizarre dans mon cas (littéraire), c'est que l'on continue à demander mes livres dans les librairies, quoique je ne publie rien et que je laisse s'écouler des années entre une édition et l'autre. Comme les hommes faits pour les affaires doivent me mépriser !

Et Victor Hugo ! Il ne peut pas se passer *de moi*, dites-vous. Il m'a un peu fait la cour. Mais il fait sa cour à tout le monde et *traite de poète* le dernier ou premier venu. Mon cher ami, il y a dans votre phrase un peu de la *correspondance Stevens ;* trois espions du genre humain qui font concurrence à la correspondance Havas[2].

[Victor Hugo envoie à Baudelaire son dernier volume publié. Le poète des Fleurs du Mal *mentionne ainsi cet envoi :*

« *Il avait écrit sur le volume : à Charles Baudelaire, jungamus dextras.* »*]* Cela, je crois, ne veut pas dire seulement : *donnons-nous une mutuelle poignée de main.* Je connais les sous-entendus du latin de V. Hugo. Cela veut dire aussi : *unissons nos mains,* POUR SAUVER LE GENRE HUMAIN. Mais je me fous du genre humain, et il ne s'en est pas aperçu.

Vous comprenez, mon cher Manet, que je vous écris *secrètement,* relativement à beaucoup de choses, — ainsi si vous voyez Mme Meurice, il est inutile d'affliger ses convictions. Cette excellente femme, qui aurait eu autrement plaisir à vivre, est tombée, vous le savez, dans la démocratie, comme un papillon dans la gélatine.

De même, je vous recommanderai, si vous voyez Julien Lemer, de ne lui raconter de ma lettre que ce que vous jugerez bon de lui raconter.

Il paraît que M. Bracquemond, qui est venu à Bruxelles, n'a pas trouvé bon de me venir voir. Il opère une vente de ses lithographies, au mois de janvier. J'ai une vive envie de quatre ou cinq pièces de Devéria qui sont chez lui. — Achat, échange, cadeau, ce qu'il voudra.

N'oubliez pas de présenter à votre mère et à votre femme mes respects les plus affectueux.

Tout à vous.

C. B.

173. – *À Madame Aupick*

[Bruxelles.] Vendredi 3 novembre [18]65.

Ma bonne chère mère, c'est rester trop longtemps sans t'écrire, n'est-ce pas ? J'en étais honteux. Tu as bien deviné que si je n'écrivais pas, c'est que je n'avais rien de neuf à t'annoncer. Tu m'as souvent accusé de négligence envers toi, sans doute. Négligence, oui. Oubli jamais. C'est toi qui occupes ma pensée, toujours, toute la journée.

Je crois que ce mois-ci, ma situation va s'éclaircir. Voilà ce que je sais de neuf : — j'ai bien souvent pesté contre M. Julien Lemer, mais je crois maintenant que je n'ai le droit de lui faire aucun reproche. Le 15 juillet, jour de mon retour à Bruxelles, Lemer, délivré de l'affaire Malassis, devait traiter avec les Garnier. Il les a vus trois fois. Le 12 août, Garnier (Hippolyte) est parti pour ses voyages annuels, avant que le traité ait pu se faire. Il a dû rentrer à Paris le 25 octobre. Il était à Bruxelles le 23. — Je sais deux choses très importantes, la première c'est qu'Hippolyte Garnier est allé consulter Sainte-Beuve sur cette question, preuve qu'il a envie de faire le marché, — la seconde, c'est que les deux frères sont divisés à mon sujet ; Auguste est contre moi. Seulement, on dit qu'Hippolyte est le plus intelligent et le plus fort.

Je t'ai dit, je crois, que dans tous les cas, le livre sur la Belgique serait exclu du marché. Ils en ont peur.

J'ai un si vif désir de te voir que je voulais aller à Paris et à Honfleur, faire des courses à Paris, et puis passer deux jours auprès de toi. Mais à quoi bon dépenser 200 francs de voiture, quand la question est pendante ? Mon voyage ne l'aurait pas avancée. — J'attends.

Victor Hugo qui a résidé pendant quelque temps à Bruxelles et qui veut que j'aille passer quelque temps dans son île, m'a bien ennuyé, bien fatigué. Je n'accepterais ni sa gloire ni sa fortune, s'il me fallait en même temps *posséder* ses énormes ridicules. Mme Hugo est à moitié idiote, et ses deux fils de grands sots. — Si tu avais envie de lire son dernier volume (*Chansons des rues et des bois*), *je te l'enverrais tout de suite.* Comme d'habitude, énorme succès, comme *vente.* — Désappointement de tous les gens d'esprit après qu'ils l'ont lu. — Il a voulu, cette fois, être joyeux et léger, et amoureux et se refaire jeune. C'est horriblement lourd. Je ne vois dans ces choses-là, comme en beaucoup d'autres, qu'une nouvelle occasion de remercier Dieu, qui ne m'a pas donné tant de bêtise. Je fais sans cesse la prière du Pharisien.

— Que fais-tu ?

— Comment vas-tu ?

— Ne me garde pas rancune, et réponds-moi, ma chère mère.

Comment sont occupées tes journées, et que penses-tu de ta santé ?

Pour la dixième fois, je te dis : *à bientôt*, et je désire que tu me croies.

Je pense aussi à ton jardin, mais surtout à ma chambre et à mes paperasses. Tu ne m'en veux pas, à cause de cela, j'en suis sûr.

Je t'embrasse de tout mon cœur.

C. B.

174. – *À Champfleury*

[Bruxelles.]
Lundi 13 nov[embre] 1865.

Mon cher Champfleury,

Je vous demande pardon si j'ai tant tardé à vous remercier pour votre second volume sur la *Caricature*[1]. Il y a un certain état de l'esprit, vaporeux et sombre, que vous appellerez, si vous voulez, paresse ou mélancolie, et qui équivaut à la fatigue causée par une trop grande activité. Or, ce détestable état de l'esprit nous fait manquer à tous nos devoirs, même à ceux qui seraient agréables.

Je ne peux pas vous rendre compte minutieusement de l'impression causée sur moi par votre volume. J'y ai trouvé vos trois grandes qualités, la sensibilité, la bonne humeur et l'esprit de justice. Mais, — ce qui ne vous sera peut-être pas indifférent, — ce volume m'a procuré une sensation très particulière : — il a renouvelé en moi la mémoire d'une foule de faits, d'anecdotes, d'amusements, de plaisirs, et d'impressions presque oubliés. Il m'a fait revivre dans un temps déjà ancien. Il a rafraîchi un tableau un peu terni dans mon esprit.

Je vous remercie de tout ce que j'y ai trouvé de personnellement agréable pour moi ; mais, franchement, vous m'avez un peu trop loué et un peu trop cité.

Vous passez souvent sur le boulevard des Italiens. Si vous rencontrez Julien Lemer, faites-lui donc part de mon état d'esprit ; dites-lui que je me figure : — que je ne pourrai plus jamais rien faire imprimer, — que je ne pourrai plus gagner un sou, — que je ne verrai plus jamais ma mère ni mes amis, — et qu'enfin s'il a des nouvelles désastreuses à m'annoncer, qu'il me les annonce plutôt que de me laisser dans l'incertitude.

Si vous voyez l'aimable secrétaire de l'oncle Sainte-Beuve, dites-lui de m'expédier les articles sur Proudhon.

Je sais que vous n'êtes pas en bons termes avec le *Vieux Mauvais Sujet ;* mais si son article sur les *Chansons des rues et des bois* a paru, je vous serai bien obligé de me l'envoyer.

Vous voyez que je vous écris comme un homme abandonné de tout le monde.

Tout à vous.

CH. BAUDELAIRE.

Hôtel du Grand Miroir,
rue de la Montagne,
Bruxelles.

175. – *À [Madame Charles Hugo ?]*

[Bruxelles, fin 1865 ou début 1866 ?]

Madame,

Voici des mélodies de mon ami M. Cressonnois, que je n'ai jamais entendu exécuter. Je compte un peu sur vous pour me faire cette grâce.

Quant à ce fragment de musique bohémienne, si, comme je l'espère, il est de votre goût, je le ferai copier pour vous avant de le rendre à la personne à qui je l'ai emprunté. Les *Rhapsodies hongroises* sont aujourd'hui très difficiles à trouver, même à Vienne. Il n'y en a pas un exemplaire à Bruxelles, et je crois qu'il n'y en a plus à Paris. Sans cela, je me ferais un plaisir de vous en procurer un exemplaire complet.

Veuillez agréer, Madame, l'assurance de mes sentiments bien respectueux.

Présentez, je vous prie, mes compliments à Mme Hugo et à ses fils.

CH. BAUDELAIRE

176. – *À Félicien Rops*

Bruxelles, 1er janvier 1866.

Mon cher Rops, j'avais juré cette année de protester, par une vigoureuse abstention, contre l'usage des cartes du jour de l'an, et vous êtes déjà le second ami, aujourd'hui, qui m'oblige à me contredire.

Avez-vous donc besoin de ma carte pour deviner que je ne vous oublie pas et que je désire pour vous mille prospérités ?

Présentez, je vous prie, mes respects bien affectueux à votre beau-père[1] et à Mme Rops.

En voyant votre nom, j'ai d'abord supposé que vous étiez à Bruxelles. Mais je suis parvenu à déchiffrer le timbre *Namur*.

Qu'est devenue la *Danse macabre*[2] ?

Tout à vous.

CH. BAUDELAIRE.

177. – *À Sainte-Beuve*

Bruxelles. Mardi 2 janvier 1866.

Mon bon ami,

Je viens de voir que, pour la première fois de votre vie, vous avez livré votre personne physique au public. Je fais allusion à un portrait de vous, publié par *L'Illustration*[1]. C'est bien vous, ma foi !, l'air familier, railleur, et un peu concentré, et la petite calotte elle-même ne s'est pas cachée. Vous dirai-je que je m'ennuie tellement, que cette simple image m'a fait du bien ? La phrase a l'air impertinent. Elle veut dire simplement que dans l'abandon où me laissent quelques vieux amis de Paris (en particulier Julien Lemer), votre image a suffi pour me *divertir* de mon ennui. Que ne donnerais-je pas pour aller en cinq minutes rue du Mont-Parnasse, pour causer une heure avec vous de vos articles sur Proudhon ;

avec vous qui savez écouter même les gens plus jeunes que vous ?

Ce n'est pas, croyez-le bien, que je trouve la réaction, en sa faveur, illégitime. Je l'ai beaucoup lu, et un peu connu. La plume à la main, c'était un *bon bougre ;* mais il n'a pas été et n'eût jamais été, même sur le papier, *un Dandy !* C'est ce que je ne lui pardonnerai jamais. Et c'est ce que j'exprimerai, dussé-je exciter la mauvaise humeur de toutes les grosses bêtes, bien pensantes, de *L'Univers.*

De votre travail, je ne vous dis rien. Vous avez, plus que jamais, l'air d'un confesseur et d'un accoucheur d'âmes. On disait, je crois, la même chose de Socrate ; mais les sieurs Baillarger et Lélut ont déclaré, *sur leur conscience*, qu'il était fou[2].

Voici le commencement d'une année, qui sera sans doute aussi ennuyeuse, aussi bête, aussi criminelle que toutes les précédentes. Que puis-je vous souhaiter de bon ? Vous êtes vertueux et aimable, et (chose extraordinaire !) on commence à vous rendre justice ! (Il n'y a ici que deux personnes avec qui je puisse causer de vous, mais de deux manières bien différentes, — Malassis et Mme Hugo.

Quand je suis retourné à Bruxelles, en juillet, j'ai cru qu'un littérateur français ne pouvait se dispenser de faire une visite à Victor Hugo. Ce sentiment, dérivant d'une politesse innée, m'a jeté dans les aventures les plus baroques. Je vous raconterai cela, si jamais je vous revois. Car il me semble quelquefois, quoique je ne sois éloigné de mes amis que de six heures, que je ne les reverrai plus.

Mme Hugo, seule, et malgré ses fils, entend votre nom et votre éloge avec plaisir[3]. Le mot : *grand poète*, ne l'étonne pas. Au fait, de ce côté-là la clarté ne s'est pas assez faite. C'est peut-être moi qui aiderai le plus à le faire[4]; si on veut bien encore imprimer une ligne de moi !

Je bavarde beaucoup trop, comme un homme nerveux qui s'ennuie. — Ne me répondez pas, si vous n'avez pas cinq minutes de loisir. —

Votre bien affectionné.

C. B.

De qui est ce sonnet extrait d'un *Parnasse satyrique*, réimprimé en Belgique ? Saint-Victor a parié pour Théophile de Viau, Malassis pour Racan (!!!), et moi, pour Maynard. Nous avons peut-être tort tous les trois[5].

C. B

Cette nuit, je songeais que Phillis revenue,
Belle, comme elle était à la clarté du jour,
Voulait que son fantôme encore fît l'amour,
Et que, comme Ixion, j'embrassasse une nue !

Son ombre dans mon lit se glisse toute nue,
Et me dit : Cher Damon, me voici de retour !
Je n'ai fait qu'embellir en ce triste séjour
Où, depuis mon départ, le sort m'a retenue.

Je viens pour rebaiser le plus beau des amants !
Je viens pour remourir dans tes embrassements !
Alors, quand cette idole eut abusé ma flamme,

Elle me dit : Adieu ! je m'en vais chez les morts ;
Comme tu t'es vanté d'avoir f.... mon corps,
Tu pourras te vanter d'avoir f.... mon âme !

178. – *À Madame Victor Hugo*

[Bruxelles.] Vendredi 12 janvier 1866.

Madame,

Voici les deux passages auxquels je faisais allusion en vous parlant de la dernière lettre que M. Sainte-Beuve m'a écrite[1]. — Observez que dans la lettre, à laquelle la sienne est une réponse, je lui disais que j'avais le plaisir de vous voir fréquemment, et quelquefois de vous parler de lui, avec la sympathie toute naturelle d'une vieille amitié.

Les lacunes, représentées ici par des points, sont remplies, dans la lettre de Sainte-Beuve, par des plaintes sur l'état d'anarchie actuelle de la littérature et sur l'ignorance des jeunes gens. C'est sans doute ma propre lettre qui l'a jeté dans ce courant d'idées.

« Nous sommes, au vrai, dans la plus grande anarchie et le plus parfait dispersement. Il se forme, de temps en temps, de petits groupes, mais qui n'ont eu jusqu'à présent, ni consistance ni avenir.............. La matière littéraire n'a pas cessé d'être riche, mais elle me semble complètement disséminée............ Proudhon, duquel vous me parlez, devait être l'homme qui vous était le plus antipathique. Tous ces philosophes et socialistes ne veulent de la littérature que comme d'une institution ou d'un instrument de moralisation pour le peuple. C'est le point de vue le plus opposé à nous autres, nés dans un intervalle de brillante et heureuse fantaisie................
Vous êtes bien aimable de causer quelquefois de moi avec Mme Hugo ; c'est la seule amie constante que j'ai eue dans ce monde littéraire. Les autres ne m'ont jamais pardonné de m'être séparé à un certain moment...........
....

« ... V. Hugo plane sur tout cela, et s'en inquiète assez peu. *Alta sedet Æolus arce*[2] ; et je suis persuadé que de lui à moi, si nous nous rencontrions directement, les vieux sentiments se réveilleraient dans leurs fibres secrètes ; il ne m'est jamais arrivé de le revoir, sans que nous nous entendissions au bout de quelques secondes, tout comme autrefois »..................

Tout le reste de la lettre porte sur la jeunesse littéraire, sur les tentatives de la jeunesse, sur le talent mal employé, le talent sans grammaire et sans tradition. Enfin, ce brave ami conclut de la façon la plus bizarre, selon moi : il prétend qu'il faut que je retourne à Paris, et que c'est à moi à prendre la direction de tous ces mouvements désordonnés. La clairvoyance habituelle de Sainte-Beuve lui fait ici défaut.

Je ne suis pas fait pour diriger qui que ce soit, et j'ai un profond mépris pour les gens qui ne savent pas se diriger eux-mêmes.

Voilà, Madame, l'analyse de la lettre dont je vous parlais récemment, vous en ferez ce que vous voudrez. Vous la communiquerez, si bon vous semble, à votre mari. Ce qui m'a le plus frappé, en la relisant, c'est de voir que Sainte-Beuve est bien éloigné de croire ce que vous m'avez dit, et qu'il ne se doute même pas des défiances de M. Victor Hugo au sujet d'un vieil ami.

Veuillez agréer, Madame, l'assurance de mes respects bien affectueux.

CHARLES BAUDELAIRE.

179. – *À Catulle Mendès*

[Bruxelles.]
Vendredi 19 janvier [18]66.

Mon cher Mendès, c'est fort bien, et vous savez que je suis tout à vous[1]. J'irai même jusqu'à vous avouer que je ne repousserai pas les 100 francs. Car il faudra très prochainement que j'aille à Paris, et je suis sans un sol. Croirait-on qu'une distance de sept heures nous fasse tant oublier de nos amis ! — Seulement, il faut examiner ce qui est possible.

1° D'abord, je suis dans votre cas. Je viens d'être affreusement malade, je suis en retard pour beaucoup de choses, et je n'ai pas le temps de préparer tout de suite votre affaire.

2° Ensuite dites-moi si vous m'interdisez de reproduire dans une prochaine édition des *Fleurs* ce qu'il me plaira de reprendre dans *Le Boulevard*, dans la *Revue nouvelle* et dans la *Revue fantaisiste.* Dans ce cas-là, il y aurait empêchement.

3° J'ai l'intention de retoucher un peu ces pièces, sur épreuves, bien entendu.

4° Je vous ferai parvenir prochainement un petit volume de moi[2] où vous pourrez puiser. Ce volume a été fait sans que je m'en mêlasse ; vous y trouverez des bagatelles que vous ne connaissez pas, et même des bouffonneries. Il contient malheureusement les six pièces condamnées des *Fleurs du Mal*, ce qui fait qu'on ne pourra pas le mettre en vente ni l'envoyer aux journaux. Je ne me suis pas fâché, mais je veillerai à ce que cette plaquette ne tombe que dans des mains amies.

5° Quant au titre général, vous l'inventerez.

Mes bons souvenirs à Banville, Asselineau, Philoxène, Leconte de Lisle. — Je suis assez curieux de savoir quel est le mortel audacieux, absurde, inepte, anti-progressiste et divin, qui a osé penser qu'il y aurait des lecteurs à qui des vers, même excellents, je les suppose tous excellents, pourraient plaire. Ainsi l'absurde est encore de ce monde. Je croyais qu'il n'y avait plus que moi dans ce genre-là.

J'ai reçu récemment une lettre de Sainte-Beuve qui me parle d'un journal que je ne connais pas, *L'Art.* Qu'est-ce que c'est que ça[3] ?

Tout à vous.

Et comme je suppose que, comme tous les gens *sensibles,* vous ne pouvez souffrir que par le sang, la bile ou les nerfs, je vous recommande la quinine, l'eau de Vichy, la digitale, la belladone et l'opium.

CHARLES BAUDELAIRE.

N'oubliez pas de *prendre* un paquet à Philoxène. *Il a des choses superbes.* Mais par un faible mystérieux, qui est du reste en accord avec toute sa baroquerie personnelle, peut-être par suite d'idées particulières sur la valeur d'un pucelage, il ne veut pas laisser imprimer ses vers. Il les cache, comme un autre montre les siens. Il faut le violer.

N. De France en Belgique, et réciproquement, les lettres peuvent maintenant être affranchies pour 30 centimes.

180. – *À Auguste Poulet-Malassis*

[Bruxelles, 23 janvier 1866.]

Mon cher ami,

Veuillez chercher les mots[1] :

Giraumont ?

(Quelle est la grosseur, la forme et la couleur de cette citrouille ? Le mot peut-il s'appliquer métaphoriquement à toutes les tumeurs comme seins, fesses, et généralement à l'obésité ?)

Clavicules de Salomon ?

Cas ?

Le mot *Cas* peut-il s'appliquer au *Cul* comme à la pine, ou en est-il l'antipode ? *Il s'agit du Diable.* (Trouver, s'il est possible, un exemple.)

— Toujours malade. — Nouvelles crises. —
— Marcq est ennemi des purgatifs.
— Le paranymphe de la vieille B...[2] a maintenant quinze couplets.
Bonjour à Fanny.

C. B.

J'ai eu bien des désirs dans ma vie. Je ne connaissais pas le désir de vomir et de ne plus faire de culbutes.

181. – *À Sainte-Beuve*

[Bruxelles,] 15 janvier 1866.
[Et 5 février.]

Mon cher ami, je ne saurais trop vous remercier de vos bonnes lettres. C'est vraiment d'autant plus beau de votre part que je vous sais très occupé. Si je tarde quelquefois longtemps à vous répondre, c'est que je suis dans un état de santé qui me casse la volonté, et me jette même quelquefois au lit pour plusieurs jours. — Je suivrai votre conseil, j'irai à Paris, et je verrai les Garnier moi-même. Alors, peut-être, commettrai-je l'indiscrétion de vous demander un nouveau coup d'épaule. Mais quand ? Depuis six semaines, je suis plongé dans la pharmacie. Qu'il faille supprimer la bière ; je ne demande pas mieux. Le thé et le café, c'est plus grave, mais passe encore. Le vin ? diable ! c'est cruel. Mais voici un animal encore plus dur, qui dit qu'il ne faut ni lire, ni étudier. Drôle de médecine que celle qui supprime la fonction principale ! Un autre me dit pour toute consolation que je suis *hystérique*. Admirez-vous comme moi l'usage élastique de ces grands mots bien choisis pour voiler notre ignorance de toutes choses ?

J'ai tâché de me replonger dans *Le Spleen de Paris* (poèmes en prose) ; car, ce n'était pas fini. Enfin, j'ai l'espoir de pouvoir montrer, un de ces jours, un nouveau Joseph Delorme accrochant sa pensée rapsodique à chaque accident de sa flânerie et tirant de chaque objet une morale désagréable. Mais que les bagatelles, quand on veut les exprimer d'une manière à la fois pénétrante et légère, sont donc difficiles à faire !

Joseph Delorme est venu là tout naturellement. J'ai repris la lecture de vos poésies *ab ovo*. J'ai vu avec plaisir qu'à chaque tournant de page je reconnaissais des vers qui étaient d'anciens amis. Il paraît que, quand j'étais un gamin, je n'avais pas si mauvais goût. (La même chose, en décembre, m'est arrivée pour Lucain. *La Pharsale*, toujours étincelante, mélancolique, déchirante, stoïcienne, a consolé mes névralgies. Et ce plaisir m'a induit à penser qu'en réalité nous changions fort peu. C'est-à-dire qu'il y a en nous quelque chose d'invariable.)

Puisque vous avouez qu'il ne vous déplaît pas d'entendre parler de vos ouvrages, j'aurais bien la tentation de vous faire à ce sujet trente pages de confidences, mais je crois que je ferai mieux de les écrire d'abord en bon français pour moi-même, et puis de les communiquer à un journal, s'il existe encore un journal où l'on puisse causer poésie.

Cependant voici quelques suggestions du livre qui me viennent au hasard :

J'ai beaucoup mieux compris qu'autrefois *Les Consolations* et les *Pensées d'Août*[1].

J'ai noté, comme plus éclatants, les morceaux suivants :

Sonnet à Mad[*ame*] *G.*, page 225.

(Vous avez donc connu Mme Grimblot, cette grande et élégante rousse, pour qui a été fait le mot : *désinvolture*[2], — et qui avait cette voix rauque ou plutôt profonde et sympathique, de quelques comédiennes parisiennes ? — J'ai souvent eu le plaisir d'entendre Mme de Mirbel lui faire de la morale, et *c'était fort drôle*. — Après tout, je me trompe peut-être ; c'est peut-être une autre Mme G. Ces recueils de poésie sont non seulement de la poésie et de la psychologie, mais aussi des annales.)

Tu te révoltes, page 192.

Dans ce cabriolet, page 193.
En revenant du convoi, page 227.
La voilà, page 199.

Page 235, j'ai été un peu choqué de vous voir désirant l'approbation de MM. Thiers, Berryer, Thierry, Villemain. Est-ce que vraiment ces messieurs sentent *le foudroiement ou l'enchantement d'un objet d'art?* Et puis vous aviez donc bien peur de n'être pas apprécié, pour avoir accumulé tant de documents justificatifs? Ai-je besoin, pour vous admirer, de la permission de M. de Béranger?

Sacrebleu! j'allais oublier *Le Joueur d'orgue*, page 242.

J'ai beaucoup mieux saisi qu'autrefois le but et l'art des récits tels que *Doudun*, *Marèze*, *Ramon*, *M. Jean*, etc. Le mot *élégie analytique* s'applique à vous bien mieux qu'à André Chénier.

Il y a encore une pièce que je trouve merveilleuse, c'est le récit d'une veillée funèbre près d'un cadavre inconnu, adressée à Victor Hugo, au moment de la naissance d'un de ses fils.

Ce que j'appelle le Décor (paysage ou mobilier) est toujours parfait.

En de certaines places de *Joseph Delorme*, je trouve un peu trop de *luths*, de *lyres*, de *harpes* et de *Jéhovahs*. Cela fait tache dans des poèmes parisiens. D'ailleurs vous étiez venu pour détruire tout cela.

En vérité, pardon! JE M'ÉGARE! Je n'ai jamais osé vous en dire si long.

J'ai retrouvé des pièces que je savais par cœur (pourquoi relit-on avec plaisir, dans des caractères d'imprimerie, ce que la mémoire pourrait réciter?)

Dans l'île Saint-Louis. (*Consolations.*)
Le Creux de la vallée, [page] 113.
Voilà bien du Delorme!

Et *Rose* (charmant), [page] 127.
Stances de Kirke White, [page] 139.
La Plaine (beau paysage d'octobre), [page] 138.
Ma foi ! je m'arrête. J'ai l'air de vous faire des compliments, et je n'en ai pas le droit. C'est impertinent.

5 février.

Mon cher ami, la lettre est restée longtemps interrompue. J'ai été repris par les vertiges et les culbutes.

Ensuite, j'ai appris que vous étiez vous-même malade, ou que vous l'aviez été. Ceci m'inquiète et a inquiété Malassis. Il a été, à ce qu'il paraît, question d'une opération. Qu'est-ce que c'est que cela ? Où en êtes-vous ?

Pas de politesses d'écriture avec moi. Mais, je vous en prie, chargez votre *fidus Troubatès* de m'écrire *quelques lignes sur votre santé*. Dites-lui aussi, si vous pouvez penser à ces bagatelles, qu'il serait bien aimable de me trouver ce numéro d'un journal nouveau, *L'Art*, et de me renseigner sur une autre publication périodique, en vers : *Le Parnasse* (avec un adjectif à la suite[3]).

Malassis n'a rien trouvé de plus sur *Voisenon*. — Je crois qu'il a été un peu étourdi d'un petit sermon que vous lui avez adressé. Il avait eu, en effet, une drôle d'idée (sans s'en douter[4]). Moi qui sais que vous ne grondez jamais longtemps les gens qui vous aiment, j'en ai bien ri.

À propos d'amitié et d'ami renié, savez-vous que le magnifique vers :

est comme un enfant mort dans nos flancs avant l'heure
vers 12, page 195, 2e vol[ume]

se trouve traduit en prose, et très bien, ma foi! dans une nouvelle de Paul de Molènes, *La Pâtissière*, je crois[5], histoire de l'amour *d'un parfait officier de cavalerie légère* (style *Molènes*) pour une pâtissière? L'image est transférée de l'amitié à l'amour. Peut-être ignorait-il qu'il vous copiait.

Mais vous êtes malade, et il se peut que je vous fatigue.

Bien à vous.

CH. BAUDELAIRE.

182. – *À Charles Asselineau*

[Bruxelles, 5 février 1866.]

[...] Ce n'est pas[1] chose facile pour moi que d'écrire. Si vous avez quelque bon conseil à me donner, vous me ferez plaisir. À proprement parler, depuis vingt mois j'ai été presque toujours malade... En février de l'année dernière, violente névralgie à la tête, ou rhumatisme aigu, lancinant; quinze jours à peu près. Peut-être est-ce autre chose? Retour de la même affection en décembre. — En janvier, autre aventure : un soir, à jeun, je me mets à rouler et à faire des culbutes comme un homme ivre, m'accrochant aux meubles et les entraînant avec moi. Vomissements de bile ou d'écume blanche. Voilà invariablement la gradation : je me porte parfaitement bien, je suis à jeun, et tout à coup, sans préparation ni cause apparente, je sens du vague, de la distraction, de la stupeur; et puis une douleur atroce à la tête. Il faut absolument que je tombe, à moins que je ne sois en ce moment-là couché sur le dos. — Ensuite sueur froide, vomissements, longue stupeur. Pour les névralgies, on m'avait fait prendre des pilules composées de quinine, de digitale, de belladone et de morphine. Puis application d'eau sédative et de térébenthine, très inutile d'ailleurs, à ce que je crois. Pour les vertiges, eau de Vichy, valériane, éther, eau de Pullna. — Le mal a persisté. Maintenant des pilules dans la composition desquelles je me souviens qu'il entre de la valériane, ou de l'oxyde de zinc, de l'assa fœtida, etc., etc. C'est donc de l'anti-spasmodique ? — Le mal persiste. Et le médecin a prononcé le grand mot : hystérie. En bon français : je jette ma langue aux chiens. Il veut que je me promène beaucoup, beaucoup. C'est absurde. Outre que je suis devenu d'une timidité et d'une maladresse qui me rendent la rue insupportable, il n'y a pas moyen de se promener ici, à cause de l'état des rues et des routes, surtout par ce temps. Je cède pour la première fois au désir de me plaindre. Connaissez-vous ce genre d'infirmité ? Avez-vous déjà vu ça ?...

Merci encore une fois pour votre bonne lettre. Donnez-moi la distraction d'une réponse. Serrement de main à Banville, à Manet, à Champfleury, si vous les voyez.

CHARLES BAUDELAIRE.

183. – *À Jules Troubat*

[Bruxelles.] 14 février 1866.
Mercredi des Cendres.

Cher Monsieur Troubat,

J'ai envoyé à M. Sainte-Beuve, il y a une huitaine de jours, une lettre un peu folâtre, qui est peut-être tombée d'une manière très intempestive. Car, comme j'achevais ma lettre, commencée depuis un mois, j'apprenais brusquement qu'il était malade.

Qu'est-ce que c'est que cette opération dont a parlé la stupide *Indépendance? Vraiment, je suis inquiet*, je vous l'assure, et je vous serai personnellement obligé de vouloir bien me donner *nettement* de ses nouvelles.

Merci, et bonjour à Champfleury. Si vous pouvez m'envoyer *L'Art*, vous me ferez plaisir.

Veuillez agréer l'assurance de mes meilleurs sentiments.

CHARLES BAUDELAIRE.

184. – *À Auguste Poulet-Malassis*

[Bruxelles, 14 février 1866.]

Monsieur Auguste Malassis[1]
Rue de Mercélis
Numéro trente-cinq *bis*
*Dans le faubourg d'*Ixelles
Bruxelles.

(*Recommandée à l'Arioste*
De la poste,
C'est-à-dire à quelque facteur
Versificateur.)

185. – *À Henry de La Madelène*

[Bruxelles,] 18 février [18]66.

Mon cher ami,

C'est Malassis qui a déniché hier votre chronique et qui me l'a montrée. Tout ce que vous dites est très bien et j'ai été enchanté. Ainsi je vous remercie de tout mon cœur. Mais d'après vous, il y aurait moins de raisons pour remercier Deschanel[1]. Je le connais, et je le vois et l'entends d'ici. Et ce qui me plaît le plus dans votre article, c'est qu'il semble *d'après vous* que les malheureuses FLEURS sont un peu plus comprises que Deschanel ne le croyait.

Et puis quelle singulière idée de ne présenter Banville que sous le jour des ODES FUNAMBULESQUES ! et puis d'accoler deux livres, l'un jovial, l'autre triste et grognon !

Bien à vous.

CH. BAUDELAIRE.

J'entends dire (par des Français) que votre chronique est merveilleusement faite. Hélas ! je ne la lis jamais.

186. – *À Narcisse Ancelle*

[Bruxelles.]
Dimanche 18 février 1866.

Mon cher ami, votre terrible lettre[1] vient d'arriver, comme la mienne partait. —

Je suis désolé que Lécrivain ne soit pas allé vous voir, ou que vous n'ayez pas attendu ma lettre. Lécrivain était convaincu que le traité se ferait chez les Garnier : — il y a eu, je le vois, bien des malentendus dans cette conversation. Hippolyte G[arnier] n'avait pas vu Lemer, — *depuis un an!* Que signifie donc la lettre ou plutôt les deux lettres de Lemer, que je vous ai envoyées, et la visite de Garnier à Sainte-Beuve? — Que je sois à Bruxelles, qu'importe? j'ai bien fait ici un livre (le dernier) pour Michel Lévy. — Les *Paradis* ont eu un *très grand succès littéraire*, peu de livres ont obtenu autant de comptes rendus. La dégringolade de Malassis seule a empêché la diffusion et le succès d'argent. — Les *Contemporains* sont *absolument inconnus.* Plusieurs fragments ont paru, mais dans des journaux *inconnus, archi-ignorés.* — *Les Fleurs du Mal*, livre oublié! Ceci est trop bête. On les demande *toujours.* On commencera peut-être à les comprendre dans quelques années. —

— *Hetzel!* mais il n'y a pas même eu un commencement d'exécution avec Hetzel. Il m'avait acheté *Le Spleen de Paris* et les *Fleurs.* — Mais à Bruxelles, où nous nous sommes vus, comme je lui disais que je voulais tout vendre d'un coup, il m'a rendu ma parole, parce qu'il croyait comme moi, comme Lemer, que ces deux volumes faciliteraient la vente du tout. Il n'y aura à régler avec Hetzel qu'une petite question d'argent.

Et maintenant, que faire ? Diviser le tout en lots ? Je crois cela imprudent et long. Voulez-vous entamer une nouvelle négociation, ne fût-ce que légèrement, en attendant que j'aille à Paris ? Vous sentez-vous bien ferré actuellement ?

Mais défiez-vous de tout mouvement subit, de toute inspiration, et n'allez qu'à pas bien comptés.

Liste d'Éditeurs possibles.

LÉVY (Michel)

Il y a deux ans, je lui ai offert *le tout*. Il voulait *traîner* pour avoir *bon marché* de moi. Il a su que je négociais avec Hetzel. Il est devenu furieux et m'a dit qu'Hetzel avait pris *le dessus du panier*. S'il faut en revenir à Michel, il faudra lui dire que *c'est en pensant à lui* que j'ai fait annuler mon traité avec Hetzel, et que les *Fleurs* et le *Spleen* sont rentrés dans mes mains.

Mais un mensonge, et des rapports désagréables (toujours désagréables) avec Michel Lévy, quelle humiliation !!!

MAISON HACHETTE (aujourd'hui ses gendres)

Grande et solide maison. Deschanel m'a offert de m'y présenter. J'y suis d'ailleurs bien connu. Mais songez quelle horreur ma littérature doit inspirer dans une maison de pions, de professeurs, de pédants, de cuistres, de littérateurs vertueux à tant la ligne, et autres canailles !

FAURE

Très bon choix. Mais il est venu à Bruxelles, j'ai dîné avec lui, et s'il avait eu quelque envie de mes livres, il me l'aurait témoigné. Quant à moi, je ne lui ai rien offert.

AMYOT

Bon, mais un pis-aller.

DIDIER

Bon, mais un pis-aller.

DENTU

Relisez la dernière phrase de ma lettre à Dentu, envoyée aujourd'hui à vous. Peut-être y trouverez-vous une entrée en matière. Mais, si vous jugez cela faisable, ne causez que légèrement. En affaires, il faut toujours inspirer le désir, et n'avoir pas l'air d'être à la merci des gens. — Ci-joint une note pour Dentu, dans le cas seulement où vous lui parlerez de cette affaire, sans compter *La Belgique déshabillée*.

À propos, vous me parlez de retranchements que vous faites dans mes notes. Si vous en avez fait dans le plan de la *Belgique*, c'est la version primitive qu'il faut prêter à Dentu.

C. B.

Et vous avez été assez ENFANT pour aller écouter ce petit bêta de Deschanel ! professeur pour demoiselles ! démocrate qui ne croit pas aux miracles et ne croit qu'au BON SENS (!), parfait représentant de la petite littérature, petit vulgarisateur de choses vulgaires, etc., etc. !

Hier samedi 17, il était joliment traité à propos de cette conférence, dans la *Chronique* du *Temps* signée *De La Madelène.* — Et cette leçon lui était donnée d'une main vraiment badine et légère.

Et vous avez été assez ENFANT pour oublier que *la France a* HORREUR de la poésie, de la *vraie* poésie ; qu'elle n'aime que les saligauds comme Béranger et de Musset ; que *quiconque s'applique à mettre l'orthographe passe pour un homme sans cœur* (ce qui est d'ailleurs assez logique puisque la passion s'exprime toujours mal) ; enfin, qu'une poésie profonde, mais compliquée, amère, froidement diabolique (en apparence), était moins faite que toute autre pour la frivolité éternelle. —!

Faut-il vous dire, à vous qui ne l'avez pas plus deviné que les autres, que dans ce livre *atroce*, j'ai mis tout mon *cœur*, toute ma *tendresse*, toute ma *religion* (travestie), toute ma *haine ?* Il est vrai que j'écrirai le contraire, que je jurerai mes grands Dieux que c'est un livre *d'art pur*, de *singerie*, de *jonglerie ;* et je mentirai comme un arracheur de dents.

Et, à propos ! Qu'est-ce que c'est donc que la poésie *fantaisiste ?* Je ne pourrai jamais le deviner. Je défie Deschanel de l'expliquer, comme je défie un journaliste ou un professeur quelconque *d'expliquer le sens d'un seul des mots dont il se sert.* — Il y a donc une poésie *fantaisiste*, et une poésie *qui ne l'est pas.* Qu'est-ce que c'est que celle-là qui n'est pas basée sur la fantaisie de l'artiste, du poète, c'est-à-dire sur *sa manière* de sentir ?

À propos du *sentiment*, du *cœur*, et autres saloperies féminines, souvenez-vous du mot profond de Leconte de Lisle : « Tous les Élégiaques sont des canailles[2] ».

Assez, n'est-ce pas ? Et vous me pardonnez ma diatribe. Ne me privez pas du seul ami à qui je puisse dire des injures ! Mais comprend-on une pareille idée ? aller à une conférence de Deschanel !

L'hygiène que vous m'indiquez est adoptée et mise en pratique par moi depuis deux mois.

L'offre que vous m'avez faite d'intervenir pour me débarrasser de Bruxelles me répugne souverainement, à moins que nous n'ayons derrière nous la garantie de traités littéraires, avec échéances marquées pour les paiements. Je vous parlerai de cela un autre jour.

Vos lignes sur ce joli pédant m'ont mis en fureur. Songez donc qu'en général l'erreur me cause des crises nerveuses, excepté quand je cultive volontairement la sottise, comme j'ai fait pendant vingt ans pour *Le Siècle*, pour en extraire la quintessence.

Excepté Chateaubriand, Balzac, Stendhal, Mérimée, de Vigny, Flaubert, Banville, Gautier, Leconte de Lisle, toute la racaille moderne me fait horreur. Vos académiciens, horreur. Vos libéraux, horreur. La vertu, horreur. Le vice, horreur. Le style coulant, horreur. Le progrès, horreur. Ne me parlez plus jamais des diseurs de riens.

Tout à vous.

C. B.

Je suppose que les 100 francs sont en route. Soyez prudent avec Dentu. — Vous pouvez, à la vérité, ajouter que *La Belgique déshabillée*, sous une forme badine, sera, en beaucoup de points, un livre passablement sérieux, et que le but de ce livre satyrique est la raillerie de tout ce qu'on appelle *progrès*, ce que j'appelle, moi : *le paganisme des imbéciles*, — et la démonstration du gouvernement de Dieu. Est-ce clair ?

Si vous jugez à propos de vous ouvrir à Dentu sur la grosse affaire, il faut trouver une explication plausible pour le refus de Garnier. Le refus d'un premier décourage le second, et ainsi de suite, par une progression accumulative.

Quant à ma manière de traiter, j'inclinerais plutôt vers le système :

— *Tant d'exemplaires par édition*,
— *Tant pour l'auteur par exemplaire*,

que vers le système :

— *Abandon de propriété absolue*,

ou même :

— *Abandon pour un nombre d'années déterminé.*

C. B.

187. – *À Félicien Rops*

[Bruxelles, 21 février 1866.]

Mon cher Rops,

Je suppose que ce bassin de Diable qui rayonne en soleil au-dessus de votre lettre est une allusion à ces vers[1] :

Mon rein, mon poumon, mon jarret
Ne me laissent plus rendre hommage
À ce Seigneur, comme il faudrait.

« Hélas ! c'est vraiment bien dommage ! »
Disent mon rein et mon jarret.

Auquel cas, votre allusion n'est pas un compliment, mais une satire de ma *vertu* diminuée.

Faites le frontispice et l'affiche des *Fleurs.* Après sept mois de batailles malheureuses par lettres, il a été décidé entre moi et quelques amis qu'il fallait que j'allasse résoudre moi-même ces affaires à Paris. Il faudrait qu'un libraire fût bien bête pour ne pas comprendre tout ce qu'une chose sinistre gagne à être attifée par vous.

Et maintenant, voulez-vous me faire bien plaisir, et sans grande peine ?

Vous savez quelle importance j'attache à l'art badin et profond, au sérieux masqué de frivolité. Si jamais homme fut marqué pour exécuter cet ambitieux programme, c'est vous. Or, vous distribuez vos œuvres et vos souvenirs absolument comme ceux qui se torchent le cul dans les champs distribuent leurs papiers. Et le vent les emporte (les papiers).

Quant à ceux qui vous aiment et vous apprécient, ils ne peuvent rien attraper.

Rapportez-moi, à Bruxelles, quelques bribes de vous, *dessins, eaux-fortes, souvenirs parisiens.* (J'ai souvenir de quelques eaux-fortes charmantes qui sont chez Malassis, entre autres, de deux filles penchées sur un canapé, le lorgnon à l'œil !) (deux états différents).

Je vous préviens que, comme il est très probable que je trouverai un jour un libraire pour toutes mes élucubrations, je puis, si je veux, tout en rendant justice à vos talents, dire qu'un homme grave comme vous dépense trop en échelles de soie et en manteaux couleur de muraille.

Je manque de goût, je le sens, et je tombe dans l'ignoble. Je veux dire que si vous ne me graissez pas la patte, je vous déshonorerai.

Présentez, je vous prie, mes respectueuses sympathies à M. Polet et à Mme Rops. Il me paraît inutile que vous leur montriez ce badinage.

Bien à vous.

C. B.

Ah ! un post-scriptum !

Il me semble qu'une jolie eau-forte (faisant allusion à *Danse macabre, La Coquette maigre*[2]...) serait un très suffisant frontispice.

Très effrayant, mais très pomponné, affreux, mais plein de coquetteries.

21 février 1866.

Je trouve votre frontispice des *Épaves* excellent, surtout *plein d'ingenium.* Mais on a eu tort de me montrer le dessin[3]. La lumière a disparu. Malheureusement, je ne suis pas du métier, et je ne peux pas expliquer comment vous assourdissez votre idée première. Ah ! çà ! vous n'allez pas m'en vouloir, je suppose, pour les libertés que je prends ? C'est pour le coup, croyez-le, que je deviendrais votre ennemi.

188. – *À Jules Troubat*

[Bruxelles.] Lundi 5 mars 1866.

Mon cher Troubat,

Je crois que j'ai oublié de vous remercier de votre lettre du 20 février. — J'ai reçu de M. Lemerre deux des trois numéros de *L'Art* contenant l'article qui me concernait. L'oubli du premier numéro ne vaut pas que vous le dérangiez. J'ai parcouru ces deux journaux. Ces jeunes gens ne manquent certes pas de talent, mais que de folies ! que d'inexactitudes ! quelles exagérations ! quel manque de précision ! Pour dire la vérité, ils me font une peur de chien. Je n'aime rien tant que d'être seul[1].

Je persiste dans mon idée de faire un bloc de mes six volumes. Je suivrai le conseil de Sainte-Beuve ; j'irai moi-même tâter la fortune à Paris, dans une vingtaine de jours. Je verrai peut-être ce monsieur Lemerre ; mais je ne lui parlerai qu'avec beaucoup de discrétion, et seulement de quelques MIGNONNES brochures, PRINCIPAUX EXTRAITS *des trois volumes de variétés critiques*, brochures que je conçois faites dans le système de la *Bibliothèque originale*. Mais cela n'est pour moi qu'un horrible pis-aller, pour le cas où je ne pourrais pas imposer ces Variétés en même temps que *Les Fleurs du Mal*, *Le Spleen de Paris* et *La Belgique déshabillée*. Ah ! ce *Spleen*, quelles colères, et quel labeur il m'a causés ! Et je reste mécontent de certaines parties.

Je vous ai conté *le désastre Lemer-Garnier*. M. Lécrivain, qui a vu Lemer à son dernier voyage à Paris, est convaincu que Lemer a présenté la chose à Garnier aussi maladroitement que possible, mais avec préméditation, pour me contraindre à me réfugier chez lui. Je n'aime pas ces idées trop profondes. Mais Lemer m'est devenu suspect.

Vous seriez bien gentil de me trouver l'adresse de Léon de Marancour, — vous trouverez ça chez Achille Faure dont j'ignore aussi l'adresse.

Je pense à *Dentu*, à *Faure*, et peut-être à me rabibocher avec *ce monstre de Lévy*. Mais je suis devenu plus bête, plus gauche que je n'ai jamais été.

J'ai été bien heureux d'apprendre le rétablissement de Sainte-Beuve. Je n'ai éprouvé d'émotions de ce genre, pour la santé d'autrui, que pour E. Delacroix, qui était pourtant un grand égoïste. Mais les affections me viennent beaucoup de l'esprit.

J'espère bien qu'à Paris nous dînerons un soir, avec lui (Sainte-Beuve).

Tout à vous.

C. B

Je vous apporterai, à vous, et à lui, une bagatelle qui n'a d'autre mérite que la rareté.

189. – *À Madame Aupick*

[Bruxelles.] Mardi 20 mars [1866] —

Ma chère mère, je ne suis ni bien ni mal. Je travaille et j'écris difficilement. Je t'expliquerai pourquoi[1]. Car je me proposais depuis longtemps de t'écrire, et je crois que ce soir ou demain matin je te répondrai, relativement à tout ce que tu me demandes. C'est forcément que je recule mon voyage à Paris. Mais je le ferai, car c'est absolument nécessaire. — Désormais je ne resterai plus si longtemps sans t'écrire.

Pauvre chère petite mère, c'est moi qui suis cause que tu as été *inquiète!* (*avec un seul t*). L'orthographe a si souvent varié en France, que tu peux bien, d'ailleurs, te permettre quelques petites bizarreries, comme Napoléon et Lamartine.

Si tu ne reçois pas les deux lettres en même temps, tu recevras la seconde un jour après celle-ci.

Je t'embrasse.

CHARLES.

Si tu as envie de lire *Les Travailleurs de la mer*[2] je te les enverrai dans peu de jours.

190. – *À Madame Aupick*

[Bruxelles.] Lundi 26 mars 1866.

Ma chère mère,

Puisque tu exige [*sic*] que je te réponde de suite, il faut que tu sache [*sic*] que écrire mon nom de travers est un grand travail de cerveau pour moi[1]. Je crois que M. A[ncelle] n'enverra pas les 1 000 francs à Mme L[epage].

Je ne veux pas qu'il vienne me chercher.

L'avant-veille de ma crise un ami de Paris[2] m'offrait de l'argent de la part de mes amis si je me sentais malade et je désirais retourner brusquement en France. J'ai répondu que non, croyant y aller bientôt moi-même. Tous mes amis et les médecins sont d'avis que je lâche pendant six mois tout [*sic*] affaire littéraire et que je vive de la vie des champs.

(M. Léon Marcq, 10, place de l'Industrie.)

Comment vas-tu ?

Je t'embrasse.

CHARLES.

191. – *À Catulle Mendès*

Bruxelles, 29 mars 1866.

Mon cher ami,

Je vous remercie vivement : tout ce que vous m'annoncez est bien et je suis content de votre titre [1]. J'ai reçu déjà hier d'un imprimeur nommé Toinon à cheval sur Saint-Germain et Paris, j'ai renvoyé hier soir au bureau de Paris les épreuves corrigées, moitié par moi, moitié par Millot parce que, étant fort malade j'écris d'une manière indéchiffrable. Vous recevrez cette lettre demain matin vendredi, je vous serai très reconnaissant d'ajouter votre œil de correcteur aux nôtres.

Tout à vous.

CHARLES BAUDELAIRE.

id.

G. MILLOT.

P.-S. — C'est MADRIGAL TRISTE et non pas LE MADRIGAL ; c'est ÉPIGRAPHE POUR UN LIVRE CONDAMNÉ et non pas ÉPIGRAPHE POUR UN LIVRE ; À UNE MALABARAISE et non pas À UNE MALABRAISE.

Le dernier vers de la pièce intitulé : BIEN LOIN D'ICI doit être précédé d'un tiret (—), pour lui donner une forme d'isolement, de distraction.

LES PLAINTES D'UN ICARE au lieu de LES PLAINTES D'UN ICARRE.

Nouvelles Fleurs du Mal doit être écrit de telle façon que FLEURS DU MAL soit un titre distinct du mot NOUVELLES.

C. B.

192. – *À Ernest Prarond*

Bruxelles, 29 mars 1866.

Mon cher Prarond,

Je vous suis très reconnaissant pour le livre : *Airs de flûte* que vous avez eu la bonté de m'adresser. Je l'ai rapidement parcouru, et il m'a fait l'effet d'être ce que j'appellerais les annales de l'amitié. J'oubliais de vous remercier aussi du charmant souvenir qui est en tête[1].

Quant à la lecture du volume, je ne puis vous parler que de ce que j'ai déjà lu : *La Question d'Orient*[2]. Je la trouve excellente, magnifiquement rimée et très drôle. J'attire seulement vos yeux sur le vers 5 (page 270) qui est faux.

Page 314 (vers 14) faux.
— 315 (Boulevard ne rime pas avec paris).

Je lirai tout le reste, cher ami, et je vous remercie de tout mon cœur. Je suis un peu malade et je ne vous écris pas moi-même.

Tout à vous[3].

CHARLES BAUDELAIRE.

28, rue de la Montagne.

DOSSIER

VIE DE CHARLES BAUDELAIRE

1821-1867

1821. *9 avril.* Naissance (13, rue Hautefeuille, à Paris) de Charles Baudelaire (baptisé le 7 juin suivant à Saint-Sulpice), fils de François Baudelaire, né en 1759, et de Caroline d'Archenbaut Defayis (autres graphies : Dufaÿs, Dufays), née en 1793, morte en 1871. De son premier mariage avec Mlle Janin, Joseph-François Baudelaire avait eu un fils (dont Charles sera le demi-frère), Alphonse, né en janvier 1805, mort en avril 1862 à Fontainebleau où il avait fait carrière dans la magistrature.

1827. *10 février.* Mort de François Baudelaire.

1828. *8 novembre.* Mme veuve Baudelaire épouse le chef de bataillon Aupick, né en 1789, et qui est déjà chevalier de Saint-Louis et officier de la Légion d'honneur. Sa carrière future ne démentira pas ces brillantes prémices : après avoir été ambassadeur à Constantinople, puis à Madrid, Aupick mourra (1857) sénateur de l'Empire.

1832. Envoyé à Lyon en garnison, le colonel Aupick fait admettre son beau-fils à la pension Delorme.

1833. *Octobre.* Baudelaire entre comme interne en cinquième au Collège royal de Lyon.

1836. Aupick est appelé à l'État-Major de la place de Paris ; le 1er mars, Charles entre au Collège Louis-le-Grand.

1837. Au concours général, Baudelaire, qui termine sa seconde, obtient un deuxième prix de vers latins.

1838. *Été.* Voyage dans les Pyrénées avec les Aupick.

1839. *18 avril.* Renvoi du Collège Louis-le-Grand, pour une vétille.
12 août. Baudelaire est reçu bachelier.

1840. « Vie libre » de Baudelaire à Paris. Il rencontre Ourliac, Gérard de Nerval, Balzac et il fait la connaissance de Gustave Le Vavasseur, poète normand, et d'Ernest Prarond, poète picard. — Liaison de Baudelaire avec Sara, dite Louchette, petite prostituée du Quartier latin.

1841. *Juin* / 1842, *mi-février.* Voyage maritime de Baudelaire, organisé par Aupick pour arracher son beau-fils à la vie dissipée qu'il mène. Escales à l'île Maurice et à La Réunion. Retour par Le Cap. (Baudelaire n'est pas allé jusqu'à Calcutta, où il prétendra avoir relâché.)

1842. *9 avril.* Baudelaire, majeur, va être mis en possession dc la fortune qui lui vient de son père (75 000 francs de l'époque).
Juin. Baudelaire loge quai de Béthune dans l'île Saint-Louis. C'est alors qu'il se lie avec Jeanne Duval et fait la connaissance de Banville.

1843. *Février.* Projet d'une collaboration à un recueil de vers avec Le Vavasseur, Prarond et Dozon. Baudelaire renoncera finalement à ce projet. Mais il commencera avec Prarond un drame en vers, *Idéolus.*
Mai. Baudelaire s'installe à l'hôtel Pimodan, quai d'Anjou. Il contracte ses premières dettes importantes, origine de ses futures difficultés financières.

1844. *2 mars.* Publication des *Mystères galans des théâtres de Paris* auxquels il a collaboré anonymement.
20 septembre. Baudelaire, à la demande du conseil de famille, se voit pourvu, en la personne de Maître Ancelle, notaire à Neuilly, d'un conseil judiciaire.

1845. *30 juin.* Tentative de suicide.

1845/1846. Publication de deux *Salons* et collaboration au *Corsaire-Satan,* ainsi qu'à quelques autres revues. Au second plat de la couverture du *Salon de 1846* sont annoncés pour paraître prochainement : « *Les Lesbiennes,* poésies par Baudelaire-Dufaÿs, *le Catéchisme de la Femme aimée,* par le même ».

1847. *Janvier. La Fanfarlo* dans le *Bulletin de la Société des Gens de lettres.* — Découverte d'Edgar Poe.
18 août. Au théâtre de la Porte-Saint-Martin, Marie Daubrun débute dans le premier rôle de *La Belle aux cheveux d'or.*

1848. Baudelaire prend part aux journées de Février et rédige avec deux amis les deux numéros d'une feuille socialiste : *Le Salut public.* En avril-mai, il est secrétaire de la rédaction d'un journal républicain modéré. En octobre, il est appelé à Châteauroux comme rédacteur en chef du *Représentant de l'Indre*, journal conservateur : aventure sans lendemain.

1850. *Juin. L'Âme du vin (Le Vin des honnêtes gens)* et *Châtiment de l'orgueil* paraissent dans *Le Magasin des familles*, où ils sont annoncés comme devant faire partie d'un volume intitulé *Les Limbes*.

1851/1852. Collaboration à diverses revues. Découverte de Joseph de Maistre.

1852. *9 décembre.* Baudelaire envoie à Mme Sabatier, sous l'anonymat, le premier des poèmes écrits pour elle. Les envois se succéderont jusqu'en février 1854. En août 1857, la déesse se révélera malheureusement femme.

1854. *Juillet* / 1855, *avril.* Traduction en feuilleton dans *Le Pays* des *Histoires* et des *Nouvelles Histoires extraordinaires* de Poe, qui paraîtront en volume en mars 1856 et mars 1857.

1855. Articles sur l'Exposition universelle et sur l'*Essence du rire*.
1er juin. La *Revue des Deux Mondes* insère 18 poèmes, sous le titre, pour la première fois imprimé, *Les Fleurs du Mal*.

1856. *30 décembre.* Contrat entre Baudelaire et la maison d'édition alençonnaise Poulet-Malassis et De Broise à laquelle le poète vend *Les Fleurs du Mal*. Auguste Poulet-Malassis, chartiste, grand bibliophile, homme de goût et éditeur audacieux, fut l'un des plus fidèles amis de Baudelaire.

1857. *4 février.* Remise du manuscrit des *Fleurs du Mal* au correspondant parisien de Poulet-Malassis.
27 avril. Mort d'Aupick.
25 juin. Mise en vente des *Fleurs du Mal*.
5 juillet. Article de Gustave Bourdin dans le *Figaro*. Ce furent, dit-on, ces lignes aussi sottes que méchantes qui déchaînèrent les poursuites judiciaires.
14 juillet. Article très élogieux d'Édouard Thierry dans *Le Moniteur*. — Baudelaire le recueille dans une plaquette : *Articles justificatifs*.
20 août. Procès des *Fleurs du Mal* devant la 6e Chambre correctionnelle. Réquisitoire d'Ernest Pinard (qui avait déjà requis la même année contre *Madame Bovary*). Condamnation de l'auteur et des éditeurs à des amendes et à la suppression de six poèmes.

1858. Mise en vente de la traduction des *Aventures d'Arthur Gordon Pym* de Poe.

1859. *Juin* et *juillet.* La *Revue française* publie le *Salon de 1859.*

1860. *1er janvier.* Nouveau contrat signé avec Poulet-Malassis pour la seconde édition des *Fleurs du Mal, Les Paradis artificiels,* les *Opinions littéraires* (le futur *Art romantique*) et *Curiosités esthétiques.*
Mai. Publication des *Paradis artificiels* par Poulet-Malassis.

1861. *Février.* Publication de la deuxième édition des *Fleurs du Mal.*
1er avril. Richard Wagner dans la *Revue européenne.* Augmentée d'une postface, cette étude sera publiée en mai sous la forme d'une brochure.
Décembre. Baudelaire pose sa candidature à l'Académie française. Il la retirera au mois de février suivant.

1862. *23 janvier.* Le poète subit un « singulier avertissement » qu'il consigne dans ses journaux intimes et sent passer sur lui « le vent de l'aile de l'imbécillité ».
Août. Publication de sept notices de Baudelaire (sur Hugo, Marceline Desbordes-Valmore, Gautier, etc.), dans le tome IV de *Poètes français,* anthologie dirigée par Eugène Crépet. Dans ce même volume, notice de Gautier sur Baudelaire.
6 septembre. Article enthousiaste sur *Les Fleurs du Mal* dans *The Spectator,* par Algernon Charles Swinburne, qui se rangeait l'un des premiers parmi les disciples de Baudelaire.
Septembre. Quelques *Petits Poèmes en prose* dans *La Presse.*

1863. *13 janvier.* Baudelaire cède à l'éditeur Hetzel (qu'il retrouvera en Belgique) le droit de publication des *Fleurs du Mal* et des *Petits Poèmes en prose* (*Le Spleen de Paris*), mais celui des *Fleurs* appartient encore à Malassis…

1864. *Avril.* Baudelaire part pour Bruxelles où il doit faire des conférences et où il compte vendre à un éditeur ses œuvres complètes. Sa déception, son amertume se donneront libre cours dans un pamphlet d'une rare violence : *Pauvre Belgique !*

1865. *1er février.* Mallarmé publie dans *L'Artiste* sa *Symphonie littéraire* dont la deuxième partie est consacrée à la gloire de Baudelaire.
Novembre et *décembre.* Articles enthousiastes de Verlaine sur Baudelaire, dans *L'Art.*

1866. *Février.* Publication des *Épaves,* qui recueillent notamment les pièces condamnées et des vers de circonstance.
Mi-mars. Chute de Baudelaire sur les dalles de l'église Saint-Loup à Namur : troubles cérébraux ; hémiplégie. Baudelaire sera soigné quelque temps à Bruxelles.

Juillet. Sa mère le ramène à Paris, où il est hospitalisé à la maison de santé du Dr Duval, près de l'Étoile.

1867. *31 août.* Mort de Charles Baudelaire, après une longue agonie. Service religieux à Saint-Honoré-d'Eylau le 2 septembre. Inhumation au cimetière Montparnasse, où Banville et Asselineau prononcent des discours.

1868. *Décembre.* La maison Lévy, qui avait acquis pour 1 750 francs le droit à la publication des œuvres de Baudelaire, met en vente *Curiosités esthétiques* et la troisième édition des *Fleurs du Mal*, précédée d'une préface de Gautier. L'année suivante paraîtront *L'Art romantique* et les *Petits Poèmes en prose* (en fait : *Le Spleen de Paris*), auxquels succéderont, jusqu'en mai 1870, trois volumes reprenant la matière des cinq traductions de Poe.

Cl. P.

PRINCIPES DE LA PRÉSENTE ÉDITION

Le texte retenu de toutes les lettres ici réimprimées (sauf pour la présentation de la lettre à Banville nº 16) est celui qu'a établi Claude Pichois pour l'édition chez Gallimard de la *Correspondance* en deux volumes, avec la collaboration de Jean Ziegler, parue dans la « Bibliothèque de la Pléiade » en 1973 (notés *CPl* I et *CPl* II, suivis du numéro de page). Les principes de l'établissement du texte, de l'adoption des graphies, de la ponctuation et des sigles, sont donc ceux que l'éditeur a exposés dans son *Introduction* au tome I de cette *Correspondance* (p. XVII-XXII). Le présent volume n'a que deux particularités : la majuscule du *M* dans le titre : *Les Fleurs du Mal*, conformément aux habitudes dominantes et à la pensée du poète, indiquées par Claude Pichois mais ignorées malgré lui dans son édition ; et la présence de quelques lettres récemment apparues (publiées soit dans le tirage daté de 1993 du volume I de la Pléiade, soit ailleurs) auxquelles on a donc affecté des numéros qui les distinguent (nº 37 *bis*, 59 *bis*, 72 *bis*, 73 *bis*, 103 *bis*).

Le choix des lettres a obéi aux principes suivants. On n'a retenu que le moins possible des lettres à Mme Aupick, remettant à plus tard de constituer une anthologie au format de poche qui présentera séparément ces envois de Baudelaire à sa mère. Cette décision présente plusieurs avantages. Le premier est de conserver encore à cet ensemble intime et privé l'écart pudique dont il bénéficie dans les volumes moins aisément reproductibles où il se trouve. Le deuxième est d'éviter, dans une anthologie représentative des complexités de l'épistolier, que ces lettres à Mme Aupick pèsent d'un poids excessif et finissent par imposer la représentation simpliste et au fond malveillante qui ne fait de Baudelaire que l'enfant de sa mère, du poète que la proie de son enfance, et de l'homme en général que le jouet de son passé. Un troisième avantage constitue la vocation spécifique de ce volume. À reléguer, par méthode, la part de la mère, ce qu'on gagne est considérable puisque c'est de donner la place maximale aux autres destinataires, par conséquent de percevoir Baudelaire comme ses amis l'ont perçu, et d'ailleurs comme il souhaitait apparaître : non le dévot d'une figure maternelle, encore moins le malade d'un traumatisme indépassé, mais l'homme de lettres avec sa culture propre, l'esthète avec ses goûts et avec ses combats, le critique qui lisait, réfléchissait, bougeait sans cesse dans ses besoins et dans ses propos jamais figés, et simplement l'homme qui se frottait chaque jour aux autres, injuste avec les uns, parfaitement généreux avec ceux dont il savait admirer le talent. Les seules onze lettres retenues entre celles que le poète a écrites à sa mère l'ont été parce qu'elles contiennent des éléments fondamentaux de sa pensée littéraire et politique, comme des conditions de son activité intellectuelle.

On a donc choisi les lettres qui ont paru les plus significatives de cette pensée et de cette activité : soit qu'elles furent destinées à des gens du métier, écrivains plus ou moins grands, artistes, musiciens, éditeurs, journalistes, directeurs ou collaborateurs de revues, avec lesquels la relation comme telle reflète ou occasionne une position spirituelle ; soit qu'étant adressées à d'autres personnes elles présentent une face importante de ce que l'introduction de ce volume a désigné comme le *travail* baudelairien. Ce choix assume trois contraintes. L'une est de ne pas redoubler l'édition de la Pléiade (qui contient près de mille quatre cent vingt lettres et témoins), autrement dit de prélever dans cette masse du courrier de Baudelaire les seules lettres capitales parmi celles qui révèlent sa vie intellectuelle, celles que l'honnête homme et l'étudiant qui ont faim de l'essentiel pourront être heureux de découvrir sans les soucis de l'exhaustivité. La deuxième contrainte est de respecter dans la Correspondance du poète sa valeur d'autobiographie involontaire : de produire, donc, des lettres de toutes les époques de sa vie, depuis le temps de ses douze ans jusqu'à celui de sa paralysie, et cela en respectant à peu près les proportions et les continuités qui confèrent à l'ensemble son rythme d'écriture explosive mais incessante, en tout cas intérieure à l'irréversibilité de l'existence vécue. La troisième contrainte est d'ordre moral et psychologique : on a tenu à reproduire des billets de moindre signification auprès des lettres de premier plan, laissant ainsi Baudelaire au hasard de ses jours, à ses fantaisies d'un moment qui côtoient les grandes épîtres où il prend ses décisions, et laissant au lecteur le plaisir qui lui vient de tout courrier de cette sorte, où c'est l'étonnement de l'imprévu et la grâce du nouveau qui scandent le temps épistolaire.

Toutes les lettres reproduites dans ce volume le sont intégralement. Tous les textes, en vers ou en prose, qui ont été adressés avec ces lettres, et même s'ils ont été imprimés ailleurs, se trouvent à leur place, lisibles comme le destinataire les a lus. Il s'ensuit que nombre de poèmes seront ici redécouverts.

Quant aux notes, et quant aux brèves notices que produit l'index des noms, sauf quelques suggestions par comparaison, elles sont strictement informatives, faites de remarques philologiques et d'informations historiques ou circonstancielles, elles visent donc l'intelligibilité première du contenu des lettres. Cela signifie que presque tout, ici, appartient à Claude Pichois, qui a bien voulu accepter que ses travaux soient mis sous cette forme abrégée à la disposition du grand nombre. Les notes en particulier, excepté quelques-unes, sont des résumés de celles qu'il a écrites dans ses éditions de la Pléiade, auxquels se sont combinées plusieurs fois des indications trouvées dans sa biographie écrite avec Jean Ziegler (*Baudelaire*, Julliard, 1987) ou dans d'autres de ses ouvrages : Baudelaire, *Œuvres complètes I*, « Bibliothèque de la Pléiade », 1975 (noté *OC* I) et *Œuvres complètes II*, 1976 (noté *OC* II) ; *Baudelaire, Études et témoignages*, La Baconnière, 1967 puis 1976 (noté *BET*) ; *Lettres à Charles Baudelaire*, La Baconnière, 1973 (noté *LAB*) ; *Iconographie de Charles Baudelaire*, en collaboration avec François Ruchon, Pierre Cailler, 1960 (noté *ICO*) ; *Baudelaire devant ses contemporains*, Klincksieck, 1995 (noté *Bdsc*).

C'est assez dire, en la circonstance, ce que cette édition doit à Claude Pichois, dont la science n'est qu'une des manifestations de sa générosité. Qu'il me soit permis de le remercier.

Mes très vifs remerciements vont également à Mmes Catherine Fotiadi et Sophie Labatut dont les vérifications, les suggestions et les apports ont été considérables ; ainsi qu'à M. Thierry Bodin qui a bien voulu mettre à notre disposition la lettre reproduite dans ce volume.

J. T.

BIBLIOGRAPHIE SUCCINCTE

Éditions

Œuvres complètes, texte établi, présenté et annoté par Claude Pichois, Gallimard, « Bibliothèque de la Pléiade », 2 tomes, 1975 et 1976. T. I, 2000, 8e tirage ; t. II, 1993, 4e tirage.

Correspondance, texte établi, présenté et annoté par Claude Pichois avec la collaboration de Jean Ziegler, Gallimard, « Bibliothèque de la Pléiade », 2 tomes, 1973. T. I, 1993, 2e tirage revu et complété ; t. II, 1999, 2e tirage revu.

Biographies. Documents

Iconographie de Charles Baudelaire, recueillie et commentée par Cl. Pichois et Fr. Ruchon, Genève, Pierre Cailler, 1960.

Pichois, Claude, *Baudelaire, Études et témoignages* (1967), La Baconnière, 1976.

Lettres à Baudelaire, publiées par Claude Pichois avec la collaboration de Vincenette Pichois, Neuchâtel, La Baconnière, 1973.

Album Baudelaire, iconographie réunie et commentée par Claude Pichois, Gallimard, Bibliothèque de la Pléiade, 1974.

Pichois, Claude, et Ziegler, Jean, *Baudelaire* (Julliard, 1987), Fayard, 1996.

Poggenburg, Raymond, *Charles Baudelaire. Une microhistoire. Chronologie baudelairienne*, José Corti, 1987.

Baudelaire devant ses contemporains, Témoignages rassemblés et présentés par W. T. Bandy et Claude Pichois (1957), Klincksieck, 1995.

La Jeunesse de Baudelaire vue par ses amis, Lettres à Eugène Crépet, Textes retrouvés par Éric Dayre et publiés par Claude Pichois, W. T. Bandy, Center for Baudelaire Studies, Vanderbilt University, 1991.

Pichois, Claude, et Avice, Jean-Paul, *Baudelaire/Paris*, Paris-Musées/ Quai Voltaire, 1993.

Baudelaire, *Nouvelles lettres*, publiées par Claude Pichois, Fayard, 2000.

Quelques études

Bercot, Martine, et Guyaux, André (éd.), *Dix études sur Baudelaire*, Champion, 1993.

Bersani, Leo, *Baudelaire et Freud* (1977), Seuil, 1981.

Blin, Georges, *Baudelaire*, Gallimard, 1939.

— *Le Sadisme de Baudelaire*, José Corti, 1948.

Bonnefoy, Yves, *Le Nuage rouge*, Mercure de France, 1977, p. 9-80.

Butor, Michel, *Histoire extraordinaire, essai sur un rêve de Baudelaire*, Gallimard, 1961 (Folio Essais n° 87).

Du Bos, Charles, *Approximations* (1932), Fayard, 1965, p. 183-237.

Fondane, Benjamin, *Baudelaire et l'expérience du gouffre* (1947), Plon, 1972.

Jackson, John E., *La Mort Baudelaire*, La Baconnière, 1982.

Jouve, Pierre Jean, *Tombeau de Baudelaire*, Seuil, 1958.

Labarthe, Patrick, *Baudelaire et la tradition de l'allégorie*, Droz, 1999.

Oehler, Dolf, *Le Spleen contre l'oubli. Juin 1848*, Payot, 1996.

Pachet, Pierre, *Le Premier Venu. Essai sur la politique baudelairienne*, Denoël, 1976.

Poulet, Georges, *La Poésie éclatée : Baudelaire, Rimbaud*, PUF, 1980.

Prévost, Jean, *Baudelaire*, Mercure de France, 1953.

Proust, Marcel, *Contre Sainte-Beuve*, Gallimard, « Bibliothèque de la Pléiade », 1971, p. 243-262, et p. 618-639.

Sartre, Jean-Paul, *Baudelaire*, Gallimard, 1947 (Folio Essais n° 105).

Starobinski, Jean, *La Mélancolie au miroir. Trois lectures de Baudelaire*, Julliard, 1989.

Thélot, Jérôme, *Baudelaire. Violence et poésie*, Gallimard, 1993.

L'Année Baudelaire, n° 5, *Hommage à Claude Pichois. Nerval, Baudelaire, Colette*, Textes recueillis par Jean-Paul Avice et Jérôme Thélot, Klincksieck, 1999.

NOTES

Page 29.

LETTRE N° 1. À ALPHONSE BAUDELAIRE - [LYON, 25 MARS 1833.]

1. Roulée : rude correction manuelle.
2. Charbonnier : lieu où l'on met le charbon.

Page 30.

3. Coco : chouchou.
4. Souvenir des émeutes de l'automne de 1830, où le peuple criait vengeance contre les ministres de Charles X.
5. *Le Courrier de Lyon :* journal conservateur de Lyon.

LETTRE N° 2. À ALPHONSE BAUDELAIRE - [LYON.] 17 MAI [1833].

Page 31.

1. La Saint-Philippe (1er mai) avait été célébrée sans faste.
2. Félicité Baudelaire, la *demi-belle-sœur* de Charles.

Page 35.

LETTRE N° 4. À MADAME AUPICK - [PARIS, 23 AVRIL 1837.]

1. Faculté : se dit d'un genre d'exercice ou de composition. (Littré.)

Page 37.

LETTRE N° 5. À ALPHONSE BAUDELAIRE - [PARIS, 5 MARS 1838.]

1. Notre père : François Baudelaire.
2. Théodore Ducessois, beau-frère d'Alphonse.

Page 38.

LETTRE N° 6. AU COLONEL AUPICK - [PARIS, 17 JUILLET 1838.]

1. Le Concours général.

Page 39.

2. Baudelaire changera d'avis; voir ses *Salons* de 1845 et de 1846.
3. Il s'agit en fait du *Mariage du prince Jérôme Bonaparte et de la princesse de Wurtemberg* peint en 1810 par Jean-Baptiste Regnault.
4. C'est Théophile Gautier qui tient la critique d'art dans *La Presse.*

LETTRE N° 7. À MADAME AUPICK - [PARIS,] 3 AOÛT [1838].

Page 42.

1. *Volupté* parut en 1834. Voir la lettre n° 13.

Page 46.

LETTRE N° 9. À VICTOR HUGO - [PARIS, MARDI 25 FÉVRIER 1840.]

1. *Marion de Lorme*, créé en 1831, venait d'être représenté à la Comédie-Française.

Page 48.

LETTRE N° 10. À ALPHONSE BAUDELAIRE - [PARIS.] JEUDI [31 DÉCEMBRE 1840.]

1. Baudelaire a beau s'inscrire à l'École de droit depuis novembre 1839, il ne la fréquente pas plus que l'étude de l'avoué (peut-être de Me Jaquotot) où il devrait apprendre la pratique.

Page 49.

LETTRE N° 11. À ADOLPHE AUTARD DE BRAGARD - [ÎLE BOURBON.] LE 20 OCTOBRE 1841.

1. Ce sonnet deviendra « À une dame créole » dans *Les Fleurs du Mal.*

LETTRE N° 13. À SAINTE-BEUVE - [PARIS, FIN 1844 OU DÉBUT 1845.]

Page 53.

1. *La Religieuse :* celle de Diderot.
2. *Volupté,* le roman de Sainte-Beuve. Voir les lettres n° 7 et 119.

Page 55.

LETTRE N° 14. À CHAMPFLEURY - [PARIS, DEUXIÈME QUINZAINE DE MAI 1845.]

1. Champfleury en effet rendit compte du *Salon de 1845,* dans *Le Corsaire-Satan* du 27 mai, et nomma Diderot.

LETTRE N° 15. À NARCISSE ANCELLE - [PARIS.] LE 30 JUIN 1845.

1. On connaît deux versions du récit qu'a fait Louis Ménard de cette tentative de suicide, l'une consignée par Philippe Berthelot, l'autre par Rioux de Maillou (voir *Bdsc,* 42-46). Ni l'une ni l'autre ne cherchent à comprendre ce geste qui, pour n'avoir pas eu de graves conséquences physiques, révélait tout de même une lassitude de vivre, un désir de reconnaissance, une déception et une angoisse essentielles.
2. Ancelle a noté au début de la lettre : « Curieux. Le testament n'a jamais existé. »

Page 56.

3. Voir la lettre suivante n° 16.

LETTRE N° 16. À THÉODORE DE BANVILLE - [PARIS, 6 JUILLET 1845.]

Page 59.

1. Ce sonnet, qui figure à la première page du document, et que le dédicataire insérera dans l'édition posthume des *Fleurs du Mal* (1868).

2. Mes torche-public : mes manuscrits, dont de futures *Fleurs du Mal.* Voir la lettre n° 42.

3. Il s'agit d'un compte rendu par Le Vavasseur du *Salon de 1845.*

Page 60.

LETTRE N° 17 À MADAME ALPHONSE BAUDELAIRE - [PARIS, ENVIRON 3 MARS 1846.]

1. Cet opuscule : *Choix de maximes consolantes sur l'amour*, signé « Baudelaire-Dufaÿs », paru dans *Le Corsaire-Satan* du 3 mars 1846. Envoyer ce texte désinvolte à la prude belle-sœur est une provocation.

2. *Antony* : le drame de Dumas (de 1831) met en scène un amour fou.

Page 64.

LETTRE N° 20. À (?) -13 JUILLET 1849.

1. Pas plus que le destinataire, ce M. Schoman n'a été identifié.

Page 65.

LETTRE N° 21. À GÉRARD DE NERVAL - [NEUILLY.] VENDREDI 10 MAI 1850.

1. Votre billet : pour la représentation du *Chariot d'enfant*, par Méry et Nerval, créé à l'Odéon le 13 mai 1850.

2. Ma femme : peut-être Jeanne Duval.

Page 66.

LETTRE N° 22. À JEAN WALLON - [NEUILLY.] LUNDI 29 JUILLET 1850.

1. Un homme singulier : Baudelaire lui-même, vraisemblablement (voir le poème « Le Rêve d'un curieux », v. 2).

2. L........ : sans doute Lamartine, dont Baudelaire semble envoyer à Wallon *Toussaint Louverture.*

LETTRE N° 23. À CHAMPFLEURY -
[NEUILLY.] MERCREDI SOIR
6 OCTOBRE [?] 1850.

Page 67.

1. Les recherches de Baudelaire et de Champfleury sur le comique, la caricature et la pantomime sont alors parallèles.

LETTRE N° 24. À CHAMPFLEURY -
[NEUILLY.] MARDI, 3 JUIN 1851.

1. Un album de lithographies de Delacroix : *Faust* ? *Hamlet* ?

Page 68.

LETTRE N° 25. À THÉOPHILE GAUTIER -
[PARIS, FIN 1851.]

1. Dans « Un voyage à Cythère », Baudelaire s'oppose à un chapitre paru en 1844 du *Voyage en Orient*, de Nerval.
2. Second paquet de douze poèmes envoyés à Gautier pour la *Revue de Paris*, où « La Caravane » = « Bohémiens en voyage » ; « L'Artiste inconnu » = « Le Guignon » ; « L'Outre de la volupté » = « Les Métamorphoses du vampire ».

Page 69.

LETTRE N° 26. À NARCISSE ANCELLE -
[PARIS.] VENDREDI 5 MARS 1852.

1. Mon article : la première partie de *Edgar Allan Poe, sa vie et ses ouvrages* dans la *Revue de Paris.*
2. L'article « Un mot sur le 24 février », du comte Alexis de Saint-Priest dans la *Revue des Deux Mondes* du 1er juin 1849.
3. Les élections au Corps législatif du 29 février 1852.
4. Sans doute le remboursement d'un *tailleur*, la majuscule étant ornementale.
5. *La séparation* : Baudelaire veut quitter Jeanne Duval.
6. Il s'agit d'Amic. Voir la lettre n° 27.

Page 70.

LETTRE N° 27. À AUGUSTE POULET-MALASSIS - [PARIS.] SAMEDI 20 MARS [1852].

1. Tabourey : café du 20, rue de Vaugirard, où se préparaient sous la monarchie de Juillet les succès de l'Odéon.

2. *Providentiel* : au sens de Joseph de Maistre, dont Baudelaire vient de découvrir l'œuvre.

Page 71.

3. « Les Deux Crépuscules », dans la livraison du 1er février 1852, où Champfleury rend compte du *Voyage en Orient* de Nerval.

4. L'étude sur Poe.

Page 72.

LETTRE N° 28. À MAXIME DU CAMP - DIMANCHE 9 MAI 1852.

1. *Cela* est une légende arabe : *Joseph, fils de Jacob,* qui paraîtra dans le *Salmis de nouvelles* en 1853.

2. Baudelaire pense au onzième entretien des *Soirées de Saint-Pétersbourg.*

Page 73.

LETTRE N° 29. À THÉOPHILE GAUTIER - [PARIS, JUILLET 1852 ?]

1. On ne connaît de cette lettre que ce fragment.

LETTRE N° 30. À MADAME SABATIER - [PARIS.] JEUDI 9 DÉCEMBRE 1852.

1. C'est la première des lettres adressées sous l'anonymat à Mme Sabatier. Le poème joint deviendra « À celle qui est trop gaie » dans *Les Fleurs du Mal,* il sera condamné par la Justice impériale.

Page 75.

LETTRE N° 31. À MAXIME DU CAMP - [PARIS.] LUNDI 3 JANVIER 1853.

1. *Le Livre posthume. Mémoires d'un suicidé* (1853).

LETTRE N° 32. À CHAMPFLEURY - [PARIS,] 15 MARS 1853.

Page 77.

1. La « note » suivante porte sur le « petit monde » du roman de Champfleury, *Les Aventures de Mademoiselle Mariette* (1853) que son auteur songeait sans doute à faire traduire en anglais.

Page 79.

2. Baudelaire apparaît anonymement dans le roman, où « Les Chats » est cité.

LETTRE N° 33. AU PRÉSIDENT DE LA SOCIÉTÉ DES GENS DE LETTRES - [PARIS.] DIMANCHE 24 AVRIL 1853.

1. Depuis juin 1846 Baudelaire est membre de cette Société à laquelle il a plusieurs fois adressé des demandes de prêt. Cette « nouvelle » est la deuxième qu'en vain il envoie pour publication dans le *Bulletin de la Société des gens de lettres* où avait paru *La Fanfarlo* en 1847. Ces deux nouvelles sont perdues.

Page 80.

LETTRE N° 34. À MADAME SABATIER - [VERSAILLES.] LUNDI 9 MAI 1853.

1. D'une maison close de Versailles où il a trouvé refuge, Baudelaire a précédemment envoyé à Mme Sabatier « Réversibilité » sans le moindre commentaire, puis sans doute « L'Aube spirituelle » précédé de cette seule phrase : « After a night of pleasure and desolation, all my soul belongs to you. » Du même endroit il envoie ce poème-ci, qui deviendra « Confession ».

LETTRE N° 35. À AUGUSTE POULET-MALASSIS - [PARIS.] VENDREDI, 16 DÉCEMBRE 1853.

Page 84.

1. Dans le *Journal d'Alençon* du 9 janvier 1853, Malassis fit la critique de Poe et de la traduction de Baudelaire.
2. Peut-être la traduction de Léon de Wailly, auteur de la maison Malassis.

Page 85.

LETTRE N° 36. À FERNAND DESNOYERS - [PARIS, FIN 1853 OU DÉBUT 1854.]

1. Fernand Desnoyers publiera un recueil chez Hachette en 1855, *Hommage à C. F. Denecourt* (celui-ci ayant contribué à mettre en valeur la forêt de Fontainebleau), où collaboreront Béranger, Gautier, Hugo, Lamartine, Nerval, George Sand, etc., et où cette lettre paraîtra, suivie comme ici du « Crépuscule du soir » et du « Crépuscule du matin », ainsi que des deux premiers essais publiés de poèmes en prose, « Le Crépuscule du soir » et « La Solitude ».

2. Victor de Laprade avait écrit ce vers : « L'esprit calme des dieux habite dans les plantes » (« À un grand arbre », *Odes et Poèmes*, 1843).

Page 88.

LETTRE N° 37. À CHAMPFLEURY - [PARIS.] SAMEDI 14 JANVIER 1854.

1. Le prospectus par lequel Champfleury voulait lancer l'un ou plusieurs de ses romans.

Page 91.

LETTRE N° 37 BIS. À HIPPOLYTE TISSERANT - [PARIS.] SAMEDI 21 JANVIER 1854.

1. Voir la note 1 de la lettre suivante n° 38. Sur « Le théâtre de Baudelaire », voir l'article de Roland Barthes dans *Essais critiques* (1964).

2. « Divin », le comédien Laferrière l'était comme le Divin Marquis, quoique plus décidément sodomiste.

Page 92.

LETTRE N° 38. À HIPPOLYTE TISSERANT - [PARIS.] SAMEDI 28 JANVIER 1854.

1. Baudelaire l'ayant entretenu, dans la lettre précédente, de son projet théâtral de *L'Ivrogne*, le comédien Tisserant venait de lui écrire : « La base dont vous me parlez est solide : la *Rêverie*, la *Fainéantise*, la *misère*, l'*ivrognerie* et l'*assassinat*. Avec ces cinq notes-là on peut faire une mélodie terrible ! » (*Lettres à Charles Baudelaire*, *LAB*, 370). Ce projet, qui a sa source dans « Le Vin de l'assassin », ne sera pas réalisé.

Page 93.

2. Les *goguettes* réunissaient des chanteurs amateurs dans des bistros. *Lice* au sens de tournoi.

3. *La Romance du Saule* : c'est-à-dire le morceau à succès, comme cette chanson de Desdémone dans *Othello*.

Page 98.

4. *Musicos* : salles de danse, lieux mal famés ; à Anvers, bistros pour matelots et filles.

LETTRE N° 39. À MADAME SABATIER -
[PARIS.] MARDI 7 FÉVRIER 1854.

Page 100.

1. Dans *Les Fleurs du Mal*, ce sera « Le Flambeau vivant ».

LETTRE N° 40. À MADAME SABATIER -
[PARIS.] JEUDI 16 FÉVRIER 1854.

Page 102.

1. Dans *Les Fleurs du Mal*, ce sonnet entrera sans titre sous le n° XXXVII.

Page 104.

LETTRE N° 42. À MADAME SABATIER -
[PARIS.] LUNDI 8 MAI 1854.

1. Mosselman.

Page 105.

2. Mon poème. Voir la lettre n° 16. Ce poème ne sera pas recueilli dans *Les Fleurs du Mal* et n'apparaîtra que dans *Les Épaves*, sous le titre de « Hymne ».

Page 106.

LETTRE N° 43. À PAUL DE SAINT-VICTOR -
[PARIS.] MARDI
26 SEPT[EMBRE] 1854.

1. *Les Mousquetaires* : pièce tirée par Dumas de son roman et créée en 1844.

Page 107.

2. Cette « très longue préface » : *Edgar Poe, sa vie et ses œuvres.*
3. Théophile Gautier.

LETTRE N° 44. À HIPPOLYTE HOSTEIN - [PARIS.] MERCREDI 8 NOVEMBRE 1854.

1. La comédie de Diderot, *Est-il bon? Est-il méchant?*, que Baudelaire envoie et loue, mais que Hostein refusera de monter, avait paru dans la *Revue rétrospective* en 1834.

Page 108.

2. *La Marâtre* : drame de Balzac créé en mai 1848 au Théâtre-Historique.
3. *Les Cosaques* : drame d'Alphonse Arnault et Louis Judicis, créé à la Gaîté en novembre 1853. *Le Sanglier des Ardennes* : drame d'Émile Van der Burch, créé à la Gaîté en juillet 1854.

Page 110.

LETTRE N° 45. À JULES BARBEY D'AUREVILLY - [PARIS.] MERCREDI, 20 DÉCEMBRE 1854.

1. *En prison* : expression de Barbey, qui s'enfermait pour écrire.
2. *Le Pays*, 7 décembre 1854.

Page 111.

LETTRE N° 46. À VICTOR DE MARS - [PARIS,] 7 AVRIL 1855.

1. La *Revue des Deux Mondes* publiera le 1er juin dix-huit poèmes de Baudelaire sous le titre jusqu'alors inédit : *Les Fleurs du Mal.* L'Épilogue ne sera jamais achevé ; dans « L'Héautontimorouménos », Baudelaire en utilisera la seconde partie.

Page 112.

LETTRE N° 47. À FRANÇOIS BULOZ - [PARIS.] MERCREDI 13 JUIN 1855.

1. Mon *Salon* : *Exposition universelle, 1855, Beaux-Arts*, dont *Le Pays* a refusé la deuxième partie.

2. Baudelaire a conçu d'innombrables projets de romans qu'il n'a pas écrits.

Page 113.

3. Il s'agit de la note, imputée à Émile Montégut, dont la rédaction de la *Revue des Deux Mondes* avait accompagné la publication des *Fleurs du Mal* le 1er juin (voir *OC* I, 808).

LETTRE N° 48. À GEORGE SAND - [PARIS.] MARDI 14 AOÛT 1855.

Page 115.

1. *Maître Favilla* sera créé le 15 septembre 1855, sans Marie Daubrun pour qui George Sand sera pourtant intervenue dès après cette lettre, à laquelle elle répondit (voir *LAB*, 353).

Page 116.

2. Baudelaire ne pouvait ignorer que le directeur de la *Revue des Deux Mondes* était brouillé avec la romancière.

Page 117.

LETTRE N° 49. À PAUL DE SAINT-VICTOR - [PARIS.] VENDREDI 23 NOV[EMBRE 18]55.

1. Jacques Crépet pensait qu'il s'agissait de poésies des *Contemplations*, qui allaient bientôt paraître.

Page 118.

LETTRE N° 51. À ALPHONSE TOUSSENEL - [PARIS.] LUNDI 21 JANVIER 1856.

1. *L'Esprit des bêtes. Le Monde des oiseaux. Ornithologie passionnelle.* Librairie phalanstérienne, IIIe partie, 1855.

Page 119.

2. Une religion mystique : celle de Swedenborg.

Page 120.

3. *Le Siècle* : quotidien d'inspiration voltairienne que Baudelaire

déteste autant que la notion de progrès à laquelle il oppose (d'où sa séparation d'avec les fouriéristes) l'idée maistrienne du péché originel.

LETTRE N° 52. À CHARLES ASSELINEAU -
[PARIS.] JEUDI 13 MARS 1856.

Page 122.

1. Le 12 mars, mise en vente des *Histoires extraordinaires*, avec la préface, *Edgar Poe, sa vie et ses œuvres.*

Page 124.

2. Ma femme : Jeanne Duval. Voir sur ce rêve le livre de Michel Butor : *Histoire extraordinaire, essai sur un rêve de Baudelaire* (1961).

Page 125.

LETTRE N° 53. À SAINTE-BEUVE -
[PARIS,] 19 MARS 1856.

1. Sainte-Beuve a répondu que son compte rendu des *Histoires extraordinaires* porterait seulement sur la traduction, non pas sur Poe. Mais il ne l'écrivit jamais. C'est donc vainement que Baudelaire le remercie dans la lettre suivante (voir *LAB*, 330, et plus loin la lettre n° 63).

Page 126.

LETTRE N° 54. À SAINTE-BEUVE -
[PARIS.] MERCREDI, 26 MARS 1856.

1. Les *Nouvelles Histoires extraordinaires*, précédées de *Notes nouvelles sur Edgar Poe.*

Page 127.

2. *Eureka*, traduit par Baudelaire, sera publié en 1863.
3. Sainte-Beuve avait demandé communication de l'*Entretien d'Eiros avec Charmion* ; Baudelaire pense aussi à *Puissance de la parole*, et au *Colloque entre Monos et Una.*

Page 128.

LETTRE N° 55. À AUGUSTE POULET-MALASSIS - [PARIS.] 28 MARS 1857.

1. Ce catalogue ou prospectus que Malassis supprimera n'a pas été retrouvé, sa critique par Baudelaire donne une singulière vue sur le XVIIIe siècle.

Page 129.

2. Sur Charles de Brosses, Baudelaire fera savoir une opinion très négative quand il le lira en 1858 (voir *CPl* I, 453 et 459).

3. Voir la lettre du 11 décembre 1858, où Baudelaire se dit comme Malassis « de l'école de Rivarol et de Chamfort » (*CPl* I, 531).

Page 130.

4. *Le Temple de Gnide* : ouvrage écrit en 1725 par Montesquieu.

5. Veuillot et Barbey d'Aurevilly : grands connaisseurs, grands catholiques, et grands moqueurs.

Page 131.

LETTRE N° 56. À MADAME AUPICK - [PARIS.] JEUDI 9 JUILLET 1857.

1. Le 25 juin, mise en vente des *Fleurs du Mal.*

Page 132.

2. Honfleur : où réside Mme Aupick, et où l'abbé Jean-Baptiste Cardine est curé.

Page 133.

3. Les *Poèmes nocturnes*, cela désigne les poèmes en prose du *Spleen de Paris.* Les *Confessions* de Thomas De Quincey entreront dans *Les Paradis artificiels.*

4. Le jour des obsèques d'Aupick (30 avril 1857).

Page 134.

LETTRE N° 57. À ACHILLE FOULD -
[PARIS, ENVIRON 20 JUILLET 1857.]

1. Les *Aventures d'Arthur Gordon Pym*. Turgan s'était contenté de les faire publier du 25 février 1856 au 18 avril 1857 dans *Le Moniteur*.

Page 135.

2. Le ministère de l'Intérieur ayant saisi le Parquet, le 7 juillet, du délit d'outrage à la morale publique commis par l'auteur des *Fleurs du Mal*, celui-ci avait demandé à Édouard Thierry un article qui parut d'abord dans *Le Moniteur* du 14 juillet, puis que le poète reproduisit en partie dans le recueil des *Articles justificatifs*, paru à la mi-août en préparation du procès (voir cet article dans *OC* I, 1187).

Page 136.

LETTRE N° 58. À MADAME SABATIER -
[PARIS.] MARDI 18 AOÛT 1857.

1. Dans ses précédentes lettres à Mme Sabatier, Baudelaire avait conservé l'anonymat.

Page 138.

2. La princesse Mathilde était efficacement intervenue en faveur de Flaubert lors du procès de *Madame Bovary*.

3. Soit les poèmes suivants : « Tout entière », « Que diras-tu ce soir... », « Le Flambeau vivant », « À celle qui est trop gaie », « Réversibilité », « Confession », « L'Aube spirituelle », « Harmonie du soir », « Le Flacon ».

Page 139.

LETTRE N° 59. À GUSTAVE FLAUBERT -
[PARIS.] MARDI, 25 AOÛT 1857.

1. La « comédie » : la condamnation de Baudelaire le 20 août, d'où suivit la suppression des poèmes : « Les Bijoux », « Le Léthé », « À celle qui est trop gaie », « Lesbos », « Femmes damnées » *(« À la pâle clarté... »)*, « Les Métamorphoses du vampire ».

LETTRE N° 59 BIS. À ÉMILE DESCHAMPS -
[PARIS.] MARDI 25 AOÛT 1857.

1. Deschamps a composé un poème qui défend Baudelaire contre ses censeurs, et qui paraîtra dans *Le Présent* le 1er septembre. (Voir ce poème dans *LAB*, 126-128.)

LETTRE N° 60. À L'IMPÉRATRICE -
[PARIS,] 6 NOVEMBRE 1857.

Page 141.

1. Le ministre réduira l'amende de 300 à 50 F, mais après une longue procédure.

Page 144.

LETTRE N° 62. À VILLEMESSANT,
DIRECTEUR DU « FIGARO » -
[PARIS,] [9] JUIN 1858.

1. Un article (« Les Hommes de demain ») : par Jean Rousseau, dont une réplique accompagnera dans le *Figaro* du 13 juin la publication de cette lettre ouverte.

Page 145.

2. Jovard : héros des *Jeunes-France, romans goguenards* (1833), de Gautier.

Page 146.

LETTRE N° 63. À SAINTE-BEUVE -
[PARIS,] 14 JUIN 1858.

1. *Fanny* : roman d'Ernest Feydeau. Sainte-Beuve en fait l'éloge dans *Le Moniteur* du même jour, ce qui fera dire à Babou (*Revue française*, 20 février 1859) : « Il glorifiera *Fanny*, l'honnête homme, et gardera le silence sur les *Fleurs du Mal* » (voir la lettre n° 68).

2. Le stoïcien : Proudhon, *De la justice dans la révolution et dans l'Église, n° 11 - Amour et mariage* (*suite*), qui contient l'étude *Les Femmelins*.

Page 147.

3. Voir la lettre n° 62.

Page 148.

LETTRE N° 64. À ERNEST FEYDEAU
[PARIS.] LUNDI 14 JUIN 1858.

1. Ce sont sans doute les éloges prodigués par Sainte-Beuve à Feydeau qui ont provoqué tous les compliments qui vont suivre. Le jugement sincère et secret de Baudelaire se trouve dans une lettre à Mme Aupick (11 décembre 1858) : « *Fanny, immense succès*, livre répugnant, archi-répugnant. »

Page 149.

2. *Les Quatre Saisons* (1858) ; la deuxième partie de la phrase suggère ce que Baudelaire pensait de ce recueil.
3. Voir dans la réponse de Feydeau les compliments qu'il reçut de Sand (*LAB*, 145).

Page 150.

LETTRE N° 65. À ALPHONSE
DE CALONNE - [PARIS.] MERCREDI
10 NOV[EMBRE 18]58.

1. Il ne paraîtra qu'en janvier 1860.
2. *L'Art philosophique*, désigné sous le titre de *Peintres idéalistes* dans la lettre n° 66.

Page 151.

3. Les *Sonnets humouristiques* de Joséphin Soulary.

LETTRE N° 67. À CHARLES ASSELINEAU -
[HONFLEUR,] 20 FÉVRIER 1859.

Page 155.

1. L'article, *Théophile Gautier*, paraîtra dans *L'Artiste* le 13 mars.
2. Toinette, non Dorine, dans *Le Malade imaginaire*. De Meryon, Baudelaire dira à sa mère le 4 mars 1860 : « La première fois que je vis cela, je jugeai que cet homme avait du génie » (*CPl* II, 4).
3. *Méthode de composition* est la traduction de *Philosophy of composition*, de Poe, qui paraîtra dans *La Genèse d'un poème*, en avril 1859.

Page 156.

4. Le *vieux mauvais sujet* : surnom de Barbey d'Aurevilly.
5. Peut-être Chenavard, chargé en 1848 de la décoration intérieure du Panthéon.
6. Le curé : Cardinne.

Page 157.

7. « Le Voyage ».
8. Une pension venait d'être accordée à Banville. Babou venait d'attaquer Veuillot dans la *Revue française*, en décriant son catholicisme dans une prose intitulée symboliquement *L'Arbre noir.*

LETTRE N° 68. À SAINTE-BEUVE - [HONFLEUR,] 21 FÉVRIER 1859.

1. Voir la note 1 de la lettre n° 63. L'opinion de Baudelaire sur l'intervention de Babou se trouve dans la lettre à Asselineau du 24 février 1859 : « Même quand on croit posséder la vérité, il faut la cacher, si l'on prévoit qu'elle peut faire de la peine à un camarade. »
2. Voir la lettre n° 62.

Page 158.

3. La lettre du 20 [juillet] 1857 ; voir *LAB*, 332.
4. Avec le vaincu : avec Calonne et sa *Revue contemporaine*, le gouvernement soutenant la *Revue européenne.*

Page 159.

LETTRE N° 69. À MAXIME DU CAMP - [HONFLEUR,] 23 FÉVRIER 1859.

1. L'autographe s'arrête ici. Suivait « Le Voyage », sans doute en manuscrit autographe.

Page 160.

LETTRE N° 70. À NADAR - 14 MAI 1859. HONFLEUR.

1. Le *Journal pour rire.*

Page 161.

2. Le Prince des Charognes : dans le *Journal amusant* du 10 juillet 1858, Nadar avait représenté un père atterré de trouver les *Fleurs* dans les mains de sa petite fille. En 1859, il avait caricaturé Baudelaire devant une charogne. (Voir *ICO*, n°s 105 et 106.)

3. La *Maja vestida* et la *Maja desnuda*, dont le modèle ne fut pas la duchesse d'Albe, mais une demi-mondaine.

Page 163.

4. Voir *L'Art philosophique*, où ces planches sont décrites avec passion.

LETTRE N° 71. À NADAR - 16 MAI 1859, HONFLEUR.

Page 164.

1. M. Karski : le poète polonais nommé dans la lettre précédente à Nadar.

Page 167.

2. Le Salon se tenait dans le palais des Champs-Élysées.

3. Il s'agit de *Toujours et Jamais*, sculpture d'Émile Hébert dont Baudelaire parlera dans le *Salon de 1859*. Compte-Calix fut célèbre par les titres qu'il donnait à ses tableaux.

4. L'attentat d'Orsini sur Napoléon III conduisit celui-ci à soutenir le mouvement pour l'unité italienne par la campagne d'Italie, d'avril à juillet 1859, menée dans le Piémont contre les forces autrichiennes.

Page 168.

5. Morny, Grand-Central, Beaumont-Vassy : ce sont les scandales du temps.

Page 169.

LETTRE N° 72. À NADAR - [1859 ?]

1. Clergeon : surnom de Songeon, ancien condisciple de Baudelaire au collège de Lyon. Retrouvé à Paris dans le milieu de la bohème, il avait été pris pour tête de turc par le poète et par Nadar. Voir sur ce texte Jérôme Thélot, *Baudelaire, Violence et poésie*, 1993, p. 239-287

Page 172

LETTRE N° 72 BIS. À FIRMIN MAILLARD - [ALENÇON,] 6 JUILLET [1859].

1. Dans l'*Histoire anecdotique et critique de la presse parisienne (1857-1858)* publiée par Poulet-Malassis, Maillard louait le talent de Baudelaire (« un talent sérieux, convaincu — grandement épris de la forme »), mais non sans le lier à des bizarreries psychologiques plutôt déplaisantes (trouvant au poète « l'air d'un moine rongé par les ardeurs de la chair », et rapportant qu'il aurait dit, alors qu'il mangeait des noix : « *On dirait qu'on mange de la cervelle de petit enfant...* »), — ce dont se plaint Baudelaire, qui a été attaqué plusieurs fois par le *Figaro*. (Voir le texte de Maillard dans *CPl* I, 1098.)

2. Léouzon-Leduc venait de menacer Maillard de poursuites pour les pages du même livre qu'il jugeait infamantes à son endroit.

Page 173.

LETTRE N° 73. À VICTOR HUGO - [PARIS.] VENDREDI, [23 ?] SEPTEMBRE 1859.

1. Baudelaire désire obtenir, pour la réimpression en plaquette du *Théophile Gautier* paru en mars dans *L'Artiste*, une lettre-préface de Hugo : il l'obtiendra (voir *OC* II, 1128 et la lettre suivante, n° 73 *bis*) et la plaquette paraîtra en novembre 1859 chez Poulet-Malassis.

2. Pointu : comme, selon le *Salon de 1859*, les peintres de « l'école des pointus », qui déguisent par de l'érudition leur absence d'imagination.

Page 174.

3. Voir sur cette « merveilleuse époque littéraire » la troisième partie du *Théophile Gautier*.

Page 175.

4. Baudelaire joint à sa lettre « Les Sept Vieillards » et « Les Petites Vieilles », qui seront dédiés à Hugo, comme « Le Cygne », dans la deuxième édition des *Fleurs*.

5. À propos de la condamnation des *Fleurs* par la Justice impériale, Hugo avait écrit à Baudelaire le 30 août 1857 : « Une des rares décorations que le régime actuel peut accorder, vous venez de la recevoir » (*LAB*, 186).

Page 176.

6. Hugo répliqua au décret impérial d'amnistie des exilés (15 août 1859) : « Personne n'attendra de moi que j'accorde, en ce qui me concerne, un moment d'attention à la chose appelée amnistie » (voir *CPl* I, 1024).

Page 177.

LETTRE N° 73 BIS. À VICTOR HUGO - [PARIS,] 10 OCTOBRE 1859.

1. Baudelaire a reçu la lettre-préface de Hugo qui ouvrira le *Théophile Gautier.*

2. La première série de *La Légende des siècles* venait de paraître; Baudelaire en éprouva une grande admiration qu'il a dite à sa mère aussitôt (voir *CPl* I, 609). Hugo ne pouvait comprendre la comparaison qui suit : *Les Paradis artificiels* ne paraîtront qu'en 1860.

LETTRE N° 74. À HIPPOLYTE DESBORDES-VALMORE - [PARIS,] 30 NOV[EMBRE 18]59.

1. *Les Poètes français,* 1861-1862, anthologie à laquelle Baudelaire collabora par des notices (et par ses interventions dans le choix des auteurs) recueillies en 1869 sous le titre *Réflexions sur quelques-uns de mes contemporains.*

Page 178.

LETTRE N° 75. À VICTOR HUGO - [PARIS,] 7 DÉCEMBRE 1859.

1. Le manuscrit du « Cygne », poème qui, dans la deuxième édition des *Fleurs,* sera dédié à Hugo. Celui-ci remerciera le 18 décembre (voir *LAB,* 189).

Page 179.

2. Une partie de la traduction d'*Eureka,* dans le troisième numéro de cette revue.

LETTRE N° 76. À VICTOR HUGO - PARIS, 13 DÉCEMBRE 1859.

Page 180.

1. Baudelaire reproduit ici deux passages du *Salon de 1859* paru dans la *Revue française* (cf. *OC* II, 666-667, et 668).

Page 181.

2. Ces vers sont extraits de l'ode « À l'Arc de Triomphe », dans *Les Voix intérieures* de Hugo (1837).

LETTRE N° 77. À CHAMPFLEURY - [PARIS, MI-DÉCEMBRE 1859.]

Page 183.

1. *Les Amis de la nature*, de Champfleury, paru chez Malassis en 1859.

LETTRE N° 78. À ALPHONSE DE CALONNE - JEUDI 5 JANVIER [1860].

Page 184.

1. Voir le début du premier chapitre d'*Un mangeur d'opium* dans *Les Paradis artificiels*. Malgré ces discussions entre l'auteur et son éditeur, *Enchantement et tortures d'un mangeur d'opium* paraîtra dans la *Revue contemporaine* les 15 et 31 janvier, avant de rejoindre, à la fin de mai, l'étude sur le haschisch dans *Les Paradis artificiels*.

Page 185.

LETTRE N° 79. À AUGUSTE POULET-MALASSIS - [PARIS.] DIMANCHE SOIR, 8 JANVIER 1860.

1. Baudelaire habite à ce moment l'hôtel de Dieppe, proche de la gare Saint-Lazare.
2. *Le Pont-au-Change*.
3. *Le Petit Pont*.

Page 186.

4. Meryon rapproche le récit de Poe, dans lequel un orang-outang commet un crime, de son eau-forte *La Morgue*.

5. C'est-à-dire le tome V de l'*Histoire de France* (1841), devenu *Jeanne d'Arc* (paru en 1853).

Page 187.

LETTRE N° 80. À AUGUSTE POULET-MALASSIS - [PARIS,] 16 FÉVRIER 1860.

1. Ces dettes et ces comptes font suite au contrat du 1er janvier par lequel Baudelaire vendait à Poulet-Malassis beaucoup de ses droits d'auteur.

Page 188.

2. Pour l'édition des *Paradis artificiels.*

Page 189.

3. Derode, qui publiait *Eureka,* laissait ses collaborateurs attaquer le poète.
4. Les *Eaux-fortes sur Paris* (1852) vont connaître une nouvelle édition chez Delâtre.

Page 191.

5. Sur ces sonnets de Joséphin Soulary, voir les lettres nos 65, 82 et 83.

LETTRE N° 81. À RICHARD WAGNER - [PARIS.] VENDREDI 17 FÉVRIER 1860.

Page 194.

1. Voir l'essai *Richard Wagner et* Tannhäuser *à Paris* (1861) dont cette lettre trace les grandes lignes.

LETTRE N° 82. À ARMAND FRAISSE - [PARIS.] 18 FÉVRIER 1860.

1. Fraisse, dans le *Salut public* de Lyon, avait courageusement parlé des *Fleurs du Mal* en 1857, et venait encore de rendre un vibrant hommage à Baudelaire dans son article du 29 décembre 1859 sur les *Sonnets humouristiques* de Soulary, après avoir en novembre consacré un article à *La Légende des siècles.*

Page 196.

2. En effet, c'était Prosper Enfantin.

Page 197.

3. Michel Lévy ne publiera *Eureka* qu'en 1864.

Page 198.

4. Kaulbach, Rethel, Chenavard, Janmot : ces artistes sont associés dans *L'Art philosophique*, le « travail » en question.

Page 201.

LETTRE N° 84. À CHAMPFLEURY
[PARIS, 28 FÉVRIER 1860.]

1. *Bulletin des romanciers sous la direction de Champfleury. Prospectus. Paris, 1860.* Ce projet n'eut pas de suite.
2. Wagner avait sans doute exprimé à Champfleury, lui-même wagnérien fervent, sa satisfaction à la lettre qu'il avait reçue de Baudelaire.

Page 202.

3. Champfleury demandait une lettre de soutien à son projet et voulait la publier.

LETTRE N° 85. À JOSÉPHIN SOULARY -
[PARIS,] 28 FÉVRIER 1860.

1. Soulary avait joint à sa lettre du 24 février un poème inspiré des *Fleurs du Mal* (voir *LAB*, 359).
2. Dans *Le Moniteur* du 20 février, « La Morale et l'Art ».

Page 203.

LETTRE N° 86. À MADAME SABATIER -
[PARIS,] 4 MARS 1860.

1. Baudelaire, dans une première lettre du même jour à Mme Sabatier, disait avoir « une peur épouvantable d'être obligé de parler à Feydeau de son dernier roman » (*CPl* II, 5) ; il s'agit de *Catherine d'Overmeire. Étude* (1860), que son auteur adressa au poète.

Page 204.

2. L'album des *Eaux-fortes sur Paris* de Meryon, dont Baudelaire destine un exemplaire à Mme Sabatier comme un autre à sa mère (cf. *CPl* II, 4).

LETTRE N° 87. À AUGUSTE POULET-MALASSIS - [PARIS, 11 MARS 1860.]

1. Baudelaire avait demandé à Malassis le 9 mars s'il accepterait d'éditer l'album Méryon.

Page 205.

2. L'idée de faire illustrer par Daumier (qui avait été « remercié » à la mi-février) *La Pharsale* de Lucain, si chère à Baudelaire qu'il voulait la traduire (voir la lettre n° 181), et les comédies contestataires d'Aristophane, qui ne pouvaient que plaire à cet artiste républicain.

Page 206.

LETTRE N° 88. À ALPHONSE DE CALONNE - [PARIS, MI-MARS 1860 ?]

1. Cette explication porte sur le treizième quatrain de « Rêve parisien ».
2. Cette explication porte sur le troisième quatrain de « L'Amour du mensonge ». Voir les lettres n°s 91 et 92.
3. « Le Rêve d'un curieux », ou « Semper eadem » ?

Page 207.

LETTRE N° 89. À AUGUSTE POULET-MALASSIS - [PARIS, ENVIRON 20 AVRIL 1860.]

1. Au sujet des *Paradis artificiels*, que Malassis imprime sur le texte de la *Revue contemporaine*. Voir la lettre suivante n° 90.
2. L'*Histoire de la raison d'État*, par Giuseppe Ferrari, qui vient de paraître chez Michel Lévy frères.

Page 208.

3. Pour la deuxième édition des *Fleurs*, qui paraîtra en 1861.

Page 209.

LETTRE N° 90. À AUGUSTE POULET-MALASSIS - [PARIS, 23 AVRIL 1860.]

1. L'insolence de Malassis lui imputant cette faute dans les épreuves des *Paradis* ressemble selon Baudelaire à celle de Calonne lui proposant de remplacer, dans le vers 7 du « Masque », le mot « pontife » par le mot « Sultan » (voir *CPl* I, 621). L'expression visée, *mundi muliebris*, se trouve dans *Un mangeur d'opium* (*OC* I, 499).

Page 211.

LETTRE N° 91. À ALPHONSE DE CALONNE - [PARIS, 28 AVRIL 1860.]

1. Voici la réponse de Calonne, du jour même (*LAB*, 70) : « Je trouve votre lettre très impertinente et elle devait me venir de vous moins que de personne. Si vous vous étiez donné la peine de répondre poliment à ma lettre polie, j'aurais pu vous montrer dans vos vers telles chevilles que vous auriez au coup sûr [*sic*] désavouées. Vous ne l'avez pas voulu : je les publierai tels quels, tant pis pour vous. Mais vous me permettrez de vous trouver au moins pour la dixième fois une suffisance très déplacée./ Votre serviteur/De Calonne ». — D'où la lettre suivante.

LETTRE N° 93. À EUGÈNE CRÉPET - [PARIS, VENDREDI 11 (?) MAI 1860.]

Page 214.

1. Impossible de parler des *Châtiments*, puisqu'il faudrait les blâmer.

2. Un travail, qui ne sera d'ailleurs pas fait, sur Charles Robert Maturin : ou une nouvelle traduction du *Bertram* (traduit par Taylor et Nodier) ou déjà le projet de traduire *Melmoth*.

LETTRE N° 94. À PHILOXÈNE BOYER - [PARIS, 15 MAI 1860.]

Page 216.

1. Eugène Crépet va en effet écarter de l'anthologie des *Poètes français* la notice sur Borel. Et c'est Boyer qui a présenté Baudelaire à Crépet.

Page 217.

LETTRE N° 95. À GUSTAVE FLAUBERT - [PARIS,] 26 JUIN 1860.

1. Remerciant Baudelaire pour *Les Paradis artificiels*, Flaubert lui avait écrit : « Il me semble que [...] vous avez (et à plusieurs reprises) insisté trop (?) sur *l'Esprit du Mal*. On sent comme un levain de catholicisme çà et là. J'aurais mieux aimé que vous ne *blâmiez pas* le haschich, l'opium, l'excès » (*LAB*, 155).
2. Des fragments de *La Tentation de saint Antoine* avaient paru en 1856 et 1857 ; *Novembre* paraîtra posthume ; « *Carthage* » : *Salammbô*.

Page 218.

LETTRE N° 96. À SAINTE-BEUVE - [PARIS, DIMANCHE 1er JUILLET 1860.]

1. Une lettre à Dalloz du 26 juin (*CPl* II, 53) prouve que Baudelaire, en vérité, y avait bien pensé. Quant à Sainte-Beuve, il annonce dans sa réponse du 3 juillet : « mais je vous ajourne à un mois » (*LAB*, 339).

Page 219.

LETTRE N° 97. À JULES BARBEY D'AUREVILLY - [PARIS, 9 JUILLET (1860 ?).]

1. Baudelaire cite « L'Horloge ».
2. Barbey parlera des *Paradis artificiels* dans *Le Pays* du 28 août.

Page 220.

3. Barbey avait éreinté Aubryet et Pommier dans *Le Pays*, ce qui fit sensation.

Page 221.

LETTRE N° 98. À JOSÉPHIN SOULARY - [PARIS,] 12 JUILLET 1860.

1. Le 5 juin, Soulary a envoyé à Baudelaire « Le Rêve du chanvre », poème sur le haschisch, avec une lettre de vive sympathie (*LAB*, 361-363).

Page 222.

LETTRE N° 99. À ALFRED GUICHON - [PARIS,] 13 JUILLET 1860.

1. Guichon a écrit à Baudelaire son admiration pour Poe et pour son traducteur (*LAB*, 171).

2. Voir ces portraits dans *ICO*, n° 169 et n° 170.

LETTRE N° 100. À THÉOPHILE GAUTIER - [PARIS, FIN JUILLET 1860?]

Page 224.

1. *Le Malheur d'Henriette Gérard* de Duranty : à Malassis qui venait de publier ce roman, Baudelaire écrivait le 21 juillet : « Son livre est très remarquable. J'ai été stupéfié » (*CPl* II, 68).

LETTRE N° 101. À AUGUSTE POULET-MALASSIS - [PARIS, FIN AOÛT 1860.]

1. Sur l'histoire mouvementée de ce frontispice des *Fleurs du Mal* manqué par Bracquemond, voir *ICO*, planches 108 à 118, avec les commentaires p. 100-121, et *BET* pp. 187-197.

Page 226.

2. *Deum in iis quae creavit, indesinenter operari* ; mais Baudelaire n'aura lu que cette traduction française chez quelque théoricien de la génération spontanée.

Page 227.

3. Baudelaire découpe et colle ici (jusqu'à « *connaissons* ») un passage de la lettre de Malassis qu'il vient de recevoir.

Page 228.

LETTRE N° 102. À ARSÈNE HOUSSAYE - [NEUILLY, DÉBUT JANVIER 1861.]

1. La deuxième édition des *Fleurs*, qui sera mise en vente au début de février. On ne sait de quel « sonnet » il s'agit.

2. Aveu frappant, après tant de projets de romans.

LETTRE N° 103. À AUGUSTE POULET-MALASSIS - [PARIS,] 16 JANVIER 1861.

Page 230.

1. Il s'agit de Jeanne Duval, en partie paralysée, que Baudelaire a installée à Neuilly. L'homme, donc, serait son frère récemment retrouvé, à moins que ce ne soit un ancien amant, qui n'aura pour elle nul égard (voir la lettre n° 105, p. 244).

Page 232.

LETTRE N° 103 BIS. À JULES DESAUX - [PARIS,] 19 FÉVRIER 1861.

1. Cette lettre découverte par Pierre Duflo a été par lui publiée dans la *Revue d'Histoire littéraire de la France*, juillet-août 1983. Baudelaire intervient généreusement auprès du chef du cabinet du ministre d'État pour obtenir en faveur de Guys un secours financier et un poste.

2. La seconde édition des *Fleurs du Mal*, qui vient de paraître.

Page 233.

3. En vérité, Guys est d'origine modeste.

Page 234.

LETTRE N° 104. À AUGUSTE VACQUERIE - [PARIS,] 4 AVRIL 1861.

1. Avec le drame *Les Funérailles de l'honneur*, créé le 30 mars.

LETTRE N° 105. À MADAME AUPICK - [PARIS, 6 MAI 1861.]

Page 238.

1. La dation du conseil judiciaire, en 1844.

2. Voir la note 1 de la lettre n° 116.

Page 240.

3. Baudelaire évoque les années 1827-1828. Pour l'été, Mme veuve Baudelaire avait alors une petite maison de campagne à Neuilly, celle du poème XCIX des *Fleurs du Mal*.

Page 242.

4. Lapsus : Baudelaire voulait écrire : « le *mien* ».
5. La falaise de Honfleur où se trouvait la maison de Mme Aupick menaçait de s'ébouler.

Page 244.

6. Ils appartenaient à Malassis.
7. Robert August Stoepel, qui avait demandé à Baudelaire une traduction partielle, pour un livret d'opéra, de *Hiawatha* de Longfellow.

Page 245.

LETTRE N° 106. À FRANZ LISZT - [PARIS, ENVIRON 10 MAI 1861.]

1. *Richard Wagner et* Tannhäuser *à Paris*, paru chez Dentu le 4 mai.

Page 246.

LETTRE N° 107. À [?] - [PARIS,] 11 JUILLET 1861.

1. Wagner. Le destinataire de cette lettre n'a pu être identifié.

Page 247.

LETTRE N° 108. À PHILIBERT ROUVIÈRE - PARIS, LE 6 NOV[EMBRE] 1861.

1. De *L'Angélus*, Baudelaire parle dans le *Salon de 1859*. Les « deux tableaux » sont *L'Ex-voto* et *La Vocation de saint François*.

LETTRE N° 109. À MARIO UCHARD - [PARIS, NOVEMBRE 1861.]

1. *Raymon*, roman de Mario Uchard, a été mis en vente en novembre 1861.

Page 249.

LETTRE N° 110. À ABEL VILLEMAIN, SECRÉTAIRE PERPÉTUEL DE L'ACADÉMIE FRANÇAISE - [PARIS,] 11 DÉCEMBRE 1861.

1. Deux fauteuils étaient vacants : celui de Scribe et celui de Lacordaire.

Page 251.

LETTRE N° 111. À CHARLES ASSELINEAU - [PARIS, DÉCEMBRE 1861 ?]

1. Baudelaire avait attaqué Augier dans *Les Drames et les romans honnêtes* (1851), comme « l'un des plus orgueilleux soutiens de l'honnêteté bourgeoise » (*OC* II, 38). De même, sous l'anonymat, il avait raillé Ponsard dans *Les Mystères galans des théâtres de Paris* (1844).

Page 252.

LETTRE N° 113. À ALFRED DE VIGNY - [PARIS, ENVIRON 16 DÉCEMBRE 1861.]

1. Affirmation excessive.

Page 253.

2. Allusion aux poèmes en prose. Si Janin et Sainte-Beuve y ont « trouvé quelque ragoût », ils n'en ont rien écrit.

Page 254.

LETTRE N° 114. À VICTOR DE LAPRADE - [PARIS.] LUNDI 23 DÉCEMBRE 1861.

1. Sainte-Beuve avait attaqué Laprade qui répondit par une satire. Sur quoi, le ministre de l'Instruction publique révoqua Laprade, alors professeur de littérature à la Faculté des lettres de Lyon, et académicien, — qui n'avait pour Baudelaire nulle estime (et réciproquement).

Page 256.

2. Monseigneur Dupanloup, évêque d'Orléans et académicien.

Page 257.

LETTRE N° 115. À ARSÈNE HOUSSAYE - [PARIS.] NOËL. 1861.

1. Houssaye a composé des poèmes en prose. Voir la dédicace des *Petits poèmes en prose* (1862).

Page 258.

2. Voir la lettre à Proudhon n° 19, et celle à Flaubert n° 122.

LETTRE N° 116. À [JULES DESAUX] - [PARIS,] 30 DÉCEMBRE 1861.

Page 260.

1. *Le Marquis du Ier Houzards*. Ce drame, adaptation d'une nouvelle de Paul de Molènes parue en 1853, *Les Souffrances d'un houzard*, est resté à l'état de canevas (voir *OC* I, 635).

Page 262.

LETTRE N° 117. À EDMOND TEXIER - [PARIS,] 30 DÉCEMBRE 1861.

1. Dans *Le Siècle* du 23 décembre, Texier avait salué en Baudelaire « un poète audacieux » qui, sous la Coupole, ferait sauter en mille pièces les vitres du palais Mazarin.

Page 263.

LETTRE N° 118. À GUSTAVE FLAUBERT - [PARIS, 24 JANVIER 1862.]

1. À Flaubert qui va le solliciter le 26 janvier, Sandeau répondra : « Malheureusement la candidature de Monsieur Baudelaire a éclaté comme un pétard, et toute légitime qu'elle me semble, j'y étais si peu préparé qu'elle m'a pris au dépourvu » (*CPl* II, 766. Et voir la lettre n° 124).

Page 264

LETTRE N° 119. À SAINTE-BEUVE - [PARIS, ENVIRON 24 JANVIER 1862.]

1. « Des prochaines élections à l'Académie », dans *Le Constitutionnel* du 20 janvier, où Sainte-Beuve évoque Baudelaire, « gentil garçon »

qui s'est construit « un kiosque bizarre », « à la pointe extrême du Kamtschatka romantique » : « la *folie Baudelaire* » (*Bdsc*, 103-104). Le poète fut si flatté qu'il commenta cet article dans « Une réforme à l'Académie », paru sous l'anonymat dans la *Revue anecdotique* (*OC* II, 188-191) et mentionné dans la lettre à Sainte-Beuve du 3 février (n° 124).

2. « Loup-garou » : voir la lettre à Hugo n° 73.

Page 265.

3. « Les Rayons jaunes », poème de *Vie, Poésies et Pensées de Joseph Delorme* (1829). Sur ce livre, voir les lettres n°s 162 et 181. Sur *Volupté*, voir les lettres n°s 7 et 13.

4. La syphilis.

Page 266.

5. Sainte-Beuve répondit : « ce choix exprès du Lacordaire, le *catholique-romantique*, paraîtrait excessif et choquant, ce que votre bon goût de candidat ne veut pas faire » (*LAB*, 340).

LETTRE N° 120. À ALFRED DE VIGNY - [PARIS.] DIMANCHE 26 JANVIER [18]62

Page 269.

1. Vigny, comme Sainte-Beuve, déconseilla à Baudelaire d'accomplir son projet.

2. « Le Coucher du soleil romantique ».

LETTRE N° 124. À SAINTE-BEUVE - [PARIS.] LUNDI SOIR [3 FÉVRIER 1862].

Page 275.

1. Un article sur Armand de Pontmartin par lequel Sainte-Beuve se rapprochait de ce critique que Baudelaire avait en horreur parce qu'il confondait l'art avec la morale.

2. *Rêvasseries* : des poèmes en prose. *Peintres de mœurs* : l'essai sur Guys.

Page 276.

LETTRE N° 125. À ABEL VILLEMAIN - [PARIS.] LUNDI, 10 FÉVRIER 1862.

1. On peut penser que c'est en recevant la lettre de Sainte-Beuve du 9 février 1862 (*LAB*, 341) que Baudelaire décida de se désister.

Page 277.

LETTRE N° 127. À THÉOPHILE GAUTIER - [PARIS,] 4 AOÛT 1862.

1. L'eau-forte était menacée par la reproduction photographique des images, après l'avoir été par les vogues du burin puis de la lithographie; elle trouva du secours dans l'illustration des livres, notamment dans les frontispices de chez Poulet-Malassis, puis dans la fondation de la Société des Aquafortistes (1862-1867) dont Baudelaire défendra l'action dès 1862 (dans *L'Eau-forte est à la mode*, développé dans *Peintres et aquafortistes*), comme fera Gautier sur son exemple.

Page 278.

2. Dans le volume paru en juillet des *Poètes français* de Crépet (voir la lettre n° 129).

LETTRE N° 128. À MADAME AUPICK - [PARIS.] DIMANCHE [10] AOÛT 1862.

Page 280.

1. *Les Misérables* ont paru en 1862. Baudelaire a écrit un compte rendu favorable de la première partie dans *Le Boulevard* du 20 avril. La lettre de Hugo est du 24 avril (*LAB*, 194). Voir aussi la lettre n° 158.

LETTRE N° 129. À MICHEL LÉVY - [PARIS, AOÛT-SEPTEMBRE 1862?]

1. Baudelaire a écrit en ce sens des projets de préface pour une troisième édition des *Fleurs* (*OC* I, 181-186).

Page 281.

LETTRE N° 130. À PIERRE-JULES HETZEL - [PARIS.] DIMANCHE. 23 NOV[EMBRE]. [1862.]

1. Les *Amours frivoles* : premier titre de *Philoméla, livre lyrique*, paru chez Hetzel en 1863, dont l'un des plus longs poèmes, « Pantéleia », est dédicacé à Baudelaire.

LETTRE N° 131. À AUGUSTE POULET-MALASSIS - [PARIS,] 13 DÉCEMBRE 1862.

1. Malassis était alors interné à la prison pour dettes, sur la plainte de Poupart.
2. Les *Fleurs* et les *Petits Poèmes en prose.*

Page 282.

3. *Le Fils de Giboyer* : drame d'Émile Augier, créé le 1er décembre 1862, qui suscita une polémique, la bourgeoisie s'y croyant attaquée.
4. Lévy, qui avait acheté 10 000 francs les droits de *Salammbô*, avait laissé courir le bruit qu'il les avait payés trois fois plus cher.

LETTRE N° 132. AU COMMANDANT HIPPOLYTE LEJOSNE - [PARIS,] 1er JANVIER 1863.

Page 284.

1. Allusion à un poème de Tchang Tsi, « Une femme fidèle à ses devoirs », dont Baudelaire a lu la traduction dans *Poésies de l'époque des Thang*, recueil composé par Hervey de Saint-Denis, paru en 1862.
2. Villiers de l'Isle-Adam.

Page 285.

LETTRE N° 133. À CHAMPFLEURY - [PARIS, ENVIRON 4 MARS 1863.]

1. Champfleury avait fait part à Baudelaire du vœu de Mme O'Connell, peintre, de voir chez elle le traducteur de Poe pour s'entretenir avec lui des « *idées philosophiques* » de l'Américain. Baudelaire refusa, Champfleury insista : d'où cette réplique, à laquelle Champfleury répondit le 6 mars — d'où la lettre suivante n° 134, et la brouille qui durera jusqu'en mai 1865. Cf. dans *Mon cœur mis à nu*,

XX, 34 : « Pourquoi l'homme d'esprit aime les filles plus que les femmes du monde, malgré qu'elles soient également bêtes ? »

LETTRE N° 134. À CHAMPFLEURY - [PARIS,] 6 MARS 1863.

1. Le 6 mars Champfleury avait écrit : « Vous jouez toujours admirablement et "en parfait comédien" les fort premiers rôles de sphinx./ Je n'avais pas compris le sens caché de votre lettre et je m'étais engagé innocemment à vous amener./ [...] Mais — quant à ma dignité compromise, je vous récuse. N'allez pas dans de plus mauvais lieux ; essayez d'imiter ma vie de travail ; soyez aussi indépendant que moi ; n'ayez jamais besoin des autres et alors vous pourrez parler de dignité » (*LAB*, 80-82).

Page 287.

2. Lamartine y défend la société attaquée par Hugo (*Cours familier de littérature*, Entretiens 83-87).

Page 288.

LETTRE N° 136. À GERVAIS CHARPENTIER - [PARIS,] 20 JUIN [18]63.

1. Ce reproche et le suivant portent sur l'impression dans la *Revue nationale* (10 juin) du poème en prose « La Belle Dorothée », paru avec « Les Tentations, ou Éros, Plutus et la gloire ». « *Ce que j'écris est bon et irréfutable* », disait une lettre à Crépet du 10 avril 1860 (*CPl* II, 21) ; ou une lettre à Martinet de juillet 1861 : « J'ai pris l'habitude, depuis mon enfance, de me considérer comme *infaillible* » (*CPl* II, 176) ; et voir ici les lettres n°s 91 et 92.

Page 289.

LETTRE N° 137. À ÉTIENNE CARJAT - [PARIS,] 6 OCT[OBRE 18]63.

1. Voir en couverture de ce volume la photo de Baudelaire dite « aux gravures ».

2. Voir le chapitre II du *Salon de 1859*, « Le public moderne et la photographie », pour la critique du photographique.

Page 290.

LETTRE N° 138. À NADAR - [PARIS,]
10 OCT[OBRE 18]63.

1. Les deux lettres suivantes, données à Nadar qui partait en Angleterre chercher des concours pour ses projets aéronautiques, mais que les destinataires ne reçurent pas, le voyageur ayant oublié de les poster.

Page 293.

LETTRE N° 141. À PAUL CHENAVARD -
[PARIS,] 25 NOVEMBRE 1863.

1. *L'Œuvre et la vie d'Eugène Delacroix*, paru en septembre et novembre, les obsèques de Delacroix ayant eu lieu le 13 août.

Page 294.

2. La « niche » innocente désigne le passage sur Chenavard dans cet article (voir *OC* II, 765-766) ; la niche « plus vaste », la place que Baudelaire voulait lui faire dans *L'Art philosophique*.

LETTRE N° 142. À VICTOR HUGO
[PARIS,] 17 DÉ[CEMBRE] 1863.

Page 295.

1. La troisième édition des *Fleurs* ne paraîtra que posthume ; l'ensemble des poèmes en prose formant *Le Spleen de Paris*, de même.

Page 296.

LETTRE N° 143. À PHILIPPE DE
CHENNEVIÈRES - [PARIS, MARS 1864.]

1. Les *Contes de Saint-Santin* (1863).
2. Voir *ICO*, n°s 52-53. Ce tableau célèbre est aujourd'hui conservé au musée d'Orsay. Groupés autour du portrait de Delacroix, on voit Whistler, Fantin, Duranty, Legros, Cordier, Champfleury, Baude laire, Manet, Bracquemond et Balleroy.

Page 297.

LETTRE N° 144. À HENRI FANTIN-LATOUR - [PARIS.] MARDI 22 MARS 1864.

1. Swinburne, qui avait été présenté par Whistler à Fantin-Latour et à Manet, a dit dans *Ave atque vale* sa peine de n'avoir jamais rencontré le poète : *Oh hand unclasped of unbeholden friend.*

2. Fantin a indiqué sur cette note (qui n'a peut-être pas été envoyée avec la lettre) : « de Baudelaire pour mon tableau à Delacroix ». Ces noms sont, en effet, ceux des artistes et des écrivains qui ont inspiré Delacroix. — Fantin avait d'abord conçu l'idée d'un *Delacroix reçu aux champs Élysées*, précisément par ces grands maîtres.

Page 298.

LETTRE N° 145. À ÉDOUARD MANET - [PARIS, DÉBUT AVRIL 1864.]

1. Manet n'a pas corrigé l'erreur sur son *Christ aux anges* exposé au Salon, mais tint compte de cette remarque pour son aquarelle du même sujet en 1866-1867.

Page 300.

LETTRE N° 147. À ÉDOUARD MANET - [BRUXELLES,] 27 MAI 1864.

1. Baudelaire est arrivé à Bruxelles le 24 avril pour y faire des conférences, et pour cette « grande affaire » : intéresser les éditeurs Lacroix et Verboeckhoven à ses œuvres. Deux buts, deux échecs : voir la lettre n° 150.

Page 301.

LETTRE N° 148. À MICHEL LÉVY - BRUXELLES. 1er JUIN 1864.

1. *Marie Roget* paraîtra inédit dans les *Histoires grotesques et sérieuses*, en 1865.

Page 302.

2. « *Lettres belges* » : premier projet de *Pauvre Belgique !*. « Charles de

Féyis » : adaptation du nom de jeune fille de Mme Aupick (Defayis), analogue aux pseudonymes que Baudelaire avait utilisés avant 1848.

Page 303.

LETTRE N° 149. À THÉOPHILE THORÉ - BRUXELLES. TAVERNE DU GLOBE. [ENVIRON 20 JUIN 1864.]

1. Thoré-Bürger, dans *L'Indépendance belge*, venait de rendre compte du Salon de Paris, louant Manet auquel il reprochait pourtant d'avoir pastiché Vélasquez, Goya et le Greco.

2. Pourtalès : cette galerie contenait une toile alors attribuée à Vélasquez.

3. Baudelaire a beaucoup fréquenté ce musée installé à l'intérieur du Louvre, riche en toiles espagnoles, mais qui, propriété de Louis-Philippe, disparut peu après 1848.

Page 304.

4. « Et maintenant informez-vous, vous qui jugez » (le Psalmiste, cité par Bossuet dans l'*Oraison funèbre* d'Henriette de France).

5. Thoré fit partiellement droit à la protestation de Baudelaire.

LETTRE N° 150. À NARCISSE ANCELLE - [BRUXELLES,] 14 JUILLET [1864] — JEUDI.

1. Les conférences et la négociation avec les éditeurs ont échoué. Baudelaire disait un mois plus tôt à Ancelle avoir été traité de *mouchard* : « Le bruit répandu contre moi par la bande de V[ictor] H[ugo] est une infamie dont je me vengerai. *Il paraît* que j'appartiens *à la police française*. Et il y a des gens ici pour le croire ! » (*CPl* II, 375).

Page 305.

2. Le ministère ne disposait plus à la Chambre que d'une infime minorité.

3. Une manifestation contre Proudhon l'obligea à quitter Bruxelles, suite à un article qu'on ne voulut pas comprendre, où c'était ironiquement qu'il invitait Napoléon III à annexer la Belgique (voir d'autre part les lettres n°s 18 et 19).

LETTRE N° 151. À NADAR - [BRUXELLES,] 30 AOÛT [18]64.

Page 307.

1. Arthur Stevens.

Page 308.

2. Cette anecdote est sans doute le germe du poème en prose « Assommons les pauvres ! ».

LETTRE N° 152. À AUGUSTE POULET-MALASSIS - [BRUXELLES,] 31 OCT[OBRE] 1864 — MINUIT. —

1. Une traduction d'un latin licencieux, Malassis en Belgique s'étant lancé dans l'édition clandestine d'ouvrages très badins, « des livres », disait Baudelaire quelques mois plus tôt, « pour lesquels je n'ai aucun goût » (*CPl* II, 365).

Page 309.

2. *Laclos* : de ce projet de 1856 restent des notes (voir *OC* II, 66-75) ; de celui du *Satyricon*, il ne reste rien.

LETTRE N° 153. À NARCISSE ANCELLE - [BRUXELLES.] DIMANCHE 18 DÉCEMBRE 1864.

Page 310.

1. Un articulet où Lacroix était accusé d'avoir tiré des *Misérables* plus d'exemplaires qu'il n'en avait déclaré à Hugo.

2. Il s'agit de *L'Empereur Napoléon III et son gouvernement. Études parisiennes par un non-diplomate, Traduit de l'Allemand*, Dresde, Meinhold, 1864. Sur ce livre, Baudelaire avait écrit à Ancelle le 13 octobre : « un curieux livre sur l'Empire, un livre digne d'être lu, et non pas une sottise d'exilé. »

Page 311.

3. *Dialogue aux Enfers entre Machiavel et Montesquieu ou la Politique au* XIX*e* *siècle, par un contemporain* (1864), par Maurice Joly.

4. *L'Invasion de la Crimée, origine et histoire de la guerre jusqu'à la mort de Lord Raglan* (1864), par Alexander William Kinglake.

LETTRE N° 154. À AUGUSTE POULET-MALASSIS - [BRUXELLES, 1864-1865.] 5 HEURES, À L'HERMITAGE.

1. L'un des derniers poèmes de Baudelaire, écrit « à l'Hermitage », un café de Bruxelles, et laissé chez son ami absent. « Mam'selle Fanny » (Françoise Daum) est la compagne de Malassis, « Mam'selle Jeanne » est celle du libraire Lécrivain. Voir la lettre n° 163.

Page 312.

LETTRE N° 155. À MADAME PAUL MEURICE - [BRUXELLES.] MARDI, 3 JANVIER 1865.

1. On trouve cette formule dans le poème en prose « Un plaisant ».

Page 313.

2. *Anniversaire de la naissance de Shakespeare* (1864), article anonyme écrit contre le clan Hugo.

3. Elle répondra par une lettre admirable (*LAB*, 262), d'où la lettre suivante n° 156.

LETTRE N° 156. À MADAME PAUL MEURICE - [BRUXELLES.] VENDREDI 3 FÉVRIER 1865.

Page 318.

1. Dans ses brouillons de *Pauvre Belgique !*, Baudelaire a noté la même anecdote (*OC* II, 934), dont il a fait l'une des pièces des *Amœnitates Belgicæ* (« L'Amateur des Beaux-Arts en Belgique »).

2. Cf. la strophe des « Phares » ; et dans *Pauvre Belgique !* (*OC* II, 932) : « Rubens est un goujat habillé de satin. »

Page 319.

LETTRE N° 157. À MADAME AUPICK - [BRUXELLES.] SAMEDI 11 FÉVRIER 1865.

1. Julien Lemer.

Page 323.

LETTRE N° 158. À NARCISSE ANCELLE - [BRUXELLES.] DIMANCHE 12 FÉVRIER 1865.

1. Poulet-Malassis.

Page 325.

2. Voir *Mon cœur mis à nu*, VI, 9 (*OC* I, 680).

3. L'*Histoire de Jules César* par Napoléon III (1865-1866). Voir la lettre n° 162.

Page 326.

LETTRE N° 159. À MICHEL LÉVY - [BRUXELLES,] 15 FÉVRIER 1865.

1. *Melmoth* : le chef-d'œuvre de Maturin faisait aussi l'admiration de Delacroix.

Page 327.

2. Un bon haïsseur : l'expression est en fait de Samuel Johnson dont Boswell s'est fait le chroniqueur.

3. Sous le pseudonyme d'*Éraste*, Janin venait de publier dans *L'Indépendance belge* un article auquel Baudelaire, furieux, voulut répondre (cf. *OC* II, 231).

LETTRE N° 160. À MADAME PAUL MEURICE - [BRUXELLES.] SAMEDI 18 FÉVRIER 1865.

Page 330.

1. Les frères Stevens.

LETTRE N° 161. À AUGUSTE POULET-MALASSIS - [ENVIRON 1er MARS 1865.]

1. *E. R.* pour Emmanuel Rouillon, pseudonyme de Poulet-Malassis.

2. « Proudhon en Belgique », notes de Malassis dans *La Petite Revue* du 25 février.

Page 332.

LETTRE N° 162. À SAINTE-BEUVE - [BRUXELLES,] 15 MARS [18]65.

1. Ce nouveau volume de traductions de Poe a été mis en vente le 16 mars.

2. Dans sa préface à l'*Histoire de Jules César*, Napoléon III fait l'éloge des hommes prédestinés. Cf. *Mon cœur mis à nu*, V, 8 : « Ce qu'est l'empereur Napoléon III. Ce qu'il vaut. Trouver l'explication de sa nature, et sa providentialité. »

Page 333.

LETTRE N° 163. À AUGUSTE POULET-MALASSIS - [ENVIRON 22 AVRIL 1865.]

1. L'un des derniers poèmes. Comme celui de la lettre n° 154, il a été publié par Malassis (« Coco-Malperché » au v. 8) dans *La Petite Revue* du 29 avril 1865. Sur la ville de Namur et sur Boileau (le « poète Castrat » du v. 4), cf. *Pauvre Belgique !*, chap. XXIX.

Page 334.

LETTRE N° 164. À SAINTE-BEUVE - [BRUXELLES.] JEUDI 30 MARS 1865. [ET] JEUDI 4 MAI 1865.

1. Allusion aux *Burgraves* de Victor Hugo.

Page 336.

2. Boulevard de Gand : surnom donné au boulevard des Italiens sous la première Restauration. Julien Lemer y avait sa librairie.

Page 337.

3. Ce discours d'Émile Ollivier, député de l'opposition, portait sur les libertés que le gouvernement n'accordait pas aux Français.

4. « Stanzas Written in Dejection, near Naples » (1818), v. 41-42 : *[...] — for I am one / Whom men love not, — and yet regret.* Baudelaire transpose.

5. Sainte-Beuve venait d'être nommé sénateur.

Page 338.

6. Pour avoir fait parvenir en France par la contrebande des livres érotiques et des pamphlets politiques, Malassis va être condamné par contumace à un an de prison et 500 francs d'amende.

7. Bain de multitude : cette métaphore se trouve dans le poème en prose « Les Foules ».

Page 339.

LETTRE N° 165. À ÉDOUARD MANET - [BRUXELLES.] JEUDI 11 MAI 1865.

1. Manet vient d'envoyer par l'entremise du compositeur Chorner les *Rhapsodies hongroises* de Liszt, que Baudelaire lui avait demandées.

Page 341.

2. Allusion à *Olympia* et à *Jésus insulté par les soldats.*

Page 342.

LETTRE N° 166. À MADAME PAUL MEURICE - [BRUXELLES.] MERCREDI, 24 MAI 1865.

1. Mme Meurice avait écrit à la mi-mai : « Je prie mon Dieu à moi qui ne ressemble guère au vôtre » (*LAB*, 268). — Dans l'énumération qui suit, le commun dénominateur semble, si l'on excepte l'abbé Châtel, un républicanisme anticlérical.

2. Sans doute Banville, lors de la tentative de suicide du 30 juin 1845 (voir la lettre n° 15).

Page 343.

3. *Henri IV et ses enfants*, tableau d'Ingres popularisé par la gravure.

4. Baudelaire a laissé un blanc.

Page 344.

LETTRE N° 167. À CHAMPFLEURY - [BRUXELLES.] JEUDI 25 MAI 1865.

1. Voir le poème des *Épaves* : « Vers pour le portrait de Monsieur Honoré Daumier ». Pour l'altération des traits du Christ, Baudelaire vise-t-il Renan dont la *Vie de Jésus* parut en 1863 ?

2. La réception d'*Olympia* et de *Jésus insulté par les soldats* au Salon de Paris. (Ce mot incomplet est reproduit ici tel qu'il est connu.)

LETTRE N° 168. À CATULLE MENDÈS - [BRUXELLES,] 3 SEPT[EMBRE] 1865.

Page 345.

1. Cette étude ne semble pas avoir été écrite. Baudelaire répond ainsi à la proposition que lui a faite Mendès de collaborer à des « *lectures poétiques* » (voir *LAB*, 243).

Page 346.

LETTRE N° 169. À SAINTE-BEUVE - [BRUXELLES,] 3 SEPT[EMBRE] 1865.

1. Baudelaire avait fait un voyage éclair à Paris, il y avait entretenu Sainte-Beuve de son espoir de trouver par l'entremise de Lemer un éditeur, et il pensait alors à Garnier. Voir la lettre n° 173.

2. Les disciples de Pythagore juraient de ne pas enfreindre la loi du silence.

3. Le tome IV des *Nouveaux Lundis*, qui venait de paraître chez Michel Lévy.

Page 347.

4. Rodin est le jésuite fourbe du *Juif errant* d'Eugène Sue. Le roman de Custine, *Le Monde tel qu'il est*, a paru en 1835.

5. Sainte-Beuve, reproduisant dans son volume ses articles sur *Salammbô*, les avait fait suivre de la lettre-réponse de Flaubert.

Page 348.

LETTRE N° 170. À AUGUSTE POULET-MALASSIS - [BRUXELLES.] DIMANCHE 1er OCTOBRE 1865.

1. *Justine* : le roman de Sade.

2. *Les Aphrodites* et *Le Diable au corps* : deux romans d'Andréa de Nerciat.

3. Le grand homme est Sainte-Beuve, qui demandait ces renseignements.

Page 349.

LETTRE N° 171. À [CHARLES] HUGO - [BRUXELLES, ENVIRON 20-25 OCTOBRE 1865.]

1. Les *Chansons* venaient d'être mises en vente. Ce mot, ici reproduit tel qu'il est connu, a pu être adressé à François-Victor Hugo. Voir les lettres nos 172 et 173.

Page 350.

LETTRE N° 172. À ÉDOUARD MANET - [BRUXELLES.] SAMEDI, 28 OCTOBRE 1865.

1. Manet avait eu un accès de choléra.

Page 351.

2. Le publicateur de la lettre, dont l'autographe n'a pas été retrouvé, coupe après « Havas », et remplace le passage supprimé par l'analyse donnée ici entre crochets. Le volume envoyé par Hugo : *Les Chansons des rues et des bois.*

Page 354.

LETTRE N° 174. À CHAMPFLEURY - [BRUXELLES.] LUNDI 13 NOV[EMBRE] 1865.

1. L'*Histoire de la caricature moderne* (1865), publiée chez Dentu, qui contient le poème « Vers pour le portrait de M. Honoré Daumier ».

LETTRE N° 176. À FÉLICIEN ROPS - BRUXELLES, 1er JANVIER 1866.

Page 357.

1. Votre beau-père : Polet de Faveaux.
2. *La Mort au bal masqué*, peinture de Rops ? Ou une gravure pour le poème de Baudelaire ? Ou un projet pour le frontispice des *Épaves*?

LETTRE N° 177. À SAINTE-BEUVE - BRUXELLES. MARDI 2 JANVIER 1866.

1. Voir *ICO*, 172.

Page 358.

2. Baillarger et Lélut : les noms de ces deux aliénistes se trouvent dans « Assommons les pauvres ! », poème en prose composé en Belgique.

3. Allusion maligne aux amours passées entre Sainte-Beuve et la femme de Hugo.

Page 359.

4. Baudelaire eut alors le projet, qu'il ne réalisa pas, d'un « Sainte-Beuve ou Joseph Delorme jugé par l'auteur des *Fleurs du Mal* » (*CPl* II, 591).

5. Le sonnet est de Théophile de Viau.

Page 360.

LETTRE N° 178. À MADAME VICTOR HUGO - [BRUXELLES.] VENDREDI 12 JANVIER 1866.

1. La lettre de Sainte-Beuve du 5 janvier (*LAB*, 346). Les coupes que Baudelaire opère dans la transcription portent sur les propos hostiles à Hugo.

Page 361.

2. « Éole a fait sa demeure d'un lieu élevé » (*Énéide*, I, 60).

Page 362.

LETTRE N° 179. À CATULLE MENDÈS - [BRUXELLES.] VENDREDI 19 JANVIER [18]66.

1. Mendès a demandé à Baudelaire sa collaboration pour *Le Parnasse contemporain*. Voir les lettres 180 et 191.

2. *Les Épaves*, dont la publication incombe à Baudelaire aussi bien qu'à Malassis.

Page 363.

3. *L'Art* : Verlaine, dans les livraisons des 16 et 30 novembre et 23 décembre, y avait célébré Baudelaire, ce qui avait fait dire à Sainte-Beuve le 5 janvier : « Si vous étiez ici, vous deviendriez, bon gré, mal gré, une autorité, un oracle, un poète consultant » (*LAB*, 347). Voir les lettres nos 178 et 188.

Page 364.

LETTRE N° 180. À AUGUSTE POULET-MALASSIS - [BRUXELLES, 23 JANVIER 1866.]

1. Les réponses à ces questions serviront à l'écriture du poème « satyrique » des *Épaves*, « Le Monstre ou le paranymphe d'une nymphe macabre » (cf. *OC* I, 164). *Les Clavicules de Salomon* : livre de magie attribué à Salomon. Le « cas » : la « pine » chez Béroalde de Verville.

2. La vieille B… : cette dédicataire reste inconnue.

LETTRE N° 181. À SAINTE-BEUVE - [BRUXELLES,] 15 JANVIER 1866. [ET 5 FÉVRIER.]

Page 366.

1. *Consolations. Pensées d'Août* : Baudelaire a annoté l'exemplaire de l'édition de 1863 dans laquelle il les a lues.

2. *Désinvolture* : cf. ce mot au vers 3 de « Danse macabre ».

Page 368.

3. *Le Parnasse contemporain* (voir les lettres 179 et 191). Sur *L'Art*, voir la lettre n° 179. — *Fidus Troubatès* désigne Jules Troubat.

4. Sainte-Beuve, sénateur, ne voulait pas être compromis par les envois de Malassis de livres érotiques et de pamphlets contre l'Empire.

Page 369.

5. Non, il s'agit de *L'Écueil de Lovelace* (1857).

LETTRE N° 182. À CHARLES ASSELINEAU - [BRUXELLES, 5 FÉVRIER 1866.]

1. Dans son *Charles Baudelaire*, Asselineau introduit ainsi cet extrait de lettre : « Au commencement de [1866], les bruits alarmants circulèrent de nouveau, plus précis et plus significatifs. J'écrivis à Baudelaire pour lui reprocher de laisser ses amis dans l'inquiétude, le priant de m'envoyer, soit une consultation écrite de son médecin, soit une description détaillée de son état et des traitements qu'on lui faisait suivre, d'après laquelle je pusse consulter un médecin de Paris./ Le 5 février il me répondit : ».

Page 371.

LETTRE N° 184. À AUGUSTE POULET-MALASSIS - [BRUXELLES, 14 FÉVRIER 1866.]

1. Ce sont ici les derniers vers de Charles Baudelaire, suscription d'une lettre perdue.

Page 372.

LETTRE N° 185. À HENRY DE LA MADELÈNE - [BRUXELLES,] 18 FÉVRIER [18]66.

1. Dans *Le Temps* daté de la veille, La Madelène avait rendu compte d'une conférence de Deschanel sur Baudelaire et Banville.

Page 373.

LETTRE N° 186. À NARCISSE ANCELLE - [BRUXELLES.] DIMANCHE 18 FÉVRIER 1866.

1. « Terrible », parce qu'elle communique le refus des Garnier d'éditer les œuvres.

Page 376.

2. Fidèle à l'esprit des déclarations de Leconte de Lisle, cette phrase n'a pas été retrouvée dans ses œuvres.

Page 378.

LETTRE N° 187. À FÉLICIEN ROPS - [BRUXELLES, 21 FÉVRIER 1866.]

1. Ces vers sont du « Monstre ». La lettre de Rops est perdue.

Page 380.

2. « Coquette maigre » est une citation du v. 4 de « Danse macabre ».
3. Pour ce dessin et pour l'eau-forte, voir *ICO*, nos 115-118.

Page 381.

LETTRE N° 188. À JULES TROUBAT - [BRUXELLES.] LUNDI 5 MARS 1866.

1. De ce jugement sur l'article de Verlaine, une autre formulation se trouve dans la lettre du même jour à Mme Aupick : « Il y a du talent chez ces jeunes gens ; mais que de folies ! quelles exagérations et quelle infatuation de jeunesse ! Depuis quelques années je surprenais, çà et là, des imitations et des tendances qui m'alarmaient. Je ne connais rien de plus compromettant que les imitateurs et je n'aime rien tant que d'être seul. Mais ce n'est pas possible ; et il paraît que *l'école Baudelaire* existe » (*CPl* II, 625).

Page 382.

LETTRE N° 189. À MADAME AUPICK - [BRUXELLES.] MARDI 20 MARS [1866].

1. À la mi-mars, Baudelaire a fait une chute dans l'église Saint-Loup de Namur, puis il a présenté des troubles cérébraux ; c'est de retour à l'hôtel du Grand Miroir, à Bruxelles, qu'il écrit ce billet, le dernier tracé de sa main.

Page 383.

2. Entre le 15 et le 20 mars, Baudelaire a rédigé sur *Les Travailleurs de la mer*, que Mme Hugo lui avait fait donner, les dernières notes de sa vie, avant l'ictus hémiplégique (voir ces notes dans *OC* II, 244).

LETTRE N° 190. À MADAME AUPICK - [BRUXELLES.] LUNDI 26 MARS 1866.

1. Baudelaire impotent, la personne qui a écrit sous sa dictée était assez ignorante de l'orthographe ; d'où les *sic*.

2. Peut-être Asselineau.

Page 384.

LETTRE N° 191. À CATULLE MENDÈS - BRUXELLES, 29 MARS 1866.

1. Mendès va publier dans *Le Parnasse contemporain* des poèmes sous le titre *Nouvelles Fleurs du Mal.*

Page 385.

LETTRE N° 192. À ERNEST PRAROND - BRUXELLES, 29 MARS 1866.

1. *Airs de flûte sur des motifs graves* (1866), où Baudelaire est deux fois cité, contient plusieurs poèmes antérieurs à 1848 dédiés à Sainte-Beuve, à Banville, à Le Vavasseur, Chennevières, Buisson et Dozon. Prarond et Baudelaire ne se sont pas vus depuis 1847.

2. Ce poème est dédié à Privat d'Anglemont.

Page 386.

3. On connaît encore deux lettres de Baudelaire, datées du 30 mars : l'une à Ancelle, l'autre à Mme Aupick (voir *CPl* II, 631-632).

INDEX DES ŒUVRES DE BAUDELAIRE CITÉES OU ÉVOQUÉES

Les chiffres renvoient au numéro des lettres. En romain, les titres de poèmes en vers ou en prose. Entre guillemets, les incipit de poèmes sans titre.

INDEX DES NOMS DE PERSONNES

En italique, le numéro de la lettre indique que le nom est celui du destinataire. En romain, que le nom (ou l'allusion) paraît au moins une fois dans la lettre. Les noms en gras sont ceux des destinataires.

TABLE DES LETTRES

DU MÊME AUTEUR

Dans la même collection

LES FLEURS DU MAL. *Édition présentée et établie par Claude Pichois.*

LES PARADIS ARTIFICIELS (*précédé de* La Pipe d'opium, Le Hachich et le Club des Hachichins *de Théophile Gautier*). *Édition présentée et établie par Claude Pichois.*

FUSÉES — MON CŒUR MIS À NU — LA BELGIQUE DÉSHABILLÉE *suivi d'*AMŒNITATES BELGICÆ. *Édition présentée et établie par André Guyaux.*

Dans la collection Folio Essais

CRITIQUE D'ART *suivi de* CRITIQUE MUSICALE. *Édition établie par Claude Pichois et présentée par Claire Brunet.*

Dans la collection Poésie

PETITS POÈMES EN PROSE (Le Spleen de Paris). *Édition présentée et établie par Robert Kopp.*

Composition Interligne.
Impression CPI Bussière
à Saint-Amand (Cher), le 3 août 2009.
Dépôt légal : août 2009.
1er dépôt légal dans la collection : novembre 2000.
Numéro d'imprimeur : 091962/1.
ISBN 978-2-07-041482-6./Imprimé en France.

170842